中華民國新聞史

（1912～1949）

倪延年　主編

第8冊

| 第四卷 |

民國南京政府中期的新聞業

（1937～1945）（下冊）

劉　亞　等著

花木蘭文化事業有限公司

國家圖書館出版品預行編目資料

民國南京政府中期的新聞業（1937～1945）・第四卷／劉亞
等著 — 初版 — 新北市：花木蘭文化事業有限公司，2020〔
民 109〕
目 6+278 面；19×26 公分
（中華民國新聞史（1912～1949）；第 8 冊）
ISBN 978-986-518-138-3（下冊：精裝）
1. 新聞業 2. 民國史
890.9208   109010354

ISBN-978-986-518-138-3

9 789865 181383

中華民國新聞史（1912～1949）

第 八 冊　第 四 卷　　　　ISBN：978-986-518-138-3

民國南京政府中期的新聞業
（1937～1945）（下冊）

作　　者　劉亞等著
叢書主編　倪延年
出　　版　花木蘭文化事業有限公司
發 行 人　高小娟
總 編 輯　杜潔祥
副總編輯　楊嘉樂
編　　輯　許郁翎、張雅淋　美術編輯　陳逸婷
聯絡地址　235 新北市中和區中安街七二號十三樓
　　　　　電話：02-2923-1455／傳真：02-2923-1452
網　　址　http://www.huamulan.tw 信箱 hml810518@gmail.com
印　　刷　普羅文化出版廣告事業
初　　版　2020 年 9 月
全書字數　517601 字
定　　價　共 10 冊（精裝）新台幣 30,000 元

中華民國新聞史（1912～1949）
第四卷·民國南京政府中期的新聞業
（1937～1945）（下冊）

劉亞 等著

目

次

第五章 民國南京政府中期的淪陷區報業

在發動全面侵華戰爭後,日軍鐵蹄很快踏過黃河和長江,民國南京政府遷往陪都重慶,大片中國領土淪於敵手。中國土地上的新聞報業中出現了一個階段性特殊現象「淪陷區新聞報業」,直到日本無條件投降後隨著其主子灰飛煙滅。

第一節 偽「滿洲國」地區的報業

1931 年 9 月 18 日晚上 11 時許,日軍守備隊以所謂「柳條湖事件」為藉口製造「九.一八事變」並迅速攻佔了瀋陽。1932 年 2 月 18 日,日本關東軍指使漢奸臧式毅、熙洽等舉行所謂「最高政務委員會」宣稱「東北四省獨立,組織行政委員會,執行一切政務」。3 月 1 日公布「滿洲國」《建國宣言》,聲稱「即日與中華民國斷絕關係,創設滿蒙新國。」[1]1934 年 3 月 1 日改稱為「滿洲帝國」,清廢帝溥儀的職務也由「執政」改稱「皇帝」,並定年號為「康德」。日本宣布無條件投降後徹底垮臺。在偽「滿洲國」期間,日本人牢牢控制著這裡的新聞報業,使之成為維護和鞏固其殖民統治的重要工具。

---

1 韓信夫、姜克夫主編:《中華民國大事記(第三冊)》,中國文史出版社,1997 年版,第 328～335 頁。民國政府外交部於 2 月 21 日發表宣言聲明「凡東三省或其一部分之分離或獨立,與夫東三省內之一切行政組織,未經國民政府授權或同意,一律否認之」(本書第 330 頁)。

一、僞「滿洲國」地區報業概況

日本人在中國東北地區的報刊活動始於日俄戰爭即將結束但已是勝券在握的 1905 年 7 月[1]。這年 7 月 26 日，日本人中島爭雄創辦的中英日文並載的《滿洲日報》在遼寧營口創刊。三個月後的 10 月 25 日，日本人末用純一郎、金子平吉創辦的中日文並載的《遼東新報》（日報）在遼寧大連創刊[2]。由此拉開了日本人在東北地區創辦新聞報刊營造有利日本「對華事務」輿論的序幕。

僞「滿州國」出臺時，由漢奸鄭孝胥任「總理」的僞滿「國務院」直轄機構中，由日本人笠木良朋任局長的資政局[3]就設有弘法處[4]，負有監管新聞等事務的職能。1933 年 2 月 6 日[5]在僞「國務院」總務廳設置日本人川崎寅雄任處長的「情報處」[6]，統管「滿洲國」的新聞、出版、廣播等宣傳輿論陣地。1935 年 10 月建立「滿洲弘報協會」，將報紙的報導、言論、經營統一起來，實行集中的「官制統治」。[7]日本製造「七.七事變」的 1937 年 7 月，僞滿當局撤銷「國務院」總務廳情報處改設由日本人堀內一雄任處長的「弘報處」[8]，以強制手段脅迫東北地區報紙加入「弘報協會」接受其「官制統治」。短短 3 兩年時間，該協會管理的新聞報紙就由初入協會的 8 家增加到 31 家，幾乎囊括了「滿洲國」所有的報紙[9]。太平洋戰爭爆發前的 1940 年，先是僞滿「弘報協會」宣布「奉命解散」；又把「總務廳弘報處」擴建爲「大弘報處」，接管原僞「治安部」對電影和新聞出版的審查，僞「交通部」對廣播和新聞通訊

1　1905 年 5 月，沙俄艦隊在對馬海戰中被日本海軍擊潰。經美國斡旋，沙俄與日本於 1905 年 9 月簽訂《樸茨茅斯和約》，日本由此取代了沙俄在中國東北地區的支配地位，並爲下一步擴大對中國的侵略打下了基礎。

2　周佳榮：《近代日人在華報業活動》，嶽麓書社，2012 年版，第 258 頁。

3　佟佳江編：《民國職官年表外編：中華民國時期東北職官年表　僞滿洲國職官年表》，中華書局，2011 年版，第 339 頁，載「1932 年 3 月 9 日設立法制局、資政局和興安局，任命笠木良朋任資政局局長。同年 7 月 5 日裁撤資政局並免去笠木良朋局長職務。

4　周佳榮：《近代日人在華報業活動》，嶽麓書社，2012 年版，第 145 頁。

5　佟佳江編：《民國職官年表外編：中華民國時期東北職官年表　僞滿洲國職官年表》，中華書局，2011 年版，第 338 頁。

6　劉壽林等編：《民國職官年表》，中華書局，1995 年版，第 1153 頁。

7　周佳榮：《近代日人在華報業活動》，嶽麓書社，2012 年版，第 145 頁。

8　劉壽林等編：《民國職官年表》，中華書局，1995 年版，第 1153 頁

9　周佳榮：《近代日人在華報業活動》，嶽麓書社，2012 年版，第 145 頁。

等的審查與監督，僞「民生部」對文藝、美術、音樂、電影和戲劇等文化工作的審查和管理以及僞「外交部外務局」對外新聞宣傳實施業務等。[1]1941年初，「大弘報處」建立起情報和宣傳結合，日本人實際掌控、僞滿當局出面實施的「文化行政一元化」[2]新聞統制體制。日滿當局不僅對報業實行嚴格的新聞內容統制，對進步報人施以政治、經濟和人身種種迫害，頒行「弘報三法二件」等強制性法令，推行「一省一報」制，以維護和鞏固其殖民統治。

在日本侵佔東三省並扶植成立僞「滿洲國」前，我國東三省的新聞報紙呈現相對迅速的發展態勢。日本侵佔東三省並建立所謂「滿洲國」後，立即對主張抗日的新聞報紙採取極端鎮壓手段以「毀滅」，以消除佔領區民眾的敵對意識，同時根據「國家壟斷」的既定策略，採取各種辦法壓制新聞報業界以實現新聞統制，同時爲集中力量替「大東亞聖戰」服務，日滿當局還一次又一次地對其控制下的新聞報刊進行「集中」和「整合」，隨著「集中」和「整合」的不斷加劇，僞「滿洲國」地區的新聞報紙品種數呈現出一直下降的軌跡。如哈爾濱在「九.一八事變」前就有報紙二十多種，日軍進佔後只剩6種。1933年2月末，東北共有各種語言的報紙計51種，其中有中文報紙27種，日文報紙11種，俄文報紙10種，英文報紙3種。[3]到1940年7月時。整個中國東北地區僅剩39種報紙，其中包括中文報紙16種，日文報紙17種，兼出中、日文版的報紙3種，英文、俄文和朝鮮文報紙各1種。

1942年，隨著日本在侵略戰爭中的連連失敗，僞「滿洲國」開始推行「新聞社新體制」，在新聞報刊的出版和發行上採用更爲集中和壟斷的手段進行「整合」以組成具有壟斷性質的輿論「喉舌」。通過強制整合，僞「滿洲國」建立起了漢語《康德新聞》、日文《滿洲日日新聞》和《滿洲新聞》三大新聞社。[4]其中長春（當時稱「新京」）的《康德新聞》合併了18家中文報紙，瀋陽（當時稱「奉天」）的《滿洲日日新聞》合併了三家日文報紙；長春的《滿洲新聞》則合併了4家日文報紙。隨著日本在太平洋戰場和中國戰場上的節

1　王繼先：《中國新聞法制通史》（第二卷・近代卷），南京師範大學出版社，2015年版，第277頁。

2　方漢奇主編：《中國新聞事業通史》（第二卷），中國人民大學出版社，1996年版，第910頁。

3　解學詩等：《僞滿洲國史新編》，人民出版社，1995年版，第372頁。

4　此處「新聞社」與漢語的報社（報館）意義相同。採集和發布新聞稿的組織稱爲「通訊社」。

節失利和財力耗盡，僞「滿洲國」僅剩的兩家日文報紙即長春的《滿洲新聞》和瀋陽的《滿洲日日新聞》又在 1944 年 5 月 1 日合併成爲《滿洲日報》，此時的僞「滿洲國」就只剩下一種漢語報紙《康德新聞》和 1 種日語報紙《滿洲日報》了。

　　1945 年 8 月 8 日，蘇聯外交人民委員莫托洛夫接見日本駐蘇聯大使，宣布蘇聯「從 8 月 9 日起即與日本進入戰爭狀態」。8 月 9 日，蘇軍從蒙古南部邊界二連浩特到濱海地區波謝特港的 5000 多公里範圍內同時展開對日軍全線進攻。次日凌晨 1 時，蘇聯遠東軍第一方面先遣部隊從沿海地區越過國境向哈爾濱、吉林挺進。8 月 12 日僞滿皇帝溥儀及僞滿政府高級官員從長春逃到吉林通化大栗子溝。8 月 19 日，蘇軍空降長春、瀋陽、齊齊哈爾、承德、吉林等地，並在瀋陽機場逮捕準備逃亡日本的溥儀一行，僞「滿洲國」徹底覆滅。東三省的新聞業回到了中國人手裏。中共吉林省委機關報《吉林日報》於 10 月 10 日在曾經的僞「滿洲國」首都長春創刊，中共中央東北局宣傳部主辦的哈爾濱《生活報》也即創刊，[1]東三省新聞報業迎來了新的時代。

二、僞「滿洲國」地區的日文報刊

　　在日本控制的僞「滿洲國」時期，我國東北三省地區曾經存在過近百種新聞報刊，其中既有用日文（日語）出版的新聞報刊，也有用中文（漢語）出版的新聞報刊，還用英文、俄文和朝鮮文（高麗語）出版的新聞報刊。由於行政管轄權掌握在日本人或聽命於日本人的漢奸手裏，所以這一階段的我國東三省是日本人的天下。新聞報刊界也是日文報刊的天下。在所有日文報刊中，出版時間最長且影響較大的是《滿洲日日新聞》。

（一）「滿鐵」機關報性質的《滿洲日日新聞》

　　《滿洲日日新聞》實際上是一個報業集團，在主體日文《滿洲日日新聞》的基礎上先後派生出了英文報紙《滿洲日日新聞》和中文報紙《滿州報》，它所之以能夠在我國東北地區長期存在並發展，是與它背後的「南滿鐵路株式會社」直接相關的。

1　方漢奇主編：《中國新聞編年史（中）》，福建人民出版社，2000 年版，第 1516 頁。

1、南滿洲鐵道株式會社（「滿鐵」）的來龍去脈

日俄戰爭後，日本根據《樸茨茅斯和約》從俄國手中奪取了滿洲中東鐵路南段（長春至大連）和經營撫順煤礦等特權。1906 年 6 月 7 日，日本天皇發布第 142 號敕令公布《南滿洲鐵道株式會社成立之件》，11 月 26 日在東京成立南滿洲鐵道株式會社，資本金 2 億日元，日本政府以實物投資承擔一半，另一半股份主要來自日本皇室、貴族、官僚。首任總裁後藤新平（男爵）。1907 年會社總部從東京遷往大連。1907 年 4 月南滿洲鐵道株式會社在大連正式開業。僞「滿洲國」成立後於 1932 年在其首都新京（今長春）設計特別本部，成爲實際上的總社。「滿鐵」對外是一個以經營鐵路爲主（後來擴展到開採煤礦、畜牧業、重工業以及移民等業務）企業性質的機構，實際是日本在中國東三省進行政治、經濟、軍事等方面侵略活動的指揮中心。

2、《滿洲日日新聞》的變遷與興衰

爲了貫徹日本的「國策」，滿鐵會社在剛剛站穩腳跟的 1907 年 11 月 3 日，就創辦了具有機關報性質的《滿洲日日新聞》（日報）。報館設在大連東公園町。創辦人星野錫。守屋善兵衛、村田誠之、村鑒常右衛門、西片朝三、山崎猛、寶性確成、村田懿磨、小山內大六歷任該報社的社長。[1] 1927 年 11 月與《遼東新報》合併改名爲《滿洲日報》繼續出版。1935 年 8 月 7 日[2]，由《滿洲日日新聞》合併後改名的《滿洲日報》又和《大連新聞》合併，又改回用《滿洲日日新聞》的報名繼續出版。1944 年 5 月，僞滿當局推行「新聞社新體制」，《滿洲日日新聞》又和《滿洲新聞》合併改用 1935 年曾使用過的《滿洲日報》做報名繼續出版，直至日本投降後於 1945 年 8 月 15 日停刊。

在日文《滿洲日日新聞》報紙 1907 年創刊後不久即附設英文版和中文版。附設英文版的目的是爲了加強對西方國家的輿論宣傳和引導。1912 年 8 月 5 日[3]，日文《滿洲日日新聞》的英文版成爲獨立的英文日報《滿洲日日新聞》（Manchuria Daily News），每期 6 頁。報館仍然設在大連東公園町，由日本人濱村善吉主持，是日本人在東北創辦的唯一的一種英文報紙。主要內容是爲

1　張憲文等主編：《中華民國史大辭典》，江蘇古籍出版社，2002 年版，第 1833 頁。

2　郭衛東主編：《近代外國在華文化機構綜錄》，上海人民出版社，1993 年版，第 390 頁，記載：該報「1936 年 8 月 7 日與《大連新聞》，又改成爲《滿洲日日新聞》」。

3　周佳榮：《近代日人在華報業活動》，嶽麓書社，2012 年版，第 218 頁，載：《滿洲日日新聞》（Manchuria Daily News），英文日報，1910 年 1 月 1 日有日人創辦於大連。其前身是滿鐵經營的《滿洲日日新聞》於 1908 年所設的英文版。

日本在中國東北的殖民政策辯護，意圖掩蓋日本獨佔中國的野心，模糊西方國家對此問題的關注[1]。日文《滿洲日日新聞》1908 年附設的中文版於 1922 年 1 月 28 日獨立成為中文日報《滿洲報》，報館設在大連山縣通。由日本人西片朝三主持。該報除刊載新聞消息外，還設有《星期副刊》主要發表文藝作品[2]。1937 年 8 月在偽滿當局實行新聞統制政策推行的「官制統治」中被令停刊。

3、《滿洲日日新聞》的言論與結局

由「滿鐵會社」性質所決定，日文《滿洲日日新聞》（日報）和由它英文和中文專欄獨立成報的英文《滿州日日新聞》和中文《滿州報》在它們出版發行過程中儘管經歷了諸多變更，但始終和日本的「國策」保持一致，並且在不同階段仍然通過各種方式和途徑宣傳「國策」。「九一八事變」前，該報大力宣傳殖民主義思想和言論，主張實現日本「大陸政策」，鼓吹「日清融合、提攜」，以主人自居聲稱「維護日本在滿洲的利益」，鼓吹日本本島向中國東北移民（墾殖）；宣揚「經營」大連和殖民地開發等；與此同時，為了轉移世界各國和中國民眾的視線，該報大量報導美國的「排日運動」，渲染沙俄對中國東北地區的貪婪和威脅，挑撥東三省的漢族和朝鮮族民族關係，鼓吹保護「朝鮮人的利益」等，企圖驅使東三省的朝鮮族民眾為日本利益與漢族同胞交惡。「九.一八事變」後，《滿洲日日新聞》言論的內容和傾向又隨著日本「國策」重點發生轉變。首先是通過報導「萬寶山事件」和「中村大尉事件」等，鼓吹應在東北地區加快實施「大陸政策」的步伐；其次是在「九.一八事變」後為推卸製造事變的責任和迷惑中外讀者，反覆炒作所謂的「柳條湖事件」，同時鼓吹「滿日不可分」和「滿日一體化」，甚至公然叫囂「東北不在中國主權之內」，為日本侵略製造理論依據；再則是在偽「滿洲國」出籠前後，《滿洲日日新聞》全力鼓吹「王道自治」、「建立獨立國家」和成立「滿洲國」，並起勁地闡釋所謂「滿洲國」的「國體」之「先進」，以達到迷惑國際爭取國際對「滿洲國」的所謂「承認」。在「太平洋戰爭」爆發之後，《滿洲日日新聞》起勁鼓吹「大東亞聖戰」，宣揚戰時「皇國思想」和「大和魂」精神；在日本

1　郭衛東主編：《近代外國在華文化機構綜錄》，上海人民出版社，1993 年版，第 392 頁。

2　郭衛東主編：《近代外國在華文化機構綜錄》，上海人民出版社，1993 年版，第 390 頁。

侵華戰爭給國內經濟造成巨大經濟困難的情況下,《滿洲日日新聞》在言論中
提倡「增產節約、日常生活」,鼓吹侵華戰爭是日本「全民族戰爭」以把日本
民眾捆綁在侵略戰車上。同時全力鼓吹建構「大東亞共榮圈」以實現所謂「大
東亞解放」的侵略理論;不斷強化「滿日一體化」宣傳,並且爲日滿當局建
設所謂「滿洲國學」、在學校設置「滿洲國國語」課程,意圖實現對「滿洲國」
民眾的奴化和同化[1]。直至最後停刊。

(二)、偽「滿洲國」地區其他日文報刊

在偽「滿洲國」時期的我國東北地區,除了具有「滿鐵」機關報性質的
日文報紙《滿洲日日新聞》以外,還有一些日文報紙,較有影響的如:

1、《滿洲日報》

《滿洲日報》,1927 年 11 月由「滿鐵」原辦的《滿洲日日新聞》和大連
原有的《遼東新報》合併後創刊於遼寧大連。該報聘日軍少將高柳爲報館總
經理主持報館日常運作。在高柳的直接經營下,《滿洲日報》成爲日本殖民當
局和「滿鐵」的宣傳機關。[2]後來由於「滿鐵」公司改組,高柳辭去總經理一
職,報館改聘原《東京朝日新聞》的前任主筆淞山(全名爲松山中二郎)主
持報館。[3]該報每日出報 8～12 頁,日銷數達 5 萬份。1935 年 8 月 7 日該報「遵
命」與《大連新聞》合併後又改稱《滿洲日日新聞》繼續出版,存續時間近 8
年之久。

2、《大北新報》

《大北新報》,日本人中島眞雄 1922 年 10 月 1 日創刊於黑龍江哈爾濱,
《盛京時報》「北滿版」。報館設在哈爾濱傳家甸三道街。首任社長高橋謙,
研究者認爲報名「大北」代表日本軍國主義「獨佔中國東北的野心」。[4]該報由
日本外務省出資籌辦,「滿鐵會社」每月補助 500 日元。由於得到日本官方支
持保護而不受東北地方政府約束,在新聞報導和言論中對中國政治、社會及
外交等方面以「新聞干政」,濱江各界聯合會曾發表公告予以揭露和痛斥。中

---

1 參見谷勝軍:《〈滿洲日日新聞〉研究》,廈門大學出版社,2016 年版。
2 郭衛東主編:《近代外國在華文化機構綜錄》,上海人民出版社,1993 年版,第 390
頁。
3 周佳榮:《近代日人在華報業活動》,嶽麓書社,2012 年版,第 144 頁。
4 郭衛東主編:《近代外國在華文化機構綜錄》,上海人民出版社,1993 年版,第 5
頁。

島眞雄離任後，改由日本人染谷保藏主持。後來又轉讓給日本人山本久治經營。1933 年 6 月脫離《盛京時報》，每日出版對開八版並附出《大北新報畫刊》。1937 年 8 月吞併中文報紙《午報》。1938 年遷入新建的弘報會館（現哈爾濱市道里區地段街 2 號），1944 年 1 月奉命改爲《康德新聞》哈爾濱版，1945 年 8 月日本投降後終刊。

　　3、《滿洲評論》（月刊）

　　《滿洲評論》，1931 年 8 月 5 日創刊於遼寧大連。出版的時間貫穿了僞「滿洲國」存在的整個時期。該刊由一批日本「南滿鐵路株式會社」調查課的「中國通」如野田蘭藏、橘樸、小山貞子等人組織創辦。創刊初期的經費主要來自於日本東京從事對華政策研究的東京亞細亞學會。該刊總部設在大連，在中國南京、上海、北平、天津、廣州、瀋陽、哈爾濱及日本東京、大阪和美國紐約等地設有分部或通訊員。橘樸主編，小山貞子出任發行人。該刊從創刊之日起就積極鼓吹和支持日本關東軍在中國東北地區的戰爭行爲，爲日本關東軍的軍事行動營造戰爭氛圍。僞「滿洲國」出籠後，該刊又迅速成爲僞滿當局所謂「建國理論」的宣傳工具，全面宣傳「滿洲協和會」和「王道主義」思想、經濟軍事統制政策及「鄉村建設」理論，充當僞滿當局的喉舌。同時爲了履行「滿鐵」調查課的職責，爲日本對中國經濟的掠奪提供「打前站」式的服務，該刊還刊載了一系列對中國地方經濟的調查報告，有些情況詳細具體得令人咋舌。1945 年 4 月 28 日終刊[1]。

　　4、《滿洲新報》

　　《滿洲新報》（日報），1908 年 1 月 15 日創刊於遼寧營口。由日本人岡部次郎主辦，大川任總編輯。該報和日本外務部關係非同一般，報紙開辦時的報館就設在日本駐營口的領事館區。直到該報出版發行 15 年之後的 1923 年 11 月才遷到「滿鐵」附屬地的營口南大街，報館也改由日本人小川義和主持。據文獻記載，該報直到 1939 年時仍在出版。[2]

　　除了上述日文報刊外，僞「滿洲國」時期的東北地區還有一些日文報刊。具體分布大致如下：長春有《長春日報》，1909 年元旦創刊，1920 年 8 月改名爲《北滿日報》。1932 年僞「滿洲國」成立後定都長春並把長春改名爲新京，

1　參見車京花：《〈滿洲評論〉研究》，東北師範大學碩士學位論文，2006 年。

2　郭衛東主編：《近代外國在華文化機構綜錄》，上海人民出版社，1993 年版，第 390～391 頁。

該報也隨之改名爲《新京日報》繼續出版；《大新京日報》，1935 年 2 月創刊，主辦人爲和田日出吉，該報後來改名爲《滿洲新聞》繼續出版；《新京日日新聞》，1932 年由創刊於 1920 年 12 月的《長春實業新聞》改名後創刊，該報主人爲日本人城島德壽，1939 年時尚在出版，具體停刊時間不詳。瀋陽有《滿洲日日新聞》1907 年創刊，主辦人爲松本鋒三，此報曾在大連出版；《奉天每日新聞》，日本人松宮幹雄於 1906 年創刊，具體經辦人爲日本人松宮琴子；哈爾濱有《哈爾濱日日新聞》，1922 年 1 月創刊，主辦人爲日本人寒河江堅吉。他曾在佳木斯出版過《佳木斯新聞》；除此以外還有安東的《吉林新聞》（中日文兼備，主辦人爲三橋毛卜）、營口有《營口新報》（主辦人爲索子怡），承德有《熱河新報》（主辦人爲日本人森常雄）；錦州有《錦州新報》（晚報），1932 年 4 月 8 日在錦州出版，主辦人爲下野彌三郎；延吉有《東滿新聞》，1939 年 4 月 8 日創刊，主辦人爲日本人和田日出吉；山海關有《山海關日報》，1940 年 7 月 1 日創刊，主辦人爲日本人黑川重幸等等[1]。

三、僞「滿洲國」地區的其他文字報刊

僞「滿洲國」時期在我國東北地區，除了有日本人創辦並控制的日文報刊外，也有一些中文報刊、俄文報刊、英文報刊以及朝鮮文報刊。

（一）中文（漢語）報刊

就數量上來說，僞「滿洲國」時期東北地區的中文報刊品種數並不算少，但因處於日本人殖民統治之下，所以這些報刊也實際成爲日本人同化和奴化東三省同胞的輿論工具，尤其是那些由僞「滿洲國」政府機構直接創辦的中文報刊。其中較有影響的中文報刊有：

1、僞「滿洲國」國務院機關報《大同報》及《康德新聞》

《大同報》（日報），1933 年 2 月創刊於僞「滿洲國」的所謂「首都」新京（今長春），主辦人是日本人染谷保藏。在此之前他就出版過中文《實話報》。《大同報》雖然名義上是由染谷保藏個人經營，王希哲還掛名社長。但實際上是僞「滿洲國」國務院的機關報[2]，實權掌握在日本文化特務都甲文雄手裏。由於該報爲日本人的命令行事，公開爲日本軍國主義政策尤其是侵略中國辯護，當地中國讀者對該報的極度不信任，致使該報創刊後一直經營慘淡。尤

1　參見周佳榮：《近代日人在華報業活動》，嶽麓書社，2012 年版，第 148～151 頁。
2　周佳榮：《近代日人在華報業活動》，嶽麓書社，2012 年版，第 148 頁。

其是使日本關東軍不滿意的是一些中國報人利用日偽當局僅僅控制新聞消息和報社財權人權，而對文藝版關注不夠的空隙，利用《大同報》的文藝副刊進行了一系列反對日偽的宣傳[1]。爲此關東軍當局一方面大肆抓捕《大同報》的抗日報人，同時在 1936 年建立「弘報協會」時把原由個人經營的《大同報》改爲股份制公司，並更換該報主要領導層。由於改組後的《大同報》仍然不盡如人意，偽滿當局於 1942 年 1 月 22 日在《大同報》社辦公大樓裏建立康德新聞社。1943 年 6 月 1 日以原《大同報》爲基礎正式發行《康德新聞》（新京版）。爲了集中力量辦好《康德新聞》，偽滿當局將各地爲偽滿報人集中到《康德新聞》社。1944 年 9 月，康德新聞社遵照偽滿當局「中國語新聞一國一紙」的方針，把所屬的報刊改名爲《康德新聞》，本部設在偽滿「首都」新京（長春），其餘各地報紙全部「地方版化」，即以《康德新聞》（XXX[地名]版）的名義在各地出版。此時的《康德新聞》成爲偽「滿洲國」境內地盤最大的一種中國語（漢語）的新聞報紙（還有偽滿報人主持的大連《泰東日報》），偽滿當局完全實現了對新聞發布的壟斷。但由於偽「滿洲國」已被戰爭耗盡了資源，這些「地方版」大多很快停刊。1945 年 8 月 15 日，《康德新聞》社的日本報人收聽到日本天皇宣布無條件投降的「終戰玉音」後，知道日本在中國東北地區的殖民統治已經「終結」，隨之「一哄而散」。《康德新聞》隨之停刊。

2、偽「滿洲國」時期的其他中文報刊

除了《大同報》及後來的《康德新聞》外，偽「滿洲國」時期在我國有東北地區還有一些中文報刊，如奉天（瀋陽）有《盛京時報》（主辦者爲日本人染谷保藏，創刊於 1906 年 10 月 3 日，1925 年改組成爲公司，由「滿鐵」直接控制，日本人佐原大武士任總辦，一直出版到日本無條件投降）[2]；《民聲晚報》（日本人西片朝三收購丁袖東所辦的《東亞日報》後創辦的中文晚報）；哈爾濱的《午報》（日本人山本久治 1921 年 6 月 1 日創刊，1937 年 8 月被日本人染谷保藏主持的《大北新報》吞併）；《國際協報》（1918 年 8 月 1 日創刊於長春，後遷至哈爾濱出版，1937 年被日偽當局強制與《濱江時報》和《濱江公報》合併出版《濱江日報》後停刊），（1919 年）《濱江日報》（中國報人

1 華京碩：《偽滿康德新聞社的終結》，載《新聞研究導刊》，2017 年 12 月第 8 卷第 23 期，第 30～31 頁。
2 郭衛東主編：《近代外國在華文化機構綜錄》，上海人民出版社，1993 年版，第 350 頁。

王維周創辦）；山海關有《山海關日報》（日本人黑川重幸在 1940 年 7 月 1 日創刊），《東滿新聞》（日本人和田日出吉 1939 年 9 月在延吉創刊，是與他所主辦的日文報同名的中文報紙）等。

（二）俄語報刊

「九.一八事變」前在哈爾濱出版的俄文報紙共有 8 家：《霞光報》（創刊於 1920 年），《魯波爾報》（創刊於 1921 年），《俄語報》（創刊於 1926 年），《哈爾濱傳令官》（創刊於 1930 年）、《俄羅斯商業經紀人報》（1930 年創刊），《商業哈爾濱》（畫報週報，1931 年創刊），《滿洲生活報》（創刊時間不詳）以及《哈爾濱交易所商業通報》（創刊於 1910 年）[1]偽「滿洲國」時期在我國東北地區也出版了一些俄文報刊，在當時的社會生活中尤其是在當地的俄語讀者中產生獨特的社會影響。其中影響最大出版時間最長的俄文新聞報紙是《霞光報》。

《霞光報》（亦譯成《霞報》），1920 年 6 月 15 日由萊別仟（亦譯作「連比奇」）和俄國記者希普科夫共同創刊於黑龍江哈爾濱。日刊。社址在哈爾濱埠頭中國大街 5 號（今道里區，中央大街和透籠街的交叉處）[2]。創刊初期只是一家小型報，創刊號只是單張，兩個版面。一半是國際新聞，蘇俄國內新聞、中國國內新聞和地方新聞。但很快就有了發展。1920 年 8 月，《霞光報》開始每日早晚發行一次，報刊的名稱沒有變化，只是注明早刊或晚刊。1921 年 2 月擁有了自己的印刷廠。1923 年 4 月期《霞光報》擴大版面，每天出報對開一大張。1923 年 4 月 10 日，哈爾濱《霞光報》正式發行日報和晚報，日報主編是科勃采夫，晚報主編是希普科夫。日報名爲《霞光報》，晚刊則名爲《晚霞報》（1925 年 7 月 22 日被東省特別區警察總管理處勒令停刊）。1924 年 2 月 2 日成立霞光出版股份公司，連比奇任公司法人間《霞光報》主編。偽「滿洲國」成立後，爲了生存盡力迎合偽滿當局，報導過俄僑參與慶祝偽「滿洲國」成立一週年慶典，偽滿哈爾濱政府打算提高俄僑生活水平等新聞及溥儀巡視哈爾濱海軍的活動。報社骨幹人員幾乎公開投靠日偽，如該報主要成員米哈依洛夫成爲日滿當局的御用文人，後來出任中東鐵路經濟調查局

1　趙永華：《在華俄文新聞傳播活動史》（1898～1956)》，中國人民大學出版社，2006 年版，第 116 頁。

2　趙永華：《在華俄文新聞傳播活動史》（1898～1956)》，中國人民大學出版社，2006 年版，第 169 頁。

的局長。1942 年 8 月 20 日，《霞光報》奉命與日本人古澤幸吉主持的《哈爾濱時報》合併成立「時報出版公司」，古澤幸吉出任法人[1]。《霞光報》就此終結。

除了《霞光報》以外，這一階段在我國東北地區有一些俄文報刊。如哈爾濱的《哈爾濱斯科也維樂米亞》（由日本人吉澤幸吉創辦）；《哈爾濱時報》（1931 年 9 月 27 日試刊，11 月 3 日在哈爾濱創刊。創辦人是滿鐵哈爾濱事務所長佐美寬爾，社長大澤隼，總編輯爲白俄奧沙瓦。這是在「九‧一八」事變後日本人強行在哈爾濱出版的一家俄文報。9 月 27 日未經中國地方當局批准立案即出版試刊號，並刊載「四平街華人慘殺日本人」等謠言。當即遭到哈爾濱中國人報紙的駁斥。中國外交部駐哈爾濱特派員照會日本總領事館要求制止該報出版。日本總領事館對中方照會置之不理，11 月 3 日照常正式發刊。1945 年 8 月日本無條件投降後停刊。

（三）英文報刊

僞「滿洲國」時期在我國東三省地區出版的英文新聞報紙品種不多（因爲英國主要的在華利益地區是中國東南沿海等省份）。這一時期在東三省出版的英文新聞報紙主要是《滿洲日日新聞》。該報原是日文《滿洲日日新聞》的附刊（一說爲專欄），報館設在大連公園町，日本人濱村善吉主持，內容主要是向海外報導宣傳日本經營中國東北地區的「成績和進步」。1912 年 8 月 5 日獨立成爲正式的新聞報紙，每日出刊。之所以創辦這份英文的日報，主要目的是爲了向西方國家讀者爲日本在中國東北地區的殖民政策辯護，以掩蓋日本企圖獨佔中國日本的野心，爲其日後的全面侵略中國，進而「征服世界」製造輿論，是僞滿時期日本人創刊出版的唯一的一種英文新聞報紙。日本無條件投降後停刊。

（四）朝鮮文報刊

《滿鮮日報》，朝鮮文日報。1933 年 8 月在新京（今長春）創刊，報社地址在新京（長春）特別市永昌路。董事長爲日本人主幹山口源二，編輯局長菅原理一，營業局長小山市郎。創刊時的社長爲金東挽，後來改由李榮碩擔任。1939 年 2 月李性在任社長（代表董事長）。爲了擴大業務增加報社收入，

1　趙永華：《在華俄文新聞傳播活動史》（1898～1956)》，中國人民大學出版社，2006 年版，第 193～194 頁。

報館曾兼營朝鮮文報紙《通化愛國民報》。1936 年 8 月報社改組爲株式會社，1937 年購買合併了《間島日報》，[1]停刊時間不詳。

第二節 華北、華中和華南淪陷區的報業

自日本侵略者製造「九・一八事變」後操縱成立僞「滿洲國」以後，不斷擴大對中國內地的滲透和蠶食，在被佔領的中國領土上實行所謂「以華制華」方針，扶植成立諸如僞「維新政府」、僞「華北臨時政府」以及汪僞「中華民國國民政府」等漢奸傀儡政府。這些漢奸政府在日本主子的操縱指使下採用「以數量對質量」的戰術，出版發行大量旨在宣傳爲自己投降賣國醜行開脫罪責的「和平建國」理論，宣揚日本侵略者「大東亞共榮圈」侵略理論，鼓吹日本侵略軍所謂「大東亞聖戰」的「勝利」戰果，企圖愚弄誤導淪陷區民眾的新聞報刊。這些中國新聞史長河中因爲偶然因素泛起的成渣，在其日本主子無條件投降後隨之煙消雲散。

一、華北淪陷區的報業

華北地區在自然地理上一般包括遼東、山東低山丘陵、華北平原及遼河下游平原，黃土高原和冀北山地等四個自然地理單元。民國時期一般包括河北、山西、綏遠、察哈爾、平原等省和北平、天津兩市。日本關東軍通過製造「九一八事變」輕鬆佔領中國東北三省後，其侵略野心迅速膨脹，侵略魔爪加緊伸向中國腹地，首當其衝的就是中國的華北地區。

（一）華北淪陷區及其新聞報業整體情況

日本扶植僞「滿洲國」1932 年 3 月出籠後，迅速加緊對中國的侵略。1933年 1 月 3 日，日軍攻佔山海關。2 月 20 日集中 10 多萬日僞軍三路進攻熱河，於 3 月 4 日下午不費一槍一彈進佔承德。[2]熱河失守，張學良在巨大壓力下宣布下野出國。蔣介石任命何應欽爲軍事委員會北平分會帶委員長，「中央」借機控制了北平。面對大片國土喪失、平津危急的形勢，蔣介石的重點仍是「剿匪」，指使何應欽和黃郛派人簽訂與日本人《塘沽協定》。然而《塘沽協定》

---

1 劉曉麗、〔日〕大久保明男：《僞滿洲國文藝大事記（下）》，北方文藝出版社，2017年版。

2 王維禮主編：《中國現代史大事紀事本末（上）》，黑龍江人民出版社，1987年版，第 672 頁。

墨蹟未乾，日軍進攻察哈爾。馮玉祥和吉鴻昌等指揮察哈爾民眾抗日同盟軍奮起抵抗，蔣偽日合流鎮壓了察哈爾抗日同盟軍。日本 1935 年開始向華北發動新的進攻，通過製造「察東事件」、「張北事件」和「河北事件」等，與民國南京政府簽訂「何（應欽）梅（津美治郎）協定」和「秦（德純）土（肥原）協定」，中國華北的主權悉數落於敵手。日本侵略者又進一步策劃「華北五省自治運動」。1935 年 10 月指使漢奸武宜亭佔領香河縣城並成立所謂「縣政臨時維持會」。11 月 25 日，漢奸殷汝耕在通縣成立「冀東防共自治會」並發表「宣言」脫離南京政府。日本政府 1936 年 1 月 13 日發出《處理華北綱要》，公開提出「自治區域以華北五省爲目標」[1]，3 月與宋哲元秘密簽訂「華北防共協定」。盧溝橋「七.七事變」後，日軍迅速佔領以天津和北平爲中心的華北地區後，1937 年 12 月 14 日在北平成立所謂「中華民國臨時政府」（又稱「華北臨時政府」），定都北平，所轄地區包括北天津、青島三市及河北、山東、山西、河南 4 省部分地區[2]。1940 年 3 月併入汪偽國民政府後改名爲「華北政務委員會」，日本無條件投降後終結。

　　日本侵略者以北京和天津爲中心的華北淪陷區扶植漢奸政府及漢奸報人，依託華北地區豐富的資源和較厚實的文化基礎，創辦了大量旨在爲日本軍國主義侵略鼓譟並爲漢奸賣國醜行塗脂抹粉的漢奸新聞報刊，其中北平敵偽勢力創辦發行的中文報紙達 37 種之多；天津有敵偽創辦的中文報紙 17 種[3]。在支持漢奸報人大量創辦中文新聞報紙的同時，日本人還自己出面直接經辦日文報刊。據有關史料記載，1932 年尚在華北淪陷區出版的日文新聞報紙，北京有 2 種；天津有 3 種；山東濟南有 2 種；至於日本重點經營的沿海青島則有日文報紙 8 種[4]。這些由日本人創辦發行的新聞報紙，因爲有日本政府（或者是外務省以及駐當地的使領館，或者是軍方勢力及浪人幫派，有報刊創辦者本人就是日本駐華機構的特殊成員）等各種勢力在背後撐腰，所以根據日本的在華利益，肆無忌憚地報導新聞和發表言論，公開或半公開地干預中國的政治經濟，有的日文報紙還是當地漢奸報紙的直接新聞來源和「太上皇」。

1　《日本帝國主義對外侵略史料選編》，上海人民出版社，1983 年版，第 190 頁。
2　張憲文等主編：《中華民國史大辭典》，江蘇古籍出版社，2002 年版，第 708 頁。
3　梁家祿等編：《中國新聞業史》，廣西人民出版社，1984 年版，第 433 頁。
4　周佳榮：《近代日人在華報業活動》，嶽麓書社，2012 年版，第 141～142 頁。

（二）華北淪陷區的中文報紙

日本侵略者以北京和天津爲中心的華北淪陷區扶植漢奸政府及漢奸報人，依託華北地區豐富的資源和較厚實的文化基礎，創辦了大量旨在爲日本軍國主義侵略鼓譟並爲漢奸賣國醜行塗脂抹粉的漢奸新聞報刊，其中北平創辦發行的敵僞報紙就達 37 種之多，主要的如《新民報晨報》、《新民報晚報》、《北京晨報》、《實報》、《實言報》、《益世報》、《時言報》、《北京報》、《立言報》、《民眾報》、《新北京報》、《冀東晨報》、《華北日報》、《武德報》、《新興報》、《全民報》及《世界日報》等；天津有敵僞報紙 17 種，主要有《庸報》、《東亞晨報》、《國民日報》、《新天津報》、《救國日報》、《美邦協和》報、《天聲報》、天津《天風報》、《天津新報》等。其中較有影響的如：

1、日僞「新民會」機關報《新民報》

盧溝橋「七.七事變」後，日軍迅速佔領古城北平。爲實現「以華制華」戰略，日本人於 1937 年 12 月 24 日在北平成立所謂的「中華民國新民會」（簡稱「新民會」），大漢奸王克敏、張燕卿任正副會長，日本華北派遣軍最高司令官任顧問，直接指揮和掌控該會活動。該會組織風味中央和地方兩個層面。會長之下設中央指導部及其委員會，下設總務、教化和厚生三部；在省、市、縣設立指導部，縣以下設分會。以所謂「新民主義」理論爲指導思想，鼓吹「有德斯有土，有土斯有財，有財斯有用」以及「協和萬邦」的奴化思想[1]，以爲日本侵略當局維護和鞏固法西斯統治收買人心。爲了宣揚和鼓吹所謂「新民主義」理論和爲日本主子效勞，該會在宣布成立後不到一周的 1938 年元旦掠奪成舍我在北京創辦的《世界日報》館舍和設備，創辦機關報《新民報》。

《新民報》名義上是中國人創辦和經營，大漢奸王揖唐、朱深、王克敏等先後出任名譽總裁，但報社的社長兼主筆卻是日本人武田南陽。除了經理局和編輯局局長有文化漢奸出任外，其他局長都是日本人把持。該報以「大亞細亞主義」爲實質性內容的「新民主義」爲旗幟，爲日本侵略者的「大亞細亞主義」的「華北化」效勞，製造和鼓吹所謂的「中日兄弟失和論」（意在同化和奴化中國民眾）、「英美無德禽獸論」（意在轉移中國民眾的鬥爭矛頭，破壞世界反法西斯統一戰線陣營）和「日本解放有功論」（爲日本侵華歌功頌德）[2]，同時鼓吹「建立東亞新秩序」、「治安強化運動」和「防共、剿共」，主

1　張憲文等主編：《中華民國史大辭典》，江蘇古籍出版社，2002 年版，第 1820 頁。
2　劉揚、陳靜文：《從日僞新民報看「大亞細亞主義的誘惑與欺騙」》，載《新聞春秋》（北京），2013 年版，第 22～26 頁。

要採用汪偽中華通訊社新聞稿。在出版日報的同時還出版晚報。由於效力賣力，該報一值得到日偽當局的「呵護」，幾次報業整頓都「安然無事」，直到抗日戰爭後期，由於戰局緊張和資源耗盡，《新民報》只得以減少版面和縮小字體等方式苟延殘喘，最終還是於 1944 年 4 月 30 日奉命與《實報》《庸報》合併組成《華北新報》而停刊。

2、華北淪陷區最後的漢奸報紙《華北新報》

1944 年 5 月 1 日，日偽統治下的古城北平新聞界出現了一種新的新聞報紙，這就是偽「華北政務委員會」情報局創辦的《華北新報》（日報）。與此同一天，原在北平出版的《新民報》、《實報》和《民眾報》以及天津的《庸報》和《新天津報》都悄無聲息地停刊了。這是日偽當局為應付「紙張極度緊張」困境採取的停辦華北各地所有中文報刊，集中出版《華北新報》措施的結果，該報由此成為華北地區唯一的一份漢奸中文報紙，也是華北地區唯一的一份出版到日本於 1945 年 8 月 15 日宣布無條件投降後才停刊的漢奸新聞報紙。

被合併成《華北新報》的 5 種漢奸新聞報紙，除了上文介紹的《新民報》和下文還將介紹的《實報》外，其中天津《庸報》曾經是華北地區僅次於北平《新民報》的漢奸新聞報紙。《庸報》原為葉庸芳於 1926 年 8 月 4 日創刊於天津，經理王鏤冰。後來成為國民黨重要新聞人的董顯光 1927 年接任該報社長。總經理蔣光堂，總編輯張維周（琴南）。以言論嚴謹、重視本地新聞及趣味性為特色，且注重編排藝術，標題醒目，發行量一路上升，到 1930 年時就已經發行 2 萬多份，成為天津的第二大報。1935 年被日本特務機關「茂川公館」派人暗中收買後失去原有風格。[1]天津淪陷後，日本軍部派同盟社大矢信彥接管《庸報》，雖仍以原名出版發行，但實際上已成為日本北支派遣軍的機關報。[2]1944 年 5 月 1 日奉命改為天津《華北新報》，1945 年 8 月日本投降後停刊。至於《民眾報》和《新天津報》雖然都是算經過日偽幾次報紙整頓仍「碩果僅存」的漢奸報紙，但在社會影響上是遠不如《庸報》的。

---

1 方漢奇主編：《中國新聞事業編年史（中）》，福建人民出版社，2000 年版，第 1057 ～1058 頁。

2 周佳榮：《近代日人在華報業活動》，嶽麓書社，2012 年版，第 156 頁。

3、「報格」盡失的日偽言論報導機關[1]《實報》

《實報》創刊於 1928 年 10 月 4 日，與該報幾乎同時產生的還有時聞通信社。創刊號載有署名「管翼賢」的發刊詞《實之第一聲》，英文報名爲「The Truth Post」[2]。創刊初期比較艱苦，規模不大、設備簡陋。報館設在宣武門內嘎哩胡同十四號一間小房子內。管翼賢任社長，負報社全責，其妻邵挹芬任經理，總理全社事務，設有編輯、營業和工務三個部門。爲了吸引讀者，該報的社會新聞較多地刊載搶劫、兇殺、自縊、吞毒等犯罪新聞或與風月場所相關的里巷新聞。[3]創刊時僅發行 800 份，後增至二千份，1929 年 4 月銷量漲至七千份，同年底接近一萬份[4]。在 1930 年之前，應該說 1928 年在北平創刊的《實報》是平津小型報的先先驅。該報的誕生及暢銷，反映了創辦者管翼賢提出的兼顧經營與編輯之「小報大辦」方針的成功。[5]

「九・一八事變」發生的當天晚上，管翼賢得到來自東北的消息，第二天就將事變的消息登了出去。在言論方面，該報一改此前將政治問題社會化的寫作風格，因明確主張抗日、反對軍閥、呼籲停止內戰、支持民眾「抵制日貨」，讚揚十九路軍是「民族的英雄」以及爲支持十九路軍抗日發動社會捐款等進步傾向，獲得了知識界的讚賞。張友漁、李達和陳豹隱等知名人士都曾在這一時期應邀給該報寫社論，宣傳抗日，宣傳民主。[6]《淞滬停戰協定》的簽訂意味著蔣介石所倡導的「攘外必先安內」政策的正式確立，《實報》的言論緊跟轉向：在言論中剖析「共匪」存在的根源，倡議「剿共」首在撫民，又痛陳軍閥對國家之害，呼籲打倒軍閥廢止內戰；同時也揭露日本侵華野心，號召打倒一切帝國主義，還力主武力收復東北失地，鼓舞華北軍民做最後的抵抗[7]——這還是當時中國報紙較爲普遍的態度。這種態度隨著與民國南京政

1　李傑瓊：《半殖民主義語境中的「斷裂」報格：北方小型報先驅《《實報》與報人管翼賢》，中國社會科學出版社，2015 年版，第 186 頁。

2　李傑瓊：《半殖民主義語境中的「斷裂」報格：北方小型報先驅《《實報》與報人管翼賢》，中國社會科學出版社，2015 年版，第 37 頁。

3　李傑瓊：《半殖民主義語境中的「斷裂」報格：北方小型報先驅《《實報》與報人管翼賢》，中國社會科學出版社，2015 年版，第 43 頁。

4　蘇雨田、夏鐵漢：《實報之一年》，載《實報月刊》（再版），1929 年 11 月「紀錄」第 2 頁。

5　李傑瓊：《半殖民主義語境中的「斷裂」報格：北方小型報先驅《《實報》與報人管翼賢》，中國社會科學出版社，2015 年版，第 107～108 頁。

6　張友漁：《我和實報》，載《新聞研究資料》，1981 年版。

7　李傑瓊：《半殖民主義語境中的「斷裂」報格：北方小型報先驅《《實報》與報人管翼賢》，中國社會科學出版社，2015 年版，第 124～136 頁。

府外交部有關的雜誌《外交評論》發表蔣介石授意其秘書陳布雷並由陳布雷撰寫最終樣稿，用民國初期著名親日政客徐樹錚之子徐道鄰的名字發表的《敵乎？友乎？》[1]一文發生了微妙變化，因爲言論環境的緊縮，該報恢復了將政治問題社會化的寫作方式，在論調上由激進轉爲緩和，由進步轉爲保守，其但發行量卻從 1929 年底的一萬份增長到九萬份，《實報半月刊》由創刊時的五千份增加到三萬份，《實報叢書》已出版到二十多種[2]。從 1935 年至 1937 年是《實報》在北平淪陷前營業發展漸至高峰的時期。[3]

早在盧溝橋「七・七事變」前，管翼賢就和日本人來往密切[4]。1937 年 1 月，管翼賢出任北平市政府秘書長，北京淪陷前「聞風而逃」到濟南復刊《實報》。日僞劫持北平《實報》後 1937 年 8 月 14 日登出啓事宣布改組董事會和更換社長，新任董事長潘毓桂和新任社長何庭流當日前往報社。濟南淪陷後，管翼賢將報社遷往漢口，再後又避居香港。在香港通過日本人黑田聯繫上日本駐北平的同盟通信社記者佐佐木健兒，得到日本華北派遣軍報導部和華北敵僞政權同意，1938 年 9 月回到淪陷區的北平，成爲可恥的漢奸報人和文化特務。1938 年 10 月 2 日，時任《實報》社長胡海通在《實報》登載啓事請辭社長一職，並聲明即日起不再負責報社事務。自 10 月 4 日起，《實報》在言論和文章中透露出「管社長」已回報社的信息。10 月 18 日公開登報「本社社長管翼賢因事羈身，社務由總編輯蘇雨田暫爲代理。」[5]1939 年，管翼賢出任日僞華北政務委員會情報局局長，幫助日僞制訂華北地宣傳綱領，指導「華北宣傳聯盟」和「華北新聞協會」工作。在管翼賢主持下的《實報》及兼任社長的《武德報》成爲和僞「新民會」機關報《新民報》地位相當的漢奸報紙。由於《實報》在擁護僞「華北臨時政府」、鼓吹建立「東亞新秩序」，鼓譟汪精衛「和平建國」主張和理論、配合華北日僞軍的「治安強化運動」等方面堪稱「華北日軍控制下的言論報導機關」，所以受到日僞當局特殊照顧，在報刊的數次「整理」中都得以繼續出版。直到因奉命與北平《新民報》、《民眾報》及天津《庸報》《新天津報》一起合併改出《華北新報》，於 1944 年 4

1 徐道鄰：《敵乎？友乎？》載《外交評論》（1934 年 12 月增刊），1935 年 2 月出版。
2 管翼賢：《卷首語》，載《實報半月刊》，1936 年 10 月 16 日出版。
3 李傑瓊：《半殖民主義語境中的「斷裂」報格：北方小型報先驅《實報》與報人管翼賢》，中國社會科學出版社，2015 年版，第 157 頁。
4 李傑瓊：《半殖民主義語境中的「斷裂」報格：北方小型報先驅《實報》與報人管翼賢》，中國社會科學出版社，2015 年版，第 177 頁。
5 《實報啓事》，載《實報》，1938 年 10 月 18 日。

月 30 日宣布停刊。它的設備和以社長管翼賢為代表的記者群則繼續扮演著「戰爭協力者」的角色[1]繼續為日本主子效力，直到日本宣布無條件投降。

（三）華北淪陷區的日文報紙

在支持漢奸報人大量創辦中文新聞報紙的同時，日本人還自己出面直接經辦日文報刊。在當時較有影響的如：

1、《青島新亞新報》

《青島新亞新報》，1943 年創刊於山東青島，由日本人長谷清川主持編輯發行。該報是為適應日本在太平洋戰爭後期因資源短缺出現的經濟困難形勢，日偽當局強令當地原有的《山東每日新聞》（日報）和《青島新報》停刊合併後創辦。儘管日偽當局為維持其法西斯統治和「大東亞聖戰」的殖民宣傳想盡辦法，停報辦報，希望能夠「興亞」。但隨著日本於 1945 年 8 月宣布無條件投降並於同年 9 月 2 日正式簽訂投降書，《青島興亞新報》和其他由日本人創刊控制的報紙一樣壽終就寢了。至於因《青島新亞新報》要「出生」而奉命「死亡（停刊）」的《山東新聞》（日報），1916 年 6 月 7 日創刊於青島。由日本人川村倫道、長谷川清等先後主持。館址設在山東青島上海路。後改名為《山東每日新聞》。北平盧溝橋「七.七」事變後日軍進佔青島，該報在日偽統治下繼續出版。直到 1943 年「奉命」被吞併成為《青島新亞新報》的一部分。而成為《青島新亞新報》另一部分的《青島新報》，則是在第一次世界大戰時期日軍佔領青島後於 1915 年 1 月 15 日創辦的日文日報。日本人鬼頭玉汝主辦。報館設在青島中山路 158 號，後由日本人小古節夫、片荷等主持。抗日戰爭爆發後繼續出版。也是在 1943 年奉日偽當局命令停刊與《山東每日新聞》合併，成為《青島興亞新報》的一部分繼續出版。1945 年 8 月日本無條件投降後停刊。

據有關史料記載，1932 年尚在華北淪陷區出版的日文新聞報紙就有：北平的《北平新聞》（後曾用《北京新聞》出版過，森川照太創刊於 1923 年，有人譯為《北京新報》[2]）、《新支那》（安藤萬吉創刊於 1913 年）及《陣中新聞》和《東亞新報》等；天津有《亞細亞報》（小山行道創刊於 1932 年），《天津日報》（真藤棄生創刊於 1910 年），《京津日日新聞》（黑川重幸創刊於 1918

1　李傑瓊：《半殖民主義語境中的「斷裂」報格：北方小型報先驅《實報》與報人管翼賢》，中國社會科學出版社，2015 年版，第 205 頁。

2　黃河編：《北京報刊史話》，文化藝術出版社，1992 年版，第 158～159 頁。

年）；山東濟南有《濟南日報》（平岡小太郎創刊於 1916 年），《山東新報》（小川雄三創刊於 1926 年）；山東青島有《大青島報》（小古節夫創刊於 1915 年），《青島新報》（小古節夫 1915 年創刊），《山東新報青島附錄》（長谷川清創刊於 1926 年），《青島興信所報》（上野茶藏創刊於 1918 年），《實業興信所報》（小川岩男創刊於 1921 年），《山東興信所報》（青村榮三創刊於 1921 年），《青島公報》（三好眞父創刊於 1923 年）以及《日華報》（前田七郎創刊於 1929 年）等等。

二、華中淪陷區的報業

華中淪陷區一般是指以上海、南京為中心的上海、江蘇、安徽、浙江及福建部分地區，是汪僞「中華民國國民政府」在日本軍隊佔領後並在日軍刺刀支持下管轄的地區。由於歷史和文化的原因，華中地區人口比較集中、城市化水平較高、經濟比較發達、開放度較高的區域，所以新聞報業在這些地區一直處於全國領先的水平，民國初年就「以上海報紙自豪於全國」[1]。

（一）淪陷時期上海地區的新聞報業

作爲《中英南京（江寧）條約》規定第一批「開埠」五個沿海城市之一的上海，是中國近代新聞業起步較早的城市。據史料記載，日本人松野平三郎於 1890 年 6 月 5 日在上海創辦並主編、修文書館負責印刷發行的日文《上海新報》（週刊）是日本人在中國創辦最早的日文報刊。[2] 英國字林洋行於 1882 年 4 月在上海創辦的《滬報》（不久改名爲《字林滬報》），1900 年 2 月日本人接辦後更名爲《同文滬報》（副刊《消閒報》更名爲《同文消閒報》）[3]，是目前所知在上海最早由日本人控制的中文報紙。由此拉開了日本人在上海經營中、日文新聞報業的序幕。

1、淪陷時期上海地區的日文報刊業

「九・一八事變」後不久的 1932 年 1 月 28 日，日本人在上海以「保護僑民」爲藉口向中國守軍發起進攻，第十九路軍奮起抵抗，日軍損失慘重。

---

1 姚公鶴：《上海報紙小史》，載楊光輝等編：《中國近代報刊發展概況》，新華出版社，1986 年版，第 261 頁。
2 郭衛東主編：《近代外國在華文化機構綜錄》，上海人民出版社，1993 年版，第 20 頁。
3 馬光仁主編：《上海新聞史》（一八五○～一九四九），復旦大學出版社，1996 年版，第 1102～1105 頁。

但最後還是以國民政府和日本簽訂《淞滬停戰協定》結束戰事。1937 年「七.
七事變」不久的 1937 年 8 月 13 日，駐滬日本海軍陸戰隊大舉進攻上海，中
國軍隊在張治中指揮下奮起抵抗，後因日軍從杭州灣登陸側擊並合圍上海，
中國軍隊被迫撤退，11 月 12 日淞滬陷落。隨著日軍於 1941 年 12 月 7 日偷襲
美軍珍珠港，太平洋戰爭爆發。「孤島」淪陷，上海從幾個帝國主義國家瓜分
狀態，變成日本帝國主義獨佔的殖民地。上海的新聞事業從殖民地半封建變
爲完全殖民地性質。[1]

　　日文《大陸新報》，創刊於太平洋戰爭即將爆發前的 1939 年 1 月 1 日，
對象是上海及其附近地區的日本人。代表日本官方觀點，目的是統一在華日
本人的思想爲「大東亞聖戰」效力。社長爲福家後一，副社長爲阪尾與市。
爲了擴張該報的影響力，日本軍方於 1939 年 4 月 29 日又把以日文《上海日
日新聞》的設備和館舍爲基礎於 1937 年 10 月 1 日創辦的日本軍部機關報《新
申報》改組爲日文《大陸新報》的中文版，先由日文《大陸新報》的社長日
本人福家後一兼任《新申報》任社長，後由日本人阪尾與市、上野祝二先後
任社長，日本人日高清磨磋曾任該報總編輯。《大陸新報》是日本佔領上海後
獨霸上海外文報壇的報紙，日本人創辦的日文報紙《大陸新報》也就成了當
時上海數十家汪僞報刊的「太上皇」。[2]由於是「獨霸」加之日僞當局又於 1941
年 12 月 25 日實施所謂的《新聞事業令》，更爲其獨霸上海日文報業市場創造
了有利條件，成爲當時上海銷量最大的日文報紙。由於戰爭耗盡資源，汪僞
當局爲苟延殘喘實施所謂「戰時體制」，強令當時的尚存的另一家日文報紙《上
海每日新聞》併入《大陸新報》，使該報成爲在日本投降前上海唯一的日本報
紙。銷量增至四萬份，不但出版日報，而且還每日出版晚報半張。1944 年春
夏之交由於紙張緊缺減少版面，逢星期二、四、六改出半張。直到日本投降
後停刊，由中國政府接收。[3]

　　這一階段上海的日文報紙，除了《大陸新報》外，還有《上海日日新聞》
（1914 年創刊，1937 年 9 月底奉命停刊與日文《上海日報》和《上海每日新
聞》合併創刊《上海合同新聞》，同年底《上海合同新聞》報解散後恢復原名

1　馬光仁主編：《上海新聞史》（一八五〇～一九四九），復旦大學出版社，1996 年版，
　　第 922 頁。
2　周佳榮：《近代日人在華報業活動》，嶽麓書社，2012 年版，第 159 頁。
3　郭衛東主編：《近代外國在華文化機構綜錄》，上海人民出版社，1993 年版，第 7
　　頁，第 143 頁。

出版）、《江南正報》（日本人山田純三郎 1932 年 4 月 10 日創刊）、《上海合同新聞》（日報，1937 年 10 月 1 日由日文《上海日報》、《上海日日新聞》和《上海每日新聞》合併後創刊。同年年底《上海合同新聞》解散，各報恢復用原名出版）。《華文每日》（日本大阪每日新聞社和東京每日新聞社 1942 年 11 月 1 日聯合創辦出版），此外日本駐上海總領事館特別調查班於 1939 年 9 月發行日文雜誌《特調班月報》，內容主要翻譯來自國民黨統治區和共產黨領導的抗日根據地雜誌的重要文章，也有日本特務通過秘密渠道獲得的中國情報的分析文章，是一種供日本高層瞭解中國實情的重要刊物，1942 年 5 月出至第 4 卷第 5 號停刊。

2、淪陷時期上海地區的中文報業

「八・一三事變」後，日本迅速進佔除外國租界以外的上海地區。1937 年 10 月 1 日，日本人把原先的日文報紙《上海日日新聞》改組成日本軍部的中文機關報《新申報》。太平洋戰爭爆發後日本軍隊迅即進佔外國租界。1941 年 12 月 8 日上午 10 點，日軍報導部組織四班人馬分赴租界各地實施接收「敵對性新聞機構」的任務。在滬的外文報紙除英文《泰晤士報》經理諾德印格表示「願意接受日方指導，盡力協助日軍做好宣傳工作」於次日照常出版，和英文《大美晚報》負責人表示「願服從日方指導，絕不進行反日宣傳」「被准予復刊」外，英文《大陸報》、《密勒氏評論報》、《中美晚報》、《大晚報》和《字林西報》等均「予以查封」。中文的《正言報》、《神州日報》、《申報》和《新聞報》等一律「先行查封，等候處理」[1]。由此同時，日本軍方全力加強其在上海的中文報紙宣傳，使淪陷時期上海地區的中文報業呈現出一種十分複雜的現象。這一階段上海地區主要的汪偽中文報紙有《新申報》、《中華日報》、《新中國報》和《國民新聞》報等。

《新申報》，1937 年 10 月 1 日由日本軍方以原先日文報紙《上海日日新聞》的館舍和設備創辦的日本軍部機關報。對開 4 版。日文報紙《大陸新報》的社長阪尾與市兼任該報社長，並且由日文報紙《大陸新報》代為發行。該報在日本軍部直接領導和資助下，以刊載政治、軍事新聞為主，宣傳日本侵華政策、鼓吹「大東亞聖戰」和建立「大東亞共榮圈」。設有《千葉》、《北斗》等副刊。太平洋戰爭爆發當天，《新申報》不但迅即出版了「號外」，同時還

---

1 馬光仁主編：《上海新聞史》（一八五〇～一九四九），復旦大學出版社，1996 年版，第 923 頁。

編製壁報到處散發和張貼。次日（1941 年 12 月 10 日）又增出晚報《新申報夜報》，日出報紙半張，每天下午 4 點出報，主要報導當天的新聞，以便讀者「先睹爲快」。爲了更有效地宣傳日本的侵略戰爭政策和所謂的「赫赫戰績」，爲求「進一步敏捷廣泛之報導」新聞，《新申報》於 1941 年 12 月 15 日又增設了中文無線電新聞廣播電臺。該臺設在「上海南京路哈同大樓屋頂」，採用「最新式大擴音機」「隨時廣播時局重要新聞」[1]。由於得到日本軍部的特殊保護和直接資助，《新申報》在日僞多次的報紙「整理」和「合併」運動中一值得以獨立出版，直到 1945 年 8 月日本無條件投降後停刊[2]。

　　《中華日報》，1932 年 4 月 11 日在上海創刊。當時爲國民黨改組派的輿論機關。汪精衛指派林柏生出面創辦並任社長。總編輯趙慕儒，總主筆許力求。1933 年 3 月增出大型理論刊物《中華月報》。因銷路不暢，報紙每月只能靠津貼維持 1938 年 10 月停刊[3]。汪精衛公開投敵後於 1939 年 5 月返回上海並著手籌組汪僞「國民政府」。爲了配合其「和平建國」運動，汪僞於 1939 年 7 月 10 日在上海復刊先前因銷路不暢辦不下去的《中華日報》，仍由後來出任僞「中央宣傳部」部長的林柏生任社長，許力求代理，褚保衡任總編輯，主要內容是詳載汪僞政權的主要言論、施政方針，成爲汪僞國民黨中央宣傳部的御用工具[4]。在汪僞勢力的全力支撐下，《中華日報》首先恢復出版了《中華月刊》，由許力求主編。主要刊載各類論文、時事雜感、人物介紹以及社會思想史話等方面內容。太平洋戰爭爆發後，《中華日報》又於 1941 年 12 月 11 日創辦了晚報《中華日報晚刊》，每天下午 4 點出版。1942 年 7 月 4 日，《中華日報》又創辦《中華週報》，漢奸文人陶亢德主編。除「各種專門論述外，更附每週參考資料，及重要文獻。」[5] 1943 年 8 月 1 日，爲爭奪識字不多和青少年的讀者市場，《中華日報》又創辦《中華畫報》，同時還出版《中華日報叢書》多種。就是在汪僞勢力的全力經營下，汪僞「中央宣傳部」的機關報《中華日報》成爲「兩報（《中華日報》和《中華日報晚刊》）、多刊（《中華月報》、《中華週報》和《中華畫報》）加叢書（《中華日報叢書》）」的「系列」傳播媒介。1945 年 8 月日本無條件投降後停刊。

1　《新申報》，1941 年 12 月 15 日。
2　張憲文等主編：《中華民國史大辭典》，江蘇古籍出版社，2002 年版，第 1815 頁。
3　方漢奇主編：《中國新聞編年史》（中），福建人民出版社，2000 年版，第 1210 頁。
4　張憲文等主編：《中華民國史大辭典》，江蘇古籍出版社，2002 年版，第 263～264 頁。
5　《〈中華週報〉發刊詞》，載《中華週報》，1942 年 7 月 4 日。

　　《新中國報》，日報。1940 年 11 月 7 日創刊於上海。社址在上海河南路 308 號。嚴輝光、袁殊先後任社長。魯風、王平、鄭介等先後任總編輯。鼓吹汪精衛的「曲線救國」理論，側重報導所謂「大東亞聖戰」和江蘇省「反共清鄉」的消息。設有《學藝》《趣味》等副刊。創刊後不久的 1941 年 1 月，《新中國報》把汪偽創辦的《憲政月刊》改辦爲大型綜合性刊物《政治月刊》，旨在「由憲政運動的倡導，進而爲一般的政治的研究」。該刊名義上由江蘇省教育廳主辦，實際上的編印、發行事務全部由新中國報社負責，由後來出任《新中國報》社社長的袁殊出任該刊的社長兼總編輯，且在創刊號上就發表了汪精衛、周佛海、林柏生等人的文章，以後幾乎每期都會登載汪精衛的文章，成爲汪偽集團在上海的重要輿論陣地。[1]太平洋戰爭爆發當天，《新中國報》和《中華日報》一樣在當天就出版「號外」以造聲勢。並且在第二天（1941 年 12 月 9 日）增加出版《新中國晚報》，「以最迅速的方法，報導當日太平洋戰爭及其他國際及本埠重要消息」，爲日本軍隊在偷襲珍珠港中的「輝煌勝利」唱讚歌。1941 年 12 月 14 日又增出時事評論刊物《中國週報》，旨在引導讀者「認識世界、認識中國」。1942 年 8 月《新中國報》社又復刊原先已經停刊的大型綜合性期刊《雜誌》，由此漢奸報紙《新中國報》達到了頂峰，成爲「兩報（《新中國報》和《新中國晚報》、三刊（《政治月刊》《中國週報》和《雜誌》）」的出版物體系。無奈的是不管螞蚱如何折騰，秋天終會到來。隨著日本侵略者戰場上步步失利，支撐其侵略戰爭的後方資源也消耗殆盡，1944 年 2 月 2 日，已出版兩年多的《新中國晚報》因「10 倍於過去」的「紙張供應困難」停刊。《新中國報》也改爲週三報（逢週一、三、五出報），直到日本宣布無條件投降後的 1945 年 8 月 16 日停刊[2]。

　　《國民新聞》報，日刊。1940 年 3 月 22 日創刊於上海「孤島」。劉吶鷗、穆時英任社長。不久由汪偽特務頭子李士群接辦並親自出任社長。因爲李士群忙於特務工作而由黃敬齋任代理社長，主持報社日常事務。李士群接辦《國民新聞》報後，大幅度調增了該報的內容，增加了電訊、譯著，加強對汪偽特工系統的輿論宣傳，成爲汪偽特工總部的機關報。太平洋戰爭爆發後，《國民新聞》報於 1941 年 12 月增加出版 16 開本的綜合性雜誌《國民新聞週刊》，

1　馬光仁主編：《上海新聞史》（一八五〇～一九四九），復旦大學出版社，1996 年版，第 927 頁。
2　張憲文等主編：《中華民國史大辭典》，江蘇古籍出版社，2002 年版，第 1814 頁。

由黃敬齋任主編兼發行人。該刊專載「國際、政治、經濟、學術、文藝、通訊等類稿件」，「專重事實之敘述，客觀之分析，不做評論主張」，但該刊第九期所載「太平洋戰爭史料」中就刊載了《汪精衛聲明》、《日本宣戰書》和《日本政府發表聲明》等全力為日本侵華戰爭辯護的內容，親日賣國的立場和傾向非常明顯。《國民新聞》報社自 1942 年起出版的「國民新聞叢書」中所收錄的諸如《國民新聞論集》、《遠東問題》《太平洋問題》等分冊，都是直接或間接為日本帝國主義發動太平洋戰爭服務。[1]1944 年 2 月後因「紙張緊張」改為週四報（每週出版 4 期報紙），每期僅為半張。抗日戰爭結束前停刊。

除了上述「主要」的汪偽報紙外，淪陷時期上海地區出版的汪偽報紙還有不少，如上海著名商業大報《申報》和《新聞報》，太平洋戰爭爆發後落入敵手。為了欺騙中國民眾和世界讀者，日本陸軍方面指使兩報保持以往「商辦」性質和「中立」立場繼續出版，在新聞選擇和發表言論等方面「漸趨」親日的立場。但這種「中立」立場仍然不能夠得到日本海軍的「容忍」，1942年 11 月，日本海軍取代陸軍接管《申報》和《新聞報》，徹底甩掉了它們的「中立」面具，成為徹頭徹尾的日本軍方和汪偽當局的「喉舌」，抗戰勝利後被國民黨政府「接管」。還有《平報》，1940 年 9 月 1 日創刊於上海，為漢奸周佛海控制的報紙，羅君強、金雄白先後任社長，等等。

（二）淪陷時期蘇浙皖地區的新聞報業

除上海因原來新聞報業基礎雄厚又是國際化大都市所以在華中淪陷區的新聞報業中居於特殊地位外，華中淪陷區的江蘇、浙江及安徽等地區也出版了一些在日偽控制下的新聞報紙。

1、日偽勢力在南京出版的新聞報紙

上海「八.一三」之役後日軍直逼民國首都南京，蔣介石 1937 年 10 月 29日在國防最高會議報告《國民政府遷都重慶與抗戰前途》。11 月 11 日，軍事委員會主席蔣介石會見國民政府主席林森，決定遷都重慶。11 月 16 日，國防最高該會議決議遷都重慶，國民政府主席林森當晚乘艦西上。[2]1937 年 12 月13 日，日軍進佔南京，隨即開始了駭人聽聞的「南京大屠殺」。但就在 10 天

---

1 馬光仁主編：《上海新聞史》（一八五〇～一九四九），復旦大學出版社，1996 年版，第 928 頁。

2 韓信夫、姜克夫主編：《中華民國大事記》（第四冊），中國文史出版社，1997 年版，第 189～201 頁。

後的 1937 年 12 月 23 日，「在日方一手指揮與監督」下成立了日僞統治時期的第一個漢奸僞政權「南京市自治委員會」。[1] 隨著日軍在佔領區建立的縣級僞政權數量增加，日軍加快建立親日「華中新政權」，1938 年 3 月 28 日，在日方的幕後導演下，由漢奸梁鴻志任行政院長、溫宗堯任立法院院長的僞「中華民國維新政府」在南京出籠。1938 年 12 月 18 日汪精衛從重慶叛逃並發表《豔電》後正式投敵。1940 年 3 月 30 日，「按照日、汪商定的計劃」，集中了當時各漢奸政權的頭面人物且由汪精衛出任行政院長兼「軍事委員會委員長」的僞「中華民國國民政府」宣布成立，直到日本宣布無條件投降前自行解散前，南京成爲汪僞政府的「首都」。從日軍進佔南京到宣布無條件投降的近八年中，各式各樣的敵僞政權在南京創辦了各式各樣的新聞報刊，成爲南京新聞報業史上特殊的一頁。其中主要的有《南京新報》、《民國日報》和《中報》。

《南京新報》。《南京新報》的前身爲陳浩養創辦的《南京民報》（具體創刊時間待查）。由梁鴻志爲行政院長的僞「中華民國維新政府」1938 年 3 月 28 日在南京成立後，1938 年 8 月 1 日把原《南京民報》和《朝陽新聞》合併後創刊《南京新報》，報名所謂的「新」字，語涵該報系「維新政府」所辦之意，代表僞「維新政府」官方的意見，是正式的僞「中華民國維新政府」暨「督辦南京市政公署」機關報[2]。由此可見由梁鴻志、溫宗堯爲首的漢奸政府對新聞宣傳輿論引導的重視。社長爲漢奸報人秦墨哂，開始每日僅出報紙 4 開版 2 頁，以後擴充爲「早報」對開版 6 頁，「晚報」4 開版 2 頁。據說該報鼎盛時曾有員工 90 多人，與當時南京附近各地區由漢奸報人創辦的多地「新報」（如《蘇州新報》《杭州新報》《蚌埠新報》）等有新聞聯繫，著重報導僞政府統治區域內的新聞消息[3]。直到 1940 年 10 月被汪僞集團吞併。

《民國日報》（南京）[4]。1940 年 10 月 10 日（孫中山領導創立的「中華

---

1 經盛鴻：《南京淪陷八年史》（上冊），社會科學文獻出版社，2005 年版，第 220 頁。
2 方漢奇主編：《中國新聞事業通史》（第二卷），中國人民大學出版社，1996 年版，第 891 頁。
3 張憲文等主編：《中華民國史大辭典》，江蘇古籍出版社，2002 年版，第 1349 頁。
4 自孫中山創立「中華民國」後，中國新聞界先後創辦了諸多以「民國日報」爲名的新聞報紙（大多與國民黨有關），如曾毅等人於 1912 年 7 月 1 日在漢口創辦的《民國日報》、陳其美等人於 1916 年 1 月 22 日在上海創刊的國民黨機關報《民國日報》，1923 年 6 月創刊的廣州《民國日報》，1925 年 2 月 20 日創刊於北京由邵元衝出任社長的《民國日報》，1926 年 11 月 26 日在湖北漢口創刊的漢口《民國日報》等。爲把汪僞政府以《南京新報》爲基礎創刊的《民國日報》與其他《民國日報》區別開來，特在該報名後加括號以說明出版地。

民國」的國慶紀念日）在南京創刊發行。1940 年 3 月，以汪精衛爲頭面人物的僞「中華民國國民政府」在南京出臺，早在日本東京時期的中國同盟會機關報《民報》與梁啓超主編的《新民叢報》開展關於「中國革命的前途和方式」論戰中就聲名鵲起的汪精衛，當然更知道新聞報紙對其賣國政府統治的重要性，同時爲了給社會強化他代表「民國」假象，於 1940 年 10 月 10 日把梁鴻志僞「維新政府」時期創辦的《南京新報》改名爲《民國日報》，並且把它明確爲汪僞「中央宣傳部」的直屬報紙，由漢奸報人秦墨哂出任社長，關企予任總編輯[1]。該報在汪僞「中央宣傳部」的直接控制下，一方面鼓吹日本主子的「大東亞共榮」理論，同時也宣揚「中日親善」爲自己塗脂抹粉，新聞內容以刊載汪僞漢奸政府和僞南京市政府的消息爲主。由於該報對美化汪僞漢奸政權的重要性，所以即使在 1941 年下半年開始的淪陷區新聞報紙緊縮和調整，在南京出版的《民國日報》仍然和在上海出版的《中華日報》一樣，被確定爲「甲級中央報」，明確它享有「代表國民政府，對於內外一般具有指導宣傳性」[2]的特殊地位。太平洋戰爭爆發後，根據汪僞政權各報縮小版面的規定，「甲級中央報」的《民國日報》縮減爲每天出報一張半，1944 年 2 月，又根據汪僞政權再次縮減報紙版面的規定縮減爲每天出報一張。已知 1944 年 7 月底還在出版（目前可見 7 月 31 日出版的報紙）。[3]

《中報》，創刊於 1940 年 3 月 30 日汪僞「中華民國國民政府」在南京出臺的那一天。汪精衛親自爲該報題寫報名。屬於周佛海系統的輿論陣地。周佛海親自出任該報的董事長[4]，羅君強兼任社長，後由顧仲韜代理，關企予、張愼之、仇蝶蓀先後任該報總編輯。曾出版《中報譯刊》（半月刊）和《中報週刊》等刊物[5]。創刊時日出報紙對開一張版，後擴大爲兩張。到 1944 年時又因紙張緊張縮減到一張。該報設社論、特稿等專欄，鼓吹「中日和平」，爲汪僞漢奸集團及其僞「中華民國國民政府」的賣國投敵醜惡行徑製造輿論，開脫罪責。所刊特稿較多是該報言論的一個特點。太平洋戰爭爆發後，由於淪陷區經濟情況惡化，紙張緊張，該報也和其他漢奸報紙一樣屢屢奉命縮減版

1　張憲文等主編：《中華民國史大辭典》，江蘇古籍出版社，2002 年版，第 617 頁。

2　《報紙分級編輯問題》，載《報業旬刊》，第一卷第一號，1941 年 10 月 20 日出版。

3　上海圖書館編：《上海圖書館館藏中文報紙目錄（1862～1949）》，1982 年版，第 139 頁。

4　周佳榮：《近代日人在華報業活動》，嶽麓書社，2012 年版，第 160 頁。

5　方漢奇主編：《中國新聞事業通史（第二卷）》，中國人民大學出版社，1996 年版，第 893 頁。

面，1944 年後每日出報一張。1945 年 1 月尚在出版（上海圖書館藏有該報 1945 年 1 月 11 日的報紙）[1]。

2、日偽勢力在蘇皖浙地區出版的新聞報紙

儘管江蘇、安徽和浙江等地區的新聞報刊業比不上國際大都市的上海和汪偽政府「首都」南京，但由於這幾個地區的經濟文化比較發達，對社會變化的關注使這些地區的人們對新聞比較關注，因而新聞報刊業比較發達。日本侵略軍進佔這些地區後，一方面迅速鎮壓抗日新聞報刊活動，同時大力扶植漢奸新聞報刊的出版。這些在日本人幕後控制下的漢奸報人，在報紙上鸚鵡學舌地鼓譟「中日親善」、「和平建國」等賣國理論，不知廉恥地宣揚日軍的所謂「赫赫戰果」，成為中國新聞人不齒於的民族敗類。這些地區的主要漢奸報紙有：

日偽時期在江蘇出版的新聞報刊除前面介紹的在南京出版的《南京新報》、《民國日報》（南京）和《中報》等外，還有在江蘇其他地區出版的《常熟日報》、《武進日報》、《江蘇日報》、《新錫日報》、《揚州新報》、《新鎮江報》、《六合新報》、《江陰日報》、《江北新報》、《太倉新報》、《高郵新報》、《海門新報》、《鎮江新報》、《蘇北日報》、《寶應新報》、《興鹽報》、《新泰興報》、《淮報》、《如皋日報》、《蘇州新報》、《新興日報》、以及《蘇州晚報》、《大江日報》、《新崑山報》及《虞報》等在日偽統治下出版的報紙[2]。1941 年 10 月 8 日汪偽「中央宣傳部」根據所頒行的《中央直屬報社組織通例》，決定把南京的《南京新報》、蘇州的《蘇州新報》、杭州的《杭州新報》、蚌埠的《蚌埠新報》等四大報社分別更名為 《民國日報》（南京）、《江蘇日報》、《浙江日報》和《安徽日報》，並一律用孫中山的墨蹟題名，以迷惑淪陷區民眾。各社社長均由宣傳部就原任社長加委。其中較有影響的是在當時江蘇省會城市蘇州出版的《蘇州日報》。《蘇州日報》，創刊於 1912 年左右（1915 年 9 月 9 日出版至 1243 號報紙）在日偽統治時期一直出版，並一直延續出版到抗日戰爭勝利以後（1945 年 11 月 19 日出版報紙第 8866 號[3]）汪偽政府統治時期安徽地區出版的新聞報

---

1 上海圖書館編：《上海圖書館館藏中文報紙目錄（1862～1949)》，1982 年版，第 75 頁。

2 姚福申等：《汪偽新聞界大事記》（上），載《新聞研究資料》，總 48 期，第 163～198 頁。

3 上海圖書館編：《上海圖書館館藏中文報紙目錄（1862～1949)》，1982 年版，第 188 頁。

紙如：《蚌埠新報》（創刊於 1938 年 7 月。一說創刊於 1940 年 6 月[1]，1941 年 10 月 10 日奉命更名為《安徽日報》）和《蕪湖日報》。在浙江地區也出版的新聞報紙如：《浙江日報》（社長程季英，編輯長何治平）、《海寧新報》（社長宋奇奎）、《嘉興新報》、《湖州日報》和《紹興日報》等。無論是在汪偽政府「首都」南京還是在江蘇蘇州、安徽蚌埠、浙江杭州等地出版的新聞報紙，都和其他地方出版的漢奸新聞報紙一樣，由日本人在幕後控制，主要內容為鼓吹「和平建國」、「中日親善」及「曲線救國」的投降賣國理論，為博得日本主子高興還要背著「漢奸」罵名為日本軍隊屠殺中國民眾的暴行歌功頌德，為日本軍國主義掠奪中國資源的醜行評功擺好，為日本軍國主義的奴化同化政策出謀劃策，完全喪失了中國新聞人的「人格」。

三、華南淪陷區的報業

華南地區有自然區域和經濟區域之差異。自然區域一般包括兩廣丘陵和平原，臺灣、雷州半島與海南島、南海諸島和滇南山地等自然地理單元。經濟區域則一般包括廣東、廣西和福建等地區。這裡的「華南淪陷區」主要是指以廣州為中心的敵偽佔領區。在廣州的日偽報紙中，不得不說的是由日本南支派遣軍部主辦的中文報紙《迅報》和汪偽政權創辦的《中山日報》。

（一）日本軍部創辦的《迅報》

《迅報》（由 5 日刊—日報）。1938 年 12 月在廣東省廣州市創刊。該報由日本人唐澤信夫任社長，臺灣人林寶樹任總編輯，聘日本人山田曾專任社論主筆。該報創刊初期為 5 日刊，而後成為三日刊，最後發展成為一份日報。1938 年 10 月 21 日晨 4 時，余漢謀奉蔣介石之命下令總司令部沿廣（州）花（縣）公路向清遠撤退。日軍第十八師團未遇抵抗，沿廣（州）增（城）公路向廣州推進。下午 2 時，日軍機械化部隊 3000 人入侵廣州。廣州落入日軍之手。華南地區為中國經濟發展地區，為加強對以廣州為中心的華南淪陷區的統制，日本軍方在組織漢奸地方政府的同時，劫奪了廣州原先《國華報》和《星粵日報》的館舍和設備，迅速於該年 12 月出版了《迅報》。由於該報在日本南支派遣軍軍部的直接庇護下，該報得以超常規的發展，《迅報》創刊初期所設的日文專欄，後來擴充為一份獨立的日文報紙《南支日報》。在太平洋戰爭爆發前又發行《迅報》（晚刊），成為淪陷時期華南地區出版的第一份

1　《安徽新聞百年大事》（1898～1998），黃山書社，1999 年版，第 37 頁。

晚報。由於《迅報》既出版日報，又出版晚報；既出版中文報紙，又出版日文報紙，所以新聞詩學界對它有「執華南淪陷地區新聞界之牛耳」[1]的說法。

（二）汪偽政權創辦的《中山日報》

《中山日報》，1940 年 1 月創刊於廣州。是汪偽勢力在華南地區的重要新聞報紙。陳伯起、林汝衡先後任該報社社長，張伯蔭曾任該報總編輯。日出報紙一張半，內容有社論、電訊及省市要聞等。為了鼓吹投降賣國的「和平運動」理論，為漢奸集團的投降賣國醜行塗脂抹粉，該報設有副刊「和平園地」，專門刊載闡述宣揚和辯解所謂「和平理論」的文章和其他文字；為了迎合日本主子的「大東亞共榮圈」和「大東亞聖戰」宣傳，該報又專設了副刊「東聯週刊」，在汪偽宣傳部的直接指使下鼓吹東亞各國圍繞日本建立什麼「東亞聯盟」，為實現日本軍國主義稱霸亞洲野心賣力地鼓譟。由於該報的特殊地位，曾任該報總編輯的張伯蔭於 1944 年 9 月 25 日代表廣州《中山日報》赴上海參加汪偽政權召開的汪偽「中國新聞協會」成立大會，並以該報代表的身份當選為理事。有關史料記載該協會理事中的「華北和廣州名額暫缺」。由此我們可知該協會預留了「華北和廣州」的理事名額，更進一步可以理解張伯蔭這一「不占廣州名額」的「理事」身份的份量和特殊性。由於該報有日本軍方在背後撐腰，該報應是出版到日本無條件投降時停刊，但對該報停刊時間未見記載。目前所知 1942 年 10 月 11 日尚在出版（出版至報紙第 957 號[2]），具體停刊時間待考。

第三節　臺港澳地區淪陷後的報業

抗日戰爭時期，日本殖民主義統治下的臺灣地區、日本軍隊佔領下的香港地區以及雖然日本軍隊沒有進入但其勢力已深深滲透並實質控制的澳門地區，都是情況比較特殊的淪陷區，一方面它們自古以來就是中國不可分割領土的一部分，另一方面，又因為不同的歷史因素使它們的實際地位有所不同。因而這些地區的新聞報業也和中國大陸淪陷區的新聞報業有所不同，故另作一節敘述。

1　方漢奇主編：《中國新聞事業通史（第二卷)》，中國人民大學出版社，1996 年版，第 891 頁。

2　上海圖書館編：《上海圖書館館藏中文報紙目錄（1862～1949)》，1982 年版，第 65 頁。

一、淪陷時期臺灣地區的報業

我國臺灣地區在中國近代歷史的發展進程中承受了國內其他省份都沒有受過的被政府割讓以及受外人殖民統治的悲慘遭遇，至今仍令人唏噓不已。

（一）臺灣地區先被割讓後成為淪陷區最後回歸祖國

1894-1895 年間，由於日本蓄謀已久的挑釁發生了甲午戰爭，最後清朝軍隊大敗，洋務運動的代表性成果「北洋艦隊」似乎一夜之間灰飛煙滅。於是在清政府被迫於日本簽訂的「劃歷史時代的不平等條約」[1]《中日講和條約》（因在日本馬關簽訂故常稱為《中日馬關條約》）。根據這一條約「中國將管理下開地方之權並將該地方所有堡壘、軍器、工廠及一切屬公對象，永遠讓與日本」，所規定的「下開地方」中就包括了「臺灣全島及所屬島嶼」和「澎湖列島」，中國領土臺灣地區就被清政府「讓給」了日本，成為日本的第一塊殖民地。1941 年 12 月 8 日即太平洋戰爭爆發的第二天，中國政府發布對日本《宣戰布告》稱「茲特正式對日宣戰，昭告中外，所有一切條約、協議、合同，有涉及中日間之關係者，一律廢止，特此布告。」即使根據國際法關於「戰爭使得交戰國的條約失效」的規定，《中日馬關條約》也已因兩國交戰失效。因此，從 1941 年 12 月 8 日起，當時的中國政府就通過「宣戰」這一國家行為，廢止了中國與日本間簽訂、締結的包括《中日馬關條約》在內所有「涉及中日間之關係」的「一切條約、協議、合同」。因此從 1941 年 12 月 8 日起，「臺灣及其所屬島嶼和澎湖列島」就已成為中國廢止了日本通過甲午戰爭「割讓」獲得領土主權但被日本軍隊強行佔領的「淪陷區」。經過世界反法西斯同盟國的共同努力尤其是中國人民不屈不饒的浴血奮戰，日本天皇於 1945 年 8 月 15 日宣布無條件投降，日本代表 9 月 2 日向同盟國簽署《無條件投降書》第一條規定「日本接受中美英共同簽署的，後來又有蘇聯參加的 1945 年 7 月 26 日的《波茨坦公告》中的條件」。《波茨坦公告》第 8 項規定「《開羅宣言》之條件必將實施，而日本之主權必將限於本州、北海道、九州、四國級無人所決定其他小島之內」，《開羅宣言》更明確規定「使日本所竊取於中國之領土，例如滿洲、臺灣、澎湖列島等歸還中國。」[2] 1945 年 10 月 25 日，盟國中國戰區臺灣省受降儀式於臺北市工會唐（今中山堂）舉行，陳儀

---

1 孟慶琦、董獻倉主編：《影響近代中國的不平等條約》，中國人事出版社，2012 年版，第 134 頁。
2 李蓓蓓編：《臺港澳史稿》，華東師範大學出版社，2003 年版，第 73～74 頁。

爲受降主官，日方投降代表爲臺灣總督兼第十方面軍司令官安藤吉利[1]。自此，「臺灣及其所屬島嶼和澎湖列島」無論是在國際法意義還是在實踐意義上都回到了祖國的懷抱。

（二）淪陷時期臺灣地區的日文新聞報紙

1895 年 11 月中旬，首任臺灣日本總督兼軍務司令官樺山資紀在日軍佔領臺灣全省重要城鎮後宣布「全島完全平定。」[2]近半年後的 1896 年 6 月 17 日，曾任日本大阪府警部長且是樺山資紀同鄉的山下秀實創辦的日文報紙《臺灣新報》在日軍宣稱佔領臺灣一週年之際正式創刊。

1、日本據臺後出現的第一種日文報紙《臺灣新報》

山下秀實聘請前日本《郵便報知新聞》記者田川太吉任社長兼主筆，每週出兩次。創刊後的第 8 天即 6 月 25 日，接樺山資紀任第二任臺灣總督的桂太郎決定將《臺灣新報》作爲臺灣日本總督府公報「律令與府令的發布與解釋均登於《臺灣新報》」。8 月 20 日，《臺灣新報》第 13 號以副刊形式印行《臺灣總督府報》創刊號[3]，公開成爲刊登官方文書與各種命令並直接接受臺灣日本總督府資助的報紙。此後，日本人何村隆實於 1897 年 5 月在臺北創辦了《臺灣日報》。由於兩家報紙爲了各自利益爭得不可開交，在第四任臺灣總督兒玉源太郎的干預下，《臺灣新報》和《臺灣日報》於 1898 年 5 月 1 日合併成《臺灣日日新報》，由此成爲「日本官方在臺最重要的言論工具」[4]。

2、「廢止漢文欄」後臺灣地區只剩下日文報紙

在經歷了自 1919 年 10 月由日本上院議員轉任第八任臺灣總督的田健次郎到日本臺灣總督日本海軍大將小林躋造接由上院議員中川健藏擔任第 17 任日本臺灣總督之前的「文官總督」階段後，臺灣又恢復了由日本軍人出任總督的「武官總督」制。1936 年 9 月身爲海軍大將的小林躋造正式上任日本臺灣總督。他一上任就提出並實施主政臺灣的「（臺灣人）皇民化」「（臺灣生產結構）工業化」和「（臺灣在日本侵略戰爭總布局中）南進基地化」三大政策。

1　韓信夫、姜克夫主編：《中華民國大事記》（第五冊），中國文史出版社，1997 年版，第 324 頁。

2　黃靜嘉：《春帆樓下晚濤急：日本對臺灣的殖民統治及其影響》，商務印書館，2003 年版，第 484 頁。

3　劉寧顏總編纂：《重修臺灣省通志：卷六文教志，文化事業篇》，臺灣省文獻委員會，1995 年版，第 14 頁。

4　王天濱：《臺灣報業史》，亞太圖書出版社，2003 年版，第 39 頁。

1937 年 4 月 1 日下令「島內所有（報紙）漢文欄全部廢止」。《臺灣新民報》
以「該報讀者大多數爲臺灣人」爲理由爭取到「展延兩個月」於 1937 年 6 月
1 日正式廢止漢文欄。[1] 從此直到日本投臺灣光復前，臺灣出版的報紙全部使
用日語。

3、最後一種日文報紙《臺灣新報》

太平洋戰爭爆發後，反法西斯陣營的力量迅速增強。經過短短幾年時間，
盟國軍隊在戰場上迅速取得優勢並開始轉入進攻態勢。隨著戰爭形勢迅速惡
化，臺灣的資源也漸趨枯竭。爲了集中力量支持「聖戰」，第 19 任日本臺灣
總督兼日軍第十方面軍司令官安藤利吉於 1944 年 3 月 1 日宣布將把臺灣僅剩
六家報紙「合併爲一家」。這六家報紙是臺北的《臺灣日日新報》（社長爲日
本人河村澈）和《興南新聞》（由《臺灣新民報》改名而來，事務取締役林呈
祿）、臺中的《臺灣新聞》（社長爲日本人松岡富雄）、臺南的《臺灣日報》（社
長爲日本人宮下一學）、高雄的《高雄新報》（社長爲日本人高橋傳吉）和花
蓮的《東臺灣新報》（社長爲日本人梅野清太）。3 月 12 日，上述 6 家報紙先
於同日宣布「即日起廢除附刊之晚刊」以節約紙張。26 日，這 6 家報紙又於
同一天登載了《《日刊新聞社統合要綱》聲明，齊聲宣布這 6 家報紙合併爲
一家。5 天以後，有這 6 家報紙合併後創辦的《臺灣新報》發行創刊號。新成
立的《臺灣新報》由日本人阪口主稅（前臺北州知事）出任社長，副社長兼
主筆由日本大阪《每日新聞》社的伊藤全次郎擔任。原來 6 家報紙的結果是：
日本人河村澈任社長的《臺灣日日新報》則成爲《臺灣新報》總社。日本人
松岡富雄任社長的臺中《臺灣新聞》改爲《臺灣新報》臺中支社，日本人宮
下一學任社長的臺南《臺灣日報》改爲《臺灣新報》南部支社，日本人高橋
傳吉任社長的高雄《高雄新報》改爲《臺灣新報》高雄支社，日本人梅野清
太任社長的花蓮《東臺灣新報》改爲《臺灣新報》東部支社。這些支社都有
權「就地編印報紙」。只有臺灣報人林呈祿任「事務取締役」（相當於常務董
事兼總經理）的《興南新聞》，其員工大部分被編入《臺灣新報》總社[2]，這份
由中國報人主持的完整報紙就這樣被吞噬了。日本駐臺灣第十方面軍司令官
安藤利吉兼臺灣總督的日本臺灣總督府徹底實現對臺灣地區的新聞統制和壟
斷。但是在物質持續匱乏的情況下，臺灣地區唯一的日本報紙《臺灣新報》

---

1 吳三連等：《臺灣民族運動史》，自立晚報出版公司，1993 年版，第 566 頁。
2 吳濁流著，鍾肇政譯：《臺灣連翹》，前衛出版社，1989 年版，第 139 頁。

也不斷地減少篇幅，從 10 頁而 8 頁，而 6 頁，最後縮減為 4 頁，光復前每日出報已經縮成八開一小張[1]。隨著日本宣布無條件投降，日本對臺灣的殖民統治隨之結束。僅剩的《臺灣新報》由臺灣籍報館職員接收，日本人完全退出報社，繼續出報，日本殖民者在臺灣地區的新聞報紙徹底結束。

（三）淪陷時期臺灣地區的中文新聞報紙

日本據臺初期，因為臺灣總督沒有獲得立法權，所以引用日本國內施行已經十二年的《新聞紙條例》管理臺灣地區新聞業，規定在臺灣要創辦新聞紙，必須獲得許可又需繳納保證金。[2]由於必須得到日本臺灣總督府的「許可」，所以從日本人山下秀實 1896 年 6 月 7 日在臺灣創辦第一種日文報紙《臺灣新報》至 1919 年 10 月 29 日由日本上院議員田健次郎轉任第 8 任總督前，臺灣地區沒有出現一種由中國人創辦經營的中文報刊。

1、日文報紙出現「漢文欄」

隨著新聞報紙的增加，臺灣看報的人也逐漸增加。一些日文新聞報刊鑒於其讀者大多數是臺灣人，而當時臺灣民眾的教育水平使他們難以閱讀用日文出版的報刊內容，所以在一些日文報紙上就出現了用中文（漢語）書寫內容的「漢文欄」。日本據臺後一直不准臺籍人士創辦報紙，唯獨日人才有辦報權力；相對的，在殖民主義統治下，創辦報刊抒發情緒、反對日本政府的殘暴統治，一直是臺籍知識分子的心願。為達成此一目的，他們採用迂迴策略，首先在日本發行雜誌，接著將發行範圍擴及臺灣，再將社址遷回臺灣，最後將雜誌變更為日報，過程中飽受曲折，受盡欺凌，用心良苦。[3]這就是 1920 年 7 月 16 日創刊的《臺灣青年》後來幾經周折發展成為日報的《臺灣新民報》。

2、日據時期臺灣地區第一種中文報紙《臺灣新民報》

作為日報的《臺灣新民報》是從週刊《臺灣新民報》發展過來的。而在成為週報《臺灣新民報》之前，它已經走過了十二年歷程。它的最早前身是 1920 年 7 月 16 日在日本東京創刊的月刊《臺灣青年》。

《臺灣青年》的創辦者是在日本東京留學的臺灣學生團體新民會，其領導人為林獻堂和蔡惠如等人。該會創辦初期成為「啟發會」，1920 年春改為「新民會」。之所以取名「新民會」是取《大學》篇中「新民」之意，林獻堂為會

1　謝然之：《十年來的新生報》，載《臺灣十年》，臺灣新生報社，1955 年版。
2　王天濱：《臺灣報業史》，亞太圖書出版社，2003 年版，第 13 頁。
3　王天濱：《臺灣報業史》，亞太圖書出版社，2003 年版，第 50 頁。

長。該會確定的行動目標之一是「擴大宣傳主張，聯絡臺灣同胞之聲氣，發刊機關雜誌。」[1]鑒於當時臺灣總督府在臺灣實施報刊許可制度，不可能在臺灣獲得創刊許可，所以「新民會」決定先在日本東京創刊《臺灣青年》，待形成一定影響後再作考慮。創刊號為 24 開本，其中日文占 62 頁，中文占 54 頁，並刊有時任臺灣總督田健治郎、蔡元培和楊度的題詞。《臺灣青年》編輯人兼發行人為蔡培火，林呈祿任司庫，彭華英為庶務管。[2]參加該刊工作和撰稿的都是當時臺灣留日學生中的精英，包括吳三連、王敏川、羅萬俥、林獻堂、蔡惠如、連雅堂、李漢如等臺灣留日學生及臺灣知名人士楊肇嘉、王金海、蔣渭水、謝文達等。後因刊登具有民族思想的文章，引起日本政府的注意，遂在當地進行嚴厲管制，不但運往臺灣發行的《臺灣青年》經常遭受沒收，甚至禁止發行。[3]

　　1922 年 4 月 1 日，在日本東京出版的《臺灣青年》改名為《臺灣》，刪掉「青年」兩字，只取「臺灣」，目的在於「啓發適新時代之精神的物質的文化，以對世界改造做出貢獻。」[4]《臺灣》仍然是月刊，內容頁仍然是中日文各一半，但執筆者的範圍擴大，尤其是一些日本人大學教授投稿的文章比例增加。由於蔡培火以《臺灣》雜誌社臺灣分社主任的名義回臺灣籌募基金並組織股份總司，編輯兼發行人改由林呈祿繼任。經過蔡培火的努力工作，1923 年 6 月 24 日，《臺灣》雜誌社股份有限公司正式成立。該年年底發生「治警事件」，《臺灣》雜誌社常務董事林呈祿被捕後從東京押回臺灣受審，《臺灣》雜誌社的蔡培火、林幼春、王敏川、陳逢源等人也被捕判刑。《臺灣》雜誌社遭到重創，但仍在堅持出版。

　　1924 年 3 月，《臺灣》雜誌第四卷第三期漢文版發表《〈臺灣民報〉即將問世》一文，預告自「四月一日起欲發行一種半月刊，名叫《臺灣民報》。」後由於黃朝琴、黃呈聰忙於應付畢業考試，內容不夠充實延期正式創刊。1924 年 4 月 15 日《臺灣民報》正式創刊。《臺灣民報》在創刊詞中指出當時臺灣「從裏面看，我們同胞的經濟很不好，負擔又加重，雖是勤儉粒積的百姓，也恐怕入不敷出了。老者不能教，幼者無可學，雖是堂堂的黃帝子孫，也恐怕與蠻人無大異了」，因此「這回新刊本報，專用平易的漢文，滿載民眾的知

1　吳三連等：《臺灣民族運動史》，自立晚報社，1993 年版，第 81～82 頁。
2　楊肇嘉：《楊肇嘉回憶錄》，三民書局，1968 年版，第 408～409 頁。
3　洪桂己：《臺灣報業史的研究》，政治大學新聞研究所碩士論文，1957 年。
4　《〈臺灣〉新使命》，載《臺灣》，第 1 期，1924 年 4 月 1 日出版。

識，宗旨不外欲啓發我島的文化，振起我同胞的元氣，以謀臺灣的幸福。」[1]《臺灣民報》內容的一大特色是介紹中國的事情明顯增加，對白話文的提倡也特別重視，內容全部以漢文撰寫，從創刊伊始即規劃文藝欄，蔡惠如還專門聘請大陸著名知識分子胡適撰寫喜劇小說《終身大事》在該刊發表甚獲讀者歡迎[2]。遺憾的是，1923 年 9 月 1 日日本發生東京大地震，印刷工廠被毀，已印好的第 7 期也在廠內全被燒毀，《臺灣民報》被迫停刊。

因東京大地震停刊的《臺灣民報》於 1923 年 11 月 11 日復刊並從半月刊改爲旬刊，編號延續停刊前，成爲第一卷第八期。發行編輯人爲林幼春、林呈祿、王鍾麟、蔡炳耀、謝文達等人。因臺灣文化協會的《臺灣》月刊的日文版併入《臺灣民報》。所以《臺灣民報》旬刊成爲中日文合刊的雜誌，日文約占三分之一篇幅。[3]因爲「治警事件」，《臺灣民報》發行了 1924 年一月號後暫停發行，2 月 11 日復刊。在日本政府開庭辯論「治警事件」過程中，《臺灣民報》詳盡報導開庭辯論與審判經過讀者爭相購閱，發行量持續上升。1924 年 5 月你 2 日，臺灣文化協會的《臺灣》月刊停刊。1925 年 7 月 12 日，《臺灣民報》由旬刊改爲時效更快的週刊。《臺灣》雜誌社股份有限公司則於 1925 年 9 月改稱《臺灣民報》社股份有限公司。

《臺灣民報》在日本東京出版發行直接受到日本政府的監視和控制，經常受到各種「檢查」，而且從東京郵寄到臺灣發行也是費時費力。遷臺發行一直是《臺灣民報》的努力方向。無奈臺灣總督府一向以壓迫臺灣人的言論作統治方針，若准許《臺灣民報》，在日本當局看來等於是准許臺灣人創立言論機關，和總督府官方的觀念是不相容的。所以《臺灣民報》遷回臺灣發行的難度可想而知[4]。出乎意料的是，1924 年出任臺灣第三任文官總督的伊澤多喜男是一個較爲開明的政治家，加上其兄在臺灣總督府任職時與臺灣人有過因緣，伊澤多喜男對臺灣人較好感。經過一番心血的不斷地接洽，伊澤多喜男核准《臺灣民報》遷回臺灣出版，同時規定「必須以部分版面刊載日文」[5]。經過一年多的籌備，《臺灣民報》於 1927 年 8 月 1 日遷回臺灣發行。總社社

---

1 《〈臺灣民報〉創刊詞》，載《臺灣民報》，第一卷·第一期，1924 年 4 月 15 日出版。
2 洪桂己：《臺灣報業史的研究》，政治大學新聞研究所碩士論文，1957 年。
3 吳三連等：《臺灣民族運動史》，自立晚報社，1993 年版，第 550 頁。
4 吳三連等：《臺灣民族運動史》，自立晚報社，1993 年版，第 552 頁。
5 朱傳譽：《臺灣革命報人林呈祿和他所辦的革命報刊》，載：《報學》，第三卷第五期，1965 年版，第 134 頁。

址仍然在東京，臺灣分社在臺北市下奎府町（今臺北南京西路）。仍爲週刊，以中文爲主，共有 12 版。其中 9-11 版爲日文新聞（係日本政府核准該刊遷臺出版的條件），第 12 版廣告。儘管在日本臺灣總督府統制下，但《臺灣民報》仍然通過文字與日本政府持續爭鬥，字裏行間洋溢著民族正氣。「九・一八事變」發生時，《臺灣新民報》週刊的編輯們爲日本侵略中國而痛心憤慨，把電文中所有是「支那」文字都改成「中國」，並經常轉載中國和日本開明報刊上所載有關反對日本侵略中國的文章。還在 1930 年和 1931 年刊載蔡元培給該報題詞「喚起民眾」和國民黨要員戴傳賢給該報的題詞「血濃於水」，表現出鮮明的民族主義色彩[1]。該報所載的短評與專欄文章用耿介拔俗、敢言敢說的風格，諷刺臺灣總督府在臺灣的種種暴行，文筆犀利，言之有物，讓總督府頭疼，臺灣讀者大快人心。發行量不斷增加，發行量接近一萬份。這一時期的主要日文報紙《臺灣日日新聞》發行數爲 18970 份、《臺南新報》爲 15026 份，《臺灣新聞》爲 9961 份。而這些報紙的發行量中包括了臺灣總督府規定「上自總督府，下至一個山地的警官駐在所與民間機關都要政策性訂報」，「義務訂戶」往往達三分之一以上。[2]而《臺灣民報》發行的近萬份，則全部是讀者自願訂閱，其在臺灣讀者中的影響力可見一斑。《臺灣民報》遷臺發行後就向進一步發展成日報努力。1929 年 1 月 13 日成立「株式會社臺灣新民報社」。1930 年 3 月 29 日，《臺灣民報》改名爲《臺灣新民報》（週刊）發行。該刊負責人林獻堂、羅萬俥爲該辦日報多次赴日本及臺灣總督府交涉，但一直沒有結果。

　　1932 年 1 月 8 日，日本發生天皇馬車遭朝鮮人投擲炸彈事件，導致內閣總辭職。在當時日本政黨強烈爭鬥的詭譎氣氛中，臺灣總督於事件發生的次日（1 月 9 日）批准《臺灣新民報》發行日刊。但承辦的官員卻因此內閣命令休職。顯示官方准許該項申請並非基於言論自由的好意，而是計劃利用《臺灣新民報》作爲黨派對抗的工具。[3]1932 年 4 月 15 日，《臺灣新民報》發行日刊創刊號。法人代表是臺灣新民報社股份有限公司。林獻堂任報社社長，林煥青爲發行人兼編輯人，林呈祿爲總主筆。總社設臺北，在東京、大阪、上

1　朱傳譽：《臺灣革命報人林呈祿和他所辦的革命報刊》，載：《報學》，第三卷第五期，
　　1965 年版，第 137 頁。
2　吳三連等：《臺灣民族運動史》，自立晚報社，1993 年版，第 553 頁。
3　王天濱：《臺灣報業史》，亞太圖書出版社，2003 年版，第 63 頁。

海、廈門、基隆、宜蘭、臺東、新竹、臺中、嘉義、臺南、高雄、屏東、花蓮港等地設有分社，報社記者與編輯中沒有一個日本人，全部是清一色的臺灣人。和週報相比，原來的 4 開三張變爲對開兩張，完全是一份大型日報的外觀。內容以漢文爲主，日文內容約占三分之一。由於《臺灣新民報》是日據時期唯一的一份由臺灣人創辦的日報，言論立場站在臺灣人民這一邊，對中國（當時成爲祖國）的新聞也非常注意，以滿足臺灣讀者對瞭解祖國新聞的要求。1934 年 1 月 18 日，《臺灣新民報》獲准發行晚報，同年 4 月 15 日正式發行，成爲同時發行日報和晚報的大報。1935 年 4 月《臺灣新民報》作爲日報發行三週年時，報份突破五萬大關。

　　1937 年 4 月 1 日，時任日本臺灣總督的小林躋造爲了切斷臺灣民眾與祖國的文化聯繫而加速推進「皇民化」運動，下令臺灣所有報紙「廢止漢文版」。《臺灣新民報》力爭無效，被迫答應從四月一日起漢文版減半，6 月 1 日全部廢止漢文版。北平盧溝橋「七·七事變」爆發後的、，日本臺灣當局加劇言論管制計劃將《臺灣新民報》與其他報紙合併。爲逃脫被日本當局吞併的結局，《臺灣新民報》常務董事兼總經理羅萬俥和主筆兼編輯局長林呈祿決定把《臺灣新民報》改名爲《興南新聞》。太平洋戰爭爆發後，由《臺灣新民報》改名的《興南新聞》「一切在軍事控制下，沒有自己的言論主張，更談不到自由，也沒有什麼民族思想可言。」[1]即使更名，由《臺灣新民報》改名的《興南新聞》也沒有逃得了被吞併的結局。1944 年 3 月 1 日，臺灣總督兼軍司令官宣布將全臺六家報紙合併成爲一家。3 月 27 日《興南新聞》刊載《停刊之詞》說明停刊原因，實際出報至 1944 年 3 月 31 日停刊。

　　從 1920 年 7 月 16 日創刊的《臺灣青年》月刊到 1922 年 4 月 1 日改名爲《臺灣》月刊，再到 1923 年 4 月 15 日改名爲《臺灣民報》半月刊，後來以《臺灣民報》之名於 1923 年 11 月 11 日改爲旬刊，又於 1925 年 7 月 12 日改辦爲週刊，1929 年 3 月 29 日改爲《臺灣新民報》週刊，1932 年 4 月 15 日改爲日報《臺灣新民報》，1934 年 4 月 15 日增出《臺灣新民報》（晚報），1940年 2 月 11 日爲逃避被合併改名爲《興南新聞》，最後於 1944 年 4 月 1 日被強行和另外 5 種報紙合併成爲《臺灣新報》而消失。這就是日據時期唯一的一種漢文報刊走過的歷程，也是在日本殖民統治下民族報刊的必然結局。

1　楊肇嘉：《楊肇嘉回憶錄》，三民書局，1968 年版，第 570 頁。

二、淪陷時期香港地區的報業

　　1842 年 8 月 29 日，清政府的全權代表耆英、伊里布來到停泊在南京江面的英國軍艦上簽訂了近代中國與外國之間第一個喪權辱國的不平等條約《（中英）江寧條約》（即《南京條約》）。該條約第三款規定「今大皇帝准將香港一島給予英國君主暨嗣後世主位者，常遠主掌，任便立法管理」，而此時距英軍強行佔領香港，已過了 1 年零 7 個月了。[1] 1941 年 12 月 25 日，香港迎來歷史上最黑暗的聖誕節——港督楊慕琦於當日下午渡海到九龍半島向日軍司令官酒井隆投降，1942 年 2 月 20 日，日本宣布香港為日本佔領地。中國固有領土香港在十九世紀四十年代被割讓給英國後，又在二十世紀四十年代成為日本的「佔領地」。直到 1945 年 9 月 1 日英國在香港重新成立由夏慤代行總督職權的港英政府後，才又成為英國殖民地。

（一）香港地區的日文報紙《香港日報》

　　太平洋戰爭爆發後的 1941 年 12 月 25 日，日本佔領香港。而日本人在香港創辦新聞報紙的活動則早在 1909 年就已經開始，並且一直延續到日本在二次世界大戰中被打敗。這就是創刊於 1909 年的《香港日報》。

　　日文《香港日報》，日本人松島宗衛 1909 年 9 月 1 日創刊於香港。此後主持該報達十二年之久。1935 年 10 月 12 日，由日本人井手元一繼任社長。1937 年 12 月起，該報的第四版改為中文，1938 年 6 月，又把該報第四版的中文版獨立成為中文的《香港日報》。1938 年 11 月，由日本人衛藤俊彥接任因年事已高辭任的井手元一任該報社長。在衛藤俊彥主持下，已出版有日文《香港日報》和中文《香港日報》的「《香港日報》社」又增加出版了英文週報《香港新聞》（The Hongkong News），成為擁有兩報一刊、橫跨三種語言的報刊集團。太平洋戰爭爆發後，《香港日報》社曾一度被港英當局收押，報社領導人亦被逮捕監禁。但很快日軍佔領了香港，由日本人創辦並主持經營的《香港日報》不但恢復了此前被迫停止的出版發行活動，更因由日本軍方撐腰顯得不可一世。首先是把原來為週刊的《香港新聞》改辦為日報，主要向在香港的西方人士以及不懂中文的華僑為宣傳對象。在香港淪陷「三年零八個月」的黑暗時期，《香港日報》的性質有如「官方刊物」[2]，從中可以看到日本統治香港的主要措施，也在一定程度上反映了當時香港的社會民生狀況。

1　張曉輝主編：《百年香港大事快覽》，天地出版社，2007 年版，第 14～15 頁。
2　周佳榮：《近代日人在華報業活動》，嶽麓書社，2012 年版，第 165～166 頁。

除了日文《香港日報》外，日軍佔領香港期間，香港還有一份日本人創辦出版的雜誌《寫眞情報》，雙月刊，各月出版，刊載大量的新聞照片和圖片，從另一個側面記載了日本佔領香港期間的「社會百態」。

（二）香港地區的中文報刊

香港是中國最早出現近代報刊的地區之一。香港地區出版的中文報刊最早應可以追溯到 1853 年 9 月 3 日（癸丑年八月初一）創刊的《遐邇貫珍》月刊。是一份以中文為主但附有英文目錄的定期刊物[1]。值得一提的是 1872 年 4 月 17 日在香港創刊、由陳靄廷主編的《華字日報》，創刊時隔日出版，十年後即 1882 年改成日刊。初創時的內容以翻譯外報和轉載京報為主，後來逐漸發展成為香港地區的重要中文報紙之一。日本進佔香港時自動停刊。

太平洋戰爭剛爆發時，港英政府下令封閉了親日和親汪的中文《香港日報》、《南華日報》、《天演報》等。日本人佔領香港後，這些報紙紛紛復刊，其餘的原在香港出版的中文報刊如《華商報》（1941 年 4 月 8 日創刊，胡仲持、張友漁、范長江、夏衍等主持）、《大眾生活》（1941 年 5 月創刊，鄒韜奮主編）、《女光》（婦女雜誌，1941 年 8 月創刊，社長羅豔基，經理陳雪晶，主編梁雪德）、《筆談》（1941 年 9 月年創刊，港紳曹克安任社長兼督印人，茅盾主編）、《光明報》（1941 年創刊）、《立報》（1938 年 4 月 1 日在香港復刊，薩空了任總編輯與總經理）、《大公報》（香港版，1938 年 8 月 13 日創刊，編輯主任徐鑄成）等在日本進佔香港前主動停刊後，在抗日戰爭勝利後才恢復出版。日本佔領期間的主要中文新聞報紙有：日本人創辦經營的《香港日報》；岑維休 1925 年 6 月 5 日在香港創刊的《華僑日報》[2]；著名報人胡文虎 1941 年 12 月在停刊的《星島日報》（創刊於 1938 年 8 月 1 日）基礎上改名出版《香島日報》；以及汪僞集團於 1930 年 2 月在香港創刊的「御用宣傳機構」[3]《南華日報》（林柏生任社長，顏家保任經理，社址設在香港荷里活道 49 號）、《東亞晚報》（出版至 1945 年 3 月停刊）及隔日出版的《大成報》，但言論都受到管制[4]。

---

1 方漢奇主編：《中國新聞事業編年史》（上），福建人民出版社，2000 年版，第 32 頁。
2 莊義遜主編：《香港事典》，上海科學普及出版社，1994 年版，第 403 頁。
3 方漢奇主編：《中國新聞事業通史》（第二卷），中國人民大學出版社，1996 年版，第 891 頁。
4 周佳榮：《近代日人在華報業活動》，嶽麓書社，2012 年版，第 166 頁。

三、抗戰時期澳門地區的報業

　　澳門地區的新聞報業應可以追溯到 1822 年 9 月 12 日由葡萄牙執政黨派人士安東尼奧·巴坡沙創辦的葡萄牙文報紙《蜜蜂華報》。這是澳門有史以來的第一份報紙，曾以大量篇幅刊登立憲黨人的言論，並詳盡地刊登政情消息、會議紀錄、名人演說、議事會與市民的往來信函、王室諭旨報告等[1]。1827 年（清道光七年）由葡萄牙商人士羅在澳門創刊的中英文對照的《依濕雜說》[2]，是當時澳門出版的第一份英文刊物，也是澳門出版的第一份中文刊物，更是「中國境內出版的第一份中文的近代化報刊」[3]。1887 年清政府和葡萄牙簽訂《中葡和好通商條約》。1893 年 7 月 18 日，以中文和葡萄牙文兩個版別出版的週刊《鏡海叢報》在澳門創刊，週二出版葡文版，週三出中文版，東道主兼督印人是孫中山的葡籍好友法蘭西斯科·飛南德斯（Francisco H.Fernandes，亦譯作「飛南第」）。內容包括國內外新聞、澳門新聞、雜談和廣告等。由於銷量不足，中文版於 1895 年 1 月 23 日停刊，葡文版同年 6 月 10 停刊，先後出版了 2 年 5 個月。

　　北平「七·七事變」爆發後，中國迅速出現全民抗戰的高潮。澳門雖然在葡澳當局的統治下沒有對日本宣戰，但澳門同胞對祖國和民族的命運同樣關注。1937 年 11 月，以宣傳抗日救亡為主旨的《華僑報》在澳門創刊（後來又出版了《華僑晚報》）。當時澳門的大多數報人大多積極參加抗日救亡工作。《朝陽日報》（1932 年創刊[4]）負責人陳少偉擔任了當時澳門最大的抗日救亡團體「澳門學術界音樂界體育界戲劇界救災會」（簡稱四界救災會[5]）的主席，積極參與推動澳門各界的抗日救亡運動。《朝陽日報》《大眾報》（1933 年創刊）及《新聲報》等報紙常常以大量篇幅報導抗日救亡消息，刊登抗日救亡的散文、小說[6]，成為澳門抗日救亡運動的重要宣傳陣地[7]。但受制於日本駐澳門特務機關的壓力，葡澳當局從 1938 年就開始實施新聞檢查制度，新聞界的抗日救亡宣傳受到壓制，有些報紙經常被迫「開天窗」。

1　程曼麗：《〈蜜蜂華報〉研究》，澳門基金會，1998 年版，第 40 頁。

2　劉家林：《中國新聞通史（修訂版）》，武漢大學出版社，2005 年版，第 43 頁。

3　方漢奇：《中國近代報刊史》，山西教育出版社，1984 年版，第 13 頁。

4　黃漢強、吳志亮主編：《澳門總覽》，中國友誼出版公司，1994 年版，第 21 頁。

5　葡澳當局不允許公開打出「抗日」、「抗敵」、「救亡」的口號，故以「救災會」之名從事抗日救亡活動。

6　李蓓蓓編：《臺港澳史稿》，華東師範大學出版社，2003 年版，第 583 頁。

7　黃漢強、吳志亮主編：《澳門總覽》，中國友誼出版公司，1994 年版，第 286 頁。

太平洋戰爭爆發後，日本軍隊於 1941 年 12 月 25 日進佔香港。自此，澳門成為一片火海中的孤島，進入了三年零八個月的「風潮時期。」雖然日本軍隊沒有進佔澳門，但在其強大的軍事政治壓力和日特機關的控制下，親日和親汪的漢奸報人們自恃背後由日本人撐腰和葡澳當局的庇護公開在澳門活動。由臺灣籍報人劉傳能等創辦的《西南日報》1942 年在澳門創刊，劉傳能出任社長；不久，由唐清宇和陳昌文出面創辦的《民報》又在澳門創刊，唐清宇出任社長，陳昌文任主編，此外還有 1944 年 8 月創刊的《市民日報》。那些漢奸報紙為日本的暴行塗脂抹粉，大肆宣傳「大東亞共榮圈」的優越。與此同時，葡澳當局在日偽勢力的壓迫下，對抵制日寇收買的《大眾報》《華僑報》等愛國報紙實行嚴厲的新聞檢查，刪去有反日嫌疑的文字，甚至不准登載重要新聞消息。《大眾報》因紙張缺乏於 1942 年下半年停刊。[1]1944 年直到日本無條件投降，澳門才結束三年多的「風潮時期」。

第四節　淪陷區秘密出版的抗日報刊

日本軍隊每佔領中國一個城市或地區，首先做的事情就是查封他們認為的反日新聞報紙，然後由軍隊報導部直接出面創辦新聞報紙，以控制輿論；再就是實行「以華制華」策略，扶植漢奸報人在當地創辦聽命於日本主子的漢奸報紙，把整個淪陷區的新聞界搞得烏煙瘴氣。但即使是在日本軍隊鐵蹄和刺刀的血腥統治下，仍然有不屈的中國人（進步新聞人和愛國民眾）冒著生命危險秘密出版抗日報刊，以鼓舞淪陷區民眾堅持與日偽勢力鬥爭的勇氣和信心。

一、東北地區的地下抗日報刊

東北地區是在「九‧一八事變」後首先淪於敵手的中國領土。日本軍國主義在強佔東北三省後扶植漢奸成立了偽「滿洲國」，東北人民由此進入了長達十四年的與日寇浴血奮戰的抗日戰爭時期。在這一階段，東北地區出現了一批充滿戰鬥性和民族精神的地下抗日報刊。主要包括中共黨組織創辦的地下刊物和由中國共產黨領導的東北抗日軍隊創辦的刊物。

1　李蓓蓓編：《臺港澳史稿》，華東師範大學出版社，2003 年版，第 583 頁。

（一）由中共黨組織創辦的地下抗日刊物

由中共黨組織創辦的地下刊物主要有：《滿洲紅旗》，中共滿洲省委機關刊物。1930年9月創刊，前身係創刊於1927年12月的《滿洲通訊》。8開油印，主持人爲中共滿洲省委宣傳部長何成湘，編輯人員有宣傳幹事姜椿芳，畫家及詩人金劍嘯。1936年6月，因黨組織遭敵僞破壞，金劍嘯被捕並英勇犧牲、姜椿芳被捕入獄（後經營救出獄）暫時停刊。在黨組織回復後復刊改名爲《東北紅旗》繼續出版，後又改名爲《東北民眾報》出版。停刊時間不詳。屬於中共黨組織創辦的地下刊物還有《兩條戰線》，係中共東滿特委創辦的油印刊物，有漢文和朝鮮文兩個版本。該刊主編爲中共東滿特委書記童長榮。1933年5-6月出版朝鮮文版第11-16期，漢文版第10-16期。[1]還有中共南滿特委機關刊物《列寧旗》，創刊於1935年1月30日。讀者對象是中共南滿省委所屬的臨江（今渾江市）、磐石、伊通、濛江（今靖宇縣）、海龍、柳河、通化等縣的地方黨員幹部和抗日聯軍第一軍的幹部。1938年12月與東北抗日聯軍第二軍的機關刊物《戰旗》合併，創辦作爲中共南滿省委和東北抗日聯軍第一路軍的機關報《列寧旗》，主編也由中共南滿省委書記兼東北抗日聯軍第一路軍政治部主任魏拯民擔任。

（二）由中共領導的東北抗日軍隊創辦的報刊

日本軍隊的侵略激起了東北民眾的強烈反抗。中共東北地區黨組織根據中共中央「廣泛發動民眾，投入反對日本帝國主義侵略」的指示，順應民意，很快組織起東北人民革命軍第一、第二軍等抗日軍隊。在極其困難的環境下，東北人民革命軍爲了進行抗日宣傳和提高官兵的政治覺悟，仍然克服困難創辦抗日宣傳刊物。這些刊物在東北人民革命軍的一定範圍是公開的，但在日僞統治區則是完全地下運作，而且具有高強度的危險性。其中如：《人民革命報》及其畫刊。東北人民革命軍第一軍於1934年11月7日創建後創辦，是該軍的機關報刊。該刊油印出版。同時創刊的還有《人民革命報》（畫刊。1936年2月改名爲《南滿抗日聯合報》，《人民革命報》（畫刊）則於1936年7月改名爲《南滿救國畫報》。停刊時間不詳。又如《戰旗》，東北抗日聯軍第二軍黨委機關刊物，1938年6月1日創刊。1938年12月與東北抗日聯軍第一軍的機關刊物《列寧旗》合併出版新的《列寧旗》，作爲中共南滿省委和東北

1　葉再生：《中國近代現代出版通史（第三卷）》，華文出版社，2002年版，第766頁。

抗日聯軍第一路軍的機關刊物，由中共南滿省委書記兼抗日聯軍第一路軍政治部主任魏拯民主編[1]。其餘情況不詳。

二、北平地區的地下抗日報刊

盧溝橋「七‧七事變」後，日本軍隊於七月下旬向北平發動大規模進攻。第二十九軍官兵雖英勇作戰但未能擋住日本的猛烈攻勢。7 月 28 日夜，宋哲元等奉蔣介石命令從北平撤退到保定。7 月 29 日，日本軍隊進入北平。愛國的中國人被迫轉日地下與敵人周旋和鬥爭，其中就包括創辦地下報刊進行抗日宣傳。

1938 年春後，北平的學生抗日組織「民先隊部」成立，對外稱自學社，曾出版油印小報《自學》，供隊員內部傳看。北平育英中學成立了「細流社」，曾出版鉛印的地下刊物《細流》。輔仁女中的讀書會曾編印過《讀書週刊》。燕京大學附中於 1941 年成立了秘密組織「螢火社」，出版過兩期手抄本刊物《螢火》。北平市立三中也出版過名為《螢火》和《晶瑩》的壁報。太平洋戰爭爆發後，北平 23 所中學、中專和一所大學聯合成立了「海燕社」，出版油印文藝刊物《海燕》。該刊物由許植負責聯絡、組織和發行。由冷林、王紀剛、史嘁春擔任總編。這些刊物以各種隱蔽的方式曲折地傳遞抗日的心聲。由於殘酷的環境，這些刊物出版的時間都不長，往往很快就被迫停刊。[2]

三、天津地區的地下抗日報刊

在北平失守次日即 1937 年 7 月 30 日，日本軍隊佔領了北方重鎮天津。8 月 4 日，《大公報》天津版因日軍的封鎖不能發行到租界外地去，登出「暫行停刊」啓事，宣告停刊。9 月 5 日，天津《益世報》因在天津淪陷後繼續主張抗日，被迫停刊。天津新聞報業界陷入死氣沉沉，只有「烏鴉亂叫」的狀態。就是在這種惡劣的環境下，中共天津地下黨和天津愛國新聞人先後創辦了多種地下抗日報刊，在當時產生了積極的社會影響。

（一）中共地下黨組織創辦的抗日報刊

在抗戰期間，中共天津黨組織利用各種條件，出版了大量的油印和鉛印的抗日宣傳刊物，中共河北省委和天津市委的負責人親自撰文章，闡述中國

---

1 葉再生：《中國近代現代出版通史》（第三卷），華文出版社，2002 年版，第 767 頁。
2 方漢奇主編：《中國新聞事業通史》（第二卷），中國人民大學出版社，1996 年版，第 908 頁。

共產黨的抗日救亡主張和抗日民族統一戰線政策，對於鼓舞天津地區人民堅持與敵僞鬥爭、爭取抗日戰爭最後勝利，發揮了積極的作用。這些地下抗日報刊主要有：

《抗日小報》，1938 年 8 月創刊於天津。是在中共天津市委書記姚依林直接指導下，由共產黨員李啓華、李春、姜思毅具體負責撰稿、編輯和印刷發行的不定期內部刊物。創辦該刊的目的是宣傳動員天津各界人士組織起來，反對日本軍國主義分子的侵略行徑，同時報導國共合作抗戰的勝利消息[1]。曾載文介紹過八路軍一一五師的平型關大捷、聶榮臻領導建立晉察冀抗日根據地、抗日游擊隊襲擊日寇以及農民參加抗日隊伍等新聞消息，對鼓舞在日僞統治下的天津地區民眾的抗日信心產生過積極的意義。

《時代週刊》，前身爲共產黨員張致祥奉組織指示天津淪陷後的 1937 年 8 月編輯出版的 16 開油印小報《新聞報》。該報創刊後不久，原先華北各界救國聯合會改組而成的華北人民抗日自衛委員會成立，是形式上隸屬於國民政府軍事委員會，但實際由中共河北省委領導的抗日民族統一戰線組織。中共河北省委指派李楚離、王仲華、姚依林和朱其文參與領導。爲了加強華北人民抗日自衛委員會的對外宣傳工作，中共河北省委決定將張致祥創辦的 16 開油印小報《新聞報》改名爲《時代週刊》，並成爲華北人民抗日自衛委員會的機關刊物。該刊具體工作共產黨員李楚離、王仲華等人負責，由中共河北省委直接組織提供稿件，許多共產黨員都曾爲該刊撰稿，闡述中國共產黨的抗日救亡主張和政策，還刊載國民黨中央通訊社的廣播報導和外電新聞消息，曾在當時的天津地區產生較大的社會影響[2]。1938 年 9 月停刊。

《風雨同舟》，油印週刊。1937 年 9 月在天津英租界創刊。由中共黨員姚依林、姜思毅、李春等具體創辦。該刊的主要內容包括宣傳中共中央、中共河北省委關於全民抗戰、抗日民族統一戰線等方針政策，報導國共兩黨合作抗日和中國軍隊與日本侵略軍浴血奮戰並取得勝利的消息。當年 10 月停刊。

據不完全統計，中共天津地下黨組織在天津淪陷後創辦的地下抗日報刊還有華北《戰旗》和《解放》（週刊），《中山》（旬刊）以及《時報》《大畫報週刊》《燈塔》等十幾種[3]。

---

1 馬藝等著《天津新聞史》，天津人民出版社，2015 年版，第 391 頁。
2 馬藝等著《天津新聞史》，天津人民出版社，2015 年版，第 392 頁。
3 馬藝等著《天津新聞史》，天津人民出版社，2015 年版，第 392 頁。

（二）愛國新聞人創辦的地下抗日報刊

「七・七事變」後，天津很快淪陷，新聞輿論界迅即受到日偽當局的嚴厲統制和摧殘。凡是具有抗日愛國色彩的報刊一律遭到封禁或被迫停刊，人們能看到的報刊都是經過日偽當局「核准」並經過新聞檢查的漢奸報刊或非政治性刊物。人們迫切希望能有報導中國人民與日本帝國主義奮勇鬥爭新聞消息的報刊，就是在這樣的情況下，由天津地區愛國新聞人和抗日知識分子創辦地下抗日報刊秘密出版了。他們創刊時雖然悄無聲息，但所載內容卻具有震驚人心的力量，直接打破了日寇和漢奸的新聞封鎖，從烏雲密布的天空裏向渴望光明的天津地區民眾「透出一絲亮光」。據不完全統計，從七七事變後到 1938 年間，這一階段在天津地區出版的地下抗日報刊能列出名稱的就有30 多種[1]。其中堅持出版時間最長、社會影響最大的是名為《紀事報》地下抗日報刊。

《紀事報》，全名為《高仲明紀事報》。日刊。是以天津新記《大公報》採訪主任顧建平為首一批愛國新聞人在天津淪陷後利用天津租界的社會環境秘密創辦的地下抗日報刊。參加創辦該報的還有天津新記《大公報》記者林墨農和孔效儒人及天津《益世報》記者程寒華[2]。日軍進佔天津後，他們四人感受到讀者深陷亡國之苦，萌發了創辦地下報紙的想法。因為顧建平家住天津法租界，日本軍隊還不能隨意到租界來搜查和抓人，所以他們商定以顧建平的家作「報館」，開始了編印報紙的工作。新聞來源主要靠從收音機聽來的各方面廣播，為印刷報紙他們找來一箇舊膠輥、兩支舊鐵筆和一塊舊鋼板，用湊集的一元八角錢買來白報紙和油墨，一份每天出版 16 開 12 張的油印日報就這樣在日寇統治下的天津悄然誕生[3]。該報不僅報導戰爭新聞，還刊載特寫報導、本市新聞、社論、短評。不但刊載南京等地的通訊社的電訊，有時也將收聽到的延安廣播寫成新聞刊載，每逢「九・一八事變」和「七・七事變」等抗戰紀念日，《紀事報》還專門出版特刊和號外，這些內容和當時在日偽統治下出版的「地上」報紙相比，不但使人耳目一新，而且感到歡欣鼓舞。創刊 20 天後增加到 400 份，兩個月後發行 800 份，最高時達近千份。在《紀

1　喬多福：《抗戰初期天津底下出版的抗日報刊》，載《天津文史資料選輯》，第 39 輯，天津人民出版社，1987 年版。

2　方漢奇主編：《中國新聞事業編年史（中）》，福建人民出版社，2000 年版，第 1366～1367 頁。

3　馬藝等著《天津新聞史》，天津人民出版社，2015 年版，第 394 頁。

事報》的帶動下，日僞統治下的津城很快出現了《中華日報》《建華日報》《小公報》《小益世報》等一批地下報紙。[1]1939 年 9 月 28 日，日軍闖進天津法租界，該報難以爲繼被迫停刊，先後出版達兩年之久。

在這一階段，除了由原來各報館留津新聞人創辦的地下新聞報紙外，天津滬案出現了一批地下油印小報，知道名稱的就有《婦女》（抗日團體女同學會 1938 年秋創辦，油印，不定期，共出兩期）；《實錄》（國民黨中央社天津分社社長陳純粹創辦的油印日刊）；《長城》（國民黨中央社天津分社社長陳純粹和原天津《商報》社社長王鏤冰）創辦的油印日刊，後改爲週刊）；《煉鐵工》（天津鋼鐵工人 1938 年創辦的油印小報）；《北方週刊》（進步知識分子馮之捷主編出版的油印週刊）；《生存》（國民黨中央社記者張家彥和前《益世報》編輯於錦章 1937 年 10 月創辦的油印日刊）；《張雅軒紀事》（原大公報記者孔效儒、林墨農創辦的油印小報）以及由國民黨人員創辦的油印日刊《時事紀聞》和《電稿》等。這些地下報刊宣傳抗日愛國主張，報導抗日鬥爭勝利的消息，揭露日本侵華的陰謀和罪行，鼓舞人們堅決和日僞作鬥爭，產生了積極的社會影響，表現了中國人民在強敵面前永不屈服的民族精神。

四、南京地區的地下抗日報刊

從最早落入敵手的我國東北地區，到「七.七事變」後陷落的我國北方重鎮北平和天津都先後出現了在日僞統治下冒著生命危險編輯出版發行的地下抗日報刊，其他地區或城市也有這種情況。1938 年 11 月 1 日出版的《戰時記者》雜誌第 3 期上以《中國的茹爾丹》爲題報導了在已經陷落的南京發生的編印傳播地下抗日報刊的情況。因文字不長，茲錄如下：

> 在我們刊物上，曾刊載著這麼一個故事：
>
> 1914 年 8 月，當敵軍佔領布魯塞爾，比（利時）國報紙全部停刊的時候，74 歲的老翁維多·茹爾丹辦了一個《自由的比利時報》。咪咪地在近郊出版，中間雖然經過了幾度的破獲，但茹爾丹一點不灰心。所謂的《自由的比利時》，至今猶爲比（利時）國大報。
>
> 在京滬平津各地除漢奸報外，及無所謂精神糧食。方之比（利時）報界，實在覺得非常的慚愧。

1 史馥一：《天津淪陷後秘密出版的〈紀事報〉》，載《天津文史資料選輯》，第 39 輯，天津人民出版社，1987 年版。

「中國就沒有一個茹爾丹嗎？」最近接到一位家住南京而目前尚避居浦（口）鎮朋友的一封信，才知道是有的。

在南京陷落的前兩天，城內外即看不見一張正式報紙——或類似報紙的報紙，擔當敵人耀武揚威地跨入了中山門以後，一種小型的《抗敵導報》居然出現在浦鎮街上。敵人起初似乎還不大注意，後來曾雷屬風行地偵查了一下。偵查的結果是鉛印的《抗敵導報》不得[已]改成了油印的《抗敵導報》——最不幸的有兩個讀者因收藏不迷而遭受了殺害。油印的《抗敵導報》，篇幅是那樣地狹小，字跡又是那樣模糊，然而不見天日的人們，還是一樣偷偷而熱烈地追求著。……

從這段文字中，我們不但知道在日本侵略軍佔領的南京地區仍有那麼一些人冒著生命危險編印給人們提供「精神食糧」的《抗敵導報》，也知道即使是在日本侵略軍的血淋淋刺刀面前，仍然有不怕死的中國人在傳播、閱讀、收藏鼓舞人們與敵偽作鬥爭的《抗敵導報》。推而廣之，我們堅信在日本侵略軍佔領的濟南、開封、鄭州、武漢、廣州等眾多淪陷區的城市和鄉村，一定有為了國家獨立和民族解放的新聞人以筆作槍，創辦各種形式的地下抗日報刊以宣傳動員廣大民眾投入抵抗日本侵略者的鬥爭，最後把日本侵略者這頭闖入「人民戰爭火陣」的野牛活活燒死，取得抗日戰爭的徹底勝利。

第六章 民國南京政府中期的新聞廣播業、新聞通訊業和圖像新聞業

全面抗戰期間，廣播不僅是交戰各方的喉舌，也是民眾獲取新聞的重要來源。中央廣播電臺遷渝。國民政府廣播業規模在抗戰後期略微超過戰前。新華廣播電臺開播。國共分別以中央社、新華社爲核心，發展各自新聞通訊業。民營新聞通訊業艱難地生存。日本以同盟社華文部控制與壟斷淪陷區新聞來源，僞滿和汪僞的通訊社是其附庸。日本駕馭圖像媒介的技巧日益熟練。中國圖像新聞業因戰爭環境、財力匱乏和言論控制等受到抑制。

第一節 民國南京政府中期的新聞廣播業

抗戰全面爆發後，無論是國統區、淪陷區還是共產黨領導的抗日根據地，均將廣播當成了輿論動員的主戰場。廣播不僅是參戰各方的喉舌，也成了民眾獲取新聞的重要來源，一些最新戰事，包括蔣介石等政要都是首先通過廣播而不是其他渠道獲知的。[1]

1　1942 年，美軍進入中國後，一些軍事行動並不直接知會蔣介石本人，因此關於美日雙方在前方作戰的很多信息，蔣介石都是從廣播中才獲知的。參見蔣中正：《對史迪威參謀長有關指揮我軍作戰要領及對緬戰略之指示：中華民國三十一年三月十日接見史迪威參謀長談話》，《先總統蔣公思想言論總集》（卷三十八‧談話），第 147 頁。

一、國民黨官辦廣播的抗戰宣傳

抗戰爆發後，國民黨官辦電臺隨戰局變化而在整體布局上有較大調整和變動：有的隨政府遷移內陸；有的擴充電力，專注於對外宣傳；有的則不幸淪於敵手。大敵當前，各廣播電臺克服重重困難，保證抗戰廣播一天都不中斷。當時的收音機雖然沒有英美兩國那樣普及，但對國民黨政府而言，其即時傳播和無遠弗屆的技術特徵很適於戰爭狀態下的輿論動員，因而必然成為國家和民族抗戰的有生力量，「分擔了抗戰的沉重職責，分擔了隨抗戰而來的困苦艱辛」。[1]在一些特殊時期，「各軍師消息的來源，差不多完全仰賴中央廣播電臺與國際廣播電臺的廣播」[2]，廣播在戰時新聞報導方面的地位和作用進一步彰顯。

1、國民黨政府電臺的布局與管控變化

國民政府決定遷都重慶後，1937 年 11 月 23 日，南京中央廣播臺在午夜進行「告別廣播」，長沙電臺以 10 千瓦功率臨時接替了中央臺，與漢口廣播電臺和漢口短波電臺聯合播音。

從 1937 年 11 月上海淪陷到 1938 年廣州淪陷，國民黨的廣播電臺設備先後被日軍攫取，另外一部分地方廣播電臺則由城市遷往偏僻地區播音。國民黨當局還陸續在貴陽、西昌、蘭州等地籌辦起新的廣播電臺，使西南、西北等大後方地區廣播事業獲得了較快發展。1940 年 8 月 1 日正式播音的 50 千瓦的昆明廣播電臺一度成為抗戰時期國內功率最大的廣播電臺。

為加強國際宣傳力量，1938 年 3 月 10 日，重慶廣播電臺作為中央臺開始播音，功率起初為 10 千瓦，用漢、蒙、藏、回四種語言播音，後又借用重慶電信局 7.5 千瓦電報電話兩用機作短波廣播，增加了廈門語、廣州話節目。1940年 1 月，國民黨中央廣播電臺短波部分移交國際宣傳處使用，更名為國際廣播電臺。國民黨當局又於 1940 年創辦戰地流動廣播電臺，1943 年又籌辦軍中播音總隊，並在各戰區建立分隊。國際廣播電臺與重慶中央電臺、昆明臺、流動臺等廣播電臺一起，組成一個縱貫南北、深入西部內陸的國際廣播網，用英、日、法、俄等多種語言向世界發出戰時中國的呼聲。

---

1 吳道一：《勝利還都與我國廣播事業》（1946 年 5 月 5 日在南京中央廣播電臺廣播），載於《廣播週報》復刊第 1 期，1946 年 9 月 1 日出版。

2 蔣中正：《政訓工作與普通宣傳之要點》（1941），《先總統蔣公思想言論總集》（卷十八・演講），第 134 頁。

　　到 1943 年底，國民黨中央和地方系統的公營廣播電臺共有 16 座。儘管數量比戰前少七座，但是發射總功率卻是戰前的 1.32 倍。經過不懈的恢復和重建，據 1944 年 2 月統計，國民政府所辦對敵僞廣播的電臺已達 23 座，發射功率爲 154 千瓦，略超過戰前的規模。

　　基於戰時宣傳需要，國民黨對報刊和廣播、通訊社都加大了管控力度，相繼頒布《戰時新聞檢查辦法》《對於新聞發布統製辦法》《戰時新聞違檢懲罰辦法》等條例，對於新聞報導給予最高規格的事先審查。1943 年，蔣介石又親自下令，要求對廣播演講稿實行事先審查。遵循舊例，國民政府還要求擁有收音機者必須收聽中央廣播電臺的節目，各級機關必須擁有收音機，政府機關必須訂閱《廣播週報》。針對收音機用戶有時竟暗自接受平津等敵方播送之無線消息的現象，1939 年，國民政府短暫出臺《廣播無線電收音機取締規則》，試圖取締民間的私人收音機。但這一措施又與發展廣播事業的初衷相悖逆，因此很快又推出《無線電收音機登記》政策，以登記代替取締。

　　抗戰中期和後期，國民黨政府都有恢復廣播網建設計劃的想法，但是戰爭環境多變，抗戰之後內戰又起，廣播網計劃變成了根本無法改變廣播發展不平衡不廣泛的「紙上談兵」。

2、國民黨廣播的抗戰宣傳

　　在戰爭狀態下，「無線電的奇妙使得對敵宣傳工作的展開比以前更爲容易，從前所使用的從飛機和氣球上擲傳單的老法子，在地域範圍和影響力量兩方面，都受著極大的限制，但是無線電可以毫無困難地深入敵人的國土，事實上，無線電在每一秒鐘之內能繞遍地球七次」。[1]抗戰時期，國民黨的廣播宣傳主要可分爲對內和對外兩部分：

　　（1）對內廣播

　　國民黨政府數次擬定抗戰廣播計劃，將對內宣傳對象細化爲國統區、抗日根據地和淪陷區居民。

　　總體來說對國統區的宣傳注重於鼓舞士氣。「七七事變」不久，國民黨中央電臺即轉入戰時宣傳體制，「除了新聞和演講外，其他專題節目全部停止；音樂節目只保留軍樂，但更多的是播放抗日歌曲。」

　　1938 年春夏，「保衛大武漢」的活動蓬勃發展，馮玉祥、周恩來、彭德懷、郭沫若、邵力子、黃琪翔、張厲生等各方面代表人紛紛到電臺發表廣播演說，

1　國民黨中宣部文件，1942。

激勵民眾的抗日鬥志。著名的日本友人綠川英子、鹿地亙等人站在反侵略戰爭的正義立場上，積極參加了反對日本侵略的廣播宣傳活動，表現了崇高的國際主義精神。

人力和設備匱乏，加上許多報紙分散各地，各報的新聞進入抗戰相持階段之後大多比較貧乏。國民黨中宣部制定了編發簡要新聞的辦法，由中央社每日綜合國內外的新聞，編成明碼，免費廣播電訊，各省市黨部則轉告黨報和一般的報社簡報，給處於困境中的地方報業提供了很多新鮮及時的新聞信息。

對內廣播的另一項重要任務，就是針對淪陷區民眾的宣傳。在淪陷區，報紙投遞受阻，日偽卻加緊宣傳以混淆民眾視聽。國民黨中宣部國際宣傳處一面負責編發每日「敵方廣播新聞紀要」，供國民黨軍政領袖參考，另一方面還在國民黨中央宣傳部的工作週報上刊登「商討關於駁斥汪逆組織之廣播宣傳事宜」，使得廣播討伐汪精衛叛國行為也成為這一時期廣播宣傳的重要內容。

對於淪陷區民眾，國民黨廣播還重點針對日偽的一些反動宣傳進行了大量的反宣傳。為此，國民黨中宣部專門設立了對敵宣傳委員會，由國際宣傳處的對敵科負責，工作主要是收集和研究日本對華宣傳的內容，制定反宣傳的廣播稿件以揭露日本的欺騙宣傳。該會在 1942 年 9 月中旬組織過「對敵廣播宣傳周」，邀請眾多研究敵情方面的專家和韓國、日本的反戰人士進行對日廣播演講。

然而即使是在非常時期，國民黨也對與之合作抗日的共產黨軍隊心懷芥蒂。1941 年「皖南事變」後，國民黨中宣部擬訂「特種宣傳綱要」，廣播中不時充斥著抹黑中國共產黨抗日武裝的宣傳。

（2）對外廣播

日本發動全面侵華戰爭後，極為重視國際輿論，通過派遣駐外記者和收買外國記者等手段散佈許多不利於中國的言論。倉促應戰的中國當局，在外宣方面卻顯得極為被動。

1937 年 11 月在武漢成立了由國民黨軍事委員會宣傳部下屬的國際宣傳處，負責對外宣傳工作。1942 年，國民黨中宣部又成立對敵宣傳委員會，專門負責對敵宣傳的規劃與督導。

　　以國宣處爲中樞，一個多媒體、多語種、多層級的對外宣傳體系迅速搭建起來。因國宣處還承擔著一定的外交職責，其國際宣傳是與其外交政策、外交事務緊密配合，相互支持的。

　　1941 年美國參戰逆轉了整個二戰局勢，這時的國民黨國際廣播臺完全成爲遠東戰場最具鼓動性和影響力的輿論工具，播音語言增至 17 種。除國語、英語、粵語、閩南話及客家話、滬語方言外，還增加馬來、臺、越、荷、泰、緬、俄、法、德、日、朝等語言。每日播音 12 小時左右，聽眾遍及全球。1942 年，中國國際廣播電臺對敵日文廣播增加到每天 40 分鐘。由此，中國國際廣播與日僞電臺共生角力，形成了中方/日方二元對抗聲音在世界的廣泛傳播。

　　爲了使中國的聲音實現海外「落地」，從 1938 年開始，國際宣傳處先後深入美國紐約、華盛頓、芝加哥、舊金山等地設立辦事處，還派人在美國播放了《保衛我們的國土》《大無畏之重慶》《中國反攻》等反映中國眞實抗戰情況的電影。國民政府還直接派遣黨國要員、文化界知名人士出國演講、游說，加強與各友好國家的互動，輸出中國的抗戰信息。

　　爲加強中美聯繫，抗戰時期中國還在美國建立了中華新聞社（Chinese News Service 簡稱 CNS）。其全盛時期除紐約總社外，在華盛頓、芝加哥、舊金山、墨西哥首都、加拿大的蒙特里爾都有分支機構。

　　重慶國際臺也力邀社會名流發表演說，除國民黨官員外，還有宋慶齡、馮玉祥等堅決抗日、反對內戰的人士，以及許多外國駐華外交官、駐華記者和到渝造訪的外國軍、政、文化等代表團。國際臺的節目除了新聞、演講、時評、戰訊、音樂和戲劇等普通節目外，還設有適應戰時需要的特別節目，如廣播信箱、雜誌論文以及對遠東盟軍廣播等。這些以新聞報導和新聞述評爲主的節目，幾乎全部採用中央社電訊稿和《中央日報》刊登的新聞、評論，以及中宣部國際宣傳處和美國新聞處提供的稿件。爲了爭取主動，提高中國的國際信譽，這些宣傳多數是正面報導。

　　除了國民黨中央廣播電臺，昆明電臺也從成立之日起，與盟國的宣傳機構合作進行反侵略的電波戰和廣播文化交流，曾開辦對駐華美軍廣播節目，播出美國新聞處編排的節目。美國紅十字會駐華總幹事貝克博士等人在昆明臺的連續演說也幫助中國爭取到國際援助。昆明電臺還直接參加了抗戰軍事行動，接受爲中美飛機對日作戰導航的任務。

　　在交戰過程中，國民黨官辦廣播遭受了不同程度的損失，但仍然堅持抗戰播音，其國際廣播的發展甚至超過了戰前水平，對外宣傳的效果顯著，爭取到可觀的國際援助。

二、上海民營電臺和「蘇聯呼聲」的戰時生存

　　抗戰初期，上海幾十座民營電臺積極投入到募捐救助和抗日救國的宣傳中。1937 年 7 月 22 日，上海市 500 多個團體共同發起成立了上海市各界抗敵後援會。8 月，上海各界抗敵後援會與播音業同業公會共同擬訂了戰時廣播電臺統一宣傳辦法，並組成播音組，對各民營電臺節目的內容和時間進行統一安排。從 8 月 10 日開始，上海各界抗敵後援會組織的籌募救國捐廣播演講陸續播出，號召人們募捐救國。而為了讓世界瞭解日本帝國主義侵略中國的實質及中國人民的抗戰決心，爭取國際社會的同情和支持，抗敵後援會宣傳委員會國際宣傳部還擬訂外國語宣傳大綱，針對日本國民、英美政府與人民、蘇法政府與人民，分別制定了不同的宣傳內容。自 1937 年 9 月初開始，每晚 19 時開始，分別用英語、法語、德語、日語、俄語、韓語進行 45 分鐘的對外廣播，直到上海淪陷。

　　在全民抗戰的熱潮中，上海市各民營商業電臺不僅放棄廣告收入，參加義務播音募捐，各臺還踴躍捐獻獻物，支持前線抗戰。上海的曲藝、戲劇、電影、音樂界救亡組織和愛國人士，也紛紛利用廣播電臺進行抗敵募捐宣傳。但也有個別民營電臺趁機牟利，甚至侵吞捐款。

1、「孤島」時期上海廣播的變化

　　從 1937 年 11 月 12 日上海淪陷，到 1941 年 12 月 8 日日軍進駐租界前，蘇州河以南的公共租界和法租界因日本尚未向英、美、法宣戰而暫時保持「獨立」，被史學界稱為「孤島」時期。「孤島」時期，一些原來在界外的民營電臺紛紛搬入租界，希望得到庇護。到太平洋戰爭爆發，「孤島」淪陷前，除了極少數電臺如大亞和大光明電臺仍堅持了一段時間的抗日宣傳外，絕大多數民營電臺都不再播出涉及抗日的政治性內容，而成了單純以娛樂和廣告為主的商業媒體。宗教電臺也表現出強烈的民族氣節和愛國情懷，天主教人士的抗日廣播演說，在號召天主教徒投身抗戰救國方面起到了很大的引領作用。佛教界人士也積極投入到抗戰募捐的宣傳中，通過佛教組織和高僧們在電臺

和報刊的大聲呼籲，很多佛教徒開始明白自己不能置身事外，一些青年愛國僧侶更是滿懷殺敵護國的熱誠，邁出佛門，走向抗戰的第一線。

借助租界當局的庇護，「孤島」的民營廣播一度極為繁榮。但「孤島」淪陷，日寇進駐租界後，民營電臺通通被封。

早在上海淪陷前夕，公共租界和法租界當局即意識到形勢的嚴峻，加強了對界內電臺的監管，1937 年 8 月 16 日，上海公共租界工部局發布了《為取締無線電臺濫播消息事》的「緊要布告」。

1937 年 11 月 27 日，日軍宣布對上海郵政、電報和廣播實行管制。次年 4 月 1 日，日軍廣播無線電監督處開始「接管原來交通部和中央執行委員會所進行的廣播管理工作」，並通知上海 20 多家電臺於 4 月 15 日前申請登記，領取新執照。在此前後，租界內的大多數民營電臺都因「拒絕與日本人合作而寧肯犧牲自己的利益」，播音工作處於時播時停的狀態。

就各項限制性指令，租界當局與日方不斷周旋，試圖以讓步換取日軍的諒解，但是日方態度蠻橫，決不讓工部局僭取監督權。日方不斷發布通知催逼電臺進行登記，租界當局無奈之下加強了對界內電臺播音內容的審查。

在前景不明的拉鋸戰中，最先犧牲的就是民營電臺的利益。抗戰爆發前，上海的民營電臺有 40 多家，到 1938 年 4 月 15 日日本當局的截至登記日期前，電臺數目銳減，只有 20 多家。鑑於租界的特殊地位，日偽當局無法像對付華界電臺一樣隨意佔領或取締，於是用各種卑劣手段，逼迫租界內的民營電臺就範；對那些漠視或不理其通告的電臺，則想方設法迫使其停播。

這一時期，連平素本就嚴謹規範的宗教電臺也儘量不觸碰戰爭等敏感問題。福音電臺的播音時間明顯縮短，新聞節目只有兩檔，且全部用英語播報，以顯示其「外國人」辦臺的身份和聽眾定位。但福音電臺仍一如既往地關注衛生教育和婦女兒童，還借由對「新生活運動」的支持來曲折表達自己不屈從日偽當局的立場。

戰爭不僅阻礙了正常出行，並且帶來心理上的恐懼，孤島時期的上海人，只能沉溺於各種安全的室內娛樂。電臺播放的各種娛樂節目，恰好迎合了這種社會情緒，但這種歌舞昇平的景象，無疑更增添了清醒知識分子對時局的失望。

2、「蘇聯呼聲」電臺的開播及其新聞節目

1941 年蘇德戰爭爆發後，蘇聯為加強在上海的宣傳工作，以蘇商名義創

辦了「蘇聯呼聲」廣播電臺，呼號 XRVN，該臺由塔斯社上海分社領導，領導層主要由蘇聯人組成，1941 年 9 月 27 日開始播音，使用漢語（包括上海話和廣州話）以及俄、英、德語播送新聞節目。

該臺的新聞節目主要是報導蘇聯人民反法西斯鬥爭的消息和評論、蘇德戰爭公報、蘇維埃國家建設和人民生活情況等。每天上、下午各播音一次，期間每天傍晚為特別節目。

「孤島」淪陷後，中國民營電臺全部被封閉，英美等國電臺被敵接收、工作人員撤回本國，而蘇聯尚未對日宣戰，塔斯社一時成為堅持反法西斯戰爭報導的唯一窗口，「蘇聯呼聲」電臺也因此能正常播音。

1942 年伊始，「蘇聯呼聲」實行節目改革，多語種新聞播報明顯增加，每天中午、晚上等重要時段播報新聞，其餘時間由風格多樣的娛樂節目填充，成為抗日戰爭時期上海居民獲取新聞信息的中堅力量，《申報》就此做過多次報導。

為了維持播音，「蘇聯呼聲」十分注意利用蘇日的特殊關係，在宣傳內容上，絕不涉及中國的抗日戰爭、亞洲問題及太平洋戰爭等，而主要報導蘇聯人民反法西斯鬥爭的消息和評論、蘇德戰爭公報、蘇聯經濟建設與人民生活情況，使當時的民眾瞭解了更多外部世界的新消息，增強了中國必勝的信心。

1945 年 8 月 8 日，蘇聯對日宣戰，「蘇聯呼聲」臺遭到查封。但幾天之後日本帝國主義宣布無條件投降，該臺隨即恢復了播音。

三、淪陷區的日偽廣播業

日本經營在華廣播事業並非始自抗戰時期，而是更為久遠。在被佔領的臺灣和東北地區，差不多與日本國內的廣播事業同步，日本佔領當局已開始經營為其國家利益服務的廣播。抗戰爆發後，隨著淪陷區版圖的擴大，日本在華廣播也隨之擴張。

1、「七七」事變前日本在東北和臺灣地區的廣播活動
（1）東北的日偽廣播

東北的偽滿廣播事業可以追溯到日本 20 年代在大連建立的放送局。1905年，日俄戰爭以俄國戰敗告終，日本帝國主義的勢力逐步滲入東北地區。1924年，為強化對華的思想文化侵略和統治，頒布了《放送用私設無線電話規則》。

1925 年 8 月 9 日，由關東遞信局管轄的大連放送局開始播音，呼號 JQAK，發射功率 500 瓦。這是日本帝國主義在中國設立的第一座廣播電臺，也是我國東北境內的第一座廣播電臺。

「九一八」事變後，日軍迅速接管了東北全境奉系的無線廣播電臺。1931 年，瀋陽廣播電臺被更名奉天放送局，1932 年 2 月，哈爾濱廣播電臺被更名哈爾濱放送局。至此，國人在東北自辦的廣播事業全部被日軍佔用。

1933 年 8 月 31 日，由日本政府、滿洲國政府、滿鐵、日本放送協會、朝鮮銀行出資合辦的滿洲電報電話株式會社正式成立（以下簡稱滿洲電電），隨即壟斷了東北的電話、電報和廣播業務。其目的在於在短時間內讓人民承認這一新的政府，接受被殖民統治的現實。

「滿洲電電」成立之初，下轄大連、奉天、新京、哈爾濱四大放送管理局。1934 年，在新京建設了 100 千瓦大電臺，這是亞洲發射功率最大的電臺，滿洲的廣播已經進入先進國家的行列。

在廣播節目中，偽滿電臺延續多語種播送的傳統，極力營造「五族共和」假象。1936 年日本、偽滿、朝鮮和臺灣，實現了「交互放送」。侵華戰爭全面爆發前，日偽廣播已基本覆蓋整個「滿洲國」國境，日本借助廣播已將其本土與殖民地鏈接為一體。

（2）臺灣的日偽廣播

臺灣於 1895 年甲午戰敗後成為日本實踐其殖民統治的試驗場，廣播事業呈現出鮮明的壟斷性與殖民化色彩。

1925 年 6 月 17 日，臺灣總督府交通局遞信部在臺北進行了為期十天的試驗廣播，節目內容有新聞、演講和音樂表演等，由此拉開了臺灣殖民地廣播的序幕。

1928 年 11 月，臺北的「實驗放送所」1 千瓦電臺（呼號 JFAK）開播。起初用日語播出，服務對象為在臺日本人，但基於強化殖民統治的需要，臺灣當局必然會把廣播事業納入其殖民統治體系。

1930 年 1 月，10 千瓦的廣播電臺（呼號 JFAK,波長 448 公尺，周波數 670K.C.）開始啟用，同時「社團法人臺灣放送協會」也正式成立。這一電臺代表日本在華利益，宣揚日本國策，成為其在臺灣地區的重要喉舌。1932 年 4 月，放送協會又增設臺南放送局（呼號 JFBK,天線輸出電力 1 千瓦，波長 417 公尺，周波數 720K.C.），1935 年 5 月增設臺中放送局（呼號 JFCK,天線輸出

電力 1 千瓦，波長 517 公尺，周波數 580K.C.）。到全面抗戰爆發前，日本殖民當局在臺灣地區的廣播基礎建設已初具規模，三大放送局的廣播信號基本覆蓋全島。

出於殖民統治的需要，臺灣總督府還極爲重視收音機的推廣工作，通過設立專門機構、在指定場合設置收音機、收取執照費等多種方式,增加收音機的民間普及，提高電臺的收入，成效顯著。

2、「七七」事變後日僞廣播的擴張

「七七」事變後，僞滿廣播旋即按照日本宣傳的整體戰略布局，對南京國民政府和蘇聯廣播展開電波戰，在國際上宣傳僞「滿洲國」的「國際正義和正當立場」。

（1）東北淪陷區廣播

隨著淪陷區的增加，日僞當局開始著手建立「統一」「聯合」的廣播宣傳網，以服務於其針對佔領區的奴化宣傳和針對國統區廣播的電波戰。

日本先是把新京、哈爾濱、大連和奉天四座電臺升格爲「中央放送局」，隨後在延吉、通化、黑河、佳木斯、海拉爾、營口、安東等地建立小型廣播電臺，1937 年 8 月在天津和華北的僞政權廣播電臺相繼建成，9 月 6 日,「滿華」實現「交換放送」。此後每週星期五和星期六兩日，滿洲和華北相互進行廣播互播,內容包括治安宣撫、演講、治安、經濟和文藝等。無線廣播將華北與滿洲兩大日本殖民地鏈接在一起，彌補了「七七」事變之後日本在華北宣傳能力的不足。

1941 年 12 月，日本發動太平洋戰爭後,「新京中央放送局」被升格爲「新京放送總局」。僞滿政權機構設立「弘報處」，作爲日僞殖民地文化思想統治的中樞，其任務之一即管理和控制廣播、通信機關。日僞電臺一般都辦有日語、漢語和俄語三種語言節目。在廣播內容方面，極力爲僞「滿洲國」的傀儡政權塗脂抹粉，妄圖把東北地區完全納入其軍國主義的「大東亞共榮圈」。

日軍以干擾蘇聯廣播、逮捕外國人士等手段，妄圖通過「電電」將僞滿廣播事業壟斷起來。

爲了與國民黨中央廣播電臺的 75 千瓦廣播對抗，僞「滿洲國」還從日本購置設備，增強電力保障，提高了「中繼站」的信號強度，對內實現了哈爾濱-牡丹江廣播聯絡。

此間，滿洲電電的聽眾人數已從成立之初的 5896 名上升至 71355 名，增長近 15 倍，中國收聽人數達 16550。其中，偽滿的公司職員，銀行、商業人士、政府官員、軍人佔據了收聽總人數 81%。

偽「滿洲國」的廣播對於當地的中國人影響有限，但對在「滿」的日本人日常生活的滲透和時空意識的建構作用巨大。當時建立的廣播與街坊鄰居制度的結合，是一個很重要的媒介使用和推廣手段。

（2）加強島內外宣傳的臺灣殖民地廣播

抗戰爆發後日本在加強了面向臺灣島內廣播宣傳的同時，也面向大陸和東南亞、東亞其他國家進行有利於日本的宣傳。

戰爭時期，臺灣對華南南洋地區的廣播對象鎖定整個區域的所有種群。1937 年後廣播中增加了臺語節目的新聞，大大增加了臺灣原住民對廣播的興趣。出於對時局的關切，收音機的普及率也大增。1943 年，全臺灣廣播收音機用戶超過 10 萬戶，平均每 10 戶或每 60 人就有一臺收音機。同年 500 千瓦的嘉義放送局啟播；1944 年，100 千瓦的花蓮放送局設立。至日本戰敗，臺灣交還中國政府前，總督府已建成全島性的廣播網。

為了用電波對抗南中國福建及南洋諸國的領空，配合日本軍部進行大東亞戰爭宣傳，臺灣放送協會先後開闢了福建話、北京話、廣東話、越南話、英語、馬來語等廣播節目，增廣宣傳播送範圍。其海外廣播的重要任務在於端正國際視聽，美化日本的侵略行為。

1940 年，民雄放送所正式開播。配合戰爭宣傳的進程，教育和娛樂節目大量減少，增加每天新聞播報的次數，到 1939 年時報導性節目已經接近半數。對於總督府的戰時輿論引導，尤其是對「國家輿論之統一」具有實質意義。廣播中對輿論導向的重視尤其體現在 1941 年太平洋戰事爆發後，播報的新聞幾乎都是以戰局發展為主，當時的媒體報導幾乎是一邊倒地宣傳日軍在戰場的勝利，以提振士氣。

（3）華北淪陷區的日偽廣播

「七‧七」事變後，北平、天津、太原、青島等地相繼淪陷，廣播電臺也淪入日軍之手。1937 年 12 月，偽「中華民國臨時政府」成立，不久，「北平」改稱「北京」，電臺名稱也改為「北京中央廣播電臺」，於 1938 年 1 月 1 日偽「臨時政府」舉行「就職典禮」之日開始用日語、漢語廣播。

在日本廣播協會插手之下，北平、天津等地的廣播電臺恢復播音。

1940 年 3 月，南京汪精衛僞「國民政府」成立後，北平僞「臨時政府」改稱「華北政務委員會」。同年 7 月，該會控制下的「華北廣播協會」成立。日本廣播協會名義上把華北地區的廣播電臺交「華北廣播協會」「專營統制」。當時該會管轄的廣播電臺有 8 座，分布在北平、天津、濟南、青島、石家莊、太原、唐山和徐州等地，總髮射攻率爲 100 多千瓦，其中以北平僞臺作爲日僞華北廣播的中心。

1938 年，日本侵略者將綏遠和察哈爾省稱爲所謂「蒙疆「地區，並建立了所謂「蒙疆自治政府」，成立了控制這個地區廣播事業的僞「蒙疆廣播協會」，先後在張家口、大同、厚和（呼和浩特）、包頭等城市辦起廣播電臺。

華北地區的日僞廣播電臺是日本侵略者鎮壓中國人民的抗日活動、推選所謂「治安強化運動」的工具。爲了所謂「治安肅正」有關的廣播宣傳，日軍還特別支持「華北廣播協會」廣播發射設備和對重慶廣播的定向天線，用來「對重慶進行廣播宣傳攻勢」。

日本侵略軍在華北地區強制推銷廉價收音機，據統計，僅北平一地就銷售了四萬多架。他們還下令登記收音機用戶，強令剪去可以收聽短波廣播的設備，迫使聽眾只能收聽當地的日僞廣播，違者嚴懲。

（4）其他地區的日僞廣播

在華東地區，1937 年 11 月，上海淪陷，日軍在原國名黨的兩座廣播電臺的基礎上建起日僞「大上海廣播電臺」，作爲日本佔領軍的喉舌。1938 年 3 月，日僞「上海市廣播無線電臺監督處」成立，強令上海各電臺進行登記。

1938 年間，日本在南京設立僞「南京廣播電臺」，用來宣揚日本侵略軍的「戰績」，並對江蘇及其附近的中國居民進行欺騙性宣傳。1940 年 3 月，南京汪精衛僞「國民政府」成立後，發表了所謂「還都宣言」，與日本首相作了「交換廣播」。第二年 2 月，汪僞政權建立僞「中國廣播事業建設協會」，由漢奸充任理事長，聲稱將「負責接收各地日軍電臺」，實際上就是利用漢奸來辦廣播。這個僞組織制定的《廣播無線電臺計劃》還提出要「統一管理」淪陷區的廣播電臺。爲了混淆視聽、蒙蔽輿論，僞「南京廣播電臺」改用與重慶國民黨中央臺一樣的臺號和呼號。

根據 1941 年統計，汪僞「中國廣播事業建設協會」控制下的廣播電臺，除汪僞「中央臺」外，尚有上海、漢口、杭州、蘇州和蚌埠等地的廣播電臺。

除日僞廣播電臺外，汪僞政權規定在其統治範圍內「民間不得再有廣播電臺」，爲了充當日本殖民宣傳的喉舌，還設立了所謂「中日廣播節目聯絡委員會」，協調廣播內容。

在宣傳上，汪僞廣播秉承日本帝國主義的旨意，完全爲汪僞政府的親日反共政策效勞，發表諸多賣國謬論。1943 年 6 月，汪僞政府炮製的《戰時文化宣傳政策基本綱要》中更進一步提出，要「強化中國廣播事業建設協會，嚴厲取締敵性廣播，並謀對外宣傳之積極與強化」。同時還要求由有關機構派出檢查人員，實施廣播節目的「嚴格審查」。

1938 年 10 月，廣州淪陷，日軍廣東放送局即利用原廣州市播音臺的天線鐵塔，重新設立廣播電臺，臺名改爲廣州市無線電廣播電臺，節目內容安排全部由日本人控制。

日軍對其控制下的廣播有著嚴密的統一調度，其中第一個辦法是成立各種放送協會以及不同區域、不同電臺之間的「交換放送」。

3、配合日僞時政宣傳的名人廣播演講

由漢奸組成的傀儡政權是日軍在淪陷區掩飾其侵略罪行的工具，他們利用廣播對中國人進行思想收買和政治奴化，具有很強人際交流意蘊的廣播演講，自然成了日僞電臺青睞的宣傳手段。當時的日僞電臺中，除了新聞「報導」和各色娛樂節目外，便是大量知名人士的廣播演講。

參與電臺演講的，有僞政權的各級要員，以及在日僞特務機關「指導」下組建的「民間」團體，還有一些被迫爲日僞當局站臺背書的民間人士。

以溥儀、殷汝耕、汪精衛爲代表的僞政權高官是當時廣播演講的主力軍。每當有大事或重要節日、重要活動時，都會有僞政權的頭面人物親自出馬，到電臺發表「特別演講」。爲了最大限度地發揮廣播宣傳優勢，從 1940 年 8 月開始，汪僞政府宣傳部每週三都邀請僞政府高官和著名漢奸文人到「中央」廣播電臺舉行定期演講。

各路演講者主要通過歪解孫中山先生遺志和抹黑國民政府的手段來協助日僞贏得淪陷區民眾的認同，並在各地思想清鄉和治安強化運動中發揮作用。

汪精衛作爲僞「中華民國國民政府」主席，是廣播演講的行家裏手。從1937 年到 1942 年期間，廣播演講甚至成了汪精衛政治生涯的組成部分，不止受到日本人尊崇，而且在國內也有很多擁躉。

　　為了體現「民意」出自「民口」，日偽當局不惜花費血本扶植所謂「民間」團體。成立於 1938 年 7 月的大民會，就是日偽廣播的寵兒，從 1938 年 8 月開始，先後在上海和南京偽「中央」廣播電臺進行了數百次廣播演講。受日方操控的「北京華僑協會」也是一個活躍組織，在北京、南京等地的日偽當局廣播電臺頻頻發聲。但也有很多民間組織和個人是被日偽脅迫而成為其宣傳工具。

　　為了實現更好的傳播效果，侵華日軍還把偽滿和其他殖民地、淪陷區電臺鏈接起來。1937 年 9 月，「滿華」實行「交換放送」後，每週五和週六兩天，都有「名士演講」廣播互播，把演講節目擴大到更遠的地方，使大多數淪陷區民眾都無法獲知戰爭實況。

　　為了駁斥日偽的廣播宣傳，國民黨政府一方面通過廣播宣傳，另外還採取發文、出版書籍等方式。

4、淪陷區民營電臺的覆滅

　　侵華日軍對民營電臺實行滅絕政策，不許民間自由經營。

　　天津淪陷後，四大廣播電臺中的東方電臺最先遭殃，電臺的器材設備被日本軍事當局強行買走。仁昌、中華、青年會電臺又繼續廣播了一段時間，但生意日漸蕭條。1939 年冬，幾家電臺全部停播。

　　1937 年 11 月 27 日，日方宣布對上海的郵政、電報、廣播實行管制。日軍首先「接管」了交通部上海廣播電臺和上海市政府電臺，並利用其設備，建立起日偽的「大上海廣播電臺」，用高薪誘使中國人為其服務。利用這座電臺，日偽當局捏造大量對於中國和外國的荒謬宣傳，但大多並不為民眾所接受。

　　1938 年 3 月，日軍在上海成立無線電廣播監督處，並宣布自 4 月 1 日起管理上海市所有的無線廣播電臺，逾期不登記的電臺將被接收或封閉。其後又延長期限至 27 日。同年 7 月 15 日，廣播監督處公布了《私人無線電發射臺管理條例》，規定任何人慾設立廣播電臺須先向廣播監督處提出申請，獲准後才可以進行裝設工作。

　　在此情況下，上海的民營電臺雖然剔除了反日的政治性內容和不利於日方的軍事消息，但是對於日軍的登記政策，停播觀望者占居了大多數，所以仍朝不保夕。自 1937 年 12 月起，亞美、華美、元昌等相繼停播。

　　太平洋戰爭爆發後，「孤島」淪陷。日軍報導部和憲兵隊專門組織接收隊伍，查封了一切利用租界庇護從事「敵性宣傳」的廣播電臺。對被接收的各

電臺，先行查封，禁止播音，然後清查財務，全部沒收。並建立起大東、東亞、黃埔三座日偽廣播電臺，統歸汪偽「中國廣播事業建設協會」管轄。1941年12月5日，日偽報刊《新申報》又增設中文廣播電臺。日偽還在「統一廣播事業」的口號下，通令全市民營電臺一律停播。

自此開始至抗戰結束前，敵偽的法西斯廣播就壟斷了上海的電波空間。

收聽電臺廣播雖然能夠舒緩精神壓力，並且是與外界保持溝通的重要方式，但因為不利於日軍的愚民政策，所以，自 1941 年起，《裝設無線電收音機登記暫行辦法》、《取締無線電收報收音機布告》、《修正無線電收音機取締暫行規則條例》及《施行細則》等一系列限制收聽的措施陸續出臺。

與此同時，日偽政權還以行政訓令的手段，在淪陷區大肆推廣簡裝的日式收音機，以達到普及廣播，推行奴化宣傳的目的。1944 年，日偽華北廣播協會還在北京成立「華北廣播協會收信機工廠」。

不僅如此，汪偽政權還強制受眾交納收聽費，以達到「擴充設備、充實廣播內容、完成重大使命」的目的，不繳費的用戶將被沒收收音機。

四、戰火中降生的延安新華廣播

1、中國共產黨的無線電事業溯源

共產黨的廣播電臺是在無線電事業基礎上籌建的。

「四‧一二」反革命政變後，中國共產黨的活動被迫轉入地下，革命運動進入低潮。面對國民黨對全國無線電通信機關的控制，必須建立起黨自己的無線電通信網。

1928 年秋中共六大後，周恩來開始著手籌劃在上海建立秘密電臺。黨組織安排李強和張沈川學習安裝無線電報發報機和無線電報收發技術，並幫助培訓急需的報務人員。

1929 年冬天，李強和張沈川安裝成功了一部 50 瓦的無線電收發報機，黨的第一部秘密電臺終於在敵人嚴密封鎖下的上海建立起來了。1930 年 1 月，上海黨中央溝通了與香港南方局之間的無線電通信。6 月，黨又在上海以「上海福利電氣工廠」的牌子作掩護，辦起了一個地下無線電訓練班。

1930 年至 1931 年間，工農紅軍規模擴大，建立了遍及 11 個省的十多個革命根據地。中共中央從 1931 年 1 月開始向各根據地派遣報務人員，先後在洪湖、江西、鄂豫皖等革命根據地建立起無線電通信聯絡。3 月間，中央根據地利用繳獲的無線電設備，建立起中央紅軍中最早的無線電臺。

　　1929 年 12 月，古田會議召開。毛澤東在決議案中指出，無線電是一種進步的通信方法。針對紅軍無線電通信工具的匱乏，毛澤東和紅軍總部均多次發出通知要求繳獲的戰利品一律保護好上交，並提出要優待解放過來的電務人員。

　　1931 年 1 月 3 日，紅軍在東韶戰役中，終於完整地繳獲一部 15 瓦無線電臺。這樣，一部半無線電臺（包括兩部收報機、一部發報機）和兩套電源設備就成了紅軍無線電事業創辦的物質基礎。

　　1930 年底 1931 年初，第一次反「圍剿」鬥爭勝利。王諍、劉寅等報務人員脫離白軍，參加了紅軍，成為工農革命隊伍中最早的無線電人員。他們利用先後繳獲的一部半無線電臺，建立起紅軍中最早的無線電通信事業。

　　1 月 6 日，中央紅軍無線電隊在江西寧都的小布正式成立，王諍任隊長、馮文彬任政委。設備限制下只能抄收國民黨中央社的新聞電訊，截抄國民黨軍隊的內部通報和軍事情報，供領導機關參閱。不久，辦起了紅軍中的第一個無線電訓練班，共有學員 16 人，學習期限 3 個月。毛澤東還要求各單位選派人員來總部學習無線電技術。為紅軍培養了早期的無線電技術人員。

　　1931 年 5 月，第二次反「圍剿」首戰告捷，中央紅軍繳獲了公秉藩師的一部 100 瓦的無線電臺。6 月初，無線電隊擴充為無線電總隊，開始制定電臺呼號、通信密碼等一系列有關措施，建立起紅軍中特有的無線電通信制度。9月下旬，中央根據地利用繳獲的 100 瓦無線電臺溝通了和上海黨中央的無線電聯絡。當時負責譯報的人員，上海是周恩來和鄧穎超，江西是任弼時。

　　1931 年 11 月，紅色中華通訊社在中央根據地建立，是黨的第一個播發文字廣播的通訊社，11 月 7 日首次對外廣播，呼號 CSR，內容是報導當天中華蘇維埃第一次全國代表大會在江西瑞金開幕。此後，陸續播發了有關大會和蘇維埃政權的諸多重要消息。當時，湘鄂贛、鄂豫皖、湘鄂西、川陝等革命根據地和上海、天津等地的黨的領導機關都曾抄收過紅中社的電訊。

　　到 1931 年底，紅軍已有無線電臺 16 部，電務人員 80 多人。1932 年初，將原來不定期的無線電訓練班擴充為紅軍通信學校，又建立了通信材料廠，利用繳獲和秘密採購的材料維修無線電設備，基本上保證中央根據地和紅軍通信工作的需要。

　　為了加強對這一工作的領導，長征以前，中央軍委設立了三局即通信聯絡局，由王諍任局長，伍雲甫任政委。在萬里長征途中，紅軍通信戰士為確保聯絡暢通付出巨大犧牲，但是艱苦的鬥爭下仍損失了大約 1/3 的無線電器材和設備。

1935 年 12 月，爲了實現建立抗日民族統一戰線這一戰略轉變，周恩來籌劃重建上海、天津等地的秘密電臺，恢復無線電通信。抗日戰爭爆發前，陝北的無線電事業恢復工作已取得了初步成效。

陝北迫切需要的無線電器材，主要依靠兩個來源：一是靠前線繳獲的日僞設備，二是靠多方秘密採購。據統計，1937～1940 年間，八路軍繳獲的無線電機有 81 架，收音機 56 臺。周恩來還曾多次派人去香港採購電子管、手搖發電機等無線電器材。

2、延安新華廣播電臺的籌辦與開播

鑒於形勢需要，1940 年春天，中共中央決定成立廣播委員會，領導籌建廣播電臺。由周恩來擔任主任，成員有王諍、向仲華等，後由朱德主持籌建工作。承擔具體建臺任務的是三局九分隊，大部分是八路軍戰士和知識青年，只有少數無線電技術人員。廣播委員會是廣播電臺的最高領導機構，編制上則屬於中央軍委三局，業務上由新華社廣播科負責提供廣播稿件。

廣播電臺的臺址，確定在延安西北 19 公里處的王皮灣村。

當時正是抗日戰爭最困難的時期。要創建一座現代化的廣播電臺，必須克服許多困難。首先是缺少廣播電臺的心臟——廣播發射機。30 年代末期秘密購買的廣播發射機被扣留，這次建臺使用的廣播發射機，是共產國際援助的蘇聯製品；其他零部件，有的是從大後方和敵佔區採購來的，有的是繳獲的日僞器材，更多的則是由通信材料廠和九分隊的人員自己製造出來的。其次是供電問題。40 年代初期的延安還沒有發電廠，手搖馬達發電根本不能滿足語言廣播的需要。九分隊和通信材料廠的技術人員經過反覆研究，決定利用汽車引擎來帶動發電機轉動。又想出了利用燒木炭產生煤氣的辦法來代替汽油以解決能源短缺的問題。第三，在解決架設發射天線這個難題上，九分隊的人員因陋就簡，用「木塔」代替鐵塔架設天線，使無線電能夠傳送出去。

1940 年 12 月 30 日，中國共產黨領導下的第一座廣播電臺——延安新華廣播電臺開始播音，呼號 XNCR，發射電力 300 瓦，使用短波廣播，所用稿件由新華社供給。中共山東地區出版的黨報《大眾日報》於 1941 年 1 月 16 日報導了該臺於 1940 年 12 月 30 日開始播音的消息，隨後，中共中央機關報《新中華報》、《新華日報》（華北版）等都先後報導了延安臺的波長、播音時間和主要廣播節目。

3、延安新華廣播電臺的新聞宣傳

延安臺剛開播時，每天一次 2 小時，後增加到兩次 3 小時和三次 4 小時。播音內容有：中共中央重要文件、《新中華報》、《解放》週刊及《解放日報》的重要社論和文章、國際國內的時事新聞、名人講演、科學常識、革命故事、日語等等。此外還有音樂戲曲節目，主要內容是演播抗日歌曲。

中共中央對於延安臺開播一事非常重視，多次在有關文件中要求各地黨組織按時收聽。1941 年 5 月 15 日，中共中央書記處在關於出版《解放日報》和改進新華社工作的通知中要求，「各地應注意接收延安的廣播」。5 月 25 日，在關於統一各根據地內外宣傳的指示中又強調，「各地應經常接收延安新華社的廣播，沒有收音機的應不惜代價設立之」。6 月 20 日，中共中央宣傳部下發的《關於黨的宣傳鼓動工作提綱》中提出，「必須善於使用一切宣傳鼓動工具，熟知它們的一切的性能」。《提綱》特別指出，在中國交通工具困難的情形下，發展無線電廣播事業是非常重要的。應當在黨的統一的宣傳政策之下，改進現有通訊社及廣播事業的工作。

延安臺廣播宣傳的主要內容有：

第一，揭露皖南事變真相，反擊第二次反共高潮。

1941 年 1 月，「皖南事變」發生後，國民黨嚴控新聞發布大權，封鎖事實真相；並百般刁難重慶《新華日報》，不准揭露事變的經過。延安臺於 1 月下旬向全國人民反覆播出了毛澤東起草的為皖南事變發表的命令和談話，揭露了國民黨親日派配合日寇侵華製造皖南事變的陰謀。

第二，宣傳黨的抗日民族統一戰線政策，推動抗日根據地的政權建設。

1941 年 5 月 1 日，陝甘寧邊區中央局發布了貫徹執行抗日民族統一戰線的《陝甘寧邊區施政綱領》21 條，延安臺立即予以反覆廣播，供其他解放區抄收。延安臺還專門廣播了介紹陝甘寧邊區選舉經驗的文章《選舉運動中的宣傳工作》，以供其他根據地參考。

延安臺還播出了《政治經濟雙重壓迫下，大後方學生悲慘生活》、《大後方工人生活》等文章反映國統區人民的黑暗生活。

第三，紀念「五·一」國際勞動節和中國共產黨成立二十週年，播出了一批重要文章。

1941 年「五·一」國際勞動節之際，延安臺先後播出了《偉大的國際勞動節》、《為加強中國工人階級統一而鬥爭》等文章。

在中國共產黨成立 20 週年前夕，延安臺播出了題爲《在毛澤東的旗幟下前進》的重要文章，比較系統地總結了毛澤東根據馬克思列寧主義理論對於中國社會和革命諸問題所作的深刻論述。同年 11 月 7 日，紀念十月社會主義革命 24 週年的日子裏，毛澤東發表了廣播講演，號召全國人民加強團結，驅逐日本強盜出中國；呼籲全世界人民團結起來，把世界反法西斯的鬥爭推向更高的階段。

第四，針對日軍的廣播宣傳。

1940 年 4 月到達延安的日本共產黨員野阪參三直接參與了電臺的對日宣傳。他強調，在對日本兵的宣傳過程中，要注重對事實的播報和心理的研究，主張「新聞要短，只講事實，不加評論」。

延安臺的廣播，引起了重慶國民黨當局的驚恐和不安，污蔑延安廣播是「反動宣傳」，採取逐日俱報、就近干擾等手段，並妄圖偵查臺址「予以取締」。

延安臺的播音，由於設備簡陋，機器經常發生故障，一直在時斷時續中堅持，直到 1943 年春天，因爲物質條件困難和業務水平較低等因素，不得不宣告暫時停止播音。

從收到的爲數不多的解放區、國統區、淪陷區的受眾反饋中顯示，延安新華廣播電臺的廣播產生了不錯的效果。解放區方面，一些擁有收音機的抗日根據地黨政軍機關經常收聽延安的廣播，山西根據延安臺的廣播，則抄錄了不少從延安發出的重要政策、文件和社論。國統區聽眾在寫給延安臺的信中說，聽了延安的廣播，加深了對中國共產黨、對革命的瞭解，提高青年的覺悟，增強了抗戰必勝的信心。在淪陷區，不僅有民眾收聽延安臺廣播，還有日本戰俘在聽了廣播之後選擇了投降。

第二節　民國南京政府中期的新聞通訊業

在國民黨統治區、共產黨領導的抗日根據地、日僞統治下的淪陷區，中國新聞通訊業的發展呈現不同的狀態。

一、國民黨統治區的新聞通訊業

（一）全面抗戰時期的中央社

中央社在全面抗戰時期，受到內外多種因素的推動，在艱難中發展壯大，成爲中國實力最爲雄厚的名副其實的國家通訊社。「戰爭激發了群眾的鬥爭情

緒，群眾在戰事進行中對傳播的要求是多了還要多、快了還要快，是永遠沒有厭足的時候的。」通訊業也就「因運而起，在戰火中得到了空前的發展」。[1]

1、中央社的撤退和轉移

中央社總社針對戰事日趨緊張，開始部署總社從南京遷移事宜。1937 年 8 月 20 日，總社秘書曹蔭稑帶領部分人員前往湖南，籌設長沙分社及第二預備電臺總臺。9 月 25 日，南京總社遭日軍轟炸後，轉移到中山東路馥記大樓繼續工作。對全國的新聞廣播 CAP 改由上海分社電臺播出，總社與各地分社的聯絡由重慶分社轉接。11 月 23 日，南京總社人員分批向長沙、漢口轉移，大部分器材運往長沙。1938 年 10 月，中央社總社由漢口西遷，年底抵達重慶。1939 年 1 月，蕭同茲任命陳博生擔任中央社第一任總編輯並設置總編輯室，新聞採編業務由總編輯負責，秘書曹蔭稑負責行政事務。重慶總社初設在鐵板街 2 號，5 月遭日軍飛機轟炸，暫遷上清寺，7 月遷至兩路口，直到抗戰勝利。

中央社一些國內外分社所在地淪陷後，工作人員有的撤退轉移繼續堅持工作，有的被重新安排工作。1937 年 8 月，平津等城市相繼淪陷。天津分社轉移到租界繼續運作，直到 1942 年 8 月秘密電臺被日軍查抄才停止。北平分社因電臺領班梁靜被捕被迫停止。1937 年 11 月上海淪陷後，上海分社停止公開活動，仍在租界通過地下電臺向總社報導敵偽消息，直到 1942 年 5 月結束。抗戰期間，漢口分社遷至恩施，廣州分社先後遷至連縣、龍川，長沙分社先後遷至沅陵、耒陽，上海分社遷至安徽屯溪，南昌分社先後遷至贛州、寧都等。中央社在境外分社也經歷了曲折發展。東京分社在全面抗戰爆發後被迫撤銷。香港分社於 1941 年 12 月香港淪陷後被迫撤銷。新加坡分社 1942 年 2 月在新加坡淪陷後，移至蘇門答臘繼續工作。美國共和黨領袖威爾基訪華後在所著《天下一家》一書中讚揚中央社，他說：「中央通訊社以專業的方式，收集並分發新聞稿件，頗堪和我們自己的通訊社及英國的路透社相媲美。」[2]

2、中央社的抗戰新聞報導

全面抗戰爆發後，抗戰成為國內新聞界最重要的宣傳中心，戰訊報導的需求量很大。

---

1 曾虛白：《中國新聞史》，三民書局，1984 年版，第 18 頁。
2 中央社六十年社慶籌備委員會：《中央社六十年》，1984 年版，第 41 頁。

　　全面抗戰期間，中央社向各戰區派出大量戰地特派員和「隨軍組」分赴各戰區採訪。每個隨軍組由一個戰地特派員率領，包括攜帶小型無線電收發報機的 1～3 名電務人員。他們深入各戰區隨軍採訪，每天按時向總社或分社傳播電訊。除採訪前方戰訊、新聞報告總社外，他們還抄收總社的乙種廣播電訊新聞稿免費發送給當地軍政部門，供出版《戰地日報》《陣中日報》《隨軍日報》等中小型報紙。抗日戰爭期間，中央社總社和分社分別派遣的隨軍組在 30 個以上。1938 年 4 月臺兒莊大捷時，中央社調集 5 個隨軍組，分布在徐州及周邊戰區，每日報導戰況消息，發出了很多戰訊和特稿。中央社戰地記者自帶電臺深入前線進行報導，相較於其他報社和通訊社記者能以最快的速度將新聞發出，中央社發布的新聞成為當時報紙最主要的新聞來源。中國與美、英等結成同盟國，中央社的戰地採訪範圍從國內擴展國外的印緬戰區、太平洋島嶼和西歐戰場，派出了李緘三、俞創碩、彭河清、黃印文、曾恩波、宋德河等 20 多位特派員進行戰地採訪。[1]中央社的抗戰軍事報導以國民黨軍隊的勝利為主要基調。日軍報導部長馬淵逸雄認為：「雖然他們（指中國）在武力戰爭中總是遭受慘敗，但是在宣傳戰中卻表現得似乎自己在戰爭中獲勝了一樣。」[2]

3、中央社在抗戰中的發展

　　擴充總社組織架構。1938 年 5 月，設立攝影部。1939 年 1 月，中央社總社在戰前於社長之下設編輯、採訪、英文編輯、徵集、電務、事務 6 個部門的基礎上，增設總編輯室。1942 年 7 月設人事室，1943 年 1 月設會計室。1944 年 4 月成立編譯部，編製密碼電本及翻譯密電。此時，中央社總社共設有 7 部 5 室，即：社長室、總編輯室、編輯部、英文部、採訪部、攝影部、電務部、事務部、徵集室、人事室、會計室、編譯部。

　　發展國內外分支機構。中央社從 1937 年 9 月至 1944 年 3 月先後設立 10 個國內分社，即長沙分社（1937 年 9 月，後遷沅陵），桂林分社（1938 年 11 月），蘭州分社（1938 年 12 月），昆明分社（1939 年 1 月），恩施分社（1941 年 5 月），洛陽分社（1941 年 9 月），福州分社（1941 年 11 月，後遷永安），沅陵分社（1943 年 4 月），迪化（今烏魯木齊）分社（1943 年 9 月），寧夏分

1　《1924：中央社，一部中華民國新聞傳播史》，中央通訊社編，2011 年版，第 68 頁。
2　馬淵逸雄：《報導戰線》，改造社，昭和 16 年 11 月 30 日，轉引許曄：《抗戰時期中央通訊社研究》，南京師範大學碩士學位論文，2010 年，第 193 頁。

社（1944 年 3 月）。另設立衡陽、宜昌等通訊處。中央社在全面抗戰期間的駐外機構由戰前的 4 個增至 12 個。1941 年 7 月設新加坡分社，1942 年 8 月設新德里分社，1943 年 9 月設倫敦分社，1943 年 10 月設紐約分社，還曾在倫敦、華盛頓、新德里設辦事處，在仰光、里斯本、莫斯科、巴黎、柏林等地設特派員或特約通訊員。

擴展無線電通訊網。中央社總社撤離南京前僅留下大小發報機各 1 部和 2 部收報機維持最後工作，其餘設備機件全部拆卸西運，後分別裝設於漢口、長沙、重慶等地。據 1937 年 12 月統計，重慶、長沙、漢口三地共有從 10 瓦到 1000 瓦發報機 25 部，收報機 19 部，大部分爲功率 100 瓦、200 瓦、400瓦、500 瓦的電臺。1938 年 3 月，中央社將重慶無線電臺、長沙無線電臺、漢口無線電臺合併，組成聯合無線電臺，擁有全國最先進的收發報機，能夠及時將中央社電訊發往國內外。中央社爲派到前線探訪的隨軍通訊組配備小型電臺，極爲方便地傳送戰地新聞。在國民黨中央和中央政府的大力支持下，中央社擁有當時國內最龐大的國內外通訊網以及最先進的通信器材和技術，能夠及時快捷地採集和收發新聞。

積極建設廣播通訊網。到 1937 年 12 月，中央社初步建成了以長沙、重慶、漢口爲中心，遍及西安、廣州、南昌、成都、鄭州、徐州、天津、貴陽、臨汾、金華等軍事重地，並與國外廣播電臺緊密相連的戰時廣播通訊網。[1]爲加強對淪陷區與前線戰地宣傳，除戰前已開通的甲種廣播（CAP）、乙種廣播（CBP）、英文廣播（CSP）、專電廣播（CNG）外，1938 年 1 月增加每天約千字的簡明新聞廣播（COP），供前方部隊、淪陷區游擊部隊、地下工作人員抄收，編發油印簡報或其他方式予以傳播。1942 年，經國民政府和美國政府幫助，中央社完成國際電臺的建設，直接聯絡英美等各大通訊社，添設無線電傳影通訊設備，互相傳輸新聞圖片。抗戰時期的中國，不分政治派別的報紙和廣播電臺，都廣泛採用了中央社的新聞稿。

編發內部參考和對外刊物。1938 年 8 月，中央社開始利用信息資源優勢和遍布各地的通訊網進行情報搜集工作，把不宜公開發表但有參考價值的新聞和電訊，《參考消息》《參考電報》，供國民黨及政府、軍隊高層參考。油印的《參考消息》，每期約兩三千字，兩三天函封郵寄一次。《參考電報》用密碼通過「專機」直接發給外地各單位，每次約一兩千字，每週一次。中央社

---

1 許曄：《抗戰時期中央通訊社研究》，南京師範大學碩士學位論文，2010 年 4 月。

記者在採訪戰事新聞的同時，還負責搜集當地軍事情報向總社報告。中央社總社曾發出指令，要求「距前線較遠的分社，要竭力搜集各種建設情報隨時報告總社」，「距前線及淪陷地區較近的分社，應經常採訪敵人的政治經濟措施、戰區及淪陷區中民眾動態、經濟政治情況、文化與宣傳工作之實況等等。」[1] 1939 年 1 月，中央社在重慶出版發行面向外國讀者的英文刊物《中國》半月刊。後因承印的印刷所遭日機轟炸暫時停刊，同年 12 月移至香港編印發行。1941 年 12 月香港淪陷時停刊。

　　舉辦新聞照片展覽。中央社記者拍攝的大量新聞圖片除用於新聞報導外，還用於全國性新聞照片展覽會。1938 年 9 月在漢口青年會舉辦新聞照片展。1939 年 1 月 1 日在桂林七星廣場舉辦新聞照片展。中央社還爲其他抗日圖片展和畫冊提供前線記者拍攝的照片。

（二）國民黨其他通訊社

　　全面抗戰時期，國民黨和國民政府除了中央社還創建了川康通訊社、建軍通訊社、民族革命通訊社、西南新聞社、西北通訊社等軍隊通訊社，西南通訊社（廣西）、閩僑通訊社（福建）、復興通訊社和華北通訊社（河南）、民族通訊社（浙江）、民德新聞社和大別山新聞社（安徽）等地方通訊社和用於對外宣傳的泛太平洋通訊社（中國新聞社）。

　　國民黨抗戰時期在浙江地區創辦的通訊社約有 8 家。位於浙南的建國通訊社，由浙江省政府創辦。負責人章襄伯。抗戰勝利後，省政府遷回杭州，成立浙江省新聞處，負責發布省政府消息，建國通訊社撤銷。[2]位於浙西的民族通訊社，實爲浙江省政府浙西公署民族文化館通訊部，1940 年 1 月開始發稿，5 月 5 日正式成立。社長鄭小傑，總編輯趙鶴汀，另有曹天風、蔣茱、汪煥鼎、袁微子、高流、何鶴南、羅越崖等先後主持。社址初設臨安西天目山恢廬，後遷昌化龍崗湯家灣和杭州。設社本部、採訪部、編輯部、發行部，編採、翻譯陣容較爲整齊，擁有無線電臺和 2 家印刷廠。在金華、桂林設通訊處。1940 年 10 月，向浙西、浙東、蘇南、皖南、江西、福建及後方諸省廣泛徵求特約通訊員。發行甲、乙、丙、丁 4 種新聞稿。甲種新聞稿約 2000

1　中央通訊社檔案：《中央通訊總社內部工作計劃、宣傳要點和辦法規章》，中國第二歷史史檔案館藏，全宗號：六五六（4）/5289；轉引自許曄：《抗戰時期中央通訊社研究》，南京師範大學碩士學位論文，2010 年 4 月。

2　《浙江省新聞志》，浙江人民出版社，2007 年版，第 540～542 頁。

字，主要反映浙西前線戰訊、各縣動態、政工隊活動及汪僞政府軍隊內幕等[1]，按日油印或複寫寄發國內各大報館，通過無線電臺向東南各省播發；乙種新聞稿，以長篇通訊爲主，初爲油印，後改爲鉛印，主要是闡揚對敵鬥爭事蹟，揭露敵僞陰謀；丙種新聞稿爲時論，包括譯著，半月發布 1 次，每次約 1 萬字；丁種新聞稿爲特稿，寄送各大報社。經常印發重大參考材料。位於浙東的新潮通訊社，1942 年寧波淪陷前由三青團人士洪道鏞創辦於寧海深圳冠莊。寧波警察局長俞濟民的情報參謀王伯川（又名王興藻）任發行人兼社長，9 名工作人員均爲兼職。經費初列入鄞縣縣政府預算，後由朱桂棠、於風園等組成的董事會提供經費。1943 年增設一名專職記者，同年秋在鄞縣、慈谿、餘姚、奉化、寧海、三門、天台等縣陸續設兼職記者。每日編發甲種新聞稿 50 份，不定期編發乙種通訊稿和丙種專論稿。曾出版油印《新潮三日刊》，分送各鄉鎮長和淪陷區民眾。1947 年，創辦《寧波晚報》，發行2000 份，經費困難僅出版一個月即停刊。1949 年 2 月，新潮通訊社停辦。

　　國民黨福建省執行委員會的福建國民通訊社，1936 年 12 月成立，1939年跟隨省黨部遷移山城連城縣暫停發稿，繼隨省黨部遷至永安恢復發稿，並先後設立廈門（1937 年夏）、涵江分社（1942 年），出版鉛印 16 開的《國民通訊》甲種稿、乙種稿和 16 開新聞稿 4 頁。[2]國民黨河南省黨部的河南通訊社，1931 年創辦，1939 年 9 月由洛陽遷移鎮平一度中斷發稿。1940 年回遷洛陽，充實力量，由省黨部執行委員、書記長張玉麟兼領社長，省新聞檢查所副所長易雲峰任總編輯。1941 年 11 月停辦。1942 年 5 月 11 日，國民黨河南省黨部重新組織成立復興通訊社，在河南臨時省城魯山縣城開始發稿。省黨部宣傳科長趙培五兼主任，具體負責人爲楊凌寒。1944 年春，日軍侵犯豫西，洛陽淪陷，國民黨河南省黨部遷往南召、內鄉，復興通訊社停止活動。

　　國民政府在全面抗戰時期加強國際宣傳，先後在海外成立了泛太平洋通訊社（美國），中國海外通訊社（比利時，1939 年 12 月由益世海外通訊社改組而成，專門辦理法文宣傳品）[3]等。1938 年 2 月，國民黨中宣部國際宣傳處派人在美國組建駐美辦事處，不久成立的泛太平洋通訊社，1941 年 6 月改名中國新

1　馮安琪：《抗戰時期的浙西文化館》，https://www.doc88.com/p-284364978298.html。
2　福建省地方志編纂委員會：《福建省志·新聞志》，方志出版社，2002 年版，第 295 頁。
3　武燕軍：《抗戰時期國民黨政府的國際宣傳處》，《歷史研究》，1990 年版。

聞社。[1]中國新聞社作爲國民政府在北美的宣傳大本營，至抗戰結束時，已分別在華盛頓、舊金山、芝加哥，加拿大的蒙特利爾和墨西哥的墨西哥城建立了分社，擁有 50 多名工作人員，負責發布新聞、廣播演講、書籍出版等工作。[2]

二、共產黨的新聞通訊業

中共的新聞通訊業在全面抗戰時期獲得了較大發展。新華社在陝甘寧邊區和敵後抗日根據地得到了蓬勃發展，在國統區也創建了通訊社。

（一）全面抗戰時期的新華社

全面抗戰時期是新華社發展的重要階段。在抗戰時期，新華社調整充實組織架構，加強抄收外國通訊社電訊，創辦參考性報刊，逐步統一各抗日根據地的新聞廣播，在抗日根據地建立通訊網，匯聚並傳播新聞。到抗戰勝利之時，新華社基本上能夠抄收到世界主要國家通訊社的新聞電訊，組織機構、工作人員和新聞業務，與抗戰初期相比都有長足發展。新華社在抗日戰爭中成爲中國共產黨面向全國和世界發布重大新聞、宣傳政治主張的重要喉舌。

1、新華社機構的調整

1939 年 2 月，中共中央決定新華社與《新中華報》分開單獨成立組織機構，直接歸中央黨報委員會領導。向仲華任新華社社長。辦公地點和《新中華報》編輯部一起搬到了中共中央所在地楊家嶺。6 月，新華社進一步調整組織機構，增加人力，設立編輯、通訊和譯電三個科，另有專門的印刷機構，社長向仲華兼任編輯科科長，譯電科科長李柱南，新聞科科長楊逢春。收發編譯電訊、編印《今日新聞》，及時反映重大事件輿情和撰發評論等。毛澤東對新華社的收譯電訊工作非常重視，多次批示新華社要重視搜集和反映國內外重要情況。[3]

1941 年春，中共中央作出籌備出版中央機關報《解放日報》的決定。毛澤東在 5 月 15 日爲中共中央書記處起草關於出版《解放日報》和改進新華社事業的黨內通知：「5 月 16 日起，將延安《新中華報》《今日新聞》合併，出

1　王曉嵐：《論抗戰時期國民黨的對外新聞宣傳策略》，《抗日戰爭研究》，1998 年版。
2　《鮮爲人知的抗戰功臣——國民政府國際宣傳處》，http://www.sohu.com/a/32752
　　442_189717。
3　新華通訊社編寫組：《新華通訊社史》（第一卷），新華出版社，2010 年版，第 125 頁。

版《解放日報》，新華通訊社事業亦加改進，統歸一個委員會管理。一切黨的政策，將經過《解放日報》與新華社向全國宣達。」[1] 新華社由楊家嶺遷至清涼山，與解放日報社一起統歸以博古為首的編輯委員會管理。新華社社長向仲華參加編委會。向仲華調動工作後，博古於 1941 年至 1946 年間任解放日報社社長兼新華社社長。新華社調整所屬機構，設立翻譯科和廣播科，由丁拓、陳笑雨分任科長，原通訊科及人員併入解放日報社，兩社的行政後勤部門合一。新華社與《解放日報》在業務上各自獨立又緊密聯繫：新華社抄收的大量中外電訊和分社來稿首先提供《解放日報》採用，《解放日報》刊登的重要消息和文章由新華社對外廣播。解放日報社記者同時也是新華社記者。記者的採訪介紹信往往以解放日報社和新華社兩社名義開出。

　　抗日戰爭中後期，新華社增設英文廣播部、電務科等部門，廣播科改組為編輯科，工作人員不斷增強。新華社的通訊技術人員，在早期屬於中央軍委三局，工作業務由新華社和中央軍委三局共同領導。1943 年 6 月，新華社獨立成立電務科，科長張可曾，下轄新聞臺和通報臺，通訊技術人員的編制劃歸新華社。

2、新華社報導業務的發展

　　改進和加強抄收編譯外國電訊。新華社抄收編發的外國通訊社電訊，是抗戰期間中共中央和抗日根據地軍民瞭解國際形勢的重要渠道。1941 年 6 月，蘇德戰爭爆發後，新華社注重抄收外文電訊並增加了翻譯人員，建立外文翻譯校對制度。經過不斷努力，新華社播發的稿件逐漸形成了嚴謹規範、通俗流暢、簡潔明快的文風和特色。廣播科在編發稿件的同時，積累材料撰寫述評，不斷提高觀察與分析國際國內重大事件的能力；根據中共中央和社領導的指示精神，開展一系列具體工作，以加強對各抗日根據地新華分社的業務指導。抗日戰爭勝利時，新華社每天播發的稿件已經超過 1 萬字。隨著抗戰和世界反法西斯戰爭形勢的發展，新華社在中共新聞宣傳體系中的地位和影響與日俱增。毛澤東指出「中央瞭解國內外情況，有許多來源，但主要還是靠《解放日報》和新華社。」[2]

　　參考報導工作進入新階段。新華社在延安先後編發了《無線電日訊》《今日新聞》《參考消息》等參考性報刊。《解放日報》創刊後，新華社恢復編印

1　《毛澤東新聞工作文選》，新華出版社，1983 年版，第 54 頁。

2　王敬：《延安〈解放日報〉史》，新華出版社，1998 年版，第 54 頁。

《參考消息》，刊載不適合公開發表但有參考價值的國內外大事及戰報的中外電訊，爲中央領導及有關同志提供參閱。《參考消息》的內容日漸豐富，越來越多地選刊海通社、同盟社外、路透社、合眾社、塔斯社、美國新聞處、英國官方通訊社等外國通訊社電訊，中央社和國民黨統治區的報刊消息，以供參考。

　　拓展發布新聞渠道。新華社在抗日戰爭時期，在已有的中文文字廣播的基礎上，新創漢語口語廣播和英文文字廣播形式，拓寬了新華社發布新聞的渠道。1940 年，新華社開辦延安新華廣播電臺，開創口語廣播事業。延安新華廣播電臺編制屬於中央軍委三局，工作業務歸屬新華社，口播廣播稿由新華社廣播科供給。1941 年 12 月 3 日開辦對侵華日軍的日語廣播。延安新華廣播電臺 1943 年春停播，1945 年 9 月 11 日恢復播音。1944 年 8 月，新華社設立英文廣播部，吳文燾兼任主任。8 月 8 日，開始試播英文文字廣播，9 月 1 日正式開播，呼號爲 CSR DE XNCR，定向傳送美國舊金山。新華社英文廣播信號較弱，傳播範圍有限。

　　統一併加強地方分社。1941 年到 1942 年，中共中央多次發出指示，要求各中央局、中央分局、省委和區委加強對宣傳工作的領導，並指出各地通訊社「應同延安新華社直接發生通訊聯繫，並一律改爲新華社某地分社」，各地報紙「應經常發表新華社廣播」。[1]根據中共中央的要求，新華社加強了對各地新華分社的業務指導和管理，統一各根據地的新聞發布，逐步把具有全黨、全軍和全國性質的重大新聞的發布權集中到總社。1941 年 7 月建成通報臺，加強總社與分社的聯繫和業務指導。1943 年後，新華社把加強分社建設提到經常性的議事日程。1945 年 3 月 4 日，新華社致電各分社並各地黨委，提出加強新華社分社建設的具體意見，進一步加快敵後抗日根據地新華分社的組織與業務建設。

　　抗日戰爭時期，新華社在各抗日根據地建立了一批地方分社。新華社地方分社基本上與當地黨報合爲一體，組織架構上附屬於報社，新聞業務上與新華社總社發生關係，分社社長多由地方黨報的社長或總編輯兼任。新華社在抗戰時期成立的地方分社主要有：

1　新華通訊社編寫組：《新華通訊社史》（第一卷），新華出版社，2010 年版，第 209 頁。

分　社	成立時間	負責人	備　註
華北總分社	1941 年初	何雲、陳克寒	1939 年 10 月至 1941 年初曾稱華北分社、晉東南分社，1943 年 10 月後改爲新華社太行分社
山東分社	1941 年 6 月	李竹如、陳沂	下轄膠東、渤海、魯中、魯南 4 個支社
晉冀豫分社	1941 年 7 月	安崗、何微	1941 年 12 月併入華北總分社
冀中分社	1941 年	范瑾	1945 年 6 月後改爲冀中支社
太嶽分社	1942 年 3 月 1 日	金沙、魏克明	
晉西北分社	1942 年 7、8 月間	郁文	
華中分社	1942 年 9 月	錢俊瑞、范長江	1945 年 3 月升格爲華中總分社，下轄淮北、蘇南、蘇中、淮南、蘇北、浙東、皖中南等分支社
晉察冀分社	1945 年 6 月	胡錫奎	1939 年 5 月成立的晉察冀通訊社，曾以新華社晉察冀分社名義開展活動，後與《晉察冀日報》合併，並向延安總社發稿。轄冀晉、冀察、冀中 3 個支社。

　　逐步發展通訊員工作。1939 年 3 月 11 日，中共中央書記處發出關於建設《新中華報》的邊區通訊網的通知。10 月 1 日，新華社在延安中央大禮堂召開通訊員大會。12 月 1 日，新華社通訊科創辦的新聞業務刊物《通訊》創刊號出版，毛澤東題寫刊頭。新華社各地分社也積極發展通訊員隊伍。至抗日戰爭結束，遍布各解放區的新聞通訊網已初步形成。

3、新華社改進通訊技術

　　收報機提升質量增加數量。新華社在 1937 年初只有 2 部三燈收報機，一部抄收中央社文字廣播，另一部抄收同盟社和哈瓦斯社的部分廣播。全面抗戰以後，新華社收報機增加到 5 部三燈機，增抄意大利斯蒂芬尼社、倫敦路透社和馬尼拉合眾社的新聞。汪精衛投敵後，增抄汪僞政府中華社的新聞。蘇德戰爭爆發後，新華社新聞臺遷到清涼山，三燈收報機大部分換成四燈機，數量從 6 部增加到 10 部，收訊條件大爲改善，國際新聞編發的時效大幅提高，新華社的文字廣播得到迅速發展，並全力支持延安新華電臺的口語廣播。

　　文字廣播擴大功率增加播送時間。新華社文字廣播的發報任務一直由中央軍委三局承擔。全面抗戰初期，發報任務由中央軍委三局 55 分隊負責，使用 100 瓦功率的發報機，呼號爲 QST DE CSR，每天發稿量約 2000 字。1941年 6 月，新華社文字廣播改用 500 瓦發射機（中央軍委三局材料廠自力更生裝配而成）。1942 年，又增加一部 100 瓦的發射機，發報時間由每天 4 小時增至 6 小時。

　　分批建立無線電通報臺。1941 年 5 月，新華社貫徹執行中共中央發出關於統一各根據地對外宣傳的指示，在加強地方分社管理的同時，建立與地方分社進行通訊聯絡的無線電通報臺，播發文字廣播稿，抄收各地方分社來稿，發出報導提示和業務通報。1941 年 7 月，新華社在延安清涼山建立第一個通報臺，通報對象有：華北新華分社（CSR1），華中新華分社（CSR2），晉綏新華分社（CSR6），晉察冀新華分社（CSR4），山東新華分社（CSR8）。1942年底，新華社建立第二個通報臺，通報對象又增蘇北（CSR3）、太嶽（XTYC）2 個分社和陝甘寧邊區的關中（CPS）、三邊（CPW）、慶陽（CPN）和綏德（CPT）等 4 個通訊處。1945 年上半年組建第三個通報臺，抗戰勝利後組建第四個通報臺，通報對象再增西滿總分社（CSRO），東北總分社（CSRM），晉冀魯豫總分社（CSP）和東滿分社（CSRA）。1945 年夏，新華總社決定，通報臺向分社發送「參考消息」，呼號爲 XQW DE XOY。

（二）共產黨其他通訊社

　　中國共產黨除了在陝甘寧邊區主辦新華社外，還在國統區及其他抗日根據地創建了新聞通訊社。

1、共產黨在抗日根據地創辦的通訊社

　　抗日戰爭時期，中國共產黨領導的八路軍、新四軍深入敵後，創建抗日根據地，堅持開展持久廣泛的游擊戰爭。抗日根據地新聞事業的發展，一些地方性通訊社相繼建立。抗日根據地通訊社的初創，在組織體制上多附屬於當地的中共黨報，在新聞業務上與延安新華總社有一定聯繫，後來大部分改建爲新華社地方分社。

　　晉察冀抗日根據地的通訊社。1939 年 5 月 14 日，晉察冀通訊社在河北省阜平縣城南莊成立，社長劉平。工作人員主要來自抗日軍政大學、邊區黨校、西北戰地服務團、冀中抗戰學院等。發展通訊員，出版《晉察冀通訊》等刊

物。1939 年 10 月，以晉察冀邊區新華分社的名義參加新華社在延安舉辦的通訊員大會。1940 年 5 月，晉察冀通訊社合併到北方分局機關報《抗敵報》，成為報社通訊部。在冀中地區，1939 年底中共冀中區黨委機關報《導報》復刊後改稱《冀中導報》。報社辦有冀中通訊社，社長由《冀中導報》社長范瑾兼任，日常負責人為副社長沈蔚。冀中通訊社與冀中導報社是兩塊牌子一套機構，實際上是冀中導報社的通訊指導科，既負責對外發稿，又管理報社通訊工作。

晉西北晉西南抗日根據地的通訊社。1937 年 11 月，由中共領導、第二戰區民族革命戰爭戰地總動員委員會（簡稱戰動總會）創辦的戰動通訊社，在晉西北離石縣成立，隸屬戰動總會宣傳部。負責人先後為趙宗復、段雲。1939 年 7 月 1 日，戰動總會被閻錫山解散，戰動通訊社停辦。1938 年 8 月，由中共領導、隸屬山西省第六區行政督察專員公署的戰鬥通訊社，在晉西南的呂梁山區成立，與 1938 年 6 月創刊的《戰鬥三日報》同為一個機構，負責人穆欣。1939 年 12 月晉西事變後停止發稿。

山東抗日根據地的通訊社。1939 年 1 月 1 日，中共山東分局機關報《大眾日報》在沂蒙山區腹地沂水縣西部王莊創刊，社長劉導生，總編輯匡亞明。報社設有新聞電臺，由電務室（後改為通訊室）負責，主要任務是抄收和播發電訊，編輯出版《大眾電訊》和向報紙編輯提供電稿，對外發稿時用「大眾通訊社」名義。1939 年 7 月 1 日起，由報社記者直接採寫的地方新聞都署名「大眾社」。

華中抗日根據地的通訊社。1940 年 12 月，中共中央中原局（後改為華中局）在鹽城創辦機關報《江淮日報》。1940 年春成立江淮通訊社，附屬於《江淮日報》。社長由報社副社長、總編輯王闌西兼任。1941 年春成立蘇北通訊社，附設於中共蘇北區黨委機關報《抗敵報》，社址在泰東縣湝零鎮（現屬如東縣），社長由蘇北區黨委宣傳部長俞銘璜兼任。4 月，蘇北臨時行政委員會改為蘇中行政委員會後改稱蘇中通訊社。

八路軍、新四軍在敵後抗日根據地也創辦了通訊社。新四軍政治部在皖南創辦《抗敵報》，抗敵報社附設抗敵通訊社，對外發稿。晉綏軍區（八路軍第 120 師）政治部在晉西北出版《戰鬥報》，成立戰鬥通訊社對外發稿。

2、共產黨在國統區創建的通訊社

中共在國統區創建的通訊社，受到環境和條件的限制，或秘密開展活動，

或以民間面貌出現，由進步民主人士牽頭，共產黨直接或間接參與其領導，數量不多，存在時間也不長。

全民通訊社，1937 年 9 月在山西太原成立，是中共領導創建以民營面貌出現的通訊社。全民社的籌建工作得到周恩來的直接指導，批示「定名爲全民通訊社，社長由李公樸擔任，實際工作由黨領導，經費也由黨負責。」[1] 吳江（吳寄寒）負責通訊社籌備工作。10 月下旬日軍逼近太原，全民社隨八路軍駐晉辦事處轉移到臨汾，不久再遷武漢。周科徵任代理社長，仍由吳江主持。參加工作的還有黃卓民、方殷、李涵等。1938 年 1 月 3 日，全民社在漢口開始發稿。10 月下旬武漢失守前遷往重慶。全民社所發稿件主要依靠特約記者、通訊員義務供給。在全國各地的特約通訊員最多時超過 150 人，約 80% 分布在戰區，尤以華北戰區爲多，在八路軍、新四軍中都有戰地通訊員。全民社不編發電訊，每日油印 8 開通訊稿一次，發往報紙和駐華外國新聞機構。通訊稿的發送數量由二三十份逐漸增至 120 多份。遷移重慶後，每週增發英文通訊稿。1939 年秋，國民黨再次頒布《新聞報刊通訊社登記辦法》，規定「凡未經登記者，一律予以取締」。經多方努力，全民社得到官方「批准」在成都建社（社址在春熙路），重慶全民社停止發稿後改爲辦事處，發稿業務轉到成都，每週發給外籍友好人士的英文稿仍由重慶辦事處承擔。全民社仍由吳江主持，周科徵爲代社長，陳翰伯任總編輯，方仲伯負責採訪通訊工作，工作人員後來增加了張維冷、方樹民等。每天仍印發通訊稿（後改爲鉛印），還爲有的報紙撰寫社論供給專稿。「皖南事變」後，全民社根據周恩來指示，1941 年 2 月結束工作。

國際新聞社是中共領導的另一民營性質的通訊社。上海「八一三」事變後，中共上海辦事處領導部分地下黨員和進步新聞工作者以上海文化界救亡協會名義成立國際宣傳委員會，主要負責人胡愈之，以國際新聞供應社名義，每日編發國際新聞稿，譯成外文分發給外國記者。[2] 11 月上海淪陷後，原國際宣傳委員會的部分人員轉移香港後正式成立國際新聞社，簡稱國新社，負責人爲惲逸群，由中共華南局領導。國新社以香港爲基地，向海外數十家華僑辦的中文報紙，用航郵發出新聞稿和特約通訊稿，受到海外華僑報紙的歡迎。

1　穆欣：《全民通訊社──新聞戰線一支勁旅》，選自馬明主編《山西新聞通訊社百年史》，新華出版社，1999 年版，第 15 頁。

2　胡愈之、高天：《對革命新聞事業機關「國新社」的回憶》，選自《國際新聞社回憶》，湖南人民出版社，1987 年版，第 10 頁。

國新社在香港，稿件來源相對缺乏。由范長江等人發起的中國青年新聞記者學會擁有很多會員，在內地相當活躍。即以中國青年新聞記者學會會員為基礎，在內地建立國際新聞社總社，香港國新社改稱分社，對外名稱不變。國新社由胡愈之、范長江、孟秋江、邵宗漢在武漢共同發起創建，1938 年 9 月開始籌備，10 月 20 日在長沙成立，11 月 21 日在桂林正式成立總社。國新社「是由中國共產黨領導的，具體是桂林八路軍辦事處主任李克農領導，社內有中共地下黨的支部組織」[1]。國新社主要由進步記者和救亡青年組成，其中有不少共產黨員，主要負責人范長江原是《大公報》著名記者，1939 年在重慶加入中國共產黨。國新社採用「生產合作社」方式管理，由社員民主選舉領導機構。社員包括專職和兼職兩種。社長范長江，副社長孟秋江，編輯主任黃藥眠。其社員後來發展到七八十人，其中專職社員最多時 20 人左右。總社設在桂林，並設有重慶辦事處和香港分社。上海淪陷後，國新社還設了秘密辦事處從事地下新聞活動。在國統區和敵後抗日根據地陸續建立通訊站，形成相當廣泛的通訊網。國新社主要業務是發新聞通訊和專論，大量報導國統區前線軍民抗戰和後方建設的事蹟。其發稿對象是國內報刊和海外華僑報紙。對國外，除了的有英文《遠東通訊》，對華僑報刊發《祖國通訊》《國新通訊》，對國內發《國際新聞通訊》、桂林本市稿、特約專電和普發到海外的特約專稿。登載國新社稿件的除重慶《新華日報》和香港《華商報》外，還有國民黨統治區報刊和東南亞、印度、美國、澳洲、非洲等地華僑報紙，共計 150 多家。[2]皖南事變後，社會環境日益惡化。1941 年 5 月，國新社桂林總社、重慶辦事處被迫關閉，工作人員除前往抗日根據地及國統區內地外，全部轉入香港分社。1941 年末，太平洋戰爭爆發後香港陷落，國新社結束工作。

三、民營商業性新聞通訊業

全面抗戰時期，民營通訊社在全國各地的狀況差別較大。中國新聞重鎮之一的廣州在全面抗戰爆發後，新聞通訊業仍有增長。據廣州市社會局公布的資料顯示，1938 年 4 月廣州有取得內政部登記證的通訊社 29 家。[3]

大片國土淪陷後，受制於日本侵略者建立的殖民地新聞體制，新聞通訊

---

1 范長江：《關於桂林國際新聞社的情況》，選自《國際新聞社回憶》，湖南人民出版社，1987 年版，第 7 頁。
2 方漢奇：《中國新聞事業通史》，中國人民大學出版社，1996 年版，第 643～644 頁。
3 梁群球：《廣州報業（1827～1990）》，中山大學出版社，1992 年版，第 157 頁。

事業遭受巨大損失，淪陷區的民營通訊社成批關閉，戰前南京、上海、北平等繁榮的民營通訊業不復存在。在西南大後方的重慶、成都、昆明、桂林等重要城市，因戰爭的原因遷入大批的政府機構、文教單位及大量人員，促進了所在地區政治、經濟、文化的發展，新聞通訊業較戰前有了較大發展。在日寇未佔領的偏僻地區和相對安定的敵後國統區，新聞通訊業也有所發展。

（一）雲集西南、西北地區的民營商業通訊社

全面抗戰爆發後，中央通訊社總社和美、英、法、蘇等外國通訊社駐華機構，以及滬、寧、漢等地的通訊社相繼遷渝，重慶新聞通訊業空前繁榮。面對力量雄厚、消息靈通的外來通訊社，重慶的地方通訊社很少創辦。[1]全面抗戰 8 年中，重慶新設通訊社僅新四川通信社、新生命通信社、中國工業新聞通訊社、東北通訊社、青年通訊社等七八家民辦通訊社。

成都的民營通訊社的生存與發展空間要大於戰時陪都重慶。從抗戰開始到 1944 年底，成都新設的通訊社有 33 家之多。[2]成都的民營通訊社的業務活動狀況大致相同，新聞來源較為單一，記者採寫稿件的素材多來自軍、政、商、學等機關部門舉行的記者招待會，記者從中編纂出有關政治、經濟、軍事、法律、工交、文教衛生等方面的新聞稿，供各報館選用。不少通訊社也派記者主動到機關單位採訪，或接受自由投稿，或剪輯外地報紙，稿件內容大同小異。各民營通訊社的發稿方式，多為油印分送，定期者少，不定期者多，有的不收稿費。[3]桂林國防藝術社 1938 年 3 月 1 日在桂林創辦廣西攝影通訊社，韋永成、程思遠先後任社長，副社長李文釗，主編陳邇冬。向國內外傳媒提供前方抗敵、後方支前的新聞照片。[4]1942 年停辦。原《南寧民國日報》主筆陳千鈞 1938 年前後創辦南寧新聞社。戰時新聞社，1940 年 8 月成立於桂林，9 月開始發稿。夏后坡、汪子豪（省政府參議）先後負責。主要發行省府新聞和地方消息與通訊。12 月，因經費困難停辦。[5]工商新聞社，1941 年夏成

---

1 四川省地方志編纂委員會編纂：《四川省志・報業志》，四川人民出版社，1996 年 10 月第 1 版。

2 來豐：《中國通訊社發展史》，復旦大學博士學位論文，2002 年 5 月。

3 四川省地方志編纂委員會編纂：《四川省志・報業志》，四川人民出版社，1996 年版。

4 廣西壯族自治區地方志編纂委員會：《廣西通志・報業志》，南寧，廣西人民出版社，2007 年版，第 157 頁。

5 廣西壯族自治區地方志編纂委員會：《廣西通志・報業志》，廣西人民出版社，2007 年版，第 157、159 頁。

立於桂林，社址在太平路 12 號。社長張常人，成員多為原國際新聞社人員。6 月 15 日編輯出版鉛印通訊稿《工商新聞》《每日通訊》。每日發行 16 開新聞稿 300 份，供給國內外工商新聞、法規、各地商情、經濟鱗爪、文摘等共 1 萬多字。1942 年 8 月被迫關閉。[1]千家駒、劉思慕 1944 年 5 月至 8 月在桂林創辦經濟通訊社，每週編發一期《經濟通訊》。

今日新聞社，1940 年冬創辦於成都，創辦人張履謙任社長，王民風、任培伯先後任總編輯。面向全國刊發甲、乙、丙 3 種新聞稿。約請一批專家、學者撰稿，內容多為與抗戰時局有關的問題，也有與時局無關的政治、經濟、文化類文章；翻譯英、日、德、西、法文著作。出版發行包括《今日的巴爾幹半島》《抗戰八年中日大事記》等《今日叢書》。四川解放後，1950 年初自動停止發稿。[2]

國民政府在全面抗戰時期注重開發西部地區，對包括通訊社在內的西北新聞業有所助益。西北地區的新聞通訊業在全面抗戰中小有進步。寧夏開始出現了歷史上最早的通訊社，1940 年有西夏通訊社、賀蘭通訊社。[3]

（二）在上海「孤島」堅持鬥爭的民營通訊社

1937 年 11 月，上海租界淪為「孤島」，民營新聞通訊業一度遭受嚴重挫折。1938 年開始，上海租界內的新聞通訊業重現發展勢頭。據 1939 年 10 月上海工部局警務處特別科調查統計，上海租界內持有登記執照並公開發稿的通訊社有 23 家。

上海「孤島」時期的大中通訊社、新聲通訊社、平明通訊社、大光通訊社等民營通訊社大都進行了不同程度的抗日宣傳。1939 年 8 月間，在吳中一、惲逸群等人的籌劃下，創建於 1930 年、後因經費困難而停業的大中通訊社恢復發稿，吳中一任社長。所發的以揭露日偽在淪陷區暴行及中國軍民抗擊日寇英勇業績為主要內容的稿件，在「孤島」通訊社中占首位。採用懸掛「經濟年鑑編輯所」招牌，轉移辦公地點、轉入地下發稿和將地下發稿地點由固定改為流動等為掩護，一直堅持發稿，直至 1941 年太平洋戰爭爆發。

1　廣西壯族自治區地方志編纂委員會：《廣西通志·報業志》，廣西人民出版社，2007年版，第 158 頁。
2　四川省地方志編纂委員會編纂：《四川省志·報業志》，四川人民出版社，1996 年版。
3　李萌、程旭蘭：《建國前的寧夏報業》，《新聞大學》，1995 年夏季號。

上海「孤島」民營通訊社的抗日宣傳遭到日偽當局的忌恨和殘酷迫害。上海日偽當局的特務組織使用毒辣的暴力手段，通緝、綁架、暗殺愛國新聞工作者，衝擊破壞通訊社編輯部。大光通訊社社長邵虛白遭到暴徒暗殺，大中通訊社記者陳憲章等汪偽特務綁架和拘押，周維善瘐死獄中。大中通訊社辦公室遭到手榴彈襲擊，一名工作人員受傷不治身亡。

（三）間隙中存在發展的敵後國統區民營新聞通訊社

相對安定的敵後國統區，成爲一些沒有遷移大後方的民營通訊社的落腳之地。河南洛陽成爲戰時河南省政府所在地，聚焦了華北通訊社、河防通訊社、河南通訊社等 6 家民營通訊社，直到 1944 年日寇佔領洛陽，這些通訊社才或遷或散。[1]戰時浙江省政府遷往金華，聚集了報紙 9 家、期刊 53 種等大批文化機構，被譽爲「東南抗日文化前哨」。通訊社除了戰前已有的浙東通訊社、金華春秋通訊社，國民通訊社由杭遷婺，通過全省各地通訊網向全國發布浙江抗戰新聞。杭州遠東通訊社、中央社浙江分社相繼遷至金華，國際新聞社也在金華建立分社。1942 年 5 月，日軍進攻金華，金華的這些通訊社才全部消失。[2]戰前極少有通訊社的皖南山城屯溪，在抗戰中成爲蘇浙皖三省政治、經濟和文化的中心，出現了皖南通訊社、皖南新聞社、青年通訊社、大剛通訊社、大同通訊社等。[3]

包括通訊業原本較發達的重慶、成都在內的國統區，在全面抗戰期間通訊業的發展，均與全面抗戰爆發、政府機構、文教單位和大量人員內遷等應急性因素有著直接關係。全面抗戰結束，大多數地區的通訊業復歸沈寂。

四、外國在華新聞通訊業

隨著日本逐步擴大對華侵略，西方各國在華利益遭受重大威脅，英美蘇等國與日本的矛盾日益突出。20 世紀 30～40 年代，世界主要國家分化爲法西斯和反法西斯兩大陣營，外國在華通訊社也隨之分成兩個陣營，一個是日本及法西斯軸心國的通訊社陣營，另一個是各反法西斯同盟國的通訊社陣營。

（一）日本及法西斯軸心國通訊社的在華新聞活動

日本侵略中國爲了控制與壟斷新聞來源，日本官方通訊社同盟社特設華

1　《洛陽市志》，第 13 冊，中州古籍出版社，1998 年版，第 325 頁。
2　《金華市志》，浙江人民出版社，1992 年版，第 1030 頁。
3　汪則之：《解放前屯溪的新聞界》，《安徽文史資料》，第 15 輯。

文部，在淪陷區所有重要城市設立分社，規定淪陷區日偽報紙必須採用該社稿件。隨著佔領地區的擴大，日本同盟社上海支局升級為中南總分局，主管上海、南京、廣東、香港等地分支機構。同盟社主宰淪陷區的新聞發布，積極為日本侵略者搜集情報，利用新聞發布美化侵略、粉飾太平、鼓吹殖民政策，成為重要的日本殖民機構。日本侵略者在淪陷區實行新聞封鎖和新聞檢查，嚴密控制新聞及言論的輸入和發布。主要機構為日軍報導部及特務機關，淪陷區的所有新聞報導都在日軍報導部嚴密控制下。軍事消息或日本國內新聞則直接由日本同盟社發布。同盟社以原文送交各地日文報紙，另以中文發送各地偽報社。[1]

日本從本土招募大批新聞工作者到佔領區進行新聞宣傳，並對佔領區新聞機構實施人員滲透以加強其控制能力。同盟社人員與漢奸偽政權重要媒體人員之間進行互相交流。同盟社人員到偽「滿洲國通訊社」即算偽「滿洲國通訊社」人員，偽「滿洲國通訊社」人員到日本也是同盟社的成員。[2]偽「滿洲國通訊社」在偽滿發表的新聞拿到日本或其他外國算作同盟社新聞，同盟社在日本發表的新聞到了偽滿就成了偽「滿洲國通訊社」的新聞。同盟社與偽「滿洲國通訊社」是異名同體，即所謂「日滿通訊網一元化」。[3]汪偽的「中央電訊社」亦大體如此。同盟社記者在中國開展活動，積極為日本侵略活動搖旗吶喊，成為日本殖民當局的御用文人。

太平洋戰爭爆發後，敵佔區的所有報紙只能採用同盟社及由汪偽、偽「滿洲國」和納粹德國、意大利等法西斯國家通訊社稿件，不准採用英、美、蘇等反法西斯盟國通訊社的稿件。

（二）反法西斯同盟國通訊社的在華新聞活動

英美等國在華利益，隨著日本擴大對華侵略受到嚴重威脅，各國對日本侵華的態度發生變化，趨向支持中國反對日本侵略，英美等國家的通訊社的立場也隨之轉向揭露和譴責日軍的殘暴行徑，加大對中國軍民抗擊侵略的正面報導力度。

英美等國家的新聞機構對中國抗戰的重視，首先表現在機構和記者人數大量增加。1937 年 8 月，淞滬會戰爆發，大批西方記者來到上海。其中大部

1 郭貴儒、陶琴：《日偽在華北新聞統制述略》，載《民國檔案》，2003 年版，第 70 頁。
2 張貴：《東北淪陷 14 年日偽的新聞事業》，載《新聞研究資料》，1993 年版，第 180 頁。
3 何蘭：《日本對偽滿洲國新聞業的壟斷》，載《現代傳播》，2005 年版，第 35 頁。

分是有在中國從事報導經歷的記者，包括美聯社的吉姆・米爾斯（G. Mils）、莫里斯・哈里斯（Morris Harris）和耶茨・麥克丹尼爾（Yates McDaniel），合眾社的傑克・貝爾登（J. Pierden）、巴德・伊金斯（B.Ekins）和該社遠東編輯約翰・莫里斯（John Morris），路透社的萊斯利・史密斯（L. Smith）。西方在華記者人數達到了近代以來的高峰。[1]1938 年 6 月，武漢會戰爆發，數十位外國記者雲集武漢，其中包括路透社記者喬・強賽洛（John C. Chancell）和史密斯、美聯社記者費希（F. W. Fisher）和莫飛（Murphy）、合眾社記者麥克丹尼爾、塔斯社記者格里高・費多羅維奇等。重慶自國民政府遷入成為陪都，這個偏僻的西南霧都逐漸成為中國戰場新聞的最重要來源地。到 1942 年年初，常駐重慶的西方新聞機構有 23 家；抗戰末期，常駐重慶的外國記者達 30 餘人，每月還有 10～20 人左右的流動記者到來。其中包括美聯社的慕沙霸、司徒華，路透社的趙敏恒、包亨利，法新社的馬可仕，合眾社的王公達，塔斯社的葉夏明等。外國記者中人數最多的是美國記者，至少有 35 名美國記者曾在中國報導過戰爭。[2]

　　其次表現在報導內容充滿對中國人民的同情和對日本侵略者的憤恨。1937 年 9 月日軍飛機轟炸廣州。路透社迅即播發該社記者「親自前往觀察了廣州市遭日機破壞的地區」後採寫的報導，其中如「幾百名哭泣的婦女正在廢墟中爬著，尋找他們親人殘骸」「昨天和今天的恐怖」「血肉模糊的殘骸」等語句，[3]筆觸細膩、富有感染力，字裏行間充滿了對受害民眾的同情和對侵略者的憤慨。1939 年 5 月 3～4 日，日軍飛機從武漢起飛，對重慶市中心區進行狂轟濫炸，並大量使用燃燒彈，導致中國軍民重大傷亡。已轉任路透社重慶分社社長的趙敏恒從長江中的英國軍艦上發出有關大轟炸的消息，揭露了日軍的殘酷無情。1941 年 12 月～1942 年 1 月，在中日第三次長沙會戰中，國民黨軍隊在薛岳將軍指揮下取得重大勝利，斃傷日軍數萬人。路透社、美聯社、塔斯社等外國新聞機構對長沙大捷進行了報導。[4]時值日軍偷襲珍珠港、太平洋戰爭爆發後不久，在日軍席捲東南亞、英美等國軍隊節節敗退的背景下，有關長沙大捷的報導大大鼓舞了反法西斯國家的士氣。1942～

1　張功臣：《抗戰初期西方記者的報導》，《新聞愛好者》，1996 年版，第 10 期。
2　張威：《抗戰時期的國民黨對外宣傳及美國記者群》，《杭州師範大學學報》（社會科學版）》，2008 年版。
3　張功臣：《抗戰初期西方記者的報導》，《新聞愛好者》，1996 年版。
4　邵嘉陵：《愛國記者趙敏恒》，《新聞窗》，1996 年版。

1943 年，河南發生大饑荒。美國合眾社記者、攝影師哈里森・福爾曼，前往饑荒最嚴重的鄭州、洛陽、許昌等地採訪，親眼目睹了難民吃樹皮、逃荒乃至活活餓死的悲慘情景。以一位新聞記者的良知拍攝了大量照片，真實記錄下一幕幕饑荒圖景，為研究大饑荒提供了珍貴的一手資料。1943 年 11 月，路透社重慶分社社長趙敏恒在赴倫敦途中經停埃及開羅，正值蔣介石、羅斯福、丘吉爾在開羅舉行中、美、英三國首腦會議，趙敏恒率先發出獨家新聞報導。蘇聯塔斯社也加強了對中國抗戰的報導。蘇聯塔斯社在陪都重慶設立了遠東分社，成為戰時蘇聯在華新聞活動的中心。塔斯社駐華記者羅果夫等人常到各戰區實地採訪報導中國抗戰情況，向蘇聯國內發回大量的中國戰場見聞。

一些外國記者的眼光隨著抗戰形勢的變化開始投向中共及其領導下的抗日根據地，通過各種途徑來到延安等地，採訪報導中共領導人及根據地民眾。1938 年 2 月，毛澤東同志同合眾社記者王公達談話，介紹了八路軍的抗日游擊戰情況，展示了對中國抗戰力量日益壯大並最終將奪取勝利的堅定信心，陳述中共對國共兩黨合作抗日及勝利後合作建立新的民主共和國的主張，並對中美及其他一切反對法西斯侵略的國家進一步聯合抗敵表達了殷切的期望。[1] 1944 年 6 月，主要由外國記者提議而組成的「中外記者西北參觀團」訪問了延安，約 20 位記者中有美聯社的岡瑟・斯坦因、合眾社的哈里森・福爾曼、路透社的莫里斯・武道和塔斯社的 N. 普金科。毛澤東會見了參觀團並發表講話，就記者們關心的國共談判、對歐洲反法西斯第二戰場的看法、中國共產黨有關民主、對中外關係的希望及其所作工作等問題作了答覆。[2] 「中外記者西北參觀團」記者們在延安和陝甘寧邊區進行了為期數月的參觀訪問。他們採寫的新聞報導紛紛在西方的《泰晤士報》《紐約時報》《紐約論壇報》以及美國舊金山電臺等媒體上播發。他們還撰寫了《紅色中國的報導》（合眾社福爾曼）以及的《我從陝北歸來》（路透社武道）等多部反映在抗日解放區所見所聞的著作。[3]

---

1 毛澤東：《同合眾社記者王公達的談話》，《毛澤東新聞作品集》，新華出版社，2014 年版，第 219～223 頁。

2 毛澤東：《會見中外記者西北參觀團的講話》，《毛澤東新聞作品集》，新華出版社，2014 年版，第 312～315 頁。

3 樊繼福、袁武振：《原來還另有一個中國啊——新民主主義革命時期外國記者在陝活動及其影響》，《新聞知識》，2005 年版。

由於日偽對新聞的嚴密控制和對抗戰宣傳活動的殘酷鎮壓，外國新聞機構在淪陷區報導中國抗戰的環境相當險惡。1937 年 11 月上海淪陷，滬地外國租界進入長達 4 年多的「孤島」時期。「孤島」上的外國通訊社、外國報紙、外國期刊及廣播電臺儘管對中國抗日戰爭的態度各有不同，大體上還能比較客觀地報導抗戰。[1]隨著太平洋戰爭爆發，日軍佔領上海租界，「孤島」狀態結束。已與日本交戰的英美等國通訊社被停止活動，未向日本宣戰的蘇聯的塔斯社仍可在上海繼續活動。中共江蘇省委曾商塔斯社上海分社，以其蘇商時代出版社名義出版進步革命刊物，幫助人們瞭解國際形勢，增強抗戰勝利信心。

五、日偽政權的新聞通訊活動

據 1944 年有關統計，全國共有日偽報社、通訊社 200 家，其中有通訊社 42 家。[2]這些通訊社都是由日本同盟社在華機構改換面目而來，實質上是同盟社的子機關而已[3]。

（一）偽滿政權統治下的新聞通訊業

1931 年，日本發動「9·18」事變，侵佔中國東北。在東北「淪陷時期」，日本侵略者嚴格控制輿論宣傳，操縱掌控各類新聞機構。日滿當局還不斷強化對新聞通訊業的壟斷和管控，推行「日滿通訊網一元化」和「一個國家一個通訊社」的政策。

1932 年 12 月 1 日，偽「滿洲國通訊社」通訊社正式成立，簡稱國通社。總社設在偽滿首都「新京」（即長春），社長、理事和監事由日本人充任。設通訊、編輯、總務、業務等局和印刷所，在中國東北各城市、關內及日本東京、大阪等地設立分社、支局等機構，自上而下地形成了通訊網。國通社通過日本同盟社的關係，利用其海外通訊網和與同盟社聯盟的外國通訊社如英國的路透社、美國的聯合社與合眾社、法國的哈瓦斯社、德國的德意志社、意大利的斯泰勞尼社、蘇聯的塔斯社等的聯繫，形成國際通訊網。國通社每日用漢、日、英、俄 4 種文字向各地報社和偽官廳、軍憲機關、偽公共機關、銀行、公司等

1　馬光仁：《上海新聞界的抗日宣傳》，《上海黨史研究》，1995 年版，第 S1 期。

2　敵偽資料特輯（第 6 號），河北省檔案館藏。

3　黃瑚：《日本在我國淪陷區的新聞統制政策（1931～1945）》，《新聞大學》，1989 年 3 期。

發送新聞稿件 2-4 次。中、日、俄、英、朝文等報紙及廣播電臺的新聞稿，都由國通社播發，其他任何新聞團體和個人都不能自行發稿。甚至強令某條新聞必須登載，某條新聞用什麼標題，登在什麼部位都有嚴格的規定。[1]

國通社成立直接隸屬於關東軍司令部，1933 年 4 月 1 日才開始在形式上受偽滿政府的監督。1936 年 9 月滿洲弘報協會成立後，實行「一地一社」的方針，對東北各地的報社進行「兼併」和「整理」，國通社曾被其兼併。1937 年後，因業務不便，國通社又分離出來。1940 年 12 月 21 日，偽滿弘報協會解散後，新聞通訊等部門直接由偽國務院弘報處管理。1941 年 1 月成立了偽滿洲新聞協會，參加的新聞通訊機構有 27 家。國通社與日本同盟社基本上是兩位一體的關係，它形式上雖為偽滿的通訊機構，實質上已成為日本同盟社在偽滿所設的分支機構，國通社派駐日本的通訊員，皆入籍同盟社，同盟社派駐偽滿的通訊員，皆入籍國通社。

1941 年 8 月 25 日，偽滿政府公布《滿洲國通訊社法》《新聞社法》《記者法》和《關於外國通訊社和新聞社之支社及記者之件》《關於外國人記者之件》，即所謂「弘報三法二件」，旨在建立「新聞新體制」。其中規定，「非依滿洲國新聞社法成立之新聞社不得發行報紙」。「通訊社依國務大臣之命令，以其指令事項之內容信報、供給其指定之弘報機關，非經其指定者不得供給」「新聞社依國務大臣之命令，以其指定事項、揭載於新聞紙，非經指定者不得揭載」。[2]

太平洋戰爭爆發後，日偽對偽滿境內報社實行大合併，除國通社外設立了三大新聞社[3]，即：1. 設在「新京」用中文發稿的《康德新聞》社，合併了 18 家報社；2. 設在瀋陽用日文發稿的《滿洲日日新聞》社，合併了 3 家報社；3. 設在「新京」用日文發稿的《滿洲新聞》社，合併了 6 家報社。1944 年，《滿洲新聞》社與《滿洲日日新聞》社合併成《滿洲日報》社。「報社合一」的三個新聞社是日偽強化偽滿境內通訊壟斷的產物，通過通訊社壟斷新聞內容，「統一輿論」。

1　郭君、陳潮：《日本帝國主義對偽滿新聞報業的壟斷》，孫邦：《偽滿史料叢書·偽滿文化》，吉林人民出版社，1993 年版，第 306 頁。

2　方漢奇：《中國新聞事業通史》（第二卷），中國人民大學出版社，1996 年月第 1 版，第 910～911 頁（待查）。

3　霍學梅：《東北淪陷時期日偽對新聞的控制和壟斷》，《東北史地》，2010 年版。

（二）汪偽政權統治下的通訊社

　　1941 年底太平洋戰爭爆發前，汪偽「國際新聞」制度和「統一言論」制度基本確立，對新聞、通訊、廣播等輿論陣地實行嚴密控制和全面統治，形成了從上而下的輿論控制網絡。太平洋戰爭爆發後，全面強化「計劃新聞」制度，建立所謂「戰時新聞體制」。汪偽地區先後建立了中華通訊社和中央電訊社，不斷加強對淪陷區通訊社的控制。

1、汪偽對新聞通訊業的控制

　　汪精衛集團的新聞活動範圍主要在華中、華南淪陷區。在日本侵略者的扶持下，漢奸新聞事業包括新聞通訊社逐漸發展起來。同時，汪偽政權進一步加強對新聞通訊業的管制，對持抗日愛國立場的新聞通訊社採取迫害政策，對日本以外的「第三國」通訊社駐在機構實行接收和管制。

　　1938 年 3 月 10 日，日本新聞檢查所通令外國通訊社，自次日起「各社的中文譯稿，應先送檢查所二份，以備檢查，然後始能分送中文報紙發表。」太平洋戰爭爆發，英美對日宣戰，其在上海的通訊社人員離滬回國，日本、意大利、德國在上海的通訊社照常經營，蘇聯塔斯社因蘇聯未對日宣戰而得以繼續工作。[1]1944 年，日本上海當局通知塔斯社停止供應中文稿，只准發行俄文稿。[2]

　　1943 年 2 月，汪偽中央電訊社制定了《中央電訊社接收第三國通訊社實施計劃綱要》，規定「凡在我國領土內之第三國通訊社擬定計劃予以接收」[3]。汪偽把第三國通訊社分為兩類：一類是「敵性」通訊社，英國的路透社、美國的合眾社和美聯社等均列此類；另一類是軸心國的通訊社，有德國海通社、德國新聞社、意大利蒂芬妮社、法國哈瓦斯社。蘇聯的塔斯社因當時日蘇兩國尚未交戰，亦列為非敵性通訊社。對於前一類以全面接收，停止和剝奪其發稿權。對於後一類，允許其發布本國文字的通訊稿，收發報機由中央電訊社控制。汪偽當局還規定第三國通訊社的通訊稿必須接受檢查，「如有違反我國立場和軸心國家之宣傳報導消息，即予沒收」[4]。

1　來豐：《中國通訊社發展史》，復旦大學博士論文，2002 年，第 102～103 頁。
2　來豐：《中國通訊社發展史》，復旦大學博士論文，2002 年，第 103 頁。
3　余子道、曹振威、石源華、張雲：《汪偽政權全史》（下卷），上海人民出版社，2006 年版，第 887 頁。
4　余子道、曹振威、石源華、張雲：《汪偽政權全史》（下卷），上海人民出版社，2006 年版，第 887 頁。

2、汪僞中央電訊社

中央電訊社，1940 年 5 月 1 日在南京成立。是汪僞政府的中央通訊機關，由汪僞國民黨中央宣傳部的上海的中華通訊社與原維新政府宣傳局的中華聯合通訊社合併改組而成，直隸於僞府行政院宣傳部，社址在南京復興路 155 號。

汪僞國民黨中央宣傳部的上海的中華通訊社，是在汪精衛由河內到達上海從事投敵賣國「和平運動」不久的 1939 年 11 月 3 日設立上海北四川路，收發國際國內電訊，供汪派報紙刊用；林柏生任社長，趙慕儒任副社長，郭季峰任總編輯。原維新政府的中華聯合通訊社，1938 年 6 月成立於南京，孔憲鏗任社長。

中央電訊社的最高權力機關爲理事會，設理事長 1 人，理事 8～14 人。1940 年 5 月至 1945 年 8 月日本無條件投降前，理事會成員多次變更。由僞國民黨中央宣傳部長林柏生兼任理事長，另有常務理事、理事若干，聘請日本人擔任名譽理事或交換理事。社長林柏生，趙慕儒、郭秀峰先後繼任；副社長先後爲趙慕儒、許錫慶、郭瀛洲等；副社長兼總編輯爲許錫慶。設有編輯部、總務部、攝影製版部以及電務管理、調查兩處。編輯部設總編輯 1 人，副總編輯 1-2 人。部內設中文、日文、英文、採訪 4 組及繕印、收發 2 室，分別掌管中文、日文及英文新聞的編輯採訪等事。

中央電訊社在一些中心城市和部分縣城分別設分社、通訊處、通訊員。共成立了上海、武漢、廣州、杭州、蘇州、南通、蚌埠、蕪湖和香港、東京等 10 個分社，揚州、鎮江、嘉興、無錫、汕頭等 5 個通訊處。在北平、天津、徐州、廬州、大通、巢縣、常州、鎮江、常熟、崑山、泰州、安慶、江陰、蘇州、九江、高郵、啓東、鹽城、明光、金壇、湖州、崇明、寧波、紹興等 24 個城市設立通訊員。[1]各分社根據其所在地的重要性，分爲特、一、二、三 4 等。各分社設主任 1 人，特等社與一等社並設總編輯 1 人；各分社除將總社電訊、特稿及本社採得的新聞就地向各報社發稿外，並爲總社提供各地重要新聞。[2]

中央電訊社採編和製作文字新聞稿、新聞圖片稿和特稿，供稿對象是淪陷區漢奸報紙、期刊和廣播電臺，尤以僞宣傳部直屬報社爲主。1943 年汪僞政府宣布實行戰時體制後，僞宣傳部進一步規定自 1943 年 3 月 30 日起，全

1　姚福申、葉翠娣、辛曙民：《汪僞新聞界大事記》（上），《新聞研究資料》，1989 年版。
2　南京市地方志編纂委員會：《南京報業志》，學林出版社，2001 年版，第 315 頁。

國所有的中文英文報紙雜誌刊載國內外電訊，除各報社專電經檢查核准者外，一律應以中央社所發表爲限，其他不得轉載。

除竭力鞏固和擴大僞中央電訊社外，汪僞政府還利用日軍津貼以私人名義在上海建立了華東通訊社、上海通訊社、大滬通訊社、滬聲通訊社、國華通訊社等，都是汪僞官方通訊社的幫兇[1]。

（三）華北淪陷區的僞通訊社

日本侵略者侵佔中國華北地區，扶植建立了一些地方性僞政權。敵僞政權爲了加強對新聞事業的壟斷和統治，迅速建立了包括通訊社的殖民地性質的新聞事業系統。

1938 年 5 月，日本人醞釀設立蒙疆新聞社。5 月 16 日，蒙疆聯合委員會發布《株式會社蒙疆新聞社法》，成立全部由日本人組成的蒙疆新聞社籌備委員會（委員長爲野田清武）。5 月 20 日，蒙疆新聞社總會成立，總部設在張家口市興亞大街。設大同、厚和支社，在北平設華北總局，在包頭、天津、平地泉、東京、大阪、新京設支局，在太原、濟南、青島、上海、南京設通訊部松本於菟男（原《察哈爾新報》社長）任理事會理事長。1942 年 2 月，滿洲日日新聞社董事細野繁勝接任理事長。[2]1944 年，全社員工 940 人，其中日系 195 人，滿漢員工 720 人，蒙族員工 25 人[3]。名爲通訊社，實爲日僞統制報刊的手段，全權壟斷報紙發行權，採用「社報合一」的方式禁止其他報刊發行。1940 年 9 月，共發行各種報紙 25 種。所出版的報紙發行至日本、僞「滿洲國」、朝鮮、蓮治部隊、張家口陸軍特務機關、蒙疆聯合委員會、察南自治政府、蒙古聯盟自治政府、晉北自治政府、張家口鐵路局、電訊會社、郵電總局、蒙疆銀行等地區和單位。蒙疆新聞社經常舉辦配合日本戰爭宣傳的文化活動，1941 到 1944 年 4 次出版《蒙疆年鑒》。

僞中華通訊社由日本同盟社北支總局華文部在北平改組成立，佐佐木健兒和管翼賢先後任社長，總編輯陳語天。設編輯、採訪兩部。侵華先鋒酒井忠俊擔任採訪部部長。設保定、石家莊、唐山、張家口、濟南、天津、太原、

---

1 《上海新聞志》編纂委員會：《上海新聞志》，上海社會科學院出版社，2000 年版，第 369 頁。

2 創造社：《新東亞經濟特別號──蒙疆經濟的躍進》，創造社，第 3 卷第 30 號，1944 年版，第 125 頁。

3 株式會社蒙疆新聞社：《蒙疆年鑒》，蒙疆新聞社，1944 年版，第 425、352 頁。

青島、徐州 9 個支社。新聞稿件主要有兩個來源：無線電臺抄收各地發出的新聞專電；採訪部外勤記者寫的新聞通訊稿。每日發出的新聞專電、通訊稿數量不等，內容有國際新聞與本市的軍事、政治、經濟、文教等，除供給僞《新民報》外，供應地方報紙的稿件由各地分社接收總社專電再轉發。

此外，在北平、天津還有電聞通訊社、中聞通訊社、北方通訊社、雷電通訊社、經濟通訊社、中國通訊社、華北通訊社、亞北通訊社、民興通訊社、華北新聞社等十幾家日僞新聞通訊機構。[1]1945 年 8 月日本投降後，僞中華通訊社由國民黨中央社接收改組爲中央社北平分社，其餘的原華北淪陷區的僞新聞通訊機構一律停止活動或解散。

第三節　民國南京政府中期的圖像新聞業

一、民國南京政府中期的新聞攝影

中日影像對抗在全面抗戰時期發生很大變化。日本駕馭媒介的手段與技巧日益熟練，越來越具有針對性和明確的目的性。中國「學夷制夷」的被動傚仿少現成果。受到戰爭環境和財力匱乏等的限制，攝影畫報的出版明顯減少。國統區地域的大幅縮小和言論控制的逐漸加強，中國新聞攝影的傳播受到抑制。

（一）日本侵華攝影的謀略升級

1、日本新聞傳播納入戰爭體制

1937 年盧溝橋事件發生之前，日本國內已在進行新聞輿論戰的準備。1937年 9 月，內閣情報委員會進行改組，成爲擁有獨立權限的內閣情報部，將日本戰時新聞傳播體系納入了軍部的戰爭體制。同月，數名日本大報和通訊社的主筆抽調內閣情報部，以進一步加強策劃、調度和管控戰事新聞的發布與傳播。日本對戰時輿論的體制化控制，集中地體現在擬議多年的國策通訊社正式出現。建立一個能與英國的路透社和美國的美聯社、合眾社相抗衡的強大的國家通訊社，不僅統治了日本國內新聞的生產與傳播，也提升了日本對外的國際新聞的傳播能力。

1　郭貴儒：《日僞在華北淪陷區新聞統制述論》，《河北師範大學學報》（哲學社會科學版），2003 年版。

以日本軍部爲中心，外務省和郵政省配合，由全國日報社和日本廣播協會成立理事會，共同協力打造「國家主義」的宣傳系統，形成了戰時強力推行「言論國策」的體制；以同盟通訊社的名義，組建了擁有 1750 人的通訊機構，力保以一個聲音面對世界說話；日本的攝影媒介傳播，迅速升至與西方歐美通訊社相對等的地位。

2、大量日本媒體記者隨軍行動

隨著日本侵略戰爭的升級，日本媒體向中國戰地派遣包括攝影師在內的大量新聞記者，與日軍不斷增兵幾乎同步進行。日本媒體及攝影師自覺與不自覺地參與到對戰爭的影像記錄和視覺傳播中。

據 1941 年版《日本新聞年鑒》記載，日本政府在 1937 年「七七」事變後的 4 周內派遣 400 名新聞工作者來華，10 月中旬增至 600 人，翌年 10 月武漢陷落後增至 1000 人，1940 年 3 月增至 2384 人；人數最多時僅陸軍隨軍記者就有 2586 人。[1]日本政府指示國內重要新聞機構來華設立分社、出版報刊。日本大報《朝日新聞》《大阪每日新聞》派遣來華記者最多時達千人，在淪陷區各重要城市和地區活動。《大阪每日新聞》社上海支部 1938 年 11 月創辦時事刊物《華事大阪每日》。[2]同盟社向中國戰地派出的特派員約有 150 人，《朝日新聞》《每日新聞》向中國派出的戰地記者均在 300 人以上。有的「大報社依靠其資金和組織，向中國戰線派送了 1000 人以上的特派員」[3]。1940 年 6 月 16 日下午，日軍隨軍記者在日軍轟炸機拍攝的轟炸重慶渝中半島的照片，第二天即刊於日本《朝日新聞》。

3、日本國內畫報在淪陷區流傳

日本包括畫報的大量報刊爭相報導侵華戰事。其中，《北支事變畫報》（中文譯名《華北事變畫報》）《支那事變畫報》（中文譯名《中國事變畫報》）《國際寫眞情報》《華文大阪每日》等畫報，在中國淪陷區流傳。

1　李瞻：《世界新聞史》，轉引黃瑚：《日本在我國淪陷區的新聞統制政策》，《新聞大學》，1989 年版，第 840 頁。

2　李瞻：《世界新聞史》，轉引黃瑚：《日本在我國淪陷區的新聞統制政策》，《新聞大學》，1989 年版，第 840 頁。

3　（日）前阪俊之，晏英譯：《太平洋戰爭與日本新聞》，新星出版社，2015 年版，第 220 頁。

（二）中國新聞界的攝影報國

1、上海報刊的抗戰影像

中國各地大報使用圖像新聞報導抗戰。上海的《申報》《大公報》《東方雜誌》等著名報刊和新創《戰時日報》等，刊載大量的戰事新聞圖片報導抗戰尤其是淞滬會戰的新聞圖片。

《大公報》1937 年 7 月 9 日使用整版篇幅報導「七七」事變，並爲大字標題消息《盧溝橋中日軍衝突》配發盧溝橋的照片。7 月 18 日《申報每週增刊》封面照片是盧溝曉月石碑，封二和封底刊發 9 張照片，其中有：奮勇抗擊日軍的第 29 軍第 37 師師長馮治安與北平市長秦德純一起視察駐軍，第 29 軍軍長宋哲元的單人肖像，受到日軍炮火襲擊的盧溝橋附近的龍王廟，受到日軍炮擊的宛平縣街頭，豐臺日軍軍營。7 月 25 日《申報每週增刊》封面照片是中國士兵荷槍守衛在盧溝橋上。[1]《申報》7 月 30 日第 3 版爲消息《平津形勢驟變後蔣委員長發表意見》配刊蔣介石戎裝照片的說明是「抗戰到底之蔣委員長」。[2]《救亡日報》7 月 29 日頭版頭條刊載特稿《孫夫人宋慶齡對於中共中央宣言蔣委員長談話的表示》，配發照片「孫夫人宋慶齡近影」。

上海攝影人奮勇攝取中國抗戰的場景：中國軍隊在虹口區猛烈還擊日軍，八百壯士頑強堅守四行倉庫，中國空軍協助陸軍殲敵，日軍入侵致使上海南市精華盡付一炬、閘北一片斷壁頹垣，可憐的難民倉皇出逃……。《良友》畫報刊載攝影報導《閘北成焦土》，揭露日軍的殘暴行徑：「我軍全部退出後，敵軍方摸索前進，復懼怕我軍躲藏於民房中，乃開機關槍亂射，並爲復仇起見，命日浪人到處縱火焚毀，延燒數日，閘北遂成一片焦土，未及逃出閘北之我民眾，老弱者已爲槍殺，年輕力壯者已爲役使，婦女均被蹂躪。」[3]揭露日軍無差別轟炸：「敵機轟炸的對象，不外我國之文化機關，救護人員，平民及逃避戰亂的婦孺，其殘酷不顧人道的暴行，已是舉世皆知，罪不容恕。計自全面抗戰以來，敵機在上海、南京、廣州、漢口、杭州各重要都市轟炸外，餘如松江、嘉興、蕪湖、汕頭等小都市，與各窮鄉僻壤，只要敵機飛到的地

---

1 《老報章裏的盧溝橋事變》，http://media.people.com.cn/n/2012/1028/c40733-19412991.html。

2 《〈申報〉裏的二戰：抗戰正面戰場的開端》，http://mt.sohu.com/20150310/n409575144.shtml。

3 《閘北成焦土》，《良友》，1937 年版。

方，均無不受其無目標的轟炸。但因敵機專炸無抵抗能力之平民，故我軍事設備軍事機關等，反毫不受損。」[1]上海火車南站被炸，數百平民死傷，屍體殘肢散落。杭州火車站被炸，殘損破敗，一節火車車廂斜跨房頂。蘇州火車站被炸，死亡數百人。松江火車站 5 輛載滿難民的汽車悉數被炸，700 餘人死傷，屍體燒成焦炭狀，汽車車身燒成了空架。

上海報刊採用西方通訊社發布的照片及轉發的日本隨軍記者拍攝的照片，提供了從另一個角度看待的這一場戰爭，戰事攝影報導呈現出立體化或多樣化的現象。

2、中共報刊的抗戰影像

漢渝出版的《新華日報》，除刊載《黃河南岸我軍英姿》《我機槍陣地》《挺進冀察之八路軍》《我軍之高射炮隊》《河南平原上我軍炮隊》及戰鬥中的游擊隊、東北義勇軍作戰等照片，另以圖配文的方式刊載新聞照片。八路軍總政治部主辦的《八路軍軍政雜誌》，創刊即不定期使用照片插圖，自第 9 期起每期相連 2 頁固定刊載照片。

中共報刊刊載日軍轟炸武漢、華中大學、廣東新會車站等地的慘景，日軍槍殺中國百姓，從淪陷區逃到武漢的難童等照片，揭露日軍侵華罪行；刊載抗日軍政大學畢業生奔赴前線，陝北公學學生學習和出征，陝甘寧邊區八路軍開展助民生產，西北婦女戰地服務團開展工作等照片，反映抗日根據地軍民的戰鬥生活。

（三）攝影抗戰的記者群體

向全面抗戰時期國統區報刊提供新聞照片的攝影者，主要有王小亭、方大曾、魏守忠、伍千里、舒少南、蔣漢澄、宋致泉、張建文、宗惟賡、夏曉霞、卓世傑、蔣仲琪、俞創碩、顧廷鵬、沈逸千、席與群、杜鼇、魏南昌、黃劍豪、趙定明、秦泰來、陳昺德、程肇民、盧德初、向慧庵、何漢章、馬賡伯、蔡述文、焦超、黃寧民等。他們的大多數隸屬於報刊社、民營攝影通訊社或官方通訊社，也有或民或軍具有拍攝時事新聞興趣與條件的攝影者。抗日根據地有沙飛、吳印咸、鄭景康、石少華、羅光達、徐肖冰、高帆、陳正青、鄒健東、郝世保、吳群、郝建國、裴植等攝影記者。

方大曾，原名方德曾，1912 年出生，北京人。1936 年，採訪綏遠抗戰，發表附有攝影作品的前線通訊。盧溝橋事變後，擔任中外新聞學社攝影記者、

---

1 《敵機不人道，肆意炸平民》，《良友》，1937 年版。

全民通訊社攝影記者及《大公報》戰地特派員。1937 年 9 月 18 日，從河北蠡縣發出最後一篇報導後失蹤。

王小亭，又名王海升，1900 年出生，北京人。歷任英美公司電影部攝影師、萬國新聞通訊社攝影記者、上海《申報》新聞攝影部主任、美國赫斯特新聞社記者。1937 年 8 月 28 日，他攝取的上海火車南站遭日軍飛機轟炸後的慘景，10 月 4 日刊於美國《生活》週刊，震驚世界。他受到日軍威脅，離滬暫避香港。

沙飛，廣東開平人，原名司徒傳。盧溝橋事變後任太原全民通訊社攝影記者，1937 年底採訪並加入八路軍，歷任晉察冀軍區《抗敵報》主任、《晉察冀畫報》社長。拍攝了《塞上風雲》《向敵後進軍》《收復紫荊關》《蔚縣人民重見祖國國旗》等照片。

鄭景康，廣東中山人，原名鄭潤鑫。1930 年，變賣遺產在香港開設攝影室，拍攝人像。1938 年初抵達武漢，擔任國民政府國際宣傳處攝影室主任。1941 年 1 月赴延安，歷任八路軍總政宣傳部攝影記者、聯政宣傳部攝影師。拍攝了《國破家亡、流離失所》《逃難者》《媽媽！》《南泥灣之秋》《花好月圓》等照片和毛澤東赴重慶談判的《揮手之間》。

石少華，原籍廣東番禺，1918 年出生於香港。1938 年 4 月到達延安。歷任抗日軍政大學記者團記者、八路軍冀中軍區攝影科科長、晉察冀畫報社副社長。拍攝了《毛主席和小八路》《埋地雷》《白洋淀上的雁翎隊》《地道戰》《飛簷走壁》等照片。

二、民國南京政府中期的新聞漫畫

中國藝術家在抗戰期間繼續以畫筆作刀槍，使用漫畫這種世界語言投身全民抗戰洪流，為抗戰文化戰線豎立了特色鮮明的戰旗。

（一）全面抗戰中的「漫畫戰」與「漫畫運動」

1、《救亡漫畫》提出向日寇發起「漫畫戰」

淞滬抗戰爆發後，在中國近現代漫畫藝術發祥地的上海，先後創刊了《救亡漫畫》、《非常時漫畫》等漫畫刊物。

《救亡漫畫》，1937 年 9 月 20 日創刊。救國會七君子之一的章乃器題寫刊名。4 開 5 日刊，每期刊幾十幅漫畫及少量文字。初由上海漫畫救亡協會主辦。王敦慶、魯少飛、丁聰、王彥存、魯少飛、華君武、萬籟鳴、江敉、朱

金樓、江棟良、馬夢塵、張嚴、汪子美、沈振黃、陳浩雄、宣相權、黃堯、黃嘉音、董天野、童漪珊、魯夫、蔡若虹等 21 人組成編委會。魯少飛任發行人，王敦慶負責編輯工作。後上海市各界抗敵後援會參與主辦，增補葉淺予、張樂平、胡考、特偉、陶今也、張仃、陸志庠、廖冰兄、丁深、紀業候、沈逸千、麥綠之、張文元、張光宇、張英超、陳煙橋、陳孝祚、陳涓隱、林禽、高龍生、黃苗子、黃復生等 23 人爲編委會委員。[1]由 44 人組成的編委會，幾乎囊括了當時上海有創作實力的漫畫家。第 4 期刊載上海漫畫界救亡協會制定的《戰時工作大綱》，規定：爲報紙刊物供稿，製作巨幅宣傳畫懸於重要地點，舉辦抗敵漫畫展，舉辦抗戰漫畫遊行，參加後援會和民眾教育、軍政宣傳機關工作等。1937 年 11 月 10 日出版第 12 期後休刊。

王敦慶在《救亡漫畫》創刊號的《漫畫戰——代發刊詞》中提出對日寇進行「漫畫戰」。他指出：「自盧溝橋的抗戰一起，中國的漫畫作家就組織『漫畫界救亡協會』，以期統一戰線，準備與日寇作一回殊死的漫畫戰。可是不幸得很，在全面的持久的抗戰的序曲剛一啓幕，一向剝削我們作家的『漫畫販子』，便把幾個主要的漫畫刊物一律宣告死刑，所以我們的漫畫戰一開始便遭遇著類似漢奸的搗亂。於是『漫畫救亡協會』不得不從事游擊的漫畫戰——指定作家義務地爲各個抗戰刊物繪製漫畫，並派遣漫畫宣傳隊到各地去工作。」「然而今天《救亡漫畫》的誕生，卻是我們主力的漫畫戰的發動。因爲上海是中國漫畫藝術的策源地，而這小小的五日刊又是留守上海的漫畫鬥士的營壘，還不說全國幾百個漫畫同志今後的增援，以爭取抗敵救亡最後勝利。」[2]豐子愷在第 8 期發表文章《漫畫是筆桿抗戰的先鋒》。刊載《救亡漫畫》《全民抗戰的巨浪》《不願做奴隸的同胞都起來了！》《一顆子彈必須打死一個敵人》《將來我們所看得見的結果》《抗敵熱情在陝北延安》等不同類別的漫畫，揭露日寇殘酷暴行，抨擊漢奸醜惡嘴臉，謳歌軍民奮勇抗戰，刻畫抗戰士兵形象，描述普通軍民生活，反映日本國內空虛。

2、《抗戰漫畫》號召擴大抗戰漫畫運動

武漢成爲上海淪陷後的全國抗戰漫畫中心。上海漫畫界救亡協會組建的以葉淺予、張樂平爲正副領隊的救亡漫畫宣傳隊經寧抵漢，1938 年 1 月 1 日

1　黃可：《抗日漫畫宣傳隊的烽火歲月》，http://history.people.com.cn/n/2014/0807/c3723
　　27-25423803.html。

2　黃民駒、廖陵兒：《抗日世說：漫畫鬥士　爲和平而戰》，http://news.sina.com.cn/o/2005-
　　06-22/10596240209s.shtml。

創刊《抗戰漫畫》半月刊，主編特偉，16 開，24 頁，漢口上海圖書雜誌公司發行。武漢失守前停刊。1940 年 5 月 15 日，在重慶復刊，改爲月刊，出版至1942 年。

葉淺予在具發刊詞性質的文章《〈救亡漫畫〉的第二個生命》中指出：「我們爲繼續並擴大戰時漫畫的運動，必須貫徹奮鬥到底，所以不管《救亡漫畫》能否再掙扎他的生命，我們決以漫畫宣傳隊爲中心，集合留漢同志，培養另一個新的生命，來刺激全國同胞的抗戰情緒，和敵人的惡宣傳作殊死之戰！」[1] 設「漫畫界消息」「編輯室談話」「工作通信」等欄目。刊載《爲仇恨而生》《日本人是這樣殺害我們的》《游擊戰不僅牽制敵人，而且襲擊敵人》《站在日軍前面的巨人》《築起我們新的長城》《獸行》等漫畫，主題鮮明，一針見血。封面刊用極具張力富有抵抗戰鬥色彩的漫畫。

3、抗戰漫畫運動在各地

抗戰漫畫運動在地域上，由武漢向重慶、成都、桂林、昆明等地發展，在載體上由漫畫期刊向報刊與其他媒介發展。

1937 年 8 月上旬，張漾兮、樂以鈞、苗勃然等在成都成立四川漫畫社，在《新民報》和《新新新聞》輪流刊出《四川漫畫》專版，刊載《沒有退後只向前》《侵略者自掘墳墓》《恐怖！！！》《抗戰熱水瓶》《野火燒不盡，春風吹又生》等漫畫。李加於主編的《戰時漫畫》1939 年 9 月上旬創刊於四川敘永。

全國各地的漫畫家雲集戰時陪都重慶，揮筆作畫，編纂畫刊，出版畫冊，舉辦展覽，研究理論。《時事新報》開設《漫畫雙週刊》，《國民公報》推出《漫畫報》副刊。黃堯出版抗戰漫畫小叢書《民族的吼聲（一）》。重慶報刊報導抗戰漫畫活動、刊載抗戰漫畫作品。《抗戰漫畫》復刊重慶。漢口《抗戰畫刊》先遷長沙，繼遷桂林，再遷重慶。刊載漫畫爲主的《抗建通俗畫刊》1940 年元旦創刊。《中國漫畫》1942 年創刊重慶。汪子美創刊《漫畫列車》自稱：「富於莊諧，文圖並盛，趣味永雋，如嚼諫果，糖衣包藥，良不苦口。」「筆之投槍陣，畫的喜劇場；照妖鏡中看世界，萬花筒裏搖人生。」[2] 1943 年，葉淺予在重慶展出《戰時重慶》百幅漫畫。1945 年，《八人漫畫聯展》《幻想曲漫畫展》《西遊漫記》《新鬼趣圖》等漫畫展相繼在渝舉辦。

---

1 葉淺予：《救亡漫畫的第二個生命》，《抗戰漫畫》，第 1 期，1938 年 1 月 1 日。
2 王綠萍：《四川報刊五十年集成（1897～1949）》，四川大學出版社，2011 年版，第631 頁。

　　抗戰時期的桂林文化城，聚焦了豐子愷、廖冰兄、余所亞、特偉、沈同衡、劉元、汪子美、張光宇、張正宇、黃茅、梁中銘、陸志庠、周令釗等漫畫家，國民政府軍委會漫畫宣傳隊、中華全國漫畫作家抗敵協會相繼遷桂。漫畫是桂林報刊的必載作品。遷入和新創《工作與學習·漫畫與木刻》《漫木旬刊》《漫畫木刻月選》《木藝》《救亡木刻》等漫畫期刊。漫畫展在禮堂街頭舉辦。出版《漫畫的描法》（豐子愷）、《漫畫藝術講話》（黃茅）漫畫論著及漫畫畫冊。在桂林抗戰漫畫低潮的「皖南事變」後的一兩年中，仍有俞所亞的漫畫《前方馬瘦，後方豬肥》《消夏圖》《他說：「爲抗戰祝福」》公開發表而廣爲流傳。《救亡漫木》爲漫畫與木刻這兩種槍與彈一樣不可分離的藝術的共同使用提供示範，刊載了由漫畫家創作、木刻家刻製的《汪精衛的變》（廖冰兄作，劉建庵刻），《汪精衛裝腔作勢，醜態百出》（陸志庠作，賴少其刻），《汪精衛自毀前途》（特偉作，賴少其刻），《剪斷敵人與汪逆的陰謀》（汪子美作，賴少其刻），《吳稚輝先生說：汪精衛是妓女政客》（周令釗作，劉建庵刻）等作品。[1]豐子愷將逃難途中嘉興所見創作漫畫並填詞《夢江南》贈送友人及在桂林公開發表。此幅漫畫描繪了嬰兒在被日本飛機炸去頭顱的母親懷中吮乳。

　　上海淪陷，張光宇攜家多次逃難，無力繼續創辦漫畫期刊，改向報刊提供畫作。1943 年 7 月 7 日，他在《廣西日報》抗戰六年特刊發表漫畫《「七七」與「切切」》，繼而爲其特約供稿，以 3 至 7 天一幅的頻率發表時事漫畫。張光宇的桂林漫畫，印於粗糙的微黃薄紙，仍具銳利的譏諷品質。《「七七」與「切切」》《洞庭落日》《東洋哲學》《章魚腹內隱隱作痛》《富士幽居》《磨去勝利劍上的鏽痕斑斑》《復仇之軍》《龐大禮物贈給希特勒與東條》《古羅馬的新殘跡》《歐洲將火花怒放》《逐島戰》《昇天有術，限政無靈》《春季大跑馬》《逃！逃往哪裏去》《銀箱不是你的屏障》等，無不寓有深意。慘烈的常德會戰方告結束，狂妄的日寇在他筆下成了隕墜的「落日」。張光宇的桂林漫畫，「畫中有話，畫中有論」，「正中寓諧」，不見了昔日上海漫畫的商業趣味，「以一腔熱血和無畏精神，自覺投身於民族圖存的洪流。」[2]

　　張樂平 1935 年創作的漫畫形象「三毛」，在全面抗戰期間也揮舞大刀，

1　張懷玲、郭洋：《戰火硝煙中的〈救亡日報〉美術副刊》，《紅岩春秋》，2018 年版。
2　唐薇、黃大剛：《張光宇的抗戰漫畫》，http://www.ad.tsinghua.edu.cn/publish/ad/2902/2015/20150707143130211226619/20150707143130211226619_.html。

在博人一笑時彰顯奮勇抗戰的內涵。

（二）抗日根據地的新聞漫畫

1、延安的抗戰漫畫和木刻運動

抗日根據地的漫畫活動非常活躍。魯迅藝術學院匯聚古元、彥涵、胡一川、華君武、米穀、蔡若虹、張諤、張汀等漫畫人才，培養大批漫畫藝術工作者。在延安編製的定期與不定期的「文化臺」（陝甘寧邊區美術工作委員會、文化俱樂部），《街頭畫報》（張汀、朱丏），《橋兒溝畫報》（魯迅藝術學院美術系），《大眾畫報》（陝甘寧邊區文辦）等圖畫壁報，常刊漫畫作品。延安《解放日報》從傳播新聞的角度使用漫畫，或用於配合新聞，或獨立報導事件，或評論新聞事件，刊載了《埋地雷》《團結像一個人 粉碎敵人的蠶食進攻》《軍民合作》《哥哥當八路弟弟扮小八路》《向吳滿友看齊》《勞動英雄孫萬福》《墨索里尼榮獲第一名》《我正在後退，為什麼你倒前進呢？可惡的統一破壞者！》等漫畫。

魯迅培育的新興木刻由國統區漫畫英才帶入延安後，有了較快的發展。胡一川、江豐等以魯迅藝術學院美術系為陣地，傳授新興木刻的創作經驗。因淞滬抗戰爆發未及展出的全國第三屆木刻展覽會徵集的 200 多幅作品也被帶到延安，延安的美術青年獲得了觀摩全國各家木刻作品的機會。「延安木刻的思想水平和藝術水平提高很快，它將中國的新興木刻推進到一個新的發展階段，成為中國現代木刻史上光輝的一頁。」[1]對物質技術條件要求不高的木刻技藝，用木刻版代替鋅版，便捷地與簡陋的報刊印刷設施相融合，有力地將抗戰漫畫運動在敵後更加廣泛的空間範圍加以推廣。

2、敵後抗日根據地和八路軍新四軍的抗戰漫畫

以延安魯藝木刻研究班的胡一川、羅工柳、彥涵、華山等為骨幹成立的魯藝木刻工作團，1938 年冬橫渡黃河，穿越敵人的封鎖線，來到太行山。他們穿行於各個敵後抗日根據地，以木刻為主要武器開展宣傳工作。1939 年 7月 1 日，中共中央華北局機關報《新華日報》華北版設置的畫刊《敵後方木刻》創刊，刊印魯藝木刻工作團成員等的《破壞敵後交通》《百團大戰》《前門打虎，後門防狼！》等漫畫作品。

1　江豐：《回憶延安木刻運動》，《美術研究》，1979 年版。

《八路軍軍政雜誌》刊載了《武裝我們的頭腦》等漫畫。八路軍晉察冀軍區《抗敵三日刊》1939 年 3 月後刊載火柴盒大小的「報眼漫畫」，《子弟兵畫報》1942 年 9 月刊載《希特勒墜入深溝的時候》等漫畫作品。新四軍《抗敵畫報》1938 年刊載漫畫《士兵八訓最起碼的紀律》。在抗日根據地的抗戰漫畫中，八路軍晉察冀軍區《抗敵三日刊》上的「李鐵牛」，新四軍第 7 團《戰鬥報》上的「牛鼻子」和第 9 旅《奮鬥報》上的「張大疤」，都是指戰員們喜愛的漫畫形象。八路軍美術工作者深入敵後，畫在布上的漫畫，豎立路口、大院門口，供人觀看，將日偽的「大東亞聖戰」「建設王道樂土」等繪畫標語塗白作畫。有時一幅漫畫佔了一整面牆。

三、民國南京政府中期的新聞電影

第一次世界大戰拉開了電影作為意識形態的重要武器用於戰爭的大幕。全面抗戰爆發，使得自誕生之日起就與劇烈的時代變動緊密相連的中國電影納入到了政治、軍事的軌道，成為了國家機器的一部分，中國電影工作者自覺地根據戰時要求對電影的創作與攝影的人物、對象及原則做出了調整。中國電影因為全面抗戰，形成了鮮明的國民黨統治區、抗日根據地和日偽統治區的地域文化色彩。「戰爭改變電影的命運，電影又以獨特的方式影像戰爭。抗日戰爭與戰時中國電影，便成為解釋戰爭與電影關係的最好注腳。」[1]

（一）組織起來使電影成為抗戰武器

中國的電影工作者除了參加其他的抗日救亡組織，自詡於「銀色戰士」的中國電影人緊急行動起來，在 1937 年 7 月底至 8 月初的一周時間裏，成立了抗戰中國電影工作人協會、中國電影界救亡協會、上海電影編劇導演人協會等行業性組織。

國民黨對於全面抗戰之時的中國電影業有所擔憂。1937 年 8 月 12 日，國民黨中央宣傳部經國民黨第五屆中央常委會第 50 次會議通過《戰時電影事業統製辦法》。辦法指出：「中央方面雖有中央電影攝影場之設，顧限於技術人員及機件，殊不單獨應付全面之長期抗戰；上海電影公司方面雖經營較久，略具規模，但一受炮火威脅，則工作營業均將無法維持」。「反觀敵人，

1　李道新：《中國電影史（1937～1945 年）》，首都師範大學出版社，2000 年版，第289 頁。

則方以五百萬元投資於僞滿之電影事業，作統制電影之準備（上海外商之製片材料均已受壟斷）。以此例，被判若霄壤，在吾人既未許坐視新興電影產業之淪亡，尤不能不假此時期就僅有的設備作最大的利用」。鑒於「作戰期間，思想與實力並重，電影在思想戰方面所具深入普遍之功能，實凌駕一切文字宣傳之上」[1]，製片標準重在宣傳，停止拍攝一切與國防及非常時無關的戲劇長片。[2]

1938 年 1 月 29 日，由陽翰笙、羅剛等人發起，中華全國電影界抗敵協會在漢口成立。各種政治態度贊成抗日的電影工作者參加了這個戰時全國性的電影界組織，其中有國民黨電影文化官員張道藩、方治、羅學謙、鄭用之等，中共電影工作者夏衍、田漢、陽翰笙、司徒慧敏、阿英、陳波兒等，進步電影工作者蔡楚生、洪深、史東山、袁牧之、孫瑜、趙丹、應雲衛等及香港電影界的羅明祐、邵醉翁。張道藩、方治、羅剛、田漢、袁牧之、陳波兒等人被選舉爲理事。發表《中華全國電影界抗敵協會成立大會宣言》。3 月 31 日，中華全國電影界抗敵協會創刊《抗戰電影》雜誌，出版《電影界抗敵協會成立專輯》。

中華全國電影界抗敵協會成立大會宣言[3]

在日本帝國主義進攻我國的行動之中，他們的電影已屢屢運用無恥的說教來執行了宣傳任務，說我們的東北四省是他們的「新土」，說我們的戰士是這「新土」上的「匪賊」，無疑地它是配合了他們軍部的意旨，武裝了自己，來服役於侵略的戰爭的。事實之從「九一八」到現在，日本的電影已成爲一種麻醉觀眾毒物，對他們自己，它是侵略的教科書，而對於我們，則是飛機大炮以外的別動之武器。

……

我們要每一個電影從業人員鍛鍊成民族革命戰爭中的勇敢的鬥士，將自己獻給祖國，將自己的工作獻給神聖的抗戰。

---

1 國民黨中央執行委員會秘書處檔案：《國民黨中央宣傳部制定的〈戰時電影事業統製辦法〉》，1937 年 8 月 12 日。
2 黨彥紅：《淺議抗戰時期中國國民黨的國內宣傳》，《文化創新比較研究》，2018 年版。
3 《中華全國電影界抗敵協會成立大會宣言》，《抗戰電影》，1943 年 3 月第 1 卷第 1 期，轉引《新文化史料》，1995 年版。

　　我們要使每一張影片成爲抗戰的有力的武器，使它深入軍隊、工廠和農村中去，作爲訓練民眾的基本的工具。

　　我們要建立一個新的電影的戰場，集中了我們的人才，一方面以學習的精神來提高自身的教育；又一面以集體的行動來服務抗戰宣傳。對準著敵人的無恥説教，我們願以電影話語向我們的同胞和我們的國際間的友人述陳新中國的實現。

　　我們敢以最大的熱忱期待我們的政府和社會人士的提攜與鼓勵，電影是抗戰宣傳的最犀利的武器，電影是教育民眾的最便利的工具，站在自己的崗位上，正有一偉大的任務必須由我們努力去幹！

　　起來！銀色的戰士們！

（二）國共兩黨的抗戰新聞電影

1、國民黨的抗戰新聞電影

　　平、津、滬、寧先後淪陷，中國電影業遭受重創。民營電影業在戰火中一時難以復元。中央電影攝影場（簡稱「中電」）、中國電影製片廠（簡稱「中製」）及西北影業公司等官方電影機構，成爲攝製中國抗戰新聞電影的主體力量。

　　1938 年 2 月，漢口攝影場改組爲中國電影製片廠，漢口攝影場負責人鄭用之任廠長，中共電影工作者陽翰笙任編導委員會主任委員。在武漢淪陷前的 10 個月，中製拍攝了 50 多部紀錄片、新聞片、卡通片和故事片，「一寸膠片」「一發炮彈」，不遺餘力的實施「電影抗戰」。

　　中製遷渝，1939 年增設新聞影片部，電影拍攝的場地、設備、技術、人員等都有很大的發展；演員劇團，陣容強大，抗戰話劇，接連公演，是抗戰時期中國電影的主要基地。拍攝雜誌新聞片《電影新聞》、紀錄片《中國之抗戰》、卡通片《抗戰歌輯》和故事影片。鄭君里編導的 9 本大型紀錄片《民族萬歲》引人關注。訪問中國戰時首都的外國記者或華僑幾乎都要前來中製參觀。

　　中電在全面抗戰期間的新聞電影攝製，前期多於中期與後期。拍攝雜誌新聞片，《中國新聞》主要報導抗戰後方動態及國民黨政要活動，《抗戰實錄》主要報導國民黨軍的前線作戰；拍攝的專題新聞片主要有：《盧溝橋事變》（1937 年），《空軍戰績》《淞滬前線》《東戰場》《克復臺兒莊》《抗戰第九月》《活躍的西線》《我們的南京》《武漢專號》《抗戰建國一週年》《敵機暴行及我空軍東征》《重慶的防空》《重慶專號》（1938 年），《勝利的前奏》《二十八

年一月十五日敵機濫炸重慶》《二十八年五月三、四日敵機濫炸重慶》（1939
年），《中國遠征軍》《神州展翼》（1940年）。

西北影業公司1937年11月先遷西安、再遷成都，拍攝了《風雪太行》（配
有冼星海譜曲、極爲流行的歌曲《在太行山上》）《華北是我們的》2部紀錄片。

2、共產黨的抗戰新聞電影

1938年4月1日，抗敵電影社在延安成立。9月，在中共中央的指示和
關懷下，八路軍總政治部成立電影團（俗稱延安電影團）。八路軍總政治部副
主任譚政兼任團長，來自上海的袁牧之、吳印咸分任創作、攝影負責人。擁
有攝影隊和放映隊。在人員不足、設備極其簡陋的條件下，拍攝了《延安與
八路軍》《延安第一屆參議會》《十月革命節》《邊區工業展覽會》等紀錄片。
1945年2月7日，新四軍邀請攝影師來到敵後抗日根據地，拍攝了1.6萬淮
北軍民參加的《彭雪楓師長追悼會》。[1]

拍攝大型紀錄片《延安與八路軍》，陸續拍攝了《晉察冀軍區三分區精神
總動員大會》《聶榮臻司令員檢閱自衛隊》《晉察冀軍區歡送參軍》《敵後報紙
〈新長城報〉》《敵後織布廠》《唐縣青年合作社》《白求恩大夫》等素材。延
安受限於客觀物質技術，無法進行紀錄影片的後期製作，所拍攝素材攜至蘇
聯進行後期製作。蘇德戰爭爆發，致使《延安與八路軍》沒有最終完成。反
映大生產運動的《生產與戰鬥結合起來》，放映時使用借來的擴音設備、留聲
機進行配樂並解說，「默片」變成了有聲電影。

（三）香港及海外華人的抗戰新聞電影

1937年底、1938年，電影人從滬渝來港，進一步促進了香港抗戰電影的
發展。全面抗戰時期的香港電影業，除拍攝反映抗戰的愛國故事片，還拍攝
《廣州抗戰記》（大觀影片公司），《保衛華南》（大中華影片公司），《華南風
火》（中國新聞社），《廈門血戰》（建華影片公司），《八一三週年抗戰史》（華
北新聞社），《抗日戰績》《八路軍攻平型關》（國際影片公司）、《西北線上》（又
名《延安內貌》）等十幾部新聞紀錄片。[2]

美籍華人藝術家李靈愛策劃並出資，美國人雷伊·斯科特四赴中國攝製紀
錄片《苦幹》。記錄1937年到1940年間的中國抗戰大後方的城市生活景象，表

---

1 單萬里：《紀錄片裏的中國抗日戰爭》，《書城》，2005年版。
2 單萬里：《紀錄片裏的中國抗日戰爭》，《書城》，2005年版。

現了在苦難中充滿笑容的普通市民積極生活的面貌，反映了堅韌不屈的戰時中國。1941 年在美國首映，次年獲得第 14 屆奧斯卡獎第一次設立的紀錄片獎項。

（四）孫明經的抗戰紀實電影

主持金陵大學教育電影部工作的孫明經，在抗戰全面爆發前夕，希望記錄現實，通過「電影救國」，鼓動民眾的抗日救國熱忱。他們沿途北上，從江蘇拍到綏遠，拍攝了《徐州》《中興煤礦》《淮北海鹽》《連雲海港》《萬里長城》《故都北平》《地毯工業》《灤州皮影》《雲岡石佛》《綏遠移民》10 部紀錄片。孫明經說：1937 年 6 月，中日關係日趨惡化，表面雖仍和平，虛事周旋，戰機已熟，一觸即發，「恐將失此『最後機會』，乃摒擋一切，兼程北上……足跡所至，或被佔領，或被炸毀，或在混戰區域，或成鬼魅世界，不禁感慨繫之！」[1]

孫明經 1938 年領受任務，拍攝了 22 分鐘紀錄片《自貢井鹽》，用影像告訴全國民眾，只要四川自貢源源不斷地生產井鹽並運往各地，就不會因沿海淪陷而出現食鹽供應的困難。他 1939 年隨川康科學考察團，深入康定西北藏區五月，拍攝了《西康一瞥》《草原風光》《康人生活》《喇嘛生活》《金礦鐵礦》《川康道上》《雅安邊茶》《省會康定》8 部紀錄片。國人最早看到的熊貓電影圖像源於《西康一瞥》。他 1943 年與金陵大學理學院院長魏學仁赴雲南，拍攝以抗戰民族工業為主題的《防空電廠》《機械製造》《長壽水力發電》等 7 部紀錄片，表現國人民在戰爭重壓之下不屈不撓、頑強拼搏的精神。英國駐華領事觀看後，將這批電影帶回倫敦播映。[2]

（五）日偽的新聞電影業

日本在發動全面侵華戰爭之前，通過了大日本電影協會實施的運用電影報效國家的電影國策。日本侵華，一面派攝影師跟隨日軍宣傳戰事，一面控制淪陷區的電影業。日本電影史學家岩琦昶說：「我們從日中戰爭到太平洋戰爭這段時間的日本電影歷史中，最清楚地感受到下列兩點事實。第一，統治者如果花費很長的時間，有意識和有組織地不斷施展手段，就可以比較容易隨心所欲地操縱人民群眾，使他們為政治領導者的政治目的服務。第二，作為達到這個目的手段，電影具有強大的力量。」[3]

1　孫明經：《1937：戰雲邊上的獵影》，導言，山東畫報社，2003 年 1 月第 1 版。
2　鍾菁：《再談抗戰時期的孫明經與紀實電影》，《電影評介》，2015 年版。
3　單萬里：《紀錄片裏的中國抗日戰爭》，《書城》，2005 年版。

1、「滿鐵」的映畫

總部設在大連的日本南滿洲鐵道株式會社（簡稱滿鐵），1923 年成立映畫班，開始拍攝紀錄片。「九一八」事變後，滿鐵映畫班派人到現場拍攝素材，編輯紀錄片。1932 年，僞「滿洲國」成立，僞滿政權各部門委託滿鐵映畫班拍攝紀錄片。1936 年，滿鐵映畫班改稱滿鐵映畫製作所，紀錄片《秘境熱河》獲日本《電影旬報》年度最佳影片第十位。1937 年 8 月 2 日，僞滿政府通過了日本關東軍提出的「電影國策樹立案」，投資僞「滿洲國」幣 500 萬元（與滿鐵各出資一半），在長春建立株式會社滿洲映畫協會（簡稱滿映）。1939 年 11 月峻工，佔地 16 多萬平方米，建築面積 2 萬多平方米，擁有 6 個攝影棚、1 個錄音室、1 個洗印車間和大道具廠等，成爲亞洲最大的電影企業。前期注重娛樂電影攝製，後期增多報導國內和戰爭動態的新聞電影。日本演員山口淑子，藝名李香蘭，是滿映的頭牌明星。《滿洲映畫》雜誌於 1937 年 12 月創刊。

2、日僞電影機構及新聞電影

「滿映」北平分支機構新民映畫協會 1938 年 2 月設立，1939 年擴大爲華北電影股份有限公司。同年 6 月，在日本人的指使下，汪僞政權頒布《電影事業統籌辦法》，在上海成立由日僞共同投資的中華電影股份有限公司（日本人任負責人），設立文化電影廠攝製影片。1942 年，日本繼太平洋戰爭爆發後將上海租界的英美等國的電影院、電影公司作爲「敵產」接管，又拉攏 12 家中國影片公司，成立中華聯合影片股份有限公司。日本軍部在日本發動侵略戰爭期間，掌握包括新聞紀錄片在內的所有電影的攝製與發行。

日僞電影機構共攝製了約 1300 部影片（超過 80%強是新聞紀錄片）。[1]「滿映」8 年，拍攝 108 部故事片，189 部「教育」片和紀錄片，編輯發行雜誌新聞片 307 部《滿映通信》（日語版）、313 部《滿映時報》（漢語版）及 55 號《滿洲兒童》，發行數百部外國電影。[2]

四、民國南京政府中期的圖像新聞出版

歷史中的圖像新聞是社會時間、事件與空間的痕跡。中國抗戰圖像新聞出版，「抗日圖像」、「建設圖像」、「粉飾圖像」、「苦難圖像」等不同主題交叉

---

1 單萬里：《紀錄片裏的中國抗日戰爭》，《書城》，2005 年版。

2 陶彬、王秋月、李瑾歷、趙毅亮：《長影從「滿映」說起：獨霸東北電影市場》，http://www.sohu.com/a/8499994_111230。

纏繞，體現了特定時代的特殊狀態，呈現了民國南京政府中期社會的複雜面相，展示了中國全面抗戰的艱辛曲折。

（一）國統區的圖像新聞出版

1、國統區圖像新聞出版概述

全面抗戰時期國統區的圖像新聞出版，除了上海、武漢、重慶及香港等，散佈各地，克服傳播時效、攝影器材、製版技術、印刷用紙等各種困難，積極地開展抗戰宣傳。

全面抗戰中的上海圖像新聞出版，在淞滬會戰結束之前，《良友》《少年畫報》等繼續出版，又新創《抗日戰事畫刊》《抗戰畫報》《血汗戰時三日刊》《抗日畫報》《抗敵畫報》《戰時畫報》《血戰畫報》《勝利畫報》《大抗戰畫報》《抵抗畫報》《戰聲畫報》《戰時生活畫報》《辛報戰情畫刊》《總動員畫報》等，多為三日或五日出版的攝影畫報，面向全國發行。[1]淞滬會戰結束，這批畫報，或停刊，或遷漢口、香港出版。

上海「孤島」時期，留滬國人從 1937 年底開始重新振作，出版《青年知識畫報》《大時代》《中國畫報》《大美畫報》《遠東畫報》《遠東攝影新聞》《青年畫報》《展望圖畫雜誌》《大路》《世界大戰畫報》等畫報。為了躲避日軍的新聞檢查，找英美人士掛名擔任畫報發行人，掛起了洋商的招牌；畫報的刊名大致中性，「抗戰」「抗日」等戰鬥字樣消失。1938 年 5 月創刊的《大美畫報》，美國人史帶任董事長兼發行人，美商大美晚報社發行，實由張旭、伍聯德、趙家璧等主持。為使「孤島」民眾能知天下事，大量刊發《臺兒莊戰役》《八路軍、新四軍雄姿》等國共合作、全國軍民奮起抗日的照片。第 1 至 9 期封面刊印蔣介石、李宗仁、毛澤東、朱德、周恩來等國共軍政要人照片。1939 年 11 月被迫停刊，共出版 14 期。約至 1940 年 10 月後，上述畫報全部消失。

武漢從平津滬寧失守至 1938 年 10 月，是國統區的政治文化中心。國民黨中央直屬黨報《武漢日報》、國民黨軍《掃蕩報》開闢畫刊，隨報奉送。4 開 2 版的《武漢畫報》，4 日刊，使用道林紙印刷。《掃蕩畫報》，約 1938 年 10 月遷渝，出版至 1939 年 7 月。還出版《抗戰畫報》《抗戰畫刊》《日寇暴行

1　嚴潔瓊：《記錄抗戰：執掌鏡頭的戰地攝影》，https://cul.qq.com/a/20150511/018444. htm?tu_biz=1.114.2.3。

實錄》等。1937年9月18日至12月出版的武漢《戰鬥畫報》，宋一痕任發行人兼主編，16開，週刊，銅版印刷，共出版13期。上海戰時攝影服務團和鄭用之、劉旭滄、趙定明、張文傑、席與群、羅谷蓀等經常提供照片。

重慶雖是抗戰大後方的政治中心，交通困難，物資缺乏，圖像新聞出版所需的物質條件低劣。照相材料從淪陷區和緬甸仰光、印度加爾各答進口，試製的感光材料和照相藥品不能滿足需要。照片的印刷製版，只有一、二家工廠可以製作，沒有銅版代之以鋅版。照片的印刷用紙最為困難，沒有道林紙、銅版紙，白報紙也稀罕地難得一見，只得使用紙面毛糙、紙灰很重的土紙。1939年至抗戰勝利，少數畫報能夠製作鋅版刊用照片，絕大多數重慶報紙無法刊登照片，使用木刻、石印等印刷圖像新聞。重慶《大公報》在1940年下半年沒有刊載一幅新聞照片。1944年1月30日，重慶《中央日報》第3版為通訊《羅斯福總統日常生活》配刊的是國民黨中宣部新聞事業處製贈的蔣介石與羅斯福的畫像而非照片。四川成都《田家畫報》和廣東曲江《新世界畫報》，使用美國新聞處供給的膠版印製照片。

四川省新繁縣、自貢市、新都縣的民眾教育館驚聞盧溝橋事變槍聲而起，分別編輯發行《民眾畫刊》宣傳抗戰。1938年10月成為戰時陪都後，重慶陸續出版《大地畫報》《抗戰形勢圖》《勝利畫報》《建國畫報》《中國新聞》《抗建通俗畫刊》《戰時後方畫刊》《推廣畫報》《勝利畫報》《聯合畫報》《天地畫報》《國際新聞畫報》《藝新畫報》《人生畫報》《星島畫報》等畫報。武漢《抗戰畫刊》經長沙、桂林遷渝復刊。在成都出版了《田家畫報》《大戰圖解》《十日畫刊》《鐵風畫刊》等。四川江津、豐都分別出版了《時代畫報》《前鋒畫報》。

其他省區出版發行的畫報畫刊有：山西《戰動畫報》《大眾畫報》，廣東《廣東畫報》《新世界畫報》，湖南《抗敵畫報》《陣中畫報》，湖北《戰地畫刊》，浙江《抗敵畫報》《抗戰畫報》《戰畫》《歌與畫》，福建《戰時木刻畫報》，雲南《戰時畫報》《新民畫報》《抗戰畫報》，陝西《中國畫刊》《工合畫刊》等。

2、上海《良友》畫報的抗戰圖像新聞

《良友》畫報面對眼前打響的淞滬會戰，迅即褪去都市時尚外套，改變刊登封面女郎的傳統，使用封面這一特殊位置刊載蔣介石、李宗仁、白崇禧、馮玉祥、張發奎和毛澤東、朱德、周恩來等國共兩黨領導人、軍事將領的照

片。以英雄風格的男性作爲封面人物，展示中國抗戰領導人的精神風貌，激發軍民的抗戰意志。

良友圖畫雜誌 1937 年 8 月 20 日[1]創刊號外《戰事畫刊》，5 日刊，16 開。以大量篇幅關注正在激烈進行的淞滬會戰，並報導平漢、綏東、南口、平型關等戰況。出版《晉北戰事特輯》（第 14 期），《火焰之中上海閘北專號》（第 16 期），《上海南市淪陷特輯》（第 19 期）。第 4 期刊名下注明「9 月 6 日初版，9 月 25 日再版」。11 月 21 日出版第 19 期停刊。

《良友》畫報在抗戰中遭受嚴重損失。良友公司所在地的北四川路成了日軍基地，公司存書兩日內被盜劫一空，公司印刷廠所在地楊樹浦戰況激烈，尚在印刷的第 131 期畫報連同原稿全部喪失，畫報被迫暫停發行。公司遷英租界江西路 264 號，編輯部遷香港。1938 年 6 月出至第 138 期停刊。1939 年 2 月，《良友》畫報返滬，以洋商名義復刊。1941 年太平洋戰爭爆發後被日軍查封。1945 年抗戰勝利，出版第 172 期後停刊。[2]

3、重慶《聯合畫報》的抗戰圖像新聞

中國新聞影像出版在全面抗戰時期深受採訪人員、攝影器材、照片製版、印刷用紙等多方困擾。重慶出版的《聯合畫報》卻一騎絕塵。1942 年夏秋，中、美、英三國在渝宣傳機構聯合成立幻燈電影供應社，並爲了有利於幻燈電影的推廣，9 月 25 日創刊《聯合畫報》。美國人任社長、發行人，中國人舒宗橋爲主編。1943 年 1 月，畫報的組織與經濟由美國新聞處負責，分設編輯、經理兩部，10 餘位工作人員，仍由舒宗橋主編。同年元旦由半月刊改爲週刊。使用地產較白潔紙張印刷。1944 年 10 月由 4 開 1 張增爲 4 開 2 張。第一版是重大新聞版，刊載時效性強的照片。第二版是綜合新聞版，刊載時效性稍差的照片。第三版是專題版，設置《聯合畫報旅行攝影》專欄，刊載解放意大利、盟軍在歐登陸等系列組照。第四版刊載科學文化、戰時生活、婦女兒童、戰地風光、藝術攝影等。第五至八版刊載文學、漫畫、地圖、文藝等。

《聯合畫報》的任務是「用『開麥拉』（camera，英文『照相機』的音譯）將聯合國英勇奮鬥的情況與戰績，留諸永恆」。[3]「強調新聞性、文藝性和趣味

1　吳景平：《八一三抗戰中的上海救亡畫刊》，《史林》，1987 年版。

2　劉永昶：《民族救亡中的商業媒體覺醒——以〈良友畫報〉爲例》，《南京政治學院黨報》，2007 年版。

3　單穎文：《舒宗僑與〈聯合畫報〉》，http://www.cssn.cn/bk/bkpd_qklm/bkpd_bksh/2015 08/t20150807_2110936.shtml。

性，一切取材，從中國讀者角度的考慮，把讀者的需要放在首位。」[1] 1943年發行 2 萬多份。絕大部分以銷售的方式直接向讀者發行，在成都、昆明設辦事處，辦理零售、代銷業務。通過空運，送至在印度受訓、緬北叢林作戰的中國部隊。[2]範圍越來越廣的讀者，「如饑似渴地盼望從畫報上看到反映戰爭實況的新聞圖片。畫報傳到窮鄉僻壤或前方陣地時，你搶我奪，往往把畫報看到碎片。」[3]《聯合畫報》「成為當時國內最為完整的圖片新聞報刊，被廣大讀者譽為『世界戰場的瞭望臺』、『聯合國奮鬥的縮影』」。[4]

　　得到盟國支持，經費充裕，稿源豐富，辦報條件優越：盟軍飛機運達包括印緬戰場通訊部隊拍攝的新聞照片；在重慶設立無線電傳真接收站，接收世界各大通訊社照片，費用高昂，在所不惜，與紐約 1942 年 12 月 25 日開通的無線電傳真成為獨家渠道；與國內新聞機關密切聯繫，徵集照片，派人拍照；飛機外運圖片膠版、橡皮版和澆製鉛版的紙版。1943 年起，配合美國新聞處、盟軍，將畫報的照片部分（第 1～4 版）作為抗戰「紙彈」，由美軍飛機帶到敵佔區，特別是向江、浙、皖、鄂等大城市空投。至日本投降，共投擲畫報 20.7 萬份。另行出版《中美圖畫壁報》《大戰畫集》。1945 年 10 月 19 日，共出版 154 期。

（二）根據地的圖像新聞出版

1、抗日根據地圖像新聞出版概述

　　華北抗日根據地出版了《勝利報畫報》《華北畫報》《戰鬥畫報》《戰地畫報》《戰動畫報》《晉西畫報》《大眾畫報》《戰地畫報》《大眾畫報》《導報畫報》《大眾畫刊》等。八路軍出版了《抗敵畫報》《解放》《時事專刊》《戰鬥畫報》《戰場畫報》《戰線畫報》《山東畫報》《膠東畫報》《渤海畫報》等。華中抗日根據地出版了《蘇中畫報》《鹽阜畫報》《人民畫報》《大眾畫報》、《大江木刻》等。新四軍出版了《抗敵畫報》《先鋒畫報》《蘇北畫報》《淮海畫報》《拂曉畫報》《七七畫報》《前哨畫報》《武裝畫報》《戰鬥畫報》等。

2、山溝出版的《晉察冀畫報》

1　舒宗橋：《〈聯合畫報〉對新聞照片的運用（1942～1949 年）》，《1983 全國新聞攝影理論年會論文集》，1983 年。

2　馬光仁：《舒宗橋與〈聯合畫報〉》，《世紀》，2008 年版。

3　舒宗橋：《〈聯合畫報〉對新聞照片的運用（1942～1949 年）》，《1983 全國新聞攝影理論年會論文集》，1983 年。

4　馬光仁：《舒宗橋與〈聯合畫報〉》，《世紀》，2008 年版。

抗日根據地的新聞攝影畫報，全面抗戰中期始於太行山東麓大山深處的《晉察冀畫報》，抗戰末期增添晉冀魯豫根據地《戰場畫報》、山東根據地《山東畫報》、冀熱遼根據地《冀熱遼畫報》。

1942 年 7 月 7 日，《晉察冀畫報》創刊於河北平山碾盤溝，16 開，膠版印刷。八路軍晉察冀軍區政治部主辦。軍區司令員聶榮臻爲畫報創刊題詞，指出：這本畫刊告訴全國同胞和全世界正義人士，晉察冀軍民「堅決英勇保衛著自己的祖國」，在「艱難困苦中抵抗著日本強盜！」[1]至抗戰勝利共出版 10 期。

《晉察冀畫報》刊載總計 840 張圖像，照片新聞圖像 785 張、占 93.5%，版畫、人物頭像等其他圖像 55 張、占 6.5%。新聞圖像來源以晉察冀根據地爲主，40%多的照片拍攝地點是戰場或前線。圖像新聞展示採用了封面圖片、單幅圖片、圖片故事、專題報導、插圖等多種體裁。版面設計較爲簡單，形式元素相對單一。《晉察冀畫報》的圖像新聞以抗戰爲中心，刊載的《向長城內外進軍的楊成武支隊》《百團大戰專頁》《神出鬼沒！！群眾游擊戰》《奮戰在大平原上　英勇頑強的冀中軍民》《狼牙山五壯士的故事》《主動配合正面作戰晉察冀八路軍克復城鎮摧毀堡壘》《血的控訴》《日寇燒殺潘家峪》《狼牙山血海深仇》《血肉相關　邊區人民與子弟兵》《在混亂危難中創立起的抗日民主政權》《晉察冀邊區第一屆參議會》《晉察冀邊區群英大會》《邊區第二屆縣議會》《生產進行曲》《生產戰線上的婦女兒童》等照片，反映了晉察冀根據地邊抗戰邊建設的實際狀況。期發約 2000 冊，借助晉察冀日報社發行科、新華書店及託人捎帶的方式，在根據地內外發行，獲得了晉察冀根據地軍民的喜愛，振奮了敵佔區、游擊區廣大民眾的愛國精神。

《晉察冀畫報》在創辦新聞攝影畫報物質技術條件極度匱乏的河北省平山深溝小村印製，創造了世界圖像新聞出版的奇蹟。修復被日軍燒毀的房屋，將牛羊圈改建爲車間，自製照相製版機及照片印刷的輔助設備與材料。研製的替代銅版的鉛皮製版法，擺脫了極難補充的銅版耗材的束縛，減輕了印刷製版重量，減少了印刷藥品消耗；25 公斤的木質平版印刷機，只及石印機 1/6、鉛印機 1/20，便於拆運。直觀銳利的《晉察冀畫報》成爲日軍反覆「掃蕩」的重點目標。1943 年 12 月，反「掃蕩」遭受重創，政治指導員趙烈、總技師何重生等 9 人犧牲，主任沙飛等 4 人負傷。次年 1 月、3 月出版帶有反「掃蕩」

1　《晉察冀畫報》，第 1 期，1942 年 7 月 7 日。

強烈氣息的畫報時事增刊和第 5 期畫報，送進北平、天津、保定、石家莊等敵佔區大城市及北平日軍司令部，讓以為「掃蕩」已經消滅了晉察冀畫報社的日軍感到震驚。

（三）香港的圖像新聞出版

香港自盧溝橋事變至太平洋戰爭爆發淪陷，因受英國管轄、通暢的自由港、印刷設備先進、紙張供應便利、攝影技藝優良等，成為抗戰圖像新聞出版的重鎮。由滬遷港的畫報或由滬來人創辦《大路》《良友》《大地》等畫報。香港本地出版《東方畫刊》《少年畫報》《天下》《戰事畫報》《今日中國》等。英國政府情報部主辦的《圖畫新聞》也在香港發行。

上海良友圖書公司將《良友》畫報遷港改為月刊出版，將《良友》畫報的號外《戰事畫刊》5 日刊遷港改名《戰事畫報》，1937 年 12 月創刊，8 開，月刊。總編輯馬國亮、李青，發行人余漢生。第 6 期是「臺兒莊專號」。1939年 2 月，《良友》畫報遷回滬，《戰事畫報》在港續出，共出版 17 期。

《大地畫報》，1938 年 11 月創刊，8 開。主編馬國亮，督印人曹克安，發行人李青。刊發圖片多由去內地的攝影家、記者提供。刊載《江西德安戰役》《洗不掉的血污》等專題攝影報導。刊發《張發奎將軍》《華南軍事的新策動》《美國作家史諾訪問記》《新四軍：淪陷區中打擊日軍的勁旅》等特稿。1939 年春曾在上海出版 3 期。1940 年 5 月在港復刊。1941 年 10 月出版第 20期增編《攝影美術》專頁。太平洋戰爭爆發，香港淪陷，已印好的第 21 期《重慶專輯》未及發行被毀。

商務印書館香港分館 1938 年 4 月創刊 8 開《東方畫刊》。發刊語稱：「我們相信，有時文字不能夠傳達的，圖畫往往能給我們深刻的印象；文字所不能夠描寫的，圖畫卻能夠形容詳實。」[1]刊載《淪陷後的平津現狀》《「八‧一三」週年保衛大武漢》《武漢婦女製作慰勞袋分送長江前線抗戰將士》《重慶血屠》和日本俘虜對世界廣播、世界學聯代表在武漢、中國機械化部隊、中國新空軍、臺兒莊大戰、廣西女學生軍、游擊隊活動、地雷爆炸、日俘、擊毀日機、駐英大使呈遞國書、英國婦女服役等照片、《晉察冀邊區》專題攝影報導和《延安的文化機關》《新的人物，新的氣象，新的陝北》組照等。除報導戰事、重要新聞，還介紹各科學識、工商鳥瞰、各地風景、各處風俗等。1941 年 7 月停刊，共出版 40 期。

1　《老薈中凝固的抗戰歲月》，http://news.hexun.com/2015-06-01/176350376.html。

（四）淪陷區的圖像新聞出版

全面抗戰時期，日偽畫報較多的集中在滬平兩地。在上海出版《東西畫報》《新中華畫報》《遠東畫報》《東亞影壇》等。在北平出版《民眾畫報》《時事畫報》《首都畫刊》《大東亞戰爭畫報》《沙漠畫報》等。在其他城市出版的畫報有：《哈爾濱五日畫報》，新京（今長春）《國民新聞畫報》，天津《新天津畫報》，南京《都市生活畫刊》，廣州《東亞聯盟畫報》。日偽的新聞圖像出版，吹噓大東亞共榮，維護「大亞洲秩序」，將佔領上海租界稱作「驅趕歐美在亞洲的勢力」，交還外國在華租界，宣揚日軍戰果，把搶奪工廠、掠奪資源說成「幫助中國建設」。1942 年 9 月 30 日創刊上海的《東亞影壇》，刊載《日本電影最近的動向》《中日電影界合作巨片》《介紹李香蘭小姐》等文，發刊詞稱：「電影是民族文化的反映，最足以代表也最足以影響民眾的生活，自從大東亞戰爭爆發以來，東亞各民族間文化交流的工作刻不容緩。」[1]。

《新中華畫報》1939 年 6 月創刊於上海，日本人出資，汪偽政府主辦。主編兼發行人伍麟趾，月刊，16 開，新中華畫報社出版，新中華畫報印刷局印刷。全為新聞圖片，報導中外的戰事、體育、娛樂，介紹各地風物，偶有漫畫。1944 年 4 月終刊，出版 64 期。

《大東亞戰爭畫報》1943 年 10 月創刊北平，華北政務委員會情報局主辦，武德報社印刷發行，8 開本，24 頁，白報紙印刷。不定期出版，非賣品。以《東亞共榮圈建設愈益堅固》為題，刊載「中國政府主席」汪精衛、日本帝國總理大臣東條英機、偽「滿洲國」國務總理大臣張景惠等大幅照片；「張開鵬翼——制壓西南太平洋之無敵日空軍」、「英國自負甲級巡洋艦愛克世達號等化為藻屑」、「侵略東亞的據點新加坡已然陷落」及俘敵 21 萬等圖片報導及大東亞戰爭戰果統計，宣傳日軍「偉大」戰績。在臨時增刊第二輯封底印有口號「大東亞戰爭終息之日即東亞民族解放之時」、「英美是世間的禍首人類的罪魁」。

1　《老期刊中凝固的抗戰歲月》，http://news.hexun.com/2015-06-01/176350376.html。

第七章　民國南京政府中期少數民族新聞業、軍隊新聞業和外國在華新聞業

全面抗戰期間，少數民族新聞業主要由不同語言出版的少數民族報刊組成，宣傳抗日救亡的少數民族報刊迅速發展成爲民族愛國情緒的重要載體。國民黨軍隊新聞業全門類發展。共產黨軍隊大力發展報業。美蘇軍隊在中國創辦廣播和報刊。日軍主要利用報刊、廣播爲侵華戰爭服務。西方在華新聞業縮小分布地域，外國記者主要聚集武漢、重慶開展活動。日本在華新聞業爲侵華戰爭鼓噪盛極而衰。

第一節　民國南京政府中期的少數民族新聞業

這一階段的少數民族新聞業主要有以下不同語言出版的少數民族報刊組成。

一、民國南京政府中期的朝鮮文報刊

這一階段的中國新聞事業中的朝鮮文報刊，習慣上以傳統的山海關爲界，區分爲在關內（祖國內地）和關外（從內地出山海關後的東三省、內蒙古等地區）發行的兩個部分。「七七」事變後，國共合作抗戰。朝鮮民族的反日政黨和團體團結一心，結成朝鮮民族戰線聯盟，所刊行的報刊不僅主張朝鮮民族的大團結，而且主張中國與朝鮮團結起來一致抗日。

（一）漢口出版的《朝鮮民族戰線》

《朝鮮民族戰線》，半月刊，1938 年 4 月 10 日在漢口創刊。朝鮮民族戰線聯盟機關刊物。通訊地址是漢口郵政局第 19 號郵箱，總代理銷售處是交通路 63 號生活書店。新昌印書館承擔印刷業務，通過郵局發行。社長韓一來、主編金奎光和柳子明等都是朝鮮民族戰線聯盟的理事。1937 年 11 月 12 日，金若山領導的朝鮮民族革命黨、金奎光領導的朝鮮民族解放同盟、柳子明領導的朝鮮革命者聯盟等，聯合組成朝鮮民族戰線聯盟，次年 4 月正式創刊聯盟的機關刊物。

《創刊辭》認為「朝鮮革命是從日本帝國主義的政治壓迫與經濟剝削這雙重痛苦中解放出來的革命。因而，朝鮮的革命陣營，需要實現超越階級與黨派的全民族的團結。它具有與中國的抗日民族統一戰線相同的性質，在其理論體系上也具有一種共性。故而，中華民族與朝鮮民族的並肩作戰，是歷史賦予我們的使命。但未察其實際情形，我們的聯合戰線尚不夠鞏固。所以，我們必須為實現更為牢固的聯合而努力，並最終組成兩個民族的聯合戰線。這就是發行本刊的旨意所在」。主要內容是宣傳朝鮮與中國抗戰有密不可分的聯繫，兩國人民必須組成聯合戰線，朝鮮革命者必須通過參加中國抗戰盡早實現朝鮮民族的獨立。如載於創刊號上的楊民山《中國抗戰與朝鮮革命》、韓一來《我們該如何參加中國抗戰》及第 2 號上的李建宇《關於中朝民族抗日聯合戰線問題》等政論性文章中都對這一觀點有所闡述。並且還出版了集中論述中朝聯合戰線的政文集《中朝聯合戰線問題（專號）》（第 4 號），使這一思想得到了廣泛傳播。

（二）其他地區創辦的朝鮮文報刊

1、《韓國青年》

《韓國青年》，漢文，1940 年 7 月 15 日在西安由羅月漢、李夏友（又譯作「禹」）領導的韓國青年戰地工作隊編輯出版，在漢文刊名旁標有朝鮮文字母。發刊辭指出：「中韓兩個民族共同的敵人是日本帝國主義，不打倒日本帝國主義，中韓兩個民族就得不到解放，就不能實現東亞乃至全世界真正的和平。中國抗日戰爭的勝利是實現韓民族獨立與韓民族解放鬥爭勝利的開始。因而我們不僅要盼望中國抗日戰爭的最後勝利，而且要以我們的力量去推動中國抗日戰爭的勝利。中國的抗日戰爭與韓國的獨立以及韓民族的解放在共同打倒日本帝國主義方面具有不可分的聯繫，所以不應視為無關。」「孫中山

先生曾教導我們，必須聯合全世界被壓迫民族，以贏得全世界各民族的解放
與人類的平等，消除人際界限，永遠消滅種族戰爭，從而進入大同世界。韓
民族首先要聯合的是現在正在進行解放運動的中華民族。」「我們基於上述兩
個基本認識，將參加到偉大而神聖的中國的抗日戰爭中，並促成中韓兩個民
族的聯合抗日與共同解放。」強調朝鮮人民應參加中國抗戰，只有朝鮮人民
與中國人民聯合起來，才能從自己國土上驅逐日本帝國主義獲得祖國的解
放，走進世界各民族平等相處的大同世界。

2、《震光》

《震光》月刊，朝、漢兩種文字發行。1934 年 2 月 25 日韓國獨立黨在杭
州創辦。由中國國民日報社負責印刷。朝鮮文版由韓國獨立黨宣傳部長李相
一編輯。漢文版由該黨內務兼總務趙素昂編輯。創辦與經營由趙素昂一手操
辦。中國國民黨浙江省黨支部和廣東支部曾資助支持過該刊出版經費。至 1934
年 9 月 25 日共出版 6 期。期發量為朝鮮文 500 冊、漢文 1000 冊。《序言》和
《創刊觀感》闡明辦刊宗旨為：宣傳中朝聯合抗日的主張、理論，報導弱小
民族被壓迫的現實情況，激發更多的愛國同胞投入到抗日的偉大鬥爭中去，
進一步促進民族獨立運動的發展。中國國內尤其是東北（延吉）地區、朝鮮
國內和世界各地的革命鬥爭、抗日勝利的消息在刊物內容中占較大篇幅。

3、《民族解放》和《朝鮮獨立日報》

《民族解放》，華北朝鮮獨立同盟的機關刊物。1942 年 9 月 1 日創刊。華
北朝鮮青年聯合會重組為華北朝鮮獨立同盟後，由華北朝鮮青年聯合機關刊
物《朝鮮青年》改名而得來。同時，朝鮮獨立同盟晉西分部刊行《朝鮮獨立
日報》（亦譯《朝鮮獨立新聞》）。呼籲華北與西北的 20 萬朝鮮族同胞和中國
人民並肩開展抗日戰爭，打倒日本帝國主義。

4、《前路》和《獨立新聞》

《前路》（又譯《前提》），朝鮮文，月刊，1942 年初由朝鮮前路社駐重慶
彈子石大佛段事物所發行。《獨立新聞》，先在上海刊行，1943 年 6 月 1 日在
重慶以大韓民國臨時機關刊物（漢文版）的形式復刊。復刊的「創刊辭」回
顧了在上海創刊《獨立新聞》所取得的成就及艱苦歷程，闡明使命是「發揚
報紙所具有的優良傳統，完成『三‧一』革命未能完成的革命任務」。1940 年
9 月，大韓民國臨時政府移至重慶後，在漢文報刊基礎上開始刊行朝鮮文報刊。

二、民國南京政府中期的蒙古文報刊

這一階段的蒙古文報刊呈現出一個比較特殊的現象，由於日偽勢力長期窺覦我國蒙古地區，因而對蒙古地區的貴族階層竭盡拉攏，同時出錢出力創辦蒙古文報刊用於文化滲透和侵略，所以這一階段初期的蒙古文報刊大多由敵偽勢力創辦，隨著抗日戰爭的推進，國民黨和共產黨創辦的蒙古文報刊開始出現，並且一直出版──敵偽創辦的在日本投降後大多停刊或「易主」了。

（一）敵偽勢力創辦的蒙古文報刊

1、《兒童新聞》

《兒童新聞》，週刊，4 開 4 版，蒙古文鉛印報紙。日偽所辦《蒙古新報》的副刊。由日偽控制的蒙古會館於 1938 年 8 月創刊。主要刊登國內外要聞、常識、世界各地故事、笑話、看圖識字和算術等。蒙古會館每天編譯蒙古語新聞廣播，多次舉辦蒙古語、日語講習及日蒙兒童展覽會等。其中兒童作品展曾赴日本展出，受到日方的好評。[1]

2、《蒙古週刊》

《蒙古週刊》，蒙古文鉛印報紙，4 開 4 版。係《蒙古新聞》（蒙古文）之前身。日偽控制的蒙古聯盟自治政府外交處 1938 年 6 月創刊於厚和，以宣傳蒙疆聯合自治政府外交事務為主要內容。1939 年 9 月蒙古聯合自治政府出臺後遷往張家口，初為蒙古聯合政府弘報科（後改為局）發行，由蒙疆新聞社主辦後成為《蒙疆新聞》的蒙古文版。[2]1942 年 10 月更名為《蒙古新聞》（期數續前）。1945 年 2 月停刊。

3、《青旗》

《青旗》報，是由青旗報社在原蒙古會館主辦的《蒙古新聞》基礎上於 1941 年 1 月 6 日創辦的綜合性報紙。最初為週報（1 至 75 號），後改為旬報（76 至 178 號）。青旗報社創立於 1940 年 12 月，日本人菊竹實藏為社長，在原蒙古會館基礎上由興安局、蒙古厚生會、蒙民裕生會以及「滿洲國」國務院總務廳弘報處各出資 3 萬元而興辦。設總務部、編輯部，接收原蒙古會館職員 30 人（蒙古人 23 名，日本人 7 名），另有編輯竹內正和塔勒等人，以「蒙古民族之向上、文化之發展為目的」。《青旗報》內容包括國際國內新聞、國內外蒙古人情況報導外，還有健康與家庭、家畜、文藝、讀者投稿、日蒙會

1　《滿洲帝國蒙政十年史》，第 53 頁。
2　《北支・蒙疆年間》附錄，1942 年版，第 27 頁。

話、兒童青旗及連載蒙古族近代文學家尹湛納希的長篇小說《大元盛事青史演義》等欄目。[1]

4、《大青旗》

《大青旗》，雙月刊，大 32 開，鉛印。創辦於 1943 年 1 月 20 日。內容有政論、戰況、譯著、新聞報導、科學知識、生活常識、心得體會、故事和詩歌、兒童問答、漫畫等。該刊雖是日本侵略者爲挽救其戰爭困境創辦的宣傳工具，因《青旗》《大青旗》報的編者中有一部分是熱心於蒙古民族文化事業的蒙古族知識分子，所以在一定程度上滿足了蒙古族讀者的需要，並在「繼承和發揚蒙古民族的文化遺產」[2]做出了一些貢獻。

日僞勢力創辦《兒童新聞》及《蒙古週刊》等報刊的目的是妄圖通過輿論宣傳「奴化」、「同化」中國各族人民，實現佔領內蒙古地區、長期進行殖民統治的野心。要說明的一個情況是，其中有些報刊（如青旗報社創辦的《青旗》和《大青旗》等）雖也是由日僞勢力所辦，但因辦報人思想較爲進步，所以報刊上刊載過一些知識性和啓發性的內容，與那些全力附和日僞「奴化」「同化」謬論的漢奸刊物不完全相同。

（二）國民黨在內蒙古地區創辦的《阿旗簡報》

《阿旗簡報》由國民黨阿拉善旗中央直屬區黨部屬下的阿拉善實驗簡報社主辦。約於 20 世紀 40 年代初創刊於內蒙古定遠營（巴彥浩特），8 開 2 版，蒙漢兩種文字油印發行，以抄收國民黨中央廣播電臺的簡明新聞爲主。

（三）共產黨在內蒙古創辦的地委級的蒙古文報刊《蒙古報》

《蒙古報》，不定期。油印，4 開 2 版，1944 年由中共三邊（陝西省安邊、定邊、靖邊）地委創辦。是中國共產黨創辦最早的地區性報紙之一。1945 年，中共伊克昭盟工作委員會成立後以蒙漢兩種文字出版，由工委宣傳部長薛向晨任社長，浩帆（蒙古族）主持報社工作，同時負責報紙的採編、刻印。該報大力宣傳共產黨建立聯合政府的政治主張和實行民族區域自治政策的意義，反對蔣介石發動內戰。1947 年 3 月報社隨工委和伊盟支隊轉移靖邊南山，轉戰在西烏旗和城川地區，被稱爲「馬背報」。1948 年底隨軍北上，經常以《戰報》和《號外》形式及時報導解放戰爭的勝利消息。

---

1 廣川左保：《1940 年日本對內蒙古的政策及〈青旗〉報》（日文），《日本蒙古學會紀要》，第 28 號，1997 年版。

2 彣莫勒：《建國前內蒙古地方報刊考錄》，內蒙古圖書館編印，第 20 頁。

三、民國南京政府中期的新疆少數民族報刊

在民國南京政府中期這一階段，我國新疆地區也出現了不少少數民族報刊。主要的報刊有：

（一）塔城地區的新聞報刊

塔城地區創辦的地方報刊為《人民心聲報》。是三區革命臨時政府成立後於 1945 年在塔城創刊，後改辦為《新新疆》雜誌。「維護新疆和平和民本團結會」成立後《新新疆》停刊，發行 4 開 4 版的《為民報》。該報主要內容為介紹塔城在內的三區的生產力狀況、牧業生產狀況和社會發展狀況及國際政治形勢。該刊使用塔城地方普通話出版，一直發行到 1949 年底，1950 年停刊。

（二）和田地區的新聞報刊

1、《和田新疆報》

《和田新疆報》，1938 年創刊於和田地區。8 開 2 版。塑印機打印出版。和田歷史上第一份報紙。創辦人是瓦里汗‧伊明諾夫。該報新聞主要來自塔斯社、新華社，也有一部分來自中央社。在勞動節、「十月革命」紀念日等節日時刊登馬克思、恩格斯、列寧和斯大林畫像，介紹馬列主義思想的文章從《新疆日報》摘抄過來。還刊載中共宣言、斯大林反德演講、蘇德戰爭和中日戰爭的勝利消息及當地作家歌頌「六大政策」的詩文。重點宣傳中共中央抗日民族統一戰線，宣傳國共合作、共同抗日的報導和文章。

2、《和田報》

《和田報》，漢文和維吾爾文版同時出版。1943 年國民黨政權在和田建立時由《和田新疆報》改辦後創刊。該報宣傳國民黨的三民主義，闡述蔣介石《中國之命運》一書的主旨，發布有關國民黨軍隊抗戰的新聞。除地方新聞外，所有國際新聞和國內新聞都來自中央社和新德里社。1946 年漢文版《和田報》停刊。維吾爾文版《和田報》發行到 1947 年 4 月停刊。後來用該報鉛字出版的《比日克報》（聯合報），也於 1948 年停刊。

四、民國南京政府中期的西康省少數民族新聞事業

西康省建於 1939 年元旦，劉文輝為首任省政府主席。今四川的雅安地區、甘孜藏族自治州、阿壩藏族羌族自治州和涼山彝族自治州，均屬當年西康省，分別稱為雅屬、康屬和寧屬。

（一）西康地區新聞業興起發展的社會條件

1、早期興建的印刷機構

清雍正七年（公元 1729 年）德格印經院建立，集造紙、製版、印刷、銷售於一體的藏文印刷機構，以印製佛教經典為主，兼印文學、歷史、醫學、天文、美術、數學等書籍。清光緒年間，創立漢文印刷機構，為西康地區新聞業興起發展提供了必備的物質條件。

2、全面抗戰形勢的促進

全面抗戰爆發，戰火在華北、東南和華南沿海一帶燃燒。人煙稀少、漢族與少數民族雜居而又遠離烽火前線的西康省，作為國民政府賴以生存的大後方之一，許多知名學者、藝術家等前來講學、演出、舉辦展覽，偏僻的康省與外界聯繫不斷擴大和加強，古老而封閉的邊遠民族文化活躍起來。

3、獨立建省的強勢拉動

西康建省統一了甘孜、阿壩、涼山等地少數民族區域，促進了工農業生產、公路交通建設，文化教育事業都有一定進步和發展。康定作為全省的政治中心，新聞事業作為文化事業的一部分也相對發展起來。全面抗戰初期，國統區不斷收縮，國府被迫西遷，新聞業或隨遷、或停刊、或被侵佔，遭受巨大損失。未遭戰火的西康省例外，以國民黨主導的新聞業得到繼續發展，同時不僅興辦漢文報刊，還創辦《西康新聞》和《國民日報》藏文版等少數民族報刊。

4、開展政治鬥爭的需要

西康建省為劉文輝東山再起提供了機遇。在與劉湘爭奪川省敗退的劉文輝，集西康省黨政軍大權於一身，為鞏固政權，樹立威信，宣揚政績，發展經濟，籠絡人才，重視發展新聞事業，很少干預報刊言論，形成了全省包括新聞業在內各業興旺發達的景象。劉文輝將雅安最寬的一條街命名中正街。蔣介石採取在西康黨政部門安插親信、建立西康行轅等方式監督劉文輝，蔣劉矛盾日益尖銳，促使劉文輝最後選擇了反蔣親共。

（二）西康建省前創辦的報刊

從 20 世紀 20 年代末創辦到 1939 年建省前，西康省大約共出版報刊 21 種。[1]

---

[1] 王綠萍：《解放前四川西部少數民族地區的新聞事業》，載《西南民族學院學報》，1999 年版。

1、《西康公報》

週刊，16 開。1929 年 11 月 22 日創刊，[1]西康特區政務委員會機關報。[2]豎排版式，4 號宋體字印刷，贈閱。以「啓迪民智，宣達邊情，靈通邊縣消息」爲宗旨，設有「法規」、「公牘」、「專載」（特載）、「西康消息」及「公餘」等欄目。1932 年 1 月 6 日出版新編第 38 期，增闢「時事紀要」欄，報導日軍侵華及國內反日運動。1932 年，西康特區政務委員會奉命撤消，該報終刊。

2、《西康建省委員會公報》

爲 1935 年 7 月在雅安（次年 9 月 20 日遷康定）成立的西康建省委員會機關刊物。1937 年創辦於康定。刊期及主辦人不詳。辦刊宗旨是「搜集治康經驗」。出版一年左右，西康省政府的正式成立停刊，取而代之的是《西康省政府公報》。

3、《康導月報》

1938 年 9 月 25 日創刊於康定，西康省縣政人員訓練所同學會主辦。張鎮國、謝明亮、楊致中歷任社長，主編歐陽叔北。1941 年許某蒼任總編輯兼經理。鄭獨嶸、王光壁、任漢光和粟鏡先後任編輯。發刊詞稱爲「提供康區的情況素材作爲政府施政參考，並引起國人開發興趣，糾正過去一般人對邊疆的唯蠻論和唯冷論」，成爲「建設新西康的先導，開發邊地文化的生力軍。」闢有一月康事輯要、康藏地方志、塞外歸鳴、邊疆文藝等 9 個欄目，稿源充足、內容廣泛，對康區的政治、經濟、文化、教育、宗教、法律、歷史、生活、風俗、地理、環境、生物、礦藏等均有反映，專文論述康區的差役、宗教及重大歷史事件。1940 年 7 月總社由康定遷至成都，在康定、雅安、西昌設分社。1947 年停刊。

（三）西康建省後創辦的報刊

1、《西康省政府公報》

1939 年 1 月創刊於西康省首府康定，16 開，月刊。1940 年 1 月奉命改爲

---

1 參見梁學芳、趙蜀康：《甘孜藏族自治州新聞志》（內部印刷）。王綠萍《解放前四川西部少數民族地區的新聞事業》（載《西南民族學院學報》，1999 年版，第 13 頁）中則認爲該報創刊於 1931 年（民國二十九年）1 月 9 日。

2 1927 年（民國十六年），國民革命軍完成北伐，翌年 9 月召開第 153 次中政會議，決定綏遠、察哈爾、寧夏、西康均建行省。1928 年（民國十七年）3 月 24 日，西康特區政務委員會在康定成立。

旬刊，1947 年 4 月出版的第 199 期又爲月刊。主要刊登政府法令、法規及重要文章，闢有「康藏要聞」「大事日誌」等專欄。

2、《西康新聞》

由曹良璧負責籌辦。1937 年秋創辦。先爲西康建省委員會機關報，建省後成爲西康省政府機關報。社址 1941 年 3 月 19 日前在康定中正街 187 號，後遷至中正街 109 號。初爲 4 開 4 版，從油印改爲鉛印，並由周 2 刊改爲間日刊、日刊。實行社長制。首任社長爲曹良璧，曾任西康省政府秘書處秘書，1940 年秋辭去社長職務，受聘於西康省政府顧問，1947 年競選爲西康省國大代表。總編輯龍宗心接任社長，北京師大音樂藝術系畢業，原爲西康省秘書。1943 年由四川大學畢業、原丹巴縣長張雨湘接任社長。張雨湘調任康區財務視察員，改由曾任道學縣長的王卓、曾任爐霍縣長的張子惠先後接任。報社內部設電臺、地方版編輯部、營業部、印刷廠等。營業部還開展代人售物、售書，徵求圖書等業務。1945 年 1 月，該報改組暫時休刊。

第一版要聞，有時爲半版廣告，第二版國內新聞，第三版地方新聞，第四版上半部爲副刊或國際新聞，下半部爲廣告。1940 年 4 月調整版面，第一版國內新聞，第二版國際新聞，第三版本省消息、專文和言論，第四版上半版爲副刊，下半版爲廣告，在第二、三版中縫開闢廣告欄。後因日機轟炸中央社電稿減少，一度只出 4 開 2 版，暫停廣告。報導的內容主要體現政府意圖，電訊稿比例較大，每日約一萬字，占版面 50% 以上。地方新聞主要有政文擇要、地方生產及其他，其中本省民眾抗日活動的報導比較突出，其他以毗鄰的四川、西藏的報導爲多。言論涉及面廣，既針對本省新聞事件，也針對國際國內的重大事件。

所設的《西康婦女》《西康動員》《合作旬刊》《現階段》《黨與軍》《康區青年週刊》《婦女月刊》《濤聲》《戲劇與音樂》《邊鐸》等副刊，大部分由部門或團體主辦。西康省保安團特別黨部主辦的《現階段》，專門討論現階段的一切問題，引起國民黨中央的重視。1941 年，國民黨中央專門指示該刊「現階段週刊頗合官兵需要，仍仰繼續出版，並須載黨務消息，小組討論題材及趣味小品文，以鼓舞讀者興趣。」還出《每週增刊》（1939 年）、文藝副刊《文旬》（1941 年）的漢文和藏文版。藏文版創辦於 1939 年 4 月 24 日，是西康地區的第一張藏文報紙，刊載國內外大事、本省政令、各地藝文。均爲 4 開 2 版，隨報附送，不另收費。

3、《西康日報》

由 1945 年 1 月休刊的《西康新聞》於同年 3 月 15 日改組復刊而成。設編輯部、經理部和印刷廠。編輯部初在康定永輝路 88 號，1947 年 12 月遷到中正路 213 號，1948 年 11 月 1 日又遷至永輝路 90 號。經理部在中正街 213 號。終刊時間不詳，已見最後一期報紙為 1949 年 2 月 20 日出版。第一任社長兼發行人是李靜軒（以省府秘書長身份兼任），保定軍官學校畢業，軍人出身但有一定文學修養，1948 年 3 月辭去社長職務。接替李靜軒的是原副社長羅舜琴，曾任西康省政府社會處處長，任社長約 3 個月左右，調任省府駐蓉辦事機構，由臨時參議會秘書長周馥昌（儒海）兼任社長。

版面編排一改《西康新聞》風格，將一版作為廣告版，二版刊登國內新聞、言論、地方新聞，三版刊登國際新聞，四版上半版為副刊，下半版為戲劇、電影廣告，有時上半版也刊登地方新聞，下半版為文藝副刊。1947 年 1 月版面又做了調整，一版改登新聞，廣告改在二三版下半部，上半部刊登地方新聞，四版刊登時事稿。報導內容承襲《西康新聞》，地方新聞版面較小，言論較多。國際國內新聞來源於中央社、本社收音室記錄的時事稿、駐外記者的消息及少數特約記者寄自國外的稿件。每天的言論，形式多樣，涉及面廣，除針對本省情況、問題、事件發言外，對國內外重大事件也發表評論文章，主要側重於對與本省接壤、對本省影響較大的四川、西藏地區的報導。

闢有較多專欄和副刊。躍子（戴廷躍）主編的《毛牛》[1]文藝副刊以雜文為主，1946 年因發表雜文暗諷國民黨西康省黨部主任委員冷曝東等的腐朽生活，發表社評《滿城風雨話雙屍》要求追查羅海山被害責任者及其後臺，開罪權貴，停刊半年。躍子、中共地下黨員李良瑜[2]先後主編的《百靈鳥》，1947 年 12 月 12 日創刊[3]，主張文藝作品主題要通俗易懂，「彌補高原荒蕪的文藝空白」，反映大眾疾苦，要「朝著理想的方向走去」。抗爭於該報另一副刊《草原》，為報社內外當權者所不容，稱《百靈鳥》為「異端邪說」，散佈「赤化思想」。第 28 期雖已編就，因報社拒絕刊登而停刊。1949 年春，李良瑜組織文藝愛好者創立文藝社團，在該報開辦文藝副刊《金川》《星火》。

1　原始文獻的《毛牛》，疑為《犛牛》之誤。

2　李良瑜，又名李望，四川俾縣人，出身貧寒，愛好詩文，因髮眉鬚皆白，人稱李白人。
　　1941 年前加入中國共產黨後到在西康省政府任職員，同時開展革命活動。1949 年 12
　　月在向雅安轉移途中被捕。1950 年 5 月 24 日在漢源縣王崗坪就義，時年 20 多歲。

3　王綠萍：《解放前四川西部少數民族地區的新聞事業》一文稱創刊於 1947 年 11 月。

五、民國南京政府中期甘南地區的藏文報業

據《甘南州志》載，甘南地區在進入 20 世紀 30 年代後曾出版發行過以刊載新聞爲主、面向公眾的報紙。主要有臨潭縣的《洮聲報》、卓尼縣的《卓尼週報》（石印）等。有關情況少見記載。

（一）《邊聞週報》

抗戰時期，拉卜楞[1]藏民文化促進會爲宣傳抗戰並進行抗戰教育於 1939 年成立邊聞通訊社，出版發行《邊聞週刊》，分藏、漢兩種文出版，共出 11 期。

（二）《拉卜楞簡報》

國民黨中央宣傳部於 1944 年秋成立「拉卜楞漢藏文版簡報社」出版發行，日報，油印。主要摘登內地報紙的抗戰消息。每日用蠟紙油印兩張，漢藏文各一張，免費贈送拉卜楞各機關、團體、寺院及其他有關單位閱讀。1948 年停刊。

（三）《安多月刊》

據有關文獻記載，這一階段在甘南地區還有夏河縣安多青年聯誼會創辦的《安多月刊》[2]，具體信息不詳。

六、民國南京政府中期國民黨創辦的蒙古文時事政治期刊

在全國實現「政令」「軍令」統一後，國民黨創辦了一系列的蒙古文時事報刊。

（一）《綏蒙月刊》

1941 年 3 月創刊，鉛印，16 開。綏境蒙旗自治長官公署[3]的機關刊物。社址在陝西梅林市中巷 11 號。以「討論綏蒙問題，改善邊政，研究蒙古政治、

---

1 拉卜楞寺，舊稱拉不楞。位於甘青交界的夏河縣。清代以來夏河縣爲甘南乃至安多地區政治、經濟、文化中心。1927 年在拉卜楞設治局，劃歸甘肅，翌年改爲夏河縣。境內居住藏、漢、回、蒙古、撒拉、東鄉等 14 個民族，其中藏族人口占半數以上。

2 本節據格桑頓珠提供的《甘南州志·新聞出版志》等資料整理、改寫。

3 綏境蒙旗自治長官公署 1936 年春成立於歸綏，閻錫山任長官，由參贊石華嚴主持日常工作，大事均由綏遠省主席傅作義就近解決。該公署秉承國民黨南京政府行政院之命指導綏遠省境內蒙古各盟旗地方自治事宜。歸綏淪陷後於 1938 年春遷至榆林。1939 年春增設副長官，由閻錫山的參謀長朱綬光充任。

教育、保安、生產並宣傳中央意旨，溝通蒙漢文化，增加抗日力量」爲主旨。內容有論著、專載、文藝、蒙旗動態等。1942 年 3 月傅作義繼任綏境蒙旗自治指導長官公署長官，公署於 1943 年 2 月移至陝壩，《綏蒙月刊》遷至陝壩後停刊。

（二）《新綏蒙》

1945 年 5 月 15 日在陝壩創刊，月刊。社址在歸綏新城元貞永街 20 號。鉛印，16 開。在 1943 年 3 月遷至陝壩後奉命停刊的《綏蒙月刊》基礎上創辦。以「宣傳中央政令，融合蒙漢文化，研究綏蒙問題，指導綏蒙動態」爲宗旨。內容有政論、農牧經濟、論述、風俗、法令等欄目。第一卷出 1 期，第二卷出 3 期，第三卷出 3 期。1947 年公署撤消，綏遠省政府設盟旗文化福利委員會繼續負責指導有內蒙古各旗地方自治事宜，並將其改《新蒙》半月刊。

七、朝鮮友人創辦的漢文時政期刊《東方戰友》

1939 年 1 月 15 日在廣西梧州創刊，半月刊。發行人兼主編李斗山爲朝鮮民族革命黨中央委員、朝鮮義勇隊隊員、東方戰友社社長；編輯陳清。鉛印，16 開，漢文刊物。報頭旁印有英文 THEORIENT COMRADE。6 月出版第 8 期後遷桂林出版，社址設桂林施家園 28 號（後移 32 號）。

刊登稿約「歡迎討論解放被壓迫弱小民族問題，及有關和中國抗戰的文字、圖畫、木刻」，「如用英、韓文發表意見，尤其歡迎！」主要撰稿人有李斗山、張鐵生、范長江、孟秋江、胡明樹、曹伯韓、劉思慕、黃藥眠、穆木天、穆欣、鹿地亙（日本）、安娥、唐海、周建人等。主要報導國際動態，設「東方文壇」專欄刊登抗日文藝作品。1942 年 4 月終刊，共出 32 期。

第二節　民國南京政府中期軍隊新聞業

全面抗戰期間，國共兩黨軍隊新聞業獲得了媒介門類齊全和不同陣營新聞業並舉的全面發展。日軍侵華，控制與出版報紙，攫取與開辦廣播電臺，並把廣播電臺作爲軍事打擊目標。美軍援華作戰，出版報紙，開辦自用廣播電臺。蘇軍進駐東北後接管日僞廣播電臺，出版中文蒙古文報刊。朝鮮義勇隊、韓國光復軍在華出版朝鮮文中文報刊。

一、國民黨軍新聞業的體系化發展

（一）抗戰中的國民黨軍報體系

1、國民黨軍隊抗戰報業概述

國民黨軍隊報業在抗戰前期因連續敗戰，從東南、華南沿海大步後撤，退守祖國西南地區。在戰爭局勢相對平穩的抗戰中後期，國民黨軍隊報業逐步形成了一個完整的體系。

（1）總部及所屬單位出版的報刊

國民政府軍委會出版的報刊有：《新軍日報》《軍事與政治》《陸軍經理雜誌》《軍事雜誌》《國民兵教育季刊》《抗戰藝術》《政工週報》、《戰時文化》、《士兵半月刊》等。

國民政府軍委會委員長行營出版了《桂林晚報》（桂林行營），《西南日報》（西南行營），《寧遠報》（西昌行轅），《成都快報》（成都行轅），《現代中國》（天水行營）。

（2）陸軍出版的報刊

軍以上單位出版的報刊有：1938 年，第五路軍總政訓處《全面戰》，第一戰區政治部《青年正論》，第 38 軍《新軍日報》，第 35 軍《奮鬥日報》，第 31 集團軍《戰友》，第 5 軍《甦報》。1940 年，廣西軍民合作總站和戰地工作督導團第一分團《軍民日報》。1941 年，第 28 軍《京杭日報》，第 16 集團軍《挺進》半月刊。1942 年，第 49 軍《四九月刊》，四川重慶憲兵司令部《憲兵雜誌》。1943 年，第 50 軍特別黨部《軍中文化》，魯蘇皖邊區總司令部特別黨《重建月刊》，國民黨安徽省軍隊特別黨部《忠勇月刊》。1944 年，國民黨浙江軍隊特別黨部《黨軍》。還出版了第 20 集團軍《抗戰導報》，第 32 集團軍《捷報》，騎兵第 1 軍《鐵騎日刊》等。

師級部隊出版的報刊有：1938 年第 194 師《叱吒》，1939 年第 137 師《鐵血旬刊》，1942 年第 76 師《智慧三日刊》，1944 年第 126 師《政工報》，1945 年青年軍第 201 師《軍中導報》和第 187 師《雄風日報》等。

團及以下部隊等出版的報刊：1938 年第 977 團《抗倭週報》。1939 年第五戰區政治總隊第一中隊《淮流》半月刊。1943 年第三戰區挺進第四縱隊田岫山部《錦報》。1944 年，浙江保安第三縱隊第二支隊《晨呼月刊》，第五戰區第六挺進縱隊《挺進週報》，青年軍第 602 團《鋼營》報、第 603 團《武風週報》、第 609 團《青年週刊》等。

（3）空軍出版的報刊

空軍出版的報刊有：《中國的空軍》《飛報》（航空委員會政治部），《防空導報》（嶺東防空司令部），《陝西防空月刊》（陝西全省防空司令部），《今日防空》（湖南省防空協會）等。

《中國的空軍》，1938 年 1 月 1 日創刊於湖北漢口，航空委員會政治部主辦。蔣堅忍、簡樸先後任社長。軍委會政治部印刷廠代印。旨在建設空軍，「創造空軍文學，培養國民偉大性格；報導空戰情況，灌輸民眾航空知識」[1]。11月 15 日，由漢遷渝。1939 年，重慶慘遭轟炸，印刷製版俱有困難，「編輯部奉令遷蓉」[2]。初為旬刊，第 10 期改半月刊，第 12 期改月刊。遷渝出版改半月刊。1939 年 2 月 1 日改月刊。常規 36 頁，時有變動。初銷 8000 冊，1938年 11 月 15 日增至 8 萬冊。1939 年 2 月，出英文版。1944 年 11 月 15 日，回遷重慶。1945 年 9 月，遷至南京，編輯部設白下路東升里 2 號。1948 年 12月停刊。

刊載《人道的遠征！》《「七四」南昌空戰實錄》（以一戰四的勇士張偉華口述，夏振揚記）、《敵人永遠沒有擊中他——劉粹剛》（湯卜生隊長遺作）、《去年「五二○」東征的回憶》《桂南上空的游擊隊》《七年來重慶防空紀實》《殉國成仁的烈士群》《我隨 B-25 掃蕩鄂北敵》等，報導中國空軍與日軍空戰。刊載《認識空軍》《抗戰建國與空軍建設問題》《空軍精神教育的我見》《空軍實戰一年之經過與教訓》《四川之都市防空》《再論太平洋戰爭中的空軍使用》《偉大的空運時代》《航空體格的養成與保護》等，灌輸航空知識，探討空軍建設。刊載小說《九死一生》，散文《鷹的牧者》，雜文《空軍的勝利在陸上》，詩《昆明之捷》，畫《夜間飛行》《空軍軍歌》等。

（4）軍校出版的報刊

國民黨軍院校在抗戰期間出版的報刊，有：戰時工作幹部訓練團 1938 年的《自強日報》。軍委會西北游擊幹部訓練班 1939 年的《游擊》週刊。空軍軍士學校 1939 年的《青年空軍》。重慶空軍軍官學校畢業同學 1941 年的《筧橋月刊》，後奉「蔣委員長手諭，充實篇幅」。[3]空軍參謀學校 1944 年的《空軍參謀學校月刊》。陸軍大學編譯處 1945 年的《現代軍事》等。

1　《第十六期中國的空軍出版了！》，《中央日報》，1938 年 11 月 17 日。
2　《中國的空軍第二十三期今日出版》，《中央日報》，1939 年 8 月 13 日。
3　王綠萍：《四川報刊五十年集成》，四川大學出版社，2011 年版，第 583 頁。

中央陸軍軍官學校出版的報刊，有：政治部的《黨軍日報》《軍校半月刊》，特別黨部的《軍校黨務》。第一分校的《建軍》《武鄉季刊》（陝西城固）。第五分校的《建軍》（桂林）。第六分校的《正氣》（桂林）。第七分校的《王曲》週刊和《力行》月刊（陝西長安王曲）等。

國民黨軍和國民政府還出版過《兵役快訊》（軍政部兵役署）和《四川兵役》《浙江兵役》《陝西兵役》等兵役報刊，《傷兵生活》（軍委會後方勤務部）、《傷兵之友》（新生活運動委員會總會、軍委會後方勤務部）、《榮譽》《榮譽軍人》《榮譽軍人月刊》等榮譽軍人報刊。

2、三級軍報體制的形成

國民黨軍在抗戰期間的報刊出版，不僅在數量上有了顯著的增長，而且對以往軍事報刊出版進行了體制上的規整，形成了由《掃蕩報》《陣中日報》《掃蕩簡報》所構成的全軍、戰區、集團軍或軍的三級報刊出版網。

（1）《陣中日報》

《陣中日報》是國民政府軍委會戰區機關報。1937 年 8 月淞滬會戰，軍委會政訓處按照蔣介石的手諭創辦戰地報紙，計劃出版東戰線、北戰線和西戰線三份《陣中日報》。

《東戰線陣中日報》，1937 年 9 月 18 日創刊於蘇州，對開 2 版，張慧劍主編。《吳縣日報》承印。報導戰地消息，刊發特寫、雜文、漫畫。發行 1 萬多份，每天用卡車送往淞滬會戰前線。10 月 13 日停刊。北戰線《陣中日報》，1937 年 10 月創刊於鄭州。蔣介石題寫報頭。1938 年 4 月豫東吃緊，先撤信陽，後遷西安。1939 年 7 月改歸第一戰區司令長官部指導，回遷河南洛陽。4開 4 版。初爲免費發放，後因物價上漲，改向部隊收費，發展社會訂戶，刊登廣告。1944 年 4 月，日軍進逼洛陽，第一戰區司令長官部倉皇西撤，報人星散，遷移南陽、寶雞等地出版。[1]西戰線《陣中日報》，原計劃創辦地點太原1937 年 11 月 9 日失守，胎死腹中。

已知第一、第二、第四、第五、第七、第九戰區和魯蘇戰區創辦《陣中日報》，第三戰區所出報紙名爲《前線日報》。各戰區司令長官部政治部主辦的報紙，跟隨戰區指揮機關行動，對開、4 開不等，主要以本戰區官兵爲讀者對象。第七戰區政治部宣傳科長陳藻文兼任本戰區《陣中日報》社長，獲准

1　王曉嵐：《抗戰時期國民黨的軍隊報刊》，《軍事歷史》，1998 年版。

與軍委會派駐第七戰區督察李育培利用報社設備和新聞來源出版向社會發行《建國日報》。1940 年，第 22 軍在陝西榆林創辦《陣中簡報》，1944 年擴大為《陣中日報》。

第五戰區《陣中日報》。1938 年 11 月，第五戰區司令長官部遷至湖北襄陽樊城，接辦國民黨襄陽縣黨部《鄂北日報》。1939 年春改名《陣中日報》。司令長官李宗仁題寫報頭。5 月，日寇逼近襄陽，遷至濱臨漢江的鄂西北小城老河口，又遷至均縣，停刊。1939 年秋，復刊。1940 年 1 月，在湖北樊城再次改組，李宗仁的外甥、第五戰區政治部主任韋永成兼任社長，總編輯尹冰彥，發行人郭若水，老舍、臧克家、碧野、姚雪垠、艾蕪、安娥等作家任特約撰述。1941 年，反共高潮再起，中共黨員離去。1944 年秋，第五戰區政治部副主任兼調查室主任馮澍兼任社長。

第五戰區《陣中日報》，4 開 4 版鉛印。中華郵政登記證為第二類第二種新聞紙類。第一、二版為國內新聞和國際新聞，第三版為國內通訊，第四版為副刊，設「陣中生活」、「士兵園地」、「文藝版」、「社會服務欄」、「信箱」、「星期文粹」、「集納」、「世界珍聞」、「新聞部隊」等欄，另有戰區政治部主編的「戰地文藝」、前線出版社主編的「筆部隊」、婦女工作委員會主辦的「婦女前哨」、戰區青年團主辦的「戰區青年」、廣西學生軍主辦的「鐵群」等專欄。週日出整版「星期文藝」。大量報導本戰區的隨棗、棗宜、襄東、鄂東、豫南鄂北等會戰和皖東「掃蕩」、大別山戰鬥等戰事新聞。版面活潑，內容翔實，文章短小，通俗易懂，注意溝通讀者，經常開展討論。發起「戰區一日」徵文活動。刊載美術作品，受條件限制沒有攝影報導。1942 年 5 月 9 日，臨時改石印，縮至 8 開 2 版，全為新聞版。1945 年 8 月日本投降後，第五戰區司令長官部撤銷改為綏靖區司令部遷往鄭州，《陣中日報》改為《群力報》出刊。

第三戰區《前線日報》。1938 年 10 月 1 日創刊於皖南屯溪，4 開 4 版，免費寄往軍中。1939 年 4 月，第三戰區司令長官部遷往江西上饒，停刊隨遷。5 月 1 日復刊，4 開 8 版。宣傳科長馬樹禮兼社長，總編輯宦鄉，總經理邢頌文。1942 年浙贛戰役爆發，日軍攻佔上饒。6 月 13 日至 8 月 19 日，遷至福建建陽出版。1943 年 2 月起，「一社兩版」，同時在上饒、建陽兩地出版。1943 年夏初，日軍有進犯贛東之勢，遷往江西鉛山永平鎮出版。

《前線日報》宣傳抗日至上，激發民族意識，促進民眾動員，每天至少一篇社論和幾則一二百字的「編餘漫筆」，時刊國民黨中宣部拍發的社論，刊

載中央社、特約聯絡電臺和軍方消息。設電訊室，聘人收聽倫敦廣播，擇要編譯外電報導和國外專欄作家評論，比國內一般報紙早一天報導日本偷襲珍珠港、美軍攻克硫磺島、羅斯福逝世、蘇聯對日宣戰等重大新聞。文藝副刊《戰地》發表《官虎與商虎》抨擊「苛政猛於虎」，多次發表署名「陳方」的雜文針砭時弊。《新聞戰線》專刊由本報通訊採訪組編輯，《漫畫》專刊由戰區政治部漫畫宣傳隊隊長張樂平主編。

宦鄉主持筆政，分析精闢，聲譽鵲起。他在歐戰爆發前發表社論《分析慕尼黑協定》指出，英法縱容希特勒反蘇，可能導致第二次世界大戰，終將搬起石頭砸自己的腳。1941 年，判斷日軍將繼續南進而非北向。準確分析震動了第三戰區司令長官部。以「快」「新」見長的「本報綜合報導」、「時事漫談」、「編餘漫筆」等欄目引起各方關注。1942 年上半年，《前線日報》發行區域已超出第三戰區所轄閩浙贛蘇皖五省範圍，擴展到湖南衡陽、廣西桂林，由初創時 7000 份增至 2 萬多份，在大後方與淪陷區同具知名度。上海敵偽廣播電臺對《前線日報》社論發出駁斥謬論的叫囂。江西南昌日偽勢力偽造《前線日報》欺騙民眾。

前線日報社圍繞報業創辦副業。出版《前線週刊》。成立前線通訊社，加強與全國報社的聯繫。成立戰地圖書出版社，出版數十種圖書，在上饒開設門市部，代售各地圖書。建立中國印刷所、鉛山造紙廠，造紙製墨，克服缺紙困難，尚有餘力支持同業。

1945 年春夏之交，創辦油印「淞滬敵後版」，在上海浦東秘密發行。9 月 1 日，上海《前線日報》創刊。社長馬樹禮，總編輯曹聚仁、邢頌文，總經理趙家璧，總主筆錢納水。《前線日報》江西版停刊。前線日報社改爲股份有限公司。1949 年 1 月 8 日，《前線日報》改出晚刊，4 月 15 日停刊。

（2）《掃蕩簡報》

《掃蕩簡報》是國民黨軍在集團軍或軍出版的小型報紙。由所在部隊政治部主辦，以本部隊官兵爲主要讀者對象。已知《掃蕩簡報》的創辦主體有三類：知道番號或單位出版的《掃蕩簡報》，有：第 17 集團軍、第 3 集團軍、第 30 集團《掃蕩簡報》，第 24 軍、雲南軍管區、新 4 師、第 98 師《掃蕩簡報》。知道序號的掃蕩簡報班出版的《掃蕩簡報》，有：第 18 班、第 33 班、第 48 班、第 73 班《掃蕩簡報》。知道出版地點的《掃蕩簡報》，有：陝西渭南、廣西南寧、安徽黟縣、安徽岳西、四川重慶、鄂東、內蒙古伊克昭盟東勝《掃蕩簡報》。

《掃蕩簡報》開本不定，8 開、4 開均有；版數不等，一版、二版、四版亦有；刊期不同，有雙週刊、週刊、3 日刊、2 日刊，有逐漸縮短刊期的趨向。第 28 軍《掃蕩簡報》由掃蕩簡報第 47 班編印，1940 年 8 月創刊於浙江於潛太陽朱柏塢，1943 年 3 月 1 日，擴爲 4 開 4 版。1945 年 6 月 10 日遷至昌化縣（今屬臨安）河橋出版，由 3 日刊改爲隔日刊。《掃蕩簡報》的刊載內容和版面編排，以中央社電訊爲主的新聞一般刊載在第一版，然後是本報採寫的少量當地消息、外地消息和特約通訊、專載、特寫等，副刊一般排在最後。

張煦本從中央訓練團新聞研究班結業，在「報館一肩挑，報人上前方」口號的鼓勵下，來到浙江主持第三戰區第一游擊區《掃蕩簡報》。連他一共 7 個人，挑著配備的 1 臺輪轉式油印機、1 臺收音收報兩用無線電和紙張等，跟隨部隊行動，隨時隨地出報。《掃蕩簡報》大部分是油印，印製人員的專業技能高低懸殊。石印的第 24 軍《掃蕩簡報》，「印刷質量差，字跡不清，編輯混亂，無章法。」[1] 有的《掃蕩簡報》由油印改爲鉛印，發行量由不足千份增至約 7000 份。

3、抗戰中的《掃蕩報》

《掃蕩報》在抗戰期間從武漢遷移重慶，堅持宣傳抗日，兩度與他報聯合出版，增出桂林、昆明地方版，成立股份有限公司。

（1）堅守武漢最後撤離

《掃蕩報》在武漢宣傳抗戰，聘陳布雷、陶希聖、馬寅初、王芃生、王芸生等爲專欄撰述委員。在各省市及英、美、德、法、蘇國首都聘請約通訊員，軍事消息迅速，獨家專電刊出戰地消息，多爲外報採用。平型關大捷後，記者採訪八路軍第 115 師，拍攝林彪等在山頭指揮的照片。撤離武漢前，發行量增至 7 萬份。

武漢失守前半年開始遷移。1938 年 10 月 20 日前後，由停刊的新聞報館包工代印。告別社論《忍痛別讀者》向武漢市民說明撤離的理由和準備不久將回來的決心與期望。25 日晨，留守人員向報社招牌鞠躬告別，在炮聲火光中離去。行前付以重金，囑咐代印工友印完報紙並交給報販；召集報販並發給每人一元法幣，吩咐散發印好的報紙並在街頭張貼。25 日，「日寇進入武漢時，街上報販還高聲喊著：『《掃蕩報》啊！』『《掃蕩報》啊！』」[2]

1　王綠萍：《四川報刊五十年集成》，四川大學出版社，2011 年版，第 533 頁。
2　畢修勺：《我任〈掃蕩報〉總編輯的始末》，《新聞大學》，2000 年秋季號。

（2）統一輿論續行「掃蕩」

1938 年 10 月 1 日《掃蕩報》復刊重慶。社長丁文安。對開 4 版。第一版是報頭、廣告，第二版是社論、要聞、國內新聞，第三版是評論、國際新聞、社會和地方新聞，第四版是副刊《戰地》、廣告。1939 年 5 月、8 月和 1941 年 7 月，三次遭到日軍飛機轟炸。1939 年 5 月 8 日至 8 月 12 日，參與出版重慶各報聯合版。1942 年 6 月至 1943 年 3 月，奉命與《中央日報》出聯合版。

社長丁文安在社論中說「我們《掃蕩》的矛頭指向倭寇。」[1] 以蔣介石的思想與意願刊發言論與新聞，宣傳三民主義和抗戰建國，鼓舞士氣，安定民心。統一國民黨軍抗戰新聞宣傳的輿論導向，向桂林版、昆明版提供社論，向戰區《陣中日報》提供社論與消息。定期出版國民精神總動員週年紀念特刊。策劃有助於堅持抗戰和提高自身品牌效應的社會活動，開展慰勞信、一元獻金、徵募寒衣、傷病慰勞等運動。

駐各部隊政治部、西南地區重要城市和交通要道的通訊員，各地和敵後戰場的戰地記者提供軍事消息，對當時動員全民抗戰發揮了積極作用。駐西安記者耿堅白與中央社記者劉尊棋、重慶《新民報》記者張西洛，1939 年 9 月抵達延安，擬製提綱採訪，毛澤東會見了他們並發表了重要談話。《掃蕩報》與中央社、重慶《新民報》均一字未提毛澤東會見三位記者並發表談話之事。

（3）改制股份有限公司

1943 年 4 月，軍委會政治部部長張治中聘請原香港立報社長、政治部駐香港專員、國民政府參政員成舍我擔任《掃蕩報》社長。成舍我雖然應允卻稽留桂林未到任，改由黃少谷任社長。成舍我曾提議《掃蕩報》改革體製成立特種股份公司並制訂初步計劃。社長黃少谷在成舍我改革計劃基礎上提出改革計劃。1944 年 5 月呈准實行改製成立特種股份有限公司。12 月 30 日上午，《掃蕩報》舉行理事會監事會成立會及第一次聯席會議。理事會 21 人組成，理事長何應欽，副理事長張治中，常務理事 5 人，理事 14 人，監事會 3 人組成，常務監事 1 人。1945 年 9 月，理事會新增副理事長陳誠等。

1944 年 8 月 1 日，《掃蕩報》改行新聞企業組織。設總管理處，由總經理綜理本報業務。社長黃少谷任總經理兼重慶社社長，易幼漣為桂林社社長。1948 年 10 月 1 日，總管理處改為總社，總經理改為總社長。

1　萬枚子：《憶國民黨軍委會〈掃蕩報〉的變遷》，《湖北文史》，2008 年版，第 1 輯。

（二）抗戰中的國民黨軍電影業

國民黨軍隊新聞電影業在全面抗戰中，隨著戰爭的需要和機械設備的更新以及技術普及，得到長足的發展。

1、中國電影製片廠成立遷渝發展

全國抗戰爆發後，漢口攝影場改名中國電影製片廠（簡稱「中製」）。1938年9月27日，遷至重慶後成立編導委員會。在觀音岩純陽洞荒山，修建攝影場、卡通室、影片庫、劇場等，成爲戰時中國設施齊全的電影機構。成立中國電影出版社出版電影叢書，創刊電影學術月刊《中國電影》，捐獻《滑翔飛機》《青年中國》等影片收入約 2 萬元，贊助「中國電影號」滑翔機 10 架。大批電影、話劇演員加入，上演《爲自由和平而戰》、《血祭九一八》、《國賊汪精衛》等 33 齣戲劇。《中國萬歲》享譽山城並成爲保留劇目，怒潮劇社因此改名中國萬歲劇團。

2、西北電影公司離晉遷蓉發展

1935 年 7 月 8 日，閻錫山授意成立的西北電影公司（簡稱「西影」）開業。抗戰爆發，「西影」隸屬第二戰區抗日文化協會，先遷山西臨汾，繼遷陝西西安。1938 年秋再遷四川成都。經費窘迫，員工欠薪。閻錫山資助數萬元，囑咐力行自給自足。眾人改編排演話劇但仍入不敷出。1941 年，「西影」宣告結束。

3、軍事電影宣傳抗戰

國民黨軍隊電影機構在全國抗戰期間攝製的電影作品主要有新聞紀錄影片、軍事教育影片和故事影片。「中製」是這一時期最重要的軍事電影製作基地。

盧溝橋槍聲響後兩周，「中製」攝影技師宗惟賡、陳嘉謨於 7 月 20 日晨赴盧溝橋、宛平、長辛店一帶進行戰地拍攝，遭到日軍炮擊后倉卒徒步返回長辛店。抗戰初期，「中製」攝影隊奔赴前線拍攝了大量紀錄全民抗戰的新聞紀錄片。有 7 集綜合性報導的《抗戰特輯》，16 號動態性報導的《電影新聞》，還攝製了《精忠報國》《民族萬歲》《武漢空戰大捷》《中國空軍長征日本》《廣州大轟炸》等新聞影片及《抗戰歌輯》和《抗戰標語卡通》各 4 集。「中製」在抗戰期間攝製《防禦戰車》《步兵射擊》《中國的空軍》《滑翔飛行》《降落傘》等軍事教育片，輔助部隊開展軍事訓練；由日本戰俘參演的紀實故事片

《東亞之光》引起轟動。故事片《八百壯士》主題曲《歌八百壯士》傳唱後世，「中國不會亡！中國不會亡！」震撼一時。

「西影」派出戰地攝影隊趕赴 1936 年 11 月的綏東抗日前線，在百靈廟、武川，拍攝大型紀錄片《綏東前線》（又名《百靈廟大捷》）。攝製的《華北是我們的》，記錄了 1938 年冬至 1939 年春第二戰區及晉東南抗日根據地抗擊日寇的情景。「西影」抗戰中拍攝了故事片《風雪太行山》《老百姓萬歲》（因停辦未完成）和音樂短片《在太行山上》。

4、國民黨軍放映電影

國民黨軍電影製片廠拍攝的抗戰電影面向社會公開放映，同時在部隊集中放映。1938 年，軍委會政治部招收中學程度流亡學生開辦訓練班，進行軍事技術等訓練後組織電影放映隊。至抗戰後期電影放映隊擴充至 40 個。

國民黨軍電影放映人深入前線和鄉村，足跡遍及湘、鄂、贛、浙、皖、粵、桂、黔、川、豫、晉、陝、甘、青、綏遠、西康和緬甸 243 個縣（含緬甸 8 個縣）。1938 年至 1942 年，國民黨軍電影放映隊總計放映 4857 次，電影觀眾總計 5047881 人。[1]

（三）抗戰中的國民黨軍通訊業

國民黨軍新聞通訊業在抗戰時期也得到了發展，在抗戰初期動員全民族抗戰宣傳中發揮了積極作用。

1、國民黨軍抗戰通訊業概述

抗戰時期，國民黨軍第五路軍、廣西綏靖公署、第五戰區、西昌行營等，成立了幾家小通訊社。其中有：西南新聞社，1940 年 5 月成立於桂林，廣西綏靖公署政治部與三青團桂林分團、廣西日報社等單位聯合創辦，《廣西日報》總編輯莫寶堅任社長。建國新聞社，1940 年 11 月成立於湖北老河口，第五戰區主辦，在本戰區建立通訊網，每月 4 次發稿，發布本戰區的經濟、政治、文化、敵情等新聞稿。軍需同仁通訊社由第五戰區軍需同仁開辦，另出版《經理月刊》。建軍通訊社，1941 年 10 月 14 日由中央軍校政治研究班畢業學員成立於四川成都成，校政治部主任鄧文儀兼任社長。

部分國民黨軍通訊社在組織形態上並不完全獨立，以附屬或附設形式存在。廣西攝影通訊社 1938 年 3 月 1 日成立於桂林，附設於國防藝術社。1939

1　陳祐慎：《抗戰時期的國民黨部隊電影事業》，《抗戰史料研究》，2012 年版，第 1 輯。

年 7 月 7 日，軍委會委員長西昌行營創刊《寧遠報》，附設寧遠通訊社。12 月 25 日，康藏通訊社成立於四川西昌，四川地方實力派劉文輝的侄子劉元瑄（第 24 軍 411 旅旅長）兼任社長。1941 年 1 月 1 日，劉元瑄在西昌創刊《新康報》後，康藏通訊社隨即成為《新康報》附屬機構。

2、第二戰區民族革命通訊社

1938 年 4 月 15 日，民族革命通訊社（簡稱民革社）成立並發稿，隸屬第二戰區文化抗敵協會。社址設山西吉縣古縣村，1939 年春遷至陝西宜川縣秋林鎮。社長梁綎武，總編輯曲詠善。梁綎武在戰區有較多兼職，實際由曲詠春主持。設編輯、採訪、電務和總務 4 部。工作人員最多時達 60 多人。在第二戰區和漢口、重慶、成都、香港建立 12 個分社。總社擁有 50 瓦汽油動力發報機，每天 2 次收發新聞稿，分社擁有 15 瓦手搖發報機。所發稿件以電訊為主，戰地通訊採用郵寄，由各分社印發當地報紙，重要電訊直播電傳國內各大報。總社編印《民革通訊》，刊載本社記者、編輯撰寫的戰地通訊和述評，分寄各報社及當地黨政機關、文化單位和群眾團體。總社另出《戰地通訊》《西線》《西北文藝》《戰地畫報》和《互勵》等刊物。[1]各分社編印《上黨通訊》《呂梁通訊》等發行新聞稿。所播發的本戰區前線和敵後鬥爭稿件，常被《中央日報》《掃蕩報》《新華日報》等刊用。香港分社把稿件轉發港澳、新加坡等地華僑報紙，同時把海外華僑支持祖國抗戰的消息發回國內。

1939 年 12 月「晉西事變」發生，第二戰區內國共合作形勢逆轉。總社萎縮，改設通訊、電務、總務 3 個組；分社多數解體，在敵後抗日根據地建立的分社在 1940 年與總社斷絕聯繫，人員大部分轉入中共的新聞、文藝單位。只剩下綏蒙、平陸、重慶、香港 4 個分社。總社減少發稿。重慶分社發稿受到嚴格檢查。1941 年成都分社關閉；香港分社遷桂改稱桂林分社。1942 年春夏之交，重慶分社被內政部會同重慶衛戍司令部查封，勒令停止工作。工作人員在山西被特務視作「危險分子」遭到監視甚至逮捕。總社陷入癱瘓。1945 年 8 月日本投降後，民革社結束。

（四）抗戰中的國民黨軍廣播業

抗戰時期的國民黨軍廣播業納入作戰系統，由上而下地開展廣播戰，事業規模小有發展。在 1939 年 12 月至 1940 年 1 月的崑崙關戰役中，國民黨軍

---

1 閻雲溪：《民族革命通訊社概略》，《山西文史資料》，1997 年版。

使用廣播機對敵宣傳，收到一定效果。第三戰區設置流動電臺開展廣播宣傳，引起了其他戰區關注，普遍感到廣播的重要尤其是進行戰地宣傳及開展敵前喊話的重要性。

1、第三戰區上饒廣播電臺

1940 年 8 月 1 日，在江西上饒開播，呼號 XGOC，頻率 9710 千周，每日播音初爲 3 小時。使用英國馬可尼公司 TR600 號型 350 瓦短波發射機。由第三戰區司令長官部管理。1941 年 6 月，隨戰區司令長官部遷至福建建陽，12月返遷上饒。1943 年 2 月又隨遷至江西鉛山，4 月 1 日恢復播音，改名流動電臺，呼號改爲 XLMA。1944 年 7 月，湘北再起戰事影響江西，再次隨遷至福建邵武。1945 年 8 月，抗戰勝利後停播。[1]

2、軍委會軍中播音總隊

1942 年 6 月 1 日成立，辦事處設重慶兩路口大田灣，組建 6 個對敵播音宣傳隊，1944 年遷入重慶並進行整編。1945 年春，轄 5 個中隊、20 個分隊，派駐部隊，擔負對敵喊話、戰地宣傳及收音轉播等任務。通過日語廣播、「紙彈」、戰地喊話等方式，開展對敵宣傳戰。[2]1943 年 6 月 1 日，中央廣播事業指導委員會第 24 次會議決議由廣播事業管理處協助軍委會政治部辦理對部隊播音及前線對敵喊話。向資源委員會中央無線電機製造廠訂購 1 千瓦短波廣播機 1 部，10 瓦流動廣播機 14 部，收音機 120 架，請指導委員會指定 3 個短波頻率，供軍中播音總隊使用。[3]

二、共產黨軍隊新聞業的地域性發展

全面抗戰期間，共產黨軍隊新聞業在敵後抗日戰場，與日僞軍堅決抗爭，伴隨著八路軍、新四軍等成長壯大而逐漸發展。

（一）陝甘寧邊區的八路軍報刊

國共合作抗日，國民黨承認共產黨和紅軍的合法存在，陝北根據地改稱陝甘寧邊區，成爲中共中央及八路軍總部所在地，同時也成爲共產黨軍隊新聞業的中心。

1　曾虛白：《中國新聞史》，三民書局，1984 年版，第 624 頁。
2　仲華：《抗戰時期國民黨軍隊政治工作述論》，《南京社會科學》，2005 年版。
3　曾虛白：《中國新聞史》，三民書局，1984 年版，第 624 頁。

1、八路軍總部出版的報刊

八路軍總部在挺進和轉戰山西敵後的進程中，創辦了《前線》《前線月刊》《前線畫報》。1940 年 8 月 20 日，八路軍出動 100 多個團發起華北交通總攻擊戰（即百團大戰）。八路軍總部主辦的《華北交通總攻擊戰捷報》，由「十八集團軍參謀處編」和「華北新華日報館印」。八路軍總部及所屬單位在延安創辦《八路軍軍政雜誌》《國防衛生》《思想戰線》《通信戰士》《敵國彙報》《部隊文藝》《軍事文摘》等報刊。

八路軍總政治部主辦的月刊《八路軍軍政雜誌》，1939 年 1 月 15 日創刊於延安，24 開本，白報紙鉛印，1942 年 4 月停刊。總政宣傳部長蕭向榮兼任主編。中共中央軍事委員會書記毛澤東、中共中央軍委副主席、總政治部主任兼八路軍政治部代主任王稼祥、八路軍後方留守處主任蕭勁光、中共中央軍委總參謀部第一局長郭化若和蕭向榮 5 人組成編委會。讀者對象主要為八路軍營以上幹部。設「專載」、「抗戰言論」、「通訊」、「八路軍新四軍捷訊彙報」、「實戰經驗」、「戰鬥總結」、「政治工作」、「對敵研究」、「近古戰爭與古代戰術研究」、「譯叢」等欄目，出版「陳莊戰鬥」、「敵軍工作」和「百團大戰」等特輯。

中共中央軍委以毛澤東、王稼祥、譚政的名義給八路軍新四軍指揮員發出通知，要求他們撰寫稿件，組織戰地記者寫稿。毛澤東、周恩來、朱德、彭德懷、王稼祥、劉伯承、鄧小平、賀龍、陳毅、聶榮臻、徐向前、葉劍英、左權、 關向應等，戈里、雷燁、范瑾、普金、林朗等八路軍總政治部前線記者，蕭三、劉白羽、康濯、雷加等作家和八路軍幹部等為之撰稿。毛澤東在撰寫的「發刊詞」中指出：「發揚成績，糾正缺點，是八路軍全體將士的任務，也是《軍政雜誌》的任務。抗戰是長期的與殘酷的，發揚八路軍的成績，糾正八路軍的缺點，首先對於提高八路軍的抗戰力量是迫切需要的；同時對於以八路軍經驗貢獻抗戰人民與抗戰友軍，也屬需要。《八路軍軍政雜誌》應該為此目的而努力。」[1]

刊載毛澤東的《相持階段中的形勢與任務》、王稼祥的《論目前戰局與敵後抗戰的幾個問題》、朱德的《中國共產黨與革命戰爭——紀念黨的二十週年》、劉伯承的《兩年來華北游擊戰經驗教訓的初步整理》、蕭向榮的《部隊中的宣傳鼓動工作》、郭化若的《孫子兵法初步研究》等文，研究抗戰戰略、

---

1 中共中央文獻研究室：《毛澤東文集》，第二卷，人民出版社，2009 年版，第 142 頁。

敵後抗戰等問題。刊載《李延祿軍長會見記》《戰士陳大遠》《捉放俘虜記》《記八路軍的一個勇士》《弟兄們的先鋒》《左玉山一定在笑》《李成開——一個偽軍反正的故事》《班長王玉》《英勇抗戰的山東八支隊》《一一五師騎兵營》《坦克車跳舞》《連續的伏擊戰》《活捉憲兵大佐》《收復康家會——百團大戰中晉西北的一個戰鬥》《夜襲紅旗大廟》《破鐵路與剪電線》等通訊，報導八路軍新四軍作戰。每期刊有套色木刻畫頁、圖畫、地圖、題詞等。第 9 期起固定刊載 2 頁相連的軍事照片。發行量約 3000 份。國內外公開發行。抗戰友軍和大後方的機關、團體、報刊、學校、圖書館來信要求訂購、贈送或交換。

2、八路軍留守兵團出版的報刊

八路軍留守兵團 1938 年開始創辦報刊，1944 年 11 月已有《部隊生活》《練兵報》《塞鋒報》《生產報》《邊防戰士》《衝鋒報》《戰士先鋒》等 24 種報刊共。

（二）華北敵後的八路軍報刊

華北敵後抗日根據地主要晉察冀、山東、晉綏、晉冀魯豫等抗日根據地，八路軍部隊創辦報刊報導八路軍、民兵與敵偽作戰的戰績，宣傳共產黨和民主政府的抗日主張和政策。

1、晉察冀軍區出版的報刊

1937 年 10 月下旬，八路軍第 115 師一部創建晉察冀抗日根據地。11 月 7 日，晉察冀軍區成立。晉察冀軍區成立一個月後開始創辦報刊，先後出版了《抗敵報》《熔爐》《抗敵月刊》《抗日戰場》《晉察冀畫報》等。所屬冀中軍區除自辦《前線報》，下屬 5 個軍分區成建制的創辦《火焰報》《戰地》《前衛報》《前哨報》《先鋒報》等 10 多種報刊。

1937 年 12 月 11 日，「敵後軍報先鋒」《抗敵報》創刊於河北五臺金剛庫村。晉察冀軍區政治部主任舒同兼主任。4 開石印，毛邊紙單面印刷。發行1500 份。3 月 5 日，正在印刷的第 24 期報紙連同石印機被日軍飛機炸毀。3月 24 日，在大甘河村及海會庵寺廟復刊，發行量增至 2400 份。8 月改為中共晉察冀省委機關報。同年 1 月 24 日增出的《抗敵副刊》，由晉察冀軍區單獨主辦繼續出版。1939 年 3 月 9 日，改名《抗敵三日刊》。11 月，在反「掃蕩」中出版《抗敵三日刊》（戰時特刊）。1942 年 1 月，改名《子弟兵》，直至抗戰勝利。

2、第115師和山東軍區出版的報刊

八路軍第 115 師主力 1937 年 10 月下旬南下，分散轉入日軍翼側及後方開展游擊戰爭，建立抗日根據地。1939 年 3 月，山東武裝起義部隊組建八路軍山東縱隊，1942 年改稱山東軍區，與第 115 師司令部合署辦公。第 115 師和山東縱隊先後創辦了《戰士報》《抗戰報》《前衛報》，所屬部隊創辦了《山東八路軍軍政雜誌》《前線報》《膠東畫報》《軍人報》《前鋒》《戰士報》《軍號》《勇士報》《民兵》報等。

3、第120師和晉綏軍區出版的報刊

八路軍第 120 師師部率第 358 旅 1937 年 9 月下旬挺進以管涔山脈為依託的晉西北地區，第 359 旅挺進到五臺、平山地區開展敵後游擊戰爭，創建抗日根據地。1940 年 11 月，晉西北軍區成立。1942 年 9 月，改為晉綏軍區。第120 師和晉西北（晉綏）軍區創辦了《戰鬥報》《戰鬥畫報》《戰鬥月刊》《戰鬥文藝》月刊和戰鬥通訊社。第 120 師屬各旅出版了《戰士報》《戰線報》《戰果報》《戰果》《戰力》《戰勝》，大青山騎兵支隊出版《戰壘報》，綏蒙游擊支隊出版《綏蒙抗戰》報，綏察游擊區行署出版《蒙漢團結》，山西新軍決死第二、四縱隊創辦《黃河戰報》《長城報》《長江報》和《前線報》《前哨》《廣播臺》《工衛報》等報刊。

4、第129師和晉冀魯豫軍區出版的報刊

八路軍第 129 師 1937 年 11 月中旬創建以太行、太嶽山脈為依託的晉冀豫邊抗日根據地。1945 年 8 月 20 日，先行成立的晉冀豫、冀南、魯西、太行、太岳、冀魯豫、魯西軍區合併成立晉冀魯豫軍區。第 129 師和晉冀魯豫軍區創辦了《先鋒報》《戰場畫報》《戰場週報》《戰友報》《戰友月刊》《人民的軍隊》。冀魯豫軍區所轄軍分區分別創辦了《火花報》《挺進報》《抗戰報》《前鋒報》《烽火報》《火線報》《戰地報》。太行區武裝抗日委員會創辦了《太行民兵》報。

（三）華中敵後的新四軍報刊

1、新四軍皖南成軍後出版的報刊

新四軍的辦報活動最早可追溯到 1937 年 10 月南方八省游擊健兒下山整編時創辦的《抗戰情報》《火線報》。新四軍從組建至 1941 年 1 月離開皖南的 3 年多時間，出版了《抗敵報》《戰地青年》《電訊要聞》《抗敵畫報》《建軍》

《理論與實踐》《突擊報》《前哨》《拂曉報》《戰士報》《群眾導報》《小消息報》《挺進報》《東進報》《抗大生活》《抗戰報》《建設報》《戰士報》《抗敵報》（蘇北版）《鬥爭生活》《戰鼓報》《戰鬥報》《鐵掌報》等 30 多種報刊。

　　新四軍軍部機關報《抗敵報》，1938 年 5 月 1 日在安徽太平創刊，以新四軍指戰員爲主要讀者對象。文字通俗簡短，編排新穎活潑，開闢《文藝》《戰士園地》《抗敵劇場》《新文字》《青年隊》5 種副刊。初爲手刻油印，5 日刊。1939 年下半年，改出鉛印 3 日刊。初期發行約千份，最多時達七八千份。1941年 1 月 4 日，新四軍軍部奉命北移，出版與皖南父老告別專號停刊。

　　2、新四軍蘇北重建後出版的報刊

　　1941 年 1 月「皖南事變」後，新四軍按照中共中央指示在江蘇鹽城重建軍部，整編部隊。新組建的新四軍軍部及部隊一如既往地高度重視軍事新聞宣傳工作，軍、師、旅、團續辦和新創《新華報》《軍事建設》《健康報》《江淮文化》《抗敵報》（蘇北版）《抗戰週報》《抗敵報》《新華導報》《先鋒報》《拂曉報》《挺進報》《火線報》《武裝報》《戰鬥報》等大量報刊，數量較前一階段成數倍增長，分布範圍顯著擴大，徹底扭轉了前一時期報刊出版地點集中皖南山區的不足，遍及華中的蘇北、蘇中、蘇南、淮北、淮南、鄂豫皖、皖中、浙東等各個敵後戰場。新四軍第 4 師師長彭雪楓領導創辦的《拂曉報》，1938 年 9 月 29 日創刊於河南確山竹溝鎮，由油印 3 版發展到鉛印 4 開 4 版，陸續創辦「增刊」、「匯刊」、「畫報」、「電訊」、「叢刊」、「專刊」、「文化」、「木刻」等以「拂曉」命名的系列刊物。1941 年 9 月 16 日，分出「部隊版」和「地方版」。發行量由三五百份增至 2000 餘份（部隊版）和 5000 餘份（地方版）。

（四）華南和東北敵後的抗日游擊隊報刊

　　1、華南敵後的抗日游擊隊報刊

　　華南抗日游擊隊是抗戰時期中共領導下的廣東省（含今海南省）及廣西省多支人民抗日游擊隊的總稱，出版了《大家團結》《東江民報》《前進報》《抗日雜誌》《政工導報》《岳中導報》《正義報》《士兵之友》等報刊。

　　2、東北敵後的抗日游擊隊報刊

　　1932 年至 1940 年，東北抗日聯軍在同日軍進行艱苦卓絕戰鬥的中，出版了《綏寧報》《紅軍消息》《人民革命報》《南滿抗日聯合報》《戰旗》《中國報》《東北紅星壁報》等報刊。

（五）延安電影團與八路軍新聞電影

在極其艱難困苦的環境下，八路軍千方百計地使用先進的科學技術和設備，建立軍事新聞電影業，收到了明顯的成效。

1、八路軍總政治部電影團的誕生

1938 年 8 月 18 日在延安成立八路軍總政治部電影團（俗稱延安電影團）。總政治部副主任譚政兼團長。初期 7 名團員中只有 3 人是電影工作者，即負責藝術指導（編導）的原上海明星影片公司的演員和編導袁牧之，擔任攝影的原上海電通影片公司和明星公司攝影師吳印咸和西北影業公司攝影助理徐肖冰。1939 年秋成立放映隊。1942 年後，工作人員超過了 30 人。

延安電影團的技術裝備極為簡陋，只有購買和從各方募集到的 2 臺攝影機、2 部電影放映機和 3 臺照相機，1 臺 1000 瓦汽油發電機、1 臺 300 瓦汽油發電機，1 臺 35 毫米的放映機，1 臺 16 毫米放映機，還有 1 臺用放映機改裝的 16 毫米印片機，十幾盤 35 毫米底片和正片及一些 16 毫米膠片及藥品。拍攝電影後期製作的沖洗、剪輯、合成等配套設備基本上處於空白狀態。

2、延安電影團與八路軍新聞電影業

延安電影團拍攝了《延安與八路軍》《生產與戰鬥結合起來》《延安慶祝百團大戰勝利大會和追悼會》《秧歌運動》《邊區生產展覽會》《中國共產黨第七次全國代表大會》等 10 多部新聞紀錄片。大型紀錄片《延安與八路軍》，多方面反映陝甘寧邊區、八路軍敵後的戰鬥生活，花費兩年多進行拍攝。蘇德戰爭爆發，被帶到蘇聯莫斯科電影廠進行後期製作的膠片，在電影廠向大後方轉移過程中失落。放映《生產與戰鬥結合起來》，用借來的擴音機現場解說，放唱片配樂，使無聲影片變成了有聲影片，讓觀看的國民政府參議員感到驚訝。

三、民國南京政府中期的外軍新聞業

日本發動「七七」事變全面入侵中國，美、蘇等反法西斯同盟國家的軍隊為抵抗共同敵人陸續進入中國。民國南京政府中期，中國軍隊新聞業中出現了一個特殊的部分即外國軍隊新聞業。

（一）侵華日軍的在華新聞業

經過長期經營謀劃加上戰爭初期迅速佔領中國大片領土，日本侵略軍攫

取中國政府和新聞界來不及撤退的新聞資源，很快在佔領區構建起包括報紙、廣播等在內的完整新聞業體系。

1、日軍利用報刊服務侵華戰爭

日本爲實現侵略中國的野心，長期採用收買賄賂、資助津貼等方式染指新聞報業以掌控輿論。

戰前日本軍方對中國新聞報界的滲透。1901 年 10 月，日本人中島眞雄接受日本陸軍省、外務省的資助，創刊北京《順天時報》。1914 年，日軍佔領青島後秘密收買了《濟南日報》《閩報》。日軍參謀次長田中義一1917 年 9 月建議秘密援助中文報紙資金以影響輿論。日本陸軍出資 2.9 萬元創辦天津編譯社，由日本天津駐屯軍司令部翻譯官中島比多吉負責，每月向《大公報》《益世報》《天津日日新聞》《時聞報》《民強報》《通俗白話報》《白話新民報》《濟南日報》等中文報紙提供新聞和約 240 元的收買費。日軍利用金錢控制他人報刊的行徑，並未因「九一八」事變、「七七」事變而停止。日軍在 1935 年至 1938 年，對天津《東亞晚報》、河南新鄉《河南新報》、武漢《大楚報》、北京《新中國》雜誌、廈門《鷺江畫報》等提供資助。[1]

攫取佔領區資源出版報紙。「七七」事變後，日軍迅速佔領中國廣大地區和許多大城市，一方面強制打壓中國報紙，另一方面在津、滬、漢、穗等中心城市出版中文報紙，構築日軍在佔領區的輿論陣地。戰前創辦的日文報紙《上海每日新聞》《大陸新報》公開成爲日本官方喉舌。代表日本軍方意旨的《大陸新報》增出漢、寧分版，被稱爲華中地區唯一的國策報紙。日軍報導部控制的上海大型中文日報《新申報》1937 年 10 月 1 日創刊。太平洋戰爭爆發，日軍以「敵方財產」爲名查封上海《申報》《新聞報》，由陸軍報導部「代管」。1941 年 12 月 15 日，日軍命令申新兩報以美國公司名義繼續出版，日軍報導部部長掌管人事、經營、編輯權。1942 年 11 月，日軍勒令申新兩報全體職工離館，另行委派編輯管理人員，將申、新兩報徹底劫奪。

1938 年 12 月，日軍報導部利用強佔的廣州原國華報館的廠房設備，創辦《廣東迅報》，作爲日本南支派遣軍的機關報。社長唐澤信夫（署名唐信夫），主筆山田，總編輯林寶樹（臺灣人）。日本南支派遣軍司令部報導部創辦對開日文《南支日報》，唐澤信夫兼任社長，總翻譯徐毓英（臺灣人），工作人員

1　王向遠：《日本對華文化侵略與在華通信報刊》，《蘇州科技學院學報》（社會科學版）》，2005 年版。

均爲日本人、臺灣人。日軍強行徵用海南書局房屋設備，創辦《海南迅報》。日軍在武漢江漢路原國民黨武漢日報社址，創刊《武漢報》，聲稱「爲適應民眾需要，乃於焦土之上，播下文化種子，以和平建國爲當前任務；以建設東亞新秩序實現大亞洲主義爲終極目標。」[1]

出版向淪陷區民眾進行宣傳的報紙。日軍爲了實施心理征服，出版針對中國抗日軍民的報紙。日軍將宣傳材料以報紙的形式印製，然後通過飛機等向中國軍隊控制的地區散發，這些報紙實質上是傳單的變種。日軍報導部曾經編輯出版的《國民抗戰報》《民眾時報》和《武漢畫報》《興亞畫報》《明朗俘虜之生活畫刊》等，主要在華中戰場散發。

出版向日軍下層官兵宣傳戰績的戰地小報。戰事激烈時，日軍報導部每天編印油印前線報紙《通信簡》，刊登戰況和同盟通訊社電訊，以提高和鼓勵士氣。日軍宜昌作戰前線報導部在漢口創辦面向前線下級官兵的小型報紙《總前衛》，司令官岡村寧茨題字。隨軍記者經常搭乘運輸機向前線的地面部隊空投戰地小報。前線士兵看到空投的報紙，聚焦交談。

2、日軍運用廣播服務侵華戰爭

日軍侵華較熟練地發起廣播宣傳戰。在 1932 年「1‧28」事變中，侵華日軍在戰場架起「播音機」，用漢語向中國士兵進行宣傳。在全面侵華戰爭中，日軍攻佔中國城市，攫取或封閉佔領區的廣播電臺成爲了規律性的侵略行徑。

攫取佔領區廣播電臺。1931 年「九一八」事變後，日本關東軍強佔奉天無線廣播電臺、哈爾濱無線廣播電臺這 2 座中國東北地區僅有的廣播電臺。日本關東軍司令部成立僞滿洲電信電話株式會社（簡稱僞「電電」），全面壟斷東北地區的電報、電話、廣播。日軍佔領華北地區，成立僞華北廣播協會（簡稱僞「華廣協」）和僞蒙疆廣播協會，分別控制北平、天津、唐山、太原和張家口等地的日僞廣播電臺。日本成立僞臺灣廣播協會，管轄臺灣及佔領廈門後的日僞廣播電臺。

1937 年 11 月 11 月 17 日，日軍對上海郵政、電報、廣播實行管制。年底，日軍將國民政府交通部上海廣播電臺、上海市政府廣播電臺，改建爲上海廣播電臺（亦稱大上海電臺）。太平洋戰爭爆發後，日軍接管了被認定爲「敵性

1　程文華：《淪陷時期湖北的日僞報刊雜誌》，《湖北文史資料》，1986 年版，轉引羅　飛霞：《抗戰淪陷時期武漢報刊之管窺》，《理論月刊》，2008 年版。

電臺」的上海西華美、福音及奇開、大美（美商）等電臺，將其中的 3 家廣播電臺改名，劃歸中國廣播事業建設協會管轄。

1943 年 9 月 3 日，意大利與英美談判，簽署無條件投降書，日軍接管上海意商中義廣播電臺。1945 年 5 月，日軍接管德國駐滬領事館新聞處主辦的德國廣播電臺（又名歐洲廣播電臺），改為僞上海廣播電臺國際臺。1945 年 8 月 9 日，蘇聯對日宣戰，日軍接收蘇聯塔斯社上海分社的蘇聯呼聲廣播電臺。

開辦放送局（即廣播電臺）。1933 年 4 月 6 日，日本關東軍將長春無線電臺改建爲可覆蓋東北大部分地區的廣播發射臺，成立僞滿「新京放送局」開播，發射功率 1 千瓦。每天除轉播日本東京中央放送局的部分日語節目，播出使用漢語、日語、朝鮮語、英語、俄語的自辦《新聞》及《兒童時間》《日語講座》《漢語講座》和文藝等節目。移交僞「滿洲國」交通部，仍爲日本關東軍所控制。1941 年 12 月太平洋戰爭爆發，新京放送局升格爲新京放送總局，成爲日僞在東北的廣播中心。

1938 年 9 月 10 日，日軍報導部成立南京放送局，發射機功率 500 瓦，每天播音 2 次 8 小時，開辦《新聞》《日語講座》《軍人通信》《經濟通訊》《皇軍將兵之間》等節目。日軍侵佔廣州，接收原廣州市播音臺設備建立廣東放送局。日軍宜昌作戰前線報導部在攻佔武漢時設立前線廣播班。將短波廣播機設置在九江，進行對敵廣播。1938 年 11 月，日軍報導部在漢口黎黃陂路 41 號設立漢口放送班（1941 年 2 月改爲放送局），每天早、中、晚 3 次播音。1939 年 2 月 11 日，啓用日本產的 10 千瓦發射機。

1941 年，根據汪僞與日本的商定，日軍在華廣播電臺移交僞中國廣播事業建設協會。儘管如此，日軍仍沒有放鬆對廣播的管控。日軍在抗戰後期，強令淪陷區廣播電臺停播自辦節目，轉播日本廣播電臺節目，使中國淪陷區廣播與日本本土廣播連成一體。

根據已知資料，日軍在侵華戰爭中也曾創辦了通訊社。日本海軍系統在太平洋戰爭前夕於廣州西湖路成立南華通訊社，社長爲日本人左伯棠，1941 年底太平洋戰爭爆發後停辦。[1]

軍事摧毀中國的廣播電臺。日軍在擴大自己廣播實力的同時，將中國的廣播電臺列爲軍事目標進行轟炸。中央廣播電臺工程師蔣德彰被炸身亡。中央廣播電臺南京發射臺屢遭轟炸。廣西省廣播電臺被炸毀停止播音。河南省

---

1 梁群球：《廣州報業（1827～1990）》，中山大學出版社，1992 年版，第 157 頁。

廣播電臺被炸受損一度停播。江西廣播電臺遷移途中遭到日軍空襲，中央廣播事業管理處工程師侯恩銘墜落贛江殉職。西遷重慶的中央廣播電臺和在重慶新建的中國國際廣播電臺是日軍急欲炸毀的重點目標。中央廣播電臺在重慶遭到 10 多次轟炸，播音幾度停頓。中國國際廣播電臺沙坪壩臺址大門被炸毀，一直堅持播音。

（二）美軍在華軍事新聞業

1941 年太平洋戰爭爆發後，美國逐漸增加駐華兵力。1944 年底至 1945年初美國在華的陸軍航空兵、空運部隊、地面保障和後勤保障部隊及軍事顧問、教官等超過 10 萬人。爲了服務這些軍人，美軍有關部門在中國辦報紙辦廣播。

1、出版《中緬印戰區新聞綜合報》

同盟國東南亞盟軍中緬印戰區（CBI Theater），在中國、緬甸、印度作戰的部隊有美軍，英軍和中國遠征軍。《中緬印戰區新聞綜合報》（CBI Roundup），1942 年創辦。3 年半時間，出版 188 期。免費在戰區發放。刊載戰況、戰地生活和針砭時弊的漫畫。較多地刊登「美軍照片」和被美國軍人掛在嘴邊的「美國 babe」的美國美女照片。

2、美軍在西南開辦廣播電臺

美國國防部爲軍隊提供廣播節目始於第二次世界大戰。美軍廣播電臺（Armed Forces Radio Service，簡稱 AFRS），1942 年 5 月 26 日正式開播。1944年 10 月，根據《聯合國在華設立臨時軍用無線電臺辦法》並經國民政府核准，美軍在廣西、雲南、四川等地設立廣播電臺。1945 年 3 月，美軍獲准在四川、雲南增設 5 座廣播電臺。美軍昆明廣播電臺，呼號 XNAW，發射功率 1 千瓦，每天播出 2 次新聞，大部分時間使用唱片播送《名詩朗誦》《士兵節目》《爵士音樂》《跳舞音樂》《古典名曲》等節目。

3、摧毀日本廣播電臺

配備 100 千瓦大功率廣播發射機臺灣臺北廣播電臺，是日軍南下戰略的重要廣播陣地，民雄機房遭到美軍轟炸而停止播音。日僞大上海電臺發射天線被美軍飛機炸毀。美國空軍對日本本土進行空襲，有 11 家廣播電臺遭到美軍的轟炸。[1]

1　（日）山本文雄、山田實、時野谷浩：《日本大眾傳播工具史》，青海人民出版社，
　　1984 年版，第 195 頁。

（三）蘇軍在華軍事新聞業

1945 年 8 月 8 日，蘇聯對日宣戰。150 多萬蘇軍越過邊境進入中國東北，向日軍發起猛烈進攻。1946 年初，蘇軍撤離中國。這一時期蘇軍在華新聞業主要包括接受在我國東三省地區的日偽廣播和出版報刊。

1、接管日偽廣播轉播蘇聯廣播節目

蘇軍在一些攻克或進駐的中國城市，接管日偽廣播電臺，爲自己所用。1945 年 8 月 19 日，蘇聯紅軍進入長春，派員接管滿洲電信電話株式會社放送總局，改稱長春廣播電臺，呼號爲「格瓦里，長春」（俄語，這裡是長春）。播放唱片，爲蘇軍飛機導航。8 月 20 日，蘇軍接管哈爾濱偽中央放送局，由城防司令部控制使用一部廣播發射機，向蘇軍和蘇聯僑民轉播蘇聯莫斯科廣播電臺的節目。

2、在長春出版中文、蒙古文報刊

1945 年 8 月 19 日，蘇軍到達長春，成立衛戍司令部，實行軍事管制。9 月 10 日，長春衛戍司令部創刊中文《情報》，16 開，10 頁，日刊或不定期出版。每期頭版貫以大字通欄標題「中蘇人民友好萬歲！」刊載不署名的時事講話，主要刊登蘇聯塔斯社消息，時刊中央社消息，少有本埠新聞。停刊時間不詳。[1]

1945 年 10 月，蒙古文《蒙古人民》報在長春創刊，4 開 2 版，不定期出版。蘇軍少校德列科夫·桑傑負責，塔欽編輯。主要宣傳蘇聯紅軍幫助中國打敗日本侵略者，介紹蒙古人民共和國的現狀和蘇聯的情況。刊載內容主要摘譯俄文報紙。出版了七八期，遭到國民政府抗議。11 月 13 日，改出《民報》週刊。社長壽明阿，主編塔欽。社址在長春市原偽滿洲國圖書株式會社。介紹蘇聯、蘇聯紅軍情況及蒙古現狀，號召東滿人民奮起，謀求民族解放。1946 年 1 月，蘇軍撤離長春停刊。[2]

（四）朝鮮義勇隊韓國光復軍在華出版報刊

1、朝鮮義勇隊在華出版報刊

1938 年 10 月 10 日，經國民政府軍委會同意，朝鮮義勇隊在武漢成立，隸屬軍委會政治部。朝鮮義勇隊總隊編輯委員會，下設朝鮮文刊物與華文刊物編委會。《朝鮮義勇隊通訊》1939 年 1 月 15 日創刊桂林，分別出版朝鮮文

1　田秀忠：《吉林省報業大事記》，吉林人民出版社，2015 年版，第 188 頁。
2　田秀忠：《吉林省報業大事記》，吉林人民出版社，2015 年版，第 196、199、205 頁。

和漢文版。蔣介石題詞「自強不息」。第 34 期遷移重慶，改名《朝鮮義勇隊》，1942 年年 4 月出版第 42 期停刊。朝鮮義勇隊所屬支隊出版朝鮮文《朝鮮義勇隊通訊》《戰鼓》《站崗》《我們的生路》《火種通訊》《朝鮮義勇隊黃河版》《朝鮮義勇隊華北版》《江南通訊》等和漢文《內外消息》《抗戰日報》。

2、韓國光復軍在華出版《光復》雜誌

1940 年 9 月 17 日，韓國光復軍在中國重慶成立，主要由在華朝鮮人組成，編入中國軍隊。1941 年 2 月 1 日，《光復》月刊在西安創刊。韓國光復軍總司令部主辦，總司令部政訓處編行，編輯組長金光（高永喜）。韓國光復軍總司令李青天題寫中文刊名。16 開本，使用朝鮮文、漢文同時刊行。漢文版《創刊辭》指出：本刊是光復軍及韓國革命民眾的喉舌，任務是：向中國民眾介紹韓國革命的內容與理論，向韓國民眾介紹中國英勇抗戰消息、講述中國必勝的條件，向全世界人民揭露日本帝國主義的暴行、陰謀和必敗原因，積極主張中韓兩個民族聯合抗日、最終爭取解放，喚起中韓民眾的抗日熱情。朝鮮文版《創刊辭》回顧被日本帝國主義掠取祖國的朝鮮民族的苦難歷史，闡發漢文版所述辦報宗旨，強調參加中國抗日戰爭與創建光復軍的意義。第四集團軍總司令孫蔚如題詞「我祝貴族軍努力殺賊，光復祖國」。

第三節　民國南京政府中期的外國在華新聞業

「七‧七」事變後，南京、上海、武漢相繼淪陷，日本新聞統制政策迅速推行到華北、華中、華南等淪陷區，中國新聞業遭受重大損失，外國在華新聞業也進入新的發展階段。

一、孤島時期的外國在華新聞業

1937 年 8 月 13 日，淞滬會戰爆發。中國軍隊奮勇抵抗三個月，11 月 12 日戰敗而退。至 1941 年 12 月 8 日，日軍沒有進佔的上海公共租界和法租界成為「孤島」。

（一）外國在華新聞業面臨的困境

「孤島」時期的租界陷於內外交困之中。外部受到日偽政權及其軍事力量包圍式的對峙和不斷的騷擾、威脅，漢奸政府展開「收回租界」的宣傳運動以打擊西方勢力在租界的影響，並標榜自己的「民族主義」立場。內部則

出現從來沒有過的分裂傾向，工部局內英美和日本關係日益惡化，日本人仗勢排擠打壓英美人士。

　　爲了控制上海新聞界，日軍強佔了國民黨中宣部設立在租界的上海新聞檢查所。11 月 28 日通知上海 12 家報社「日本軍事當局宣布，自 1937 年 11 月 28 日下午 3 時起，原中國當局行使的報刊監督、檢查的權力由日本軍事當局接管。」威脅各報說「只要這些報刊不再損害日本利益，日本軍事當局可以既往不究」，「如果無視或反對日本軍事當局行使上述權力，則一切後果將由自己負責」。12 月 13 日晚上，日本軍方以上海新聞檢查所名義發出通知，迫令各報自翌日（即 12 月 14 日）晚上起須將稿件小樣送到該所檢查，未經檢查的新聞報導一概不得刊載。[1] 12 月 14 日，《大公報》《申報》宣布停刊，「自 11 月華軍退出上海後，出版物之停刊者共 30 種，通訊社之停閉者共 4 家，包括中國政府機關之中央通訊社在內。」[2]

　　日軍爲對租界內報刊實行新聞檢查，指使汪僞政府 1940 年 10 月制定《全國重要都市新聞檢查暫行辦法》，於同年 12 月 16 日將新聞檢查所「移交」給汪僞宣傳部。汪僞市府 12 月 18 日致上海公共租界工部局函，要求它「通飭租界內各報館遵章送檢，並派警保護。」工部局覆函稱「關於訓令各報遵章送檢之事，以種種困難，未能即如所請，惟保證警務當局當予盡力協助，制止租界各報紙作任何不利之政治宣傳等語。」[3]

　　1941 年 1 月 24 日，汪僞政府頒布《出版法》。爲標榜其「正統」地位還特別標明「民國十九年十二月十六日國府公布，民國三十年一月二十四日修正公布」字樣。通令在汪僞統治區實施，上海是重點地區。[4] 汪僞《出版法》頒布後，僞上海市政府通令租界內報刊不論之前是否已向租界當局登記，一律重新申請登記。許多報刊不予理會。僞上海市滬西特別警察總署通令所屬各單位未登記的報刊嚴禁在租界外銷售。

　　同時，日軍也逐漸加強了對無線電廣播的管控。1938 年 3 月 20 日，日軍在上海設立無線電廣播監督處。31 日通令上海地區各廣播電臺業主在 4 月 15 日前攜帶原許可證和報告書向該處登記領照。4 月 1 日，監督處向 20 多家廣

1　馬光仁主編：《上海新聞史（1850～1949）》，復旦大學出版社，2014 年版，第 823～824 頁。
2　陳冠蘭：《近代中國的租界與新聞傳播》，中國書籍出版社，2013 年版，第 285 頁。
3　陳冠蘭：《近代中國的租界與新聞傳播》，中國書籍出版社，2013 年版，第 292 頁。
4　齊衛平等：《抗戰時期的上海文化》，上海人民出版社，2001 年版，第 248 頁。

播電臺分發調查表。公租界工部局默認日方所為，法租界公董局拒絕承認該監督處行為的合法性。汪偽政府接收上海地區廣播管理權後出臺了《裝設無線電收音機登記暫行辦法》《無線電收音機取締暫行條例》等，規定如欲裝設收音機者「應照中央主管官署所登記手續，向各地主管官署登記，領取登記證後，方可使用」，若變更播音線路、地點等，要重新申請登記。違者處以罰金、沒收裝置、逮捕等刑罰。汪偽政府還設立「上海市廣播無線電臺監督處」來管理廣播事業。[1]

（二）外國在華新聞業遭受的迫害

日軍要求租界內所有中文報刊送審，《大美晚報》發行人史帶 1937 年 12 月 16 日發表《責任聲明啓事》，並憑藉其美商報紙身份使日偽無法管制。《大美晚報》站在正義立場上不斷揭露日本帝國主義侵略獸行，熱情謳歌中國人民的英勇抗戰，與日偽報紙相抗衡。資產階級新聞學中「報紙言論自由之精義」發揮了積極的作用。刊載的新聞大膽突出，一時頗受上海人民歡迎，每當下午三、四點鐘報紙印出來時，讀者即爭相購閱。[2]

1938 年 2 月，朱惺公擔任《大美晚報》副刊《夜光》主編。他以「惺公」「惺」等筆名在《夜光》的小言論專欄《夜譚》中發表雜文痛斥侵略者和漢奸賣國賊，激勵人民抗日鬥志，同時編輯《民族正氣——中國民族英雄專輯》《新禽言》《菊花專輯》《漢奸史話》等專欄專版，託物言志，借古喻今，由此引起日軍和汪偽的憎恨，寄去子彈相威脅。在收到恐嚇信後，朱惺公於 1939 年 6 月 20 日在《夜光》發表洋洋二千言的公開信予以譴責並表達為抗日不惜捨身的決心。8 月 30 日下午，朱惺公在回家途中遭槍殺身亡，年僅 39 歲。[3]朱惺公的犧牲激起了上海人民的憤慨，《大美晚報》對汪偽集團發起更猛烈的攻勢；但是，沒能制止日偽對《大美晚報》的迫害。汪精衛公開通緝張似旭等 83 名租界內愛國人士，張似旭不願逃走而最終被殺。隨後，汪偽特務不顧輿論又將《大美晚報》程振章、李駿英暗殺。[4]並禁止商家在《大美晚報》刊登廣告，禁止報販出售，以阻止《大美晚報》的出版。

---

1 齊衛平等：《抗戰時期的上海文化》，上海人民出版社，2001 年版，第 249 頁。
2 王欣：《一份頗具影響的外商華文晚報——〈大美晚報〉》，《新聞與傳播研究》，1991 年版，第 145～156 頁。
3 王欣：《一份頗具影響的外商華文晚報——〈大美晚報〉》，《新聞與傳播研究》，1991 年版，第 145～156 頁。
4 陳興來、李花：《「執拗」的資深報人——〈大美晚報〉編輯高爾德研究》，《今傳媒》，2012 年版，第 143～144 頁。

《密勒氏評論報》向來支持中國抗戰。1937 年 7 月 10 日至 1941 年 12 月 6 日的共 231 期數千篇社論和專文大多與中日戰爭有關。1938 午 5 月 20 日增設「讀者來信」專欄，揭露日本侵略，宣傳中國抗戰，呼籲國際社會援助中國，收到良好的效果。[1] 這段時期《密勒氏評論報》對中國抗戰的支持具體表現在：（一）揭露日本侵略野心，譴責日本的種種暴行。（二）揭露和譴責汪僞等漢奸、傀儡的叛國罪行。（三）熱情報導和宣傳中國人民的抗戰事業。（四）批評國民黨當局和軍隊的不足之處，督促國民黨蔣介石實施抗戰，堅持抗戰。（五）敦促美國等西方國家干預終日戰爭，制止日本對中國的侵略。（六）報導和呼籲國際民間社會對中國抗戰的支持與幫助。[2]《密勒氏評論報》對中國抗戰的大力宣傳引起日本侵略者的忌恨。他們利用新聞檢查、炸彈恐嚇、黑名單驅逐等等卑鄙的手段阻撓《密勒氏評論報》出版發行。「七·七」事變後，日僞當局用新聞檢查、禁止郵寄、恐嚇、驅逐、收買、暗殺等手段企圖逼迫鮑威爾屈服。《密勒氏評論報》被確定爲「絕對不准在本管境內行銷」的報刊。

1940 年 7 月，汪僞南京政府訓令僞上海市長與各外國駐滬有關機關交涉，驅逐阿樂滿等 7 名外國記者出境。這 7 名外國記者是「以哥倫比亞出版公司名義主持《申報》之阿樂滿」，「宣傳共產主義之《密勒氏評論報》主筆鮑威爾」，「主持《大美報》及《大美晚報》之史帶」，「身兼《大美報》及《大美晚報》編輯之高爾特」，「《大英夜報》發行人兼總編輯斐士」，「《華美晚報》發行人密爾士」及「常作廣播宣傳，公然反抗中國政府之奧爾考脫」。其罪名是「以外國身份而參加顛覆國民政府之陰謀，並公然爲破壞國民政府之言論行動」，「日夜造謠生事，以期危害民國」。對汪僞勢力公然違背國際法則的倒行逆施，在滬外國記者予以堅決反對。阿樂滿在聲明中指出「渠係一律師，決不願參加政治活動」，「渠主持之《申報》在盡報導之責任，將社會眞實情形報告市民，並非爲任何一方面之宣傳」，對所謂驅逐令「決置之不理」。1941 年 7 月汪僞政府再次下達驅逐令。在被驅逐的記者中，有 3 人相繼回國，有的去香港。也有人堅持戰鬥，決不退讓，鮑威爾是其中之一。[3]

1941 年 12 月，太平洋戰爭爆發，當天日軍就進佔租界，查封所有含有「敵對性」的報社、電臺和通訊社。12 月 8 日上午 10 時，日軍報導部組織四班人

1　張注洪主編：《中美文化關係的歷史軌跡》，南開大學出版社，2001 年版，第 109 頁。

2　參見張注洪主編：《中美文化關係的歷史軌跡》，南開大學出版社，2001 年版，第 109～129 頁。

3　馬光仁主編：《上海新聞史（1850～1949）》，復旦大學出版社，2014：916-917 頁。

馬分赴各所謂「敵對性」新聞機構，實施接收任務。第一班由秋山報導部民率領，先接收了英文《大陸報》，又赴英文《泰晤士報》接收，對《密勒氏評論報》《中美日報》《大晚報》均予以查封。第二班由酒井中尉率領，接收《正言報》《神州日報》等。第三班由山家少佐率領接收英文《大美晚報》《字林西報》等。第四班由高山中尉率領接收《申報》《新聞報》。[1]1942 年 6 月，日本憲兵隊以從事反日宣傳為藉口逮捕了《密勒氏評論報》發行人鮑威爾、《大美晚報》記者奧柏、《遠東週報》主筆伍海德等 10 餘人，被安上「間諜」罪名投入監獄。鮑威爾遭受折磨，最終雙腿癱瘓。

二、日本在華新聞業由盛轉衰

1937 年七七事變後，日本展開全面侵華戰爭，新聞統制政策陸續推廣到華北、華中、華南等淪陷區[2]，日本在華新聞業畸形膨脹。「七‧七事變」後，日軍在中國 19 省創辦漢奸或親日報紙約 139 種，最多時達 600-900 種[3]。從整體趨勢來說，這段時期可謂是日系報刊的沒落期，同時也是近代日本文化自明治維新迅速崛起後趨於全盤崩潰的時期。1945 年 8 月，隨著日本戰敗投降，日本在華新聞事業宣告結束。

（一）日本在東北地區新聞業的變化

「滿洲國」建立後，偽滿報業被日軍收買、兼併和「整理」，從 1940 開始走下坡路並向畸形發展。經多次整頓，整個東北地區 1940 年 7 月僅剩三十九種報紙，包括中文報紙十六種，日文報紙十七種，兼出中、日文版的報紙三種，英、俄、韓文報紙各一種，絕大多數報紙都由日人直接主辦。報刊出版較活躍的地方，是長春、瀋陽和哈爾濱。[4]

1、日本對東北地區新聞報刊的整頓

日偽當局為強化新聞統制，從 1936 年 9 月到 1944 年 9 月期間，對東北報業進行過三次新聞整頓，通過調整、合併、關閉，對報業實行高度壟斷，

---

1 馬光仁主編：《上海新聞史（1850～1949）》，復旦大學出版社，2014 年版，第 922 頁。

2 方漢奇主編：《中國新聞事業通史》（第二卷），中國人民大學出版社，1996 年版，第 871～875 頁。

3 中共中央黨史研究室第一研究部編：《抗日戰爭新論》，中共黨史出版社，2016 年版，第 189 頁。

4 周佳榮：《近代日人在華報業活動》，嶽麓書社，2012 年版，第 145 頁。

使官方報紙從「一省一報」到「一國一報」。1936 年 9 月 28 日成立「滿洲弘報協會」，吸收哈爾濱《大北新報》（中文）、《哈爾濱日日新聞》（中文）爲加盟社。1937 年 9 月收買哈爾濱《午報》（中文），停辦中文《國際協報》《濱江時報》《哈爾濱公報》，將三報人員合併。1937 年 11 月創刊「民間報紙」《濱江日報》，由日本關東軍派漢奸王維周任社長，陸續實現「一省一報」。1939 年 12 月，日僞當局爲強化「新聞統制」，由滿洲弘報協會收購《哈爾濱新聞》後將其設備搬到牡丹江市，籌辦出版《東滿日日新聞》。日僞當局從 1940 年開始「整理定期出版物」，實行「戰時體制」，實行高度壟斷的「弘報新體制」，對言論和出版採取「極嚴厲的措施」，不僅中文期刊，就是一部分日文期刊也「廢刊、停刊或強行停刊」。[1]

2、東北地區日本新聞報刊的新發展

老牌《盛京時報》是東北地區影響最大的報紙。但在弘報協會安排下的《哈爾濱日日新聞》進入最興旺的時期。從 1937 年起先後在齊、牡、佳市等地分別出版《哈爾濱日日新聞》地方版，還在長春、瀋陽、大連和東京、大阪等地設立支社、局。報社內部則充實機構，擴充設備。

1937 年 11 月 1 日，《濱江日報》創刊，刊發社論說：「我新興之滿洲，崛起東亞，各新聞報導機關，爲時代之先驅，做匡時之工具，與所肩負之偉大責任……含有特殊之意義」，《濱江日報》的創立過程折射出彼時東北新聞界的整體境況。[2]此外，新創刊報紙還有綏芬河的俄文報紙《尼古拉尼茨耶》（1937 年 9 月）、延吉《東滿新聞》（1939 年 9 月）、《山海關日報》（1940 年 7 月）等。1938 年 5 月 22 日，爲擴大宣傳和強化其在俄僑中的影響，日本扶植的俄僑事務局創辦機關週報《僑民之聲》，充斥著反蘇反共親日的言論。《亞細亞之光》雜誌被俄僑事務局接管後，大量篇幅用於討論政治和軍事問題，大力宣揚日本和俄僑事務局的意識形態。[3]

3、日本對東三省實施的新聞統制

日本佔領東北後，推行法西斯新聞統制，東北新聞界完全控制在日僞專

1　田雷：《文化抗爭：20 世紀 30 年代哈爾濱新聞出版業主題意蘊探究》，中國出版，2011 年版，第 63 頁。

2　丁宗皓：《中國東北角之文化抗戰（1895～1945）》，遼寧人民出版社，2015 年版，第 164～165 頁。

3　趙永華：《對「九一八」事變後日本在華出版俄文報紙及控制俄僑辦報活動的歷史考察》，《國際新聞界》，2011 年版，第 126 頁。

制機關手中。日僞當局通過頒布法律法規、建立檢查制度及加強組織管理等方式，逐步完成了對東北新聞界的全面監控。1941 年 1 月 16 日，僞「滿洲國」設立「滿洲新聞協會」用以代替「滿洲弘報協會」。8 月 25 日，又頒布《滿洲國通訊社法》《新聞社法》和《記者法》，即臭名昭著的「弘報三法」。[1]「弘報三法」出臺，一方面爲了大力宣揚奴化思想和殖民政策，另一方面也爲了嚴禁抗日報刊和出版物進入東北。

爲了控制廣播電臺，日本人開辦了僞「滿洲國」的新京放送局，負責統制東三省的無線電廣播。1942 年起，僞「滿洲國」實行新聞社新體制，建立中文《康德新聞》、日文《滿洲日日新聞》和《滿洲新聞》三大新聞社，壟斷了整個東北地區的報紙發行。[2]《康德新聞》合併 18 家中文報社，把老牌的《盛京時報》改組爲《康德新聞》奉天支社；《滿洲日日新聞》和《滿洲新聞》合併的日文報社數分別爲 3 家、4 家。1944 年 5 月 1 日，日文「滿洲日日新聞社」與「滿洲新聞社」合併成立「滿洲日報社」，推出《滿洲日報》（日文）。[3]報社的調整與合併使日本在東北的新聞壟斷達到頂峰。

1941 年太平洋戰爭爆發後，日本的物質供應越來越困難，哈爾濱各報不得不減頁、合併或停刊，《哈爾濱時報》也縮小了版面。1942 年 8 月，《哈爾濱時報》與哈爾濱最大的俄僑日報《霞光報》合併改出《時報》，成爲在哈爾濱出版的唯一的一家俄文報紙。[4]隨著侵略戰爭的不斷失敗，《時報》等日僞報刊每況愈下，版面一再減張，並在日本宣布投降時停刊。

（二）日本在華北地區新聞業的發展

北平淪陷前後，敵僞報紙有《晨報》《全民報》十數種之多，且不斷創辦新報刊。1937 年 5 月，日本人在北平新創辦了《進報》。1938 年 1 月 1 日，日僞「新民會」創辦了機關報《新民報》，鼓吹「新民主義」，宣傳「和平反共」和「建立東南亞新秩序」。1938 年 8 月，《進報》《全民報》併入《新民報》。此外，報紙還有日僞治安總署機關報《武德報》、日軍接收的原國民黨中央北

---

1 丁宗皓主編：《中國東北角之文化抗戰（1895～1945）》遼寧人民出版社，2015 頁。
　09：166 頁。
2 周佳榮：《近代日人在華報業活動》，嶽麓書社，2012 頁。04：150 頁。
3 黑龍江省地方志編纂委員會編：《黑龍江省志 第 50 卷 報業志》，黑龍江人民出版社，1993 年版，12：271～272 頁。
4 趙永華：《對「九一八」事變後日本在華出版俄文報紙及控制俄僑辦報活動的歷史考察》，《國際新聞界》，2011（6）：124～125 頁。

平機關報《華北日報》《民眾報》等。1944 年 4 月 30 日，《新民報》與其他報紙合併改組為《華北新報》。[1]

「七七」事變後，天津《庸報》遵照日本軍部的指示，其宣傳重點為鼓吹日本軍事威力「不可抗拒」，把日本的侵略說成是「挽救中國免於赤化」，破壞中國共產黨提出的團結抗日主張，引誘蔣介石留投降。1941 年 12 月太平洋戰爭爆發後，《庸報》的宣傳重點轉向渲染華北治安「穩固」假象，企圖掩蓋華北人民在共產黨領導下的英勇抗敵鬥爭。到抗戰後期，日本侵略者在中國陷人無法擺脫的困境，人力物力已告枯竭，《庸報》以連篇累牘的謊言鼓吹日本軍事和經濟力量「強大」。除《庸報》外，天津還有韃靼文日報《遼東新聞》。該報是突厥-韃靼（Turki Tatar）民族協會機關報，為其政治目的服務。[2]此外，還有井上今朝一於 1938 年 10 月 5 日創辦的《京津事情》，主要介紹京津與華北地區的一般事情。[3]

1943 年，為貫徹日本戰時新聞體制，日偽當局將青島的兩家日文日報《青島新報》和《山東每日新聞》合併改名為《青島興亞新報》（日報）繼續出版。館址設在青島上海路，由長谷川清主持。1945 年日本投降時終刊。[4]

華北地區出版的日偽報紙總共有六七十種之多，有些報紙還同時出版刊物。[5]1944 年 4 月，日本因在太平洋戰場上轉向不利而壓縮後方，集中力量撐持戰局。偽華北傀儡政權情報局局長管翼賢為壟斷華北報業，乘機向日本華北方面軍報導部建議在北平成立《華北新報》總社（由《新民報》改組），管翼賢兼任總社社長；各城市成立《華北新報》分社，分社長及主要負責人均由總社任命·天津《庸報》改組為《天津華北新報》。[6]1944 年 5 月 1 日，由偽華北政務委員會情報局在北平創辦《華北新報》，成為華北唯一的日偽中文報紙，1945 年 8 月日本投降後停刊。

1　周佳榮：《近代日人在華報業活動》，嶽麓書社，2012：151～152 頁。

2　于樹香：《外國人在天津租界所辦報刊考略》，《天津師範大學學報》（社會科學版），2002 年版，第 79～80 頁。

3　中國人民政治協商會議天津市委員會文史資料委員會編：《天津文史資料選輯（總第 98 輯）》，天津人民出版社，2003 年版，第 89 頁。

4　郭衛東主編《近代外國在華文化機構綜錄》，第 236 頁。

5　周佳榮：《近代日人在華報業活動》，嶽麓書社，2012 年版，第 157 頁。

6　孫立民：《〈庸報〉——日本侵略者的喉舌》，載於中國人民政治協商會議天津市委員會文史資料委員會編：《天津文史資料選輯·第 3 輯（總第 75 輯）天津租界談往》，天津人民出版社，1997 年版，第 259～260 頁。

日僞天津政府也控制著廣播電臺發展。1938 年 1 月，他們開辦天津廣播電臺。1942 年 2 月，又開辦天津廣播電臺特殊電臺，節目內容均爲「東京放送」的日語節目、「特殊放送」的文藝節目及商業廣告。天津廣播電臺有三套節目：一套爲廣播新聞及綜合類節目；一套爲專門轉播東京臺的日語節目；一套爲廣告性質的商業電臺，由廣益公司包辦所有商業廣告，再由他分包給各廣告社，共同獲利。[1]1940 年 7 月，北平成立「華北廣播協會」，直接控制天津、北京、濟南等地廣播電臺。日本人名義上把華北地區廣播電臺交「華北廣播協會」「專營統制」，但掌握實權是日本人。該會管轄的電臺分布在北平、天津、濟南、青島、煙台、太原、石家莊、保定、唐山和徐州等地，總髮射功率爲一百多千瓦。[2]日本在華北多地收購、建立或控制了多家廣播電臺，如河北省的日僞廣播電臺有承德放送局、張家口放送局、「冀東防共自治政府」廣播電臺、石門放送局、保定廣播電臺、寧遠第一播音臺，山西省的日僞廣播電臺有太原廣播電臺、運城廣播電臺、大同廣播電臺等，成爲日軍在華實行奴化教育的工具，抗日戰爭勝利隨著日軍投降而停播。

（三）日本在華東地區新聞業的沒落

上海是日僞新聞事業的中心之一。上海的日僞報紙主要有《新申報》《中華日報》《平報》《國民新聞》《新中國報》等。

1937 年 10 月，日本人在《上海日日新聞》基礎上創辦大型中文日報《新申報》，由日本軍部報導部直接控制。1939 年 1 月 1 日，日本吞併《上海日報》後創辦「大陸中部唯一的國策報紙」《大陸新報》。同年 4 月，又合併了《新申報》，並分別在武漢和南京兩地設立分社，發行《武漢大陸新報》和《南京大陸新聞》。1940 年 11 月，日本出版華文月刊《大陸畫刊》，至此日本軍部把上海的媒體完全地掌控在手心裏，可以隨意地控制、操縱輿論。[3]

侵華期間，日本軍方不斷操控報刊，製造國際輿論，蠱惑日本在滬居留民緊緊跟進日軍侵略華步伐。1939 年 9 月，日本駐上海總領事館特別調查班發行日文雜誌《特調班月報》，主要譯自國民黨統治區和共產黨抗日根據地雜誌的重要文章，也有日本特務通過秘密渠道獲得中國情報的分析文

---

1 馬藝：《天津新聞史》，天津人民出版社，2015 年版，第 390 頁。
2 趙玉明主編：《中國廣播電視通史》，中國廣播電視出版社，2014 年版，第 53 頁。
3 徐青：《日本佔領時期對上海租界的「改造」》，《外國問題研究》，2015 年版，第 40 頁。

章。該調查班還於 1940 年 9 月發行《通訊》旬刊。[1]日本人在上海也出版俄文報紙，1941 年前後的《俄文時報》（又名《俄文遠東時報》）即爲虹口日軍所辦，主筆爲日人黑機大尉及俄人薩文資夫。[2]太平洋戰爭爆發後，日軍進佔上海公共租界，老牌的商業報紙《申報》和《新聞報》均落入日軍手中。1942 年 11 月，日本駐滬海軍取代陸軍接管《申報》和《新聞報》，掀去其「中立」的面具。[3]1943 年 2 月，爲適應戰時體制，《大陸新報》將上海尚存的日文報紙《上海每日新聞》兼併，成爲上海唯一的日文報紙，銷量增至四萬份。[4]

1939 年 3 月，日軍佔領江西南昌後出版了日文報紙《贛報》，以日本軍隊及隨軍的日本人、朝鮮人爲主要對象；中日文化協會武漢分會於 1941 年、1943 年分別創辦中文週刊《中日法學》和日文週刊《中日文化》，日本陸軍部 1942 年 4 月在武漢出版名爲《大陸新聞》的日文日報。[5]

日本人在華東地區實行嚴格的新聞審查制度。1941 年底，日軍進駐上海租界後，派員到上海新聞檢查所協助檢查並擬定「新聞通訊應行注意事項」，規定凡日軍不允許報導之事一律不得予以報導。1942 年 4 月，日本在上海成立「滬區報業改進會」，由中日雙方報社負責人組成，任務是「強化報導陣營」「服務東亞聖戰」。1944 年 9 月，又成立控制整個汪僞統治區報刊宣傳的中國新聞協會，由中國籍會員報社和日本籍在華會員報社共同組成。大會「宣言」稱「現代戰爭爲總力戰，不僅在軍事政治經濟等方面展開決戰之態勢，尤須於思想戰決以雌雄。有必勝之信念，斯有必勝之戰果」，要求敵僞新聞界「努力宣揚，以換國人爲之後盾」。1945 年元旦「中國新聞協會上海區分會」成立並發表「宣言」要求所屬各報今後「應遵照新聞協會指示推進工作」，「爲喚起國民決戰情緒堅定必勝信念」。

（四）日本在華南及臺灣地區新聞業的沉浮

1938 年 12 月，日本南支派遣軍在廣州創辦華南日軍司令部機關報《迅報》，唐澤信夫任社長，出版中文和日文版。後來日文版獨立爲日文《南支新

1　郭衛東主編《近代外國在華文化機構綜錄》，第 325 頁；《上海新聞志》，第 143 頁。
2　趙永華：《對「九一八」事變後日本在華出版俄文報紙及控制俄僑辦報活動的歷史考察》，《國際新聞界》，2011 年版，第 125 頁。
3　周佳榮：《近代日人在華報業活動》，嶽麓書社，2012 年版，第 160 頁。
4　周佳榮：《近代日人在華報業活動》，嶽麓書社，2012 年版，第第 159 頁。
5　周佳榮：《近代日人在華報業活動》，嶽麓書社，2012 年版，第 160～161 頁。

聞》。太平洋戰爭前夕還一度出版晚刊，一直辦到日本投降爲止。廣州還有《中山日報》《民聲報》等日僞報紙。

1937 年 12 月起，香港原日文報紙《香港日報》第四版改爲中文；次年 6 月又獨立爲中文《香港日報》。還有一份日本人辦的《寫眞情報》，雙月刊，是日本當局報導部宣傳班所編。[1]

1940 年 9 月中旬，葡萄牙和日本簽訂「日葡澳門協定」，葡萄牙宣布澳門「中立」。日本絲毫不尊重澳門的「中立」，不斷向澳門滲透。香港淪陷後澳門成爲「孤島」，日僞勢力侵入澳門先後創辦《西南日報》《民報》，企圖控制新聞宣傳領域。[2]在日本駐澳特務機關策動和支持下大肆宣揚日本帝國主義的所謂「大東亞共榮圈」。

日本殖民當局在臺灣新創辦的報刊有臺北《文藝臺灣》（1940 年 1 月），是臺灣藝術家協會機關刊物。1941 年 7 月，臺北《民俗臺灣》創刊，內容注重收集臺灣地方性民俗資料，是研究臺灣歷史文化的專門刊物。[3]1941 年 12 月 25 日起，日本殖民當局從實行《新聞事業令》，以「一市一報」爲原則，至 1944 年初全島只剩下日本人辦的《臺灣日日新聞》（臺北）、《臺灣日報》（臺南）、《高雄新報》（高雄）、《臺灣新聞》（臺中）、《東臺灣新聞》（花蓮）及臺灣人所辦的日文《興南新聞》（臺北）六家日報。1944 年 3 月，六家報紙全部停刊；4 月 1 日，又合併爲《臺灣新報》（日文日報），作爲臺灣總督府機關報，進一步加強輿論控制，這是日本殖民者在臺灣出版的最後一份大型日報。晚報、週報、雜誌之類的報刊，則紛紛由於紙張不足而被迫停辦。[4]

（五）日本在華新聞業停止活動

抗日戰爭勝利後，國民黨在各地展開接管日本新聞事業的工作。上海的日文《大陸新報》、英文《上海泰晤士報》陸續被接管。華北、華南等地區日本新聞機構的接管工作也在這期間進行。[5]隨著日本無條件投降，臺灣也結束了日本殖民地時代，《臺灣新報》中的臺籍人員自行接收該報，並於 1945 年

1　周佳榮：《近代日人在華報業活動》，嶽麓書社，2012 年版，第 161～166 頁。

2　中國人民抗日戰爭紀念館：《抗日戰爭與中華民族復興》叢書 港澳同胞與祖國抗日戰爭》，團結出版社，2015 年版，第 252 頁。

3　周佳榮：《近代日人在華報業活動》，嶽麓書社，2012 年版，第 166～167 頁。

4　周佳榮：《近代日人在華報業活動》，嶽麓書社，2012 年版，第 167～168 頁。

5　周佳榮：《近代日人在華報業活動》，嶽麓書社，2012 年版，第 176 頁。

10 月 25 日改組爲《臺灣新生報》。初隸臺灣長官公署宣傳委員會，後成爲臺灣省政府的機關報。[1]對東三省日本新聞事業的接收是在蘇軍管轄下進行的。以侵略和奴役爲特徵的日本在華新聞業停止了活動。

三、蘇聯在華新聞業及其記者採訪活動

中國全面抗戰爆發後，蘇聯新聞界對中國的抗日戰爭非常重視和支持，不僅頻繁發表社論和署名文章抨擊英美政府對日本的姑息、日本發動侵華戰爭的罪惡，並屢屢向中國增派戰地記者，大量採訪並報導中國抗日救亡運動的最新動向。

（一）蘇聯記者在華的新聞採訪活動

抗戰初期，蘇聯新聞界對中國抗日救亡運動新聞的採訪與報導活動，集中表現在塔斯社及其著名記者 B·羅果夫身上。1938 年初，由羅果夫領導的塔斯社漢口分社就有十多名記者活躍在前線，向國內發回了大量戰場見聞。[2]隨著大後方新聞業發展，塔斯社在重慶組建了一支陣容強大的記者隊伍，如社長羅果夫，副社長諾米諾茲基，記者有葉夏明、司克渥策夫、沙曼諾夫等。由於蘇聯在重慶設有軍事顧問團，爲此蘇聯專爲塔斯社配備了一批戰地記者如谷賓斯基、查格拉斯基、勃海金、亞可勃夫、亞理葉夫、葛勃金等[3]。1938 年 12 月 12 日，羅果夫及戰地記者司克渥策夫（F.Skvortzov）赴成都和康定採訪，以「宣揚中國抗戰的潛在力量」。[4]他們先拜訪了四川軍政要人鄧錫侯、王瓚緒，參加了中國青年記者學會的歡迎會；從雅安走了 8 天來到康定，訪問了即將成立的西康省政府主席劉文輝和喇嘛廟及藏人家庭；1939 年元旦參加了西康省政府成立大典。[5]1939 年 4 月 3 日，羅果夫在國宣處傅維周陪同下赴第四、五、九戰區採訪，途經湘、鄂、贛、桂等地。國宣處認爲羅果夫對於

1　方漢奇：《中國新聞事業通史》（第二卷），第 1203 頁。

2　張功臣：《外國記者與近代中國（1840～1949）》，新華出版社，1999 年版，第 271
　　～272 頁。

3　林克勤：《抗戰時期重慶對外文化宣傳陣地研究》，四川大學出版社，2013 年版，
　　第 171 頁。

4　中國人民政治協商會議四川省重慶市委員會文史資料研究委員會：《重慶文史資料
　　選輯·第 30 輯》，中國人民政治協商會議四川省重慶市委員會文史資料研究委員
　　會，1988 年版，第 150～151 頁。

5　張文琳、楊尚鴻、張珂著：《國際友人與中國文化教育編年史略（1919.5.4～
　　1949.10.1）》，中國文史出版社，2016 年版，第 429 頁。

中國的宣傳頗多貢獻，特函請有關當局多予照顧。[1]

蘇聯《真理報》在抗戰爆發最初幾個月裏特闢「中國戰況」專欄，以綜合塔斯社在東京、倫敦、紐約和中國各地分社搜集的快訊為主，向讀者介紹中國軍民英勇抗敵的戰果。如 9 月 3 日的「中國戰況」包括：上海地區；華北；日方報導；「滿洲國」軍隊中的起義；中國沿海地區遭到封鎖。[2]羅戈夫主持的「中國來信」則以報導中國游擊隊的抗日活動為主，他在《真理報》上發表的文章有《在中國現在的首都》（1938 年 1 月 25 日）、《山東北部的游擊隊》（1938 年 2 月 13 日）、《中國軍隊的英雄》（1938 年 2 月 18 日）、《河北省的游擊隊》（1938 年 3 月 10 日）、《五臺山的游擊隊員》（1938 年 5 月 30 日）、《中國人民必勝》（1938 年 11 月 7 日）、《在中國前線的一個村子裏》（1939 年 4 月 26 日）、《在華中前線（記者短評）》（1939 年 4 月 28 日）等。H. 利亞霍夫、E. 茹科夫、A. 別傑羅夫、M. 馬利亞爾等也在《真理報》上發表有關中國革命的文章，向人們揭示了在國民黨正面戰場外，存在一支支富有生命力和戰鬥力的抗日武裝。

（二）蘇聯僑民在華的新聞業新動向

20 世紀 30 年代，俄僑在哈爾濱、上海、天津、北京都有出版報刊、書籍和政治著作，但哈爾濱和上海兩地較為集中，並有其特點及新動向。

一是哈爾濱地區的俄文報刊數量減少，部分報刊以他國報人名義出版。東北淪陷後，俄國僑民新聞出版活動受到偽滿政府、白俄事務局和日本人的三重管理，創刊的報紙、雜誌種數大幅度下降。[3]1938 年 2 月，哈爾濱唯一的晚報《魯波爾報》被查封；哈爾濱俄僑報刊中影響最大的文藝刊物《邊界》出版前須經過日本當局檢查，被迫增加「偉大的日本」欄目；哈爾濱最大的俄文日報《霞光報》1942 年 8 月 20 日被強行併入日本人的《哈爾濱時報》，成立以古澤幸吉為首的《時報》出版公司。由英、美等國報人直接出面或以他們的名義創辦俄文報刊，成為這一時期哈爾濱俄文報業的一個突出特點。

---

1 中國人民政治協商會議重慶市委員會編：《重慶文史資料》，第 30 輯，西南師範大學出版社，1988 年版，第 152～153 頁。
2 張功臣：《外國記者與近代中國（1840～1949）》，新華出版社，1999 年版，第 271～272 頁。
3 王迎勝《1898～1949 年哈爾濱俄羅斯僑民新聞報刊事業史研究》，《黑龍江史志》，2006 年版，第 24 頁。

　　二是俄僑文化中心從哈爾濱移到上海，表現出「英俄合璧」特點。30 年代中期，東北地區的俄僑繼續遷居上海，上海俄僑達到 4 萬人（鮑威爾估計在 2.5-5 萬之間）。[1]除原有《上海柴拉報》和《斯羅沃報》，又有俄文報刊相繼創刊。這一時期報刊的特點是「英俄合璧」。在上海接受西式教育的俄僑後代都會說英文。1934 年 4 月《新世界報》開始在上海發行，英俄文合刊。新聞消息特別注重蘇聯建設及其與遠東的關係。創刊後經歷停刊、復刊。1936 年 6 月 23 日改名為《中國導報》後繼續出版，仍為俄英文合刊，平均銷數約 2000 份。報導重點仍是蘇聯國內建設及與蘇聯有關的遠東問題。[2]

　　三是蘇聯新聞媒介在上海租界具有特殊地位。1941 年 4 月，蘇聯與日本簽訂《蘇日中立條約》，約定尊重彼此領土完整和互不侵犯，當一方與第三國交戰時另一方保持中立。蘇聯僑民以第三國身份在上海租界自由活動。40 年代陸續出版了《時代》《今日》俄文半月刊及中文版《時代日報》《時代》週刊、《蘇聯文藝》《蘇聯醫學》等刊物。1941 年 8 月 20 日，《時代》週刊中文版以蘇籍猶太人匹開莫名義註冊，由中共地下工作者姜椿芳主編，正式出版。1941 年 5 月 15 日，匹開莫和施特勞斯創辦俄文《今日》週刊。「孤島」時期的俄文報刊有《俄文日報》《柴拉早晚報》（即《霞報》）、《斯羅沃報》《時代》雜誌、《新生活報》《新生》和英文《每日電訊報》等；蘇聯《真理報》《消息報》也在上海出售。[3]

　　四是在華俄僑新聞業的關注內容發生變化。20 世紀的俄國僑民報刊的關注點為利用國外相對自由的政治環境進行政治討論，借助能夠引起身在異國他鄉的僑民們廣泛關注的話題，吸引固定讀者，增強民族群體凝聚力。所載文學的題材可分為俄羅斯題材和中國題材兩類，其中尤以前者所佔比重最大。[4]30 年代隨著蘇聯國內僑民政策放寬，一些俄僑已入蘇聯籍。俄文報刊的反蘇言論有所改變。1937 年 11 月後，一些俄僑自發組織「歸國者聯合會」，創辦《回祖國報》，1940 年改名為《新生活報》（亦稱《俄文新生活報》）。蘇

1　方漢奇、史媛媛主編；趙永華等撰稿：《中國新聞事業圖史》，福建人民出版社，2006
　　年版，第 201 頁。

2　趙永華：《俄蘇在華辦報追溯》，《國際新聞界》，2001 年版，第 78 頁。

3　馬光主編：《上海新聞史（1850～1949）》，復旦大學出版社，1996 年版，第 900、
　　901 頁。

4　劉豔萍：《20 世紀上半葉哈爾濱俄羅斯僑民文學與報刊》，《延邊大學學報》（社會
　　科學版），2014 年 3 月第 47 卷第 2 期，第 120～121 頁。

僑在上海和天津同時出版有《俄文日報》(《俄文每日新聞報》)，1949 年 7 月 1 日改名爲《蘇聯公民報》。

20 世紀上半葉俄僑在華曾出版過數以百計的刊物，目前已知有 500 多種[1]。俄僑新聞出版活動在當時的作用主要表現爲提供情報和文化交流，不僅爲中、俄、日三方提供軍事、政治信息，同時也有重要的文化研究和文化交流價值[2]。

（三）「蘇聯呼聲」電臺在上海

蘇德戰爭爆發後，蘇聯以蘇商名義創辦《時代》週刊中文版和「蘇聯呼聲」廣播電臺。「蘇聯呼聲」廣播電臺屬於蘇聯塔斯通訊社上海分社，1941 年 7 月裝機，8 月試播，9 月 27 日正式播音，使用華語（包括上海話和廣州話）及俄、英、德語播送新聞節目。設機地點在九江路 220 號，播音室在天主堂街（今四川南路）620 號。後來兩處播音，1470 千赫在靜安寺路（今南京西路）992 號，設華語節目；1480 千赫在天主堂街 620 號，用俄語廣播。

「蘇聯之聲」有新聞節目、專題節目、娛樂節目等。新聞直接引用塔斯社的電訊，由清華大學的畢業生樂家樹翻譯，主要內容是當時蘇德前線的最新消息、蘇德戰事述評，也播上海的時事新聞。新聞報導中有明顯的政治宣傳傾向，體現了政府喉舌的屬性。爲了增強反法西斯勝利的決心和贏得世界人民的支持，該臺的新聞報導以有利於蘇聯抗戰爲主，積極開展政治宣傳。[3]1941 年 12 月 8 日太平洋戰爭爆發後，該臺成了上海地區報導中國及盟國對日戰爭真實消息的唯一來源。1945 年 8 月 9 日，蘇聯對日宣戰後被日軍接管，日本無條件投降後又恢復播音。

四、美國在華新聞業及其記者採訪活動

「七七」事變後，南京、上海、武漢相繼淪陷，許多外國在華報社和通訊社遷往大後方，大批美國記者來華報導中國抗戰。他們不僅報導國統區情況，還積極報導八路軍、新四軍，和邊區的抗戰努力。

---

1 李興耕等：《風雨浮萍——俄國僑民在中國》，中央編譯出版社，1997 年版。
2 劉豔萍：《20 世紀上半葉哈爾濱俄羅斯僑民文學與報刊》，《延邊大學學報》（社會科學版），2014 年 3 月第 47 卷第 2 期，第 118 頁。
3 吳星晨：《淺析抗戰時期「蘇聯呼聲」電臺的傳播策略》，《新聞研究導刊》，2016 年 2 月第 7 卷第 04 期，第 22 頁。

（一）美國在華新聞記者的採訪活動

1938 年 2 月 11 日，合眾社記者王公達訪問延安並採訪了毛澤東。王公達提出九個問題，毛澤東一一作答。問及中國抗戰的前途，毛澤東表示「我對此完全是樂觀的，因爲中國抗戰的過程必然是先敗後勝、轉弱爲強，這已經成了確定的方向了」。關於國共合作以及抗戰勝利後的建國問題，毛澤東表示「現在及將來合作的目的是共同抗日與共同建國，在這個原則之下，只要我們的友黨能有和我們一樣的誠意，加上全國人民的監督，這個合作必然是長久的」，「我們所主張的民主共和國，便是全國所有不願當亡國奴的人民，用無限制的普選方法選舉代表組織代議機關這樣一種制度的國家。這種國家就是民權主義的國家，大體上是孫中山先生早已主張了的，中國建國的方針應該向此方向前進」。[1]王公達將這次採訪撰寫成文發表在《華盛頓郵報》、《泰晤士報》上。

1938 年 6 月，武漢會戰爆發。數十位外國記者雲集武漢，其中包括美聯社記者費希（F.W・Fisher）和莫飛（Murphy）、合眾社記者麥克丹尼爾（Mc Daniel）等。他們除採訪國民黨要人外，還拜訪八路軍駐漢口總辦事處，並見到了周恩來、葉劍英、三王明、博古、吳玉章等中共領導人。

1942 年年初，常駐重慶的西方新聞機構有 23 家；抗戰結束前，常駐重慶的外國記者達 30 餘人，每月還有 10～20 人左右的流動記者。其中包括美聯社的慕沙霸、司徒華，合眾社的王公達等。抗戰期間，美國記者是外國記者中人數最多的，至少有 35 名美國記者曾在中國報導過戰爭。[2]

（二）美國在華新聞處及其活動

1943 年上半年，羅斯福授權「聯邦電臺、報紙、出版物等各方面計劃；以及涉及情報傳播的有關對外宣傳活動，均由戰時情報局規劃、制訂及執行」。戰時情報局在駐同盟國和中立國大使館設立分局和派駐代表。爲掩護其收集情報和從事宣傳將所設分支機構冠以「新聞處」之名。儘管新聞處的工作重點始終是對華宣傳和收集中國情報。但美國駐華新聞處也參與國務院對華文化「援助」，且許多活動就是以新聞處名義進行的。戰時情報局及駐華新聞處的介人，使這一本身已不再是純文化領域的對華文化「援助」，打上了更

1　《毛澤東選集》，東北書店，1948 年版，第 421～424 頁。
2　張威：《抗戰時期的國民黨對外宣傳及美國記者群》，載《杭州師範大學學報》（社會科學版)》，2008 年版，第 36 頁。

深的政治烙印，也充分表明了美國政府通過對外文化交流而達到政治目的的
立場。[1]

美國新聞處發布《美國新聞處電稿》，目的爲「闡釋美國和平誠意，增進
中美關係」。1945 年 9 月 12 日正式發稿。「晨稿」上午 10 時半發，「午稿」下
午 7 時左右發，遇有重要新聞臨時增加，每日新聞電稿一般 10 餘條，多時 20
餘條。[2]新聞處還出版報刊，如 1944 年 8 月創辦《新聞資料》週刊，後改爲半
月刊，內容「僅限於那些在美國公開發表過的從舊金山、紐約或華盛頓郵遞
或無線電廣播收來的文章」。[3]

美國新聞處積極展開「公關」活動。首先是廣泛贈送印刷出版物。美國
新聞處北平分處曾經向北平市各機關團體贈送大量的出版物。雲南分處、天
津分處爲等也有類似的做法。美國新聞處下設圖書館系統，每個美國新聞處
至少設有一個圖書館或圖書室，館藏有大量的專業英文圖書、美國報刊《紐
約時報》《基督教科學箴言報》和雜誌《生活》《新聞週刊》《財富》等。[4]其次
是爲各單位放映美國影片。活動方式一是選擇空曠場地露天放映，招攬附近
居民來看，經常在所在城市舉行免費的電影招待會，放映的多爲反映美國生
活方式和「美國精神」的故事片、紀錄片，如彩色故事片《出水芙蓉》等。[5]還
積極聯繫各社會階層和團體，以租借拷貝或者電影播放車的方式給民眾播放
電影。有許多團體也經常借用美國新聞處的電影拷貝進行放映，如洞庭東山
旅滬同鄉會就曾經要求美國新聞處放映電影。1946 年 3 月一個月中，觀看廣
州美國新聞處組織播放電影的人數就達到近 10 萬人，其中很大一部分是在校
學生。[6]並且經常深入到中國社會發展人脈、進行活動。費正清擔任美國新聞
處主任的一項重要工作就是聯絡中國文化各界人士。1946 年 4 月，美國新聞
處上海總部新址啓用，費正清藉此機會連續舉辦了三次酒會，招待和聯絡上

---

1 張注洪：《中美文化關係的歷史軌跡》，南開大學出版社，2001 年版，第 188 頁。
2 石瑋：《美國新聞處在華活動初探 1946～1949》，《國際新聞界》，2010 年版，第 97
   頁。
3 石瑋：《美國新聞處在華活動初探 1946～1949》，《國際新聞界》，2010 年版，第 98
   頁。
4 翟韜：《戰後初期美國新聞處在華宣傳活動研究》，《史學集刊》，2013 年版，第 120
   頁。
5 石瑋：《美國新聞處在華活動初探 1946～1949》，《國際新聞界》，2010 年版，第 99
   頁。
6 翟韜：《戰後初期美國新聞處在華宣傳活動研究》，《史學集刊》，2013 年版，第 121
   頁。

海的中外官員、工商和文化各界人士，爲美國新聞處廣聚人脈;他本人更是與郭沫若、鄭振鐸、徐遲、馮亦代、金仲平等文化名人交往甚密，甚至經常請這些作家爲美國新聞處工作。[1]

（三）美國在華廣播交流與軍用電臺建立

1941 年末，美國國務院授權文化關係司成立中國處著手在文化方面援助中國。1943 年 7 月，在羅斯福總統的支持下美國國務院派新聞領域專家赴華。第一批三人中的弗羅伊德·泰勒是新聞編輯人員，喬治·戈里姆是播音員，法蘭克·布徹納是記者，他們的任務一是爲美國廣播公司和主要電臺撰寫、製作、收發來自中國的新聞報導，二是協助訓練中國廣播電臺的工作人員。[2]

抗日戰爭後期，美國軍隊進入中國境內參加對日作戰。根據《聯合國在華設立臨時軍用無線電臺辦法》並經中國政府批准，美軍 1944 年 10 月在廣西、雲南、四川等地設立軍用廣播電臺，爲美軍播送娛樂節目。

五、德國等在華通訊業的播遷

1938 年 8 月中旬，德國海通總社漢口分社社長艾格勞在重慶設立分支機構，名爲「海通社重慶分社」，這是最早來到重慶並有常駐記者在渝的外國通訊社。1938 年 9～10 月間，武漢戰局日益嚴峻，英國路透社，美國合眾社、美聯社，法國哈瓦斯社、法新社，蘇聯塔斯社，德國德新社，美國《紐約時報》等駐漢口機構、人員，陸續遷往重慶。[3] 1941 年底，常駐重慶的外國新聞機構 17 家。

1939 年重慶大轟炸時期，外國在華新聞機構也未能幸免且損失嚴重。6月 11 日 19 時，日機分 2 批襲渝投彈 133 枚，德、法駐渝通訊處中彈。1940年 6 月 11 日，日機 117 架分 4 批抵渝投彈 123 枚。德國海通社中燃燒彈全被焚毀;法國哈瓦斯社門口亦中彈，房屋震壞;蘇聯塔斯社中國總社門首落彈多枚，房屋全部震毀;國際新聞社重慶辦事處被炸毀，該社遷往通遠門內吳師爺巷 2 號辦公。

1941 年 6 月 7 日，敵機 32 架分 2 批炸渝，遷渝的遠東新聞社南京總社被全部炸毀。7 月 7 日，日機 58 架分 5 批由湖北襲渝，位於上清寺附近的外籍

1　費正清《費正清對華回憶錄》，世界知識出版社，1991 年版，第 374 頁。
2　張注洪主編:《中美文化關係的歷史軌跡》，南開大學出版社，2001 年版，第 182 頁。
3　陶建傑:《外國記者在華活動回顧》，《青年記者》，2009 年 10 月上，第 26 頁。

記者住宅遭炸，幸無人員傷亡。8 月 10 日，日機百餘架分批夜襲重慶，當日巴縣中學內的外國記者招待所被震壞。[1]

太平洋戰爭爆發後，美、英、中三國成立反侵略國家聯合宣傳委員會，以重慶國民政府國際宣傳處為會址，開放國際廣播電臺部分時段供各國記者對外廣播新聞通訊，並建電臺供外國記者發稿。美國國家廣播公司（NBC）、加利福尼亞廣播公司（CBS）、互通廣播公司（MBC）、英國大英廣播公司（BBC）等機構的記者經國民黨中宣部介紹，可以到中國中央國際廣播電臺（XGOY）直接播出自己的節目，並通過本國電臺定時轉播交換 XGOY 的外語抗戰節目。[2]

六、外國記者在大後方及延安的聯合採訪活動

南京、上海淪陷後，大量外國記者前往武漢，一時間雲集了來自世界各地記者數十名。武漢淪陷後國民政府遷往重慶，許多外國在華報社、通訊社和記者也隨之前往，重慶又成為遠東戰場新聞的最重要的來源地。

（一）外國記者在武漢和重慶的採訪活動

除美國外，英國路透社、法國法新社和哈瓦斯社、蘇聯塔斯社、德國德新社等世界大通訊社都在重慶建立分社或派駐記者。派駐重慶的還有英國《泰晤士報》、法國《巴黎日報》《人道報》，蘇聯《消息報》，瑞士《蘇利剋日報》和加拿大《新聞報》等記者，另外還有澳大利亞、意大利、波蘭等國記者。[3]

1938 年底，重慶國民政府在兩路口巴縣中學校園內設立國際宣傳處和外國記者招待所，每週五午後舉行例行新聞發布會，一時間成為抗戰對外新聞活動中心。國宣處從 1938～1941 年初大約接待了 150 多名外國記者，舉行新聞發布會 600 多次。1941 年 10 月、1943 年 6 月還先後組織中外記者赴湘北前線和鄂西前線採訪。1941 年太平洋戰爭爆發後，各國來重慶採訪的記者日益增多，招待所又添造房屋 14 間。1943 年再加築樓房 7 間。[4]

1　馮慶豪：《重慶大轟炸對外國使、領館及其他駐華機構的傷害情況初探》，《長江文明》，2008 年版（2）。

2　董謙：《抗戰時期駐重慶外國新聞機構的發展及歷史作用》，《重慶社會科學》，2008年版（6），第 73～76 頁。

3　董謙：《抗戰時期駐重慶外國新聞機構的發展及歷史作用》，《重慶社會科學》，2008年版（6），第 73～76 頁。

4　董謙：《抗戰時期駐重慶外國新聞機構的發展及歷史作用》，《重慶社會科學》，2008年版（6），第 73～76 頁。

（二）外國記者在延安等地的採訪活動

一些外國記者將目光投向中國共產黨和抗日革命根據地，通過各種途徑前往延安等地，對中共領導人及根據地人民展開報導。

1938 年春，漢斯·希伯從武漢轉往延安採訪毛澤東等中共領導人。1939年初在皖南涇縣雲嶺新四軍軍部見到周恩來和葉挺軍長。1941 年「皖南事變」發生後，希伯於當年 5 月與夫人秋迪一起到蘇比新四軍中採訪，並在蘇北解放區完成了 8 萬字的書稿《中國團結抗戰中的八路軍和新四軍》。同年 9 月，他從蘇北進入山東沂蒙山區抗日根據地。1941 年 10 月 30 日，漢斯·希伯所在部隊與日軍遭遇於沂南縣大青山，他在激戰中壯烈犧牲。[1]

「中外記者西北參團」對延安的採訪是八年抗日戰爭中外國記者對共產黨根據地進行的唯一的一次集中、大規模並且在國際輿論界產生重要社會影響的新聞採訪活動。1944 年 2 月，重慶國民政府新聞發言人在每週新聞例會回答中外記者問題時否認對共產黨邊區的全面封鎖。外國駐重慶記者立刻抓住這個機會聯名寫信給蔣介石，要求前往延安和八路軍防地參觀訪問。國民政府在國內外進步輿論壓力下和美英政府一再要求下，被迫於 5 月 10 日答應組織中外記者去陝甘寧邊區訪問。1944 年 5 月 17 日，「中外記者西北參觀團」21 人前往延安。其中有岡瑟·斯坦因（美聯社、《曼徹斯特衛報》、美國《基督教科學箴言報》）、伊斯雷爾·愛潑斯坦（美國《時代》雜誌、《紐約時報》、聯合勞動新聞社）、哈里森·福爾曼（合眾社、倫敦《泰晤士報》）、英里斯·武道（路透社、多蘭多《明星》週刊、《巴爾的摩太陽報》）、普羅茨科（塔斯社）、科馬克·夏南漢神父（美國天主教《信號》雜誌、《中國通訊》）等 6 名外國記者。代表團在陝甘寧邊區訪問考察了 43 天，受到中共領導人毛澤東的接見，參觀邊區的機關、學校、生產部門，參加各種集會，訪問邊區英雄模範人物、作家、藝術家及各階層知名人士，看到了延安與重慶截然不同的情況，留下深刻的印象。除夏南汗神甫提前返渝外，其餘 5 人還到晉西北敵據地實地觀察我軍夜襲日寇戰略據點汾陽，並與日本俘虜進行交談。1944 年 7月 1 日，在毛澤東接見中外記者參觀團後不到 20 天，倫敦《泰晤士報》就刊載了這次毛澤東對記者的談話內容；8 月 3 日，「美國之聲」電臺廣播了紐約時報記者從延安發出的通訊，稱讚陝甘寧邊區的軍民自力更生、廣泛實行民

1　黃瑚：《中國新聞事業發展史·第 2 版》，復旦大學出版社，2009 年版，第 242～243頁。

主等。[1]中外記者們回到重慶後，紛紛把採訪的材料撰寫成專文發表，或寫成專著出版。自 7 月底起，重慶各報開始陸續發表有關訪問延安的見聞。除《中央日報》《商務日報》個別記者作了歪曲、攻擊性報導外，大多數記者的報導都比較客觀。美國記者福爾曼撰寫出版了《中國邊區的報告》一書，斯坦因在英國《時事新聞報》上發表《毛澤東朱德會見記》，愛潑斯坦在印度《政治家日報》上發表《我所看到的陝甘寧邊區》，還分別在《紐約時報》等美、英著名大報刊上發表 20 多篇出色的通訊，福爾曼的《紅色中國的報導》以詳實的文字詳述在邊區數月的見聞和八路軍英勇戰鬥的故事，並配以自拍的 65 張照片做插圖，使全書圖文並茂，具有很大的吸引力；福爾曼還充分發揮它擅長構圖和攝影的優勢，把自己在共產黨抗日根據地歷時 5 個月新聞採訪中拍攝的新聞照片彙集成爲畫冊《西行漫影》一書單獨出版。也許與福爾曼把攝影畫冊取名爲《西行漫影》有關，史沫特萊在評價福爾曼《紅色中國的報導》一書時將它稱之爲斯諾《西行漫記》的「續篇」。中外記者對延安客觀、眞實而又生動的報導，打破了國民黨的新聞封鎖，全世界對中國、特別是對中國共產黨的看法由此改觀。[2]

1　董謙：《抗戰時期駐重慶外國新聞機構的發展及歷史作用》，《重慶社會科學》，2008 年版（6），第 73～76 頁。

2　黃瑚：《中國新聞事業發展史·第 2 版》，復旦大學出版社，2009 年版，第 243～244 頁。

第八章 民國南京政府中期的新聞管理體制和新聞業經營

全面抗戰期間，民國南京政府改行戰時新聞統制政策，嚴厲實行新聞檢查，統一經營新聞事業，統一管制新聞人才。戰爭極大地破壞了中國新聞業生存與發展的社會基礎。商業廣告需求大幅萎縮，長期進口的白報紙幾乎完全斷絕，新聞生產紙張設備嚴重匱乏。個別民營報紙企業化經營生機勃發。偽滿、汪偽報業實行壟斷經營。

第一節 民國南京政府中期的新聞業管理體制

「七‧七事變」後，中國歷史進入中華民族與日本侵略者浴血奮戰的抗日戰爭時期，開始了以中國國民黨和中國共產黨第二次合作以抵抗民族敵人日本帝國主義為主要特徵的「民國南京政府中期」。中國新聞業及新聞業管理體制也進入了新的發展階段。

一、民國南京政府的新聞業管理體制

全面抗戰期間，民國南京政府鑒於國家和民族當時的與日交戰狀態，在全國範圍內實行戰時新聞統制政策。

（一）民國南京政府新聞管理體制主要特徵：戰時新聞統制

在日本帝國主義全面侵華戰爭爆發後，民國南京政府宣布全國處於戰時緊急狀態，並在全國實施軍事總動員，提出一切為了「抗戰建國」的政治總綱領。同時在新聞領域實行戰時新聞統制政策。要求全國新聞媒體在思想上

領導上確定三民主義暨總理遺訓爲一級抗戰行動及建國的最高標準，在行動上領導上全國抗戰力量及蔣中正委員長領導下集中全力奮勇前進，思想和行動的目標在於抗戰建國同時並進，對外說明中國的立場並爭取精神的和物質的援助，最大目標在於瓦解日本軍隊及解除其國民之精神的武裝。[1]

　　戰時新聞統制的核心內容包括實行新聞檢查制度、新聞事業由國家統一經營，新聞人才由國家統一管制。政府對新聞內容實施檢查實際上在抗戰全面爆發前就開始了。1933 年 1 月 19 日中國國民黨第四屆中央執行委員會第五十四次常務會議通過重要都市新聞檢查辦法以後在京滬等重要都市成立了新聞檢查所，曾遭致新聞界強烈反對，政府方面於 1936 年 5 月把新聞檢查所由中央黨部宣傳委員會改爲軍事委員會管轄。[2]而實行戰時報業國家統一經營是報業戰時行政統制的主張。其中有人認爲「報業行政統制的徹底化，當然是國營。」[3]國營化的辦法除了登記立案及檢查之外，應先定合時宜的新聞管理政策，使全國報館、通訊社合理分布與調節，新聞從業人員適當訓練與使用，電訊、報紙爲及時供應與傳遞。[4]也有人其中統制新聞事業人才，也是統制新聞事業之必要手段，也可說是達到新聞統制目標的一條捷徑。[5]其中有人認爲治本的方法是由中央黨部、中央宣傳部等黨政機構創辦一所新聞院校培養戰時急需的新聞專業人才以彌補戰時新聞人才的缺乏，治標的方法是通過制定新聞記者資格條件來規範現有新聞從業人員以及通過職業保障、嚴密監察和職業公會等方面強化對現有新聞記者的管理。[6]

（二）戰時新聞統制與新聞檢查制度

　　隨著日本帝國主義全面侵華戰爭的爆發，中華民族面臨亡國滅種的空前危機，整個國家處於戰亂緊急狀態，民國南京政府爲了爭取抗戰勝利宣布全國處於戰爭非常時期，並通過了系列抗日戰爭動員令，同時全國各領域進入戰時緊急管制。1938 年 3 月國民黨臨時全國代表大會公布《抗戰建國綱領》，該綱領「確定三民主義暨總理遺教爲一般抗戰行動及建國之最高準繩。」國

1　上官和：《論三民主義新聞政策》，《大路月刊》，第 7 卷第 5 期，1942 年版，第 9～17 頁。
2　宗蘭：《中國的新聞檢查制度》，《上海記者》，第 1 卷第 1 期，1942 年版，第 3～4 頁。
3　趙占元：《國防新聞事業之統制》，汗血書店，1937 年版，第 136～137 頁。
4　彭國棟：《新聞國營論》，《戰時記者》，第 3 卷第 6 期，1941 年版，第 4～5 頁。
5　趙占元：《國防新聞事業之統制》，汗血書店 1937 年版，第 132 頁。
6　趙占元：《國防新聞事業之統制》，汗血書店 1937 年版，第 132～136 頁。

民黨中央 1939 年 3 月 12 日公布的《國民精神總動員綱領》明確規定抗戰時期一切新聞言論的準繩是「不違反國民革命最高原則之三民主義；不鼓吹超越民族之理想及損害國家絕對性之言論；不破壞軍政軍令及行政系統之統一；不利用抗戰形勢以達成國家民族利益以外之任何企圖」。1942 年 2 月 29日民國南京政府頒布《國家總動員法》規定「本法實施後，政府於必要時，得對報館及通訊社之設立，報紙通訊稿及其他出版物之紀載，加以限制、聽止，或命令其爲一定之紀載。」又規定「本法實施後，政府於必要時，得對人民之言論、出版、著作、通訊、集會、結社，加以限制。」由此建立起了包括戰時新聞業准入限制、新聞黨政軍協調管理組織機制、新聞出版檢查、新聞出版的獎罰制度等在內戰時新聞統制與新聞檢查制度。

1、戰時新聞黨政軍協調管理的組織體系

爲了適應全面抗戰軍事動員和輿論動員的需要，民國南京政府對新聞出版、戰爭宣傳的管理機構進行了重大調整，構建起「黨治新聞」、「政管新聞」和「軍查新聞」的三位一體的新聞管理組織機制。

首先是加強原有國民黨中央宣傳部的組織機構以加強新聞事業的領導和控制。中宣部作爲戰時新聞宣傳的業務指導機構，下設普通宣傳處、國際宣傳處、藝術宣傳處、新聞事業處、出版事業處、廣播事業處、總務處等七處。每一個處室都和社會新聞業管理相關，直接相關的是中宣部新聞事業處、廣播事業處、出版事業處及由總務處管制下的新聞檢查局和中央圖書雜誌審查委員會。

其次是設立直隸軍事委員會的戰時新聞檢查局來領導並負責實施全國新聞檢查。根據 1939 年 5 月 26 日《戰時新聞檢查辦法》將軍事委員會新聞檢查機構改組，設立戰時新聞檢查局，集中管理戰時全國新聞檢查事宜，隸屬於中央軍事委員會，在組織訓練及技術上由中央宣傳部負責。戰時新聞檢查局局長，由中央宣傳部、軍事委員會派員分別擔任。其經費以原有中央檢查新聞經費爲基礎，並由中央軍事委員會彌補不足。各地新聞檢查所人事與經費由戰時新聞檢查局統籌辦理。其職員以調用爲主，必要時得遴選適當人才專任。依照中央核定的「新聞檢查標準」、「戰時新聞禁載標準」及中央宣傳部與戰時新聞檢查局臨時指示執行新聞檢查。[1]

---

1 《戰時新聞檢查辦法》（民國 28 年 5 月 26 日軍事委員會擬定，同年 6 月 1 日行政院訓令通行），劉哲民編：《近現代出版新聞法規彙編》，學林出版社，1992 年版，第 554 頁。

再者，明確政府序列的行政院圖書雜誌審查委員會、行政院非常時期電影檢查所、內政部地圖審查委員會、教育部國立編譯館、各地警察局等都直接參與執行新聞宣傳的檢查。後來，國民黨中央將各出版審查檢查機關合併設立戰時出版指導機關，隸屬行政院。戰時出版指導機關的組織條例及戰時出版審查標準交國民黨中央常務委員會審議後施行，戰時出版指導機關的經費由裁併的各出版檢查原有經費和公糧一併劃歸。[1]

最後，統一指定相應機構及人員負責與控制新聞的發布。《對於新聞發布統製辦法》規定：無論任何機關團體人員，非因職務或業務上之必要，應盡量避免與外人接觸，遇有接觸之必要時，亦不得告知任何政治消息，或表示政治意見；各中央政治機關對外發表消息及一切文告，應送由外交部情報司或中央宣傳部國際宣傳處代為發表；中央各院、部、會得指定一、二人專負接待一般外賓發言之責，但其談論範圍，應先得該主管長官之指示。[2]

2、限制嚴格的戰時新聞業准入制度

全面抗戰爆發後，為了動員全民抗戰，與侵華日軍進行輿論鬥爭，民國南京政府在抗戰前已有相關法律制度的基礎上，修正和新出臺了一系列新聞出版法規，進一步嚴格限制新聞業發行人或編輯人及新聞記者、註冊資本、地域分布、數量限制等准入條件。

首先是整治、暫緩而後則嚴控報社、通訊社、雜誌社的申請登記。1938年9月22日《抗戰時期報社通訊社聲請登記及變更登記暫行辦法》規定：凡聲請登記之報社或通訊社，非領有內政部發給登記證，不得發行；內政部對於報社或通訊社之聲請登記案件，得斟酌當地實際情形，暫緩辦理；凡報社或通訊社之遷地出版者，非經內政部發有新登記證，不得發行；各地經核准登記之報社及通訊社，其設備低劣、內容簡陋者，由地方政府會商當地黨部依法嚴加考核，轉報內政部切實取締。[3]1943年4月15日公布的《非常時期報社通訊社雜誌社登記管制暫行辦法》在此基礎上規定聲請登記或變更登記

---

1 《十二中全會改進出版檢查制度決議案》（民國33年5月20通過），《中國新聞學會年刊》，1944年版，第67頁。

2 《對於新聞發布統製辦法》（民國28年9月15日國防最高委員會頒布），劉哲民編：《近現代出版新聞法規彙編》，學林出版社，1992年版，第555頁。

3 《抗戰時期報社通訊社聲請登記及變更登記暫行辦法》（民國27年9月22日第5屆中央常務委員會第94次會議通過）劉哲民編：《近現代出版新聞法規彙編》，學林出版社，1992年版，第488頁。

規定者，由地方主管官署或當地新聞檢查機關、圖書雜誌審查機關通知地方主管官署，會同同級黨部，依法嚴加取締，並分別轉報內政部及中央宣傳部。

其次是在從業經歷及從業資格等方面對新聞記者實施更嚴格限制。1937年7月8日《出版法》（修正）規定：「有下列情形之一者，得禁止其為新聞紙或雜誌之發行人或編輯人：因違反第二十一條之規定受刑事處分者；因貪污或詐欺行為受刑事處分者。」1937年7月28日《出版法實行細則》（修正）還對發行人或編輯人的學歷、經歷嚴格限制，要求至少高中畢業或服務新聞業三年或五年以上才可以申請新聞紙的發行人資格。1943年2月15日《新聞記者法》及《新聞記者法施行細則》規定「依本法聲請核准領有新聞記者證書者，得在日報社或通訊社執行新聞記者之職務。」並規定須有高中畢業或舊制中學畢業以上學歷或任新聞記者職務三年以上才可以申請新聞記者證書。規定「有下列情形之一者，不得給予新聞記者證書；其已領有新聞記者證書者，撤銷其證書：背叛中華民國，證據確實者；因違反第二十一條之規定，或因貪污或詐欺行為被處徒刑者；禁治產者；被剝奪公權者；受新聞記者公會之會員除名處分者；在國內無住所者。」

再次，提高報社、通訊社、雜誌社的註冊資本與嚴格控制地域分布。在原有《出版法實行細則》（修正）規定的基礎上大幅度提高報社、通訊社、雜誌社註冊資本。1943年4月《非常時期報社通訊社雜誌社登記管制暫行辦法》規定：「在人口百萬以上之省政府或市政府所在地，刊行報紙者五萬元以上，刊行通訊稿者一萬五千元以上，刊行雜誌者二萬元以上；在人口未滿百萬之省政府或市政府所在地，刊行報紙者三萬元以上，刊行通訊稿者五千元以上，刊行雜誌者一萬元以上。」且嚴格控制報社、通訊社和雜誌社的地域分布，規定「在人口五十萬以上之省政府或市政府所在地，及其近郊地區，以報社五家、通訊社三家為原則。逾額得限制增設；在人口未滿五十萬之省政府或市政府所在地，及其近郊地區，以報社三家、通訊社二家為原則。逾額得限制增設；在前二款以外之重要城市，以報社二家、通訊社一家為原則。逾額得限制增設；在縣政府或設治局所在地，以有一家為原則。」

3、戰時新聞出版內容的嚴格檢查制度

為了適用全面抗戰的實際需要，民國南京政府先後對原有新聞出版審查標準、新聞檢查標準、新聞檢查辦法、違檢處罰法規進行修正，又頒布了一些新的新聞出版審查法規。

　　首先，界定「反對」和「禁止」的內容標準。國民黨中央在《修正抗戰期間圖書雜誌審查標準》中界定「謬誤言論」包括：曲解、誤解、割裂本黨主義及歷來宣言、政綱、政策與決議案者；記載革命史蹟，敘述中央設施諸多失實，足以淆惑聽聞者。立言態度完全以派系私利爲立場，足以妨礙民族利益高一一切之前提者；其鼓吹之主張，不合抗戰要求，足以阻礙抗戰情緒，影響抗戰前途者；故作悲觀消極論調，或誇大敵人，足以消滅抗戰必勝之信念者；妨害善良風俗及其他之頹廢言論，足以懈怠抗敵情緒，貽社會不良影響者。言論偏激狹隘，足以引起友邦反感，妨礙國防外交者。而「反動言論」則包括「惡意詆毀及違反三民主義與中央歷來宣言、政綱、政策者。惡意抨擊本黨，詆毀政府，污蔑領袖與中央一切現行設施者。披露軍事、外交秘密消息，關係國防計劃，而未經許可發表者。爲敵人及傀儡僞組織或漢奸宣傳者。鼓吹偏激思想，強調階級對立，足以破壞集中力量抗戰建國之神聖使命者。鼓吹在中國境內實現國民政府以外之任何僞組織，國民革命軍以外之任何僞匪軍，及其他一切割裂整個國家民族之反動行爲者。挑撥中央與地方感情，或離間黨政軍民各方面之關係，以逞其破壞全國統一之陰謀者。妄造謠言，顚倒事實，足以動搖人心，淆亂視聽者。」同時實施《戰時新聞禁載標準》、《國民軍事教育新聞發表標準》等作爲新聞檢查和獎懲的依據。

　　其次，事前與事後結合的審查方式。民國南京政府 1944 年 6 月 20 日公布的《戰時出版品審查辦法及禁載標準》規定：「審查方式採用事前審查與事後審查兩種，前者爲原稿審查，後者爲印成品審查。」規定「凡未經事前審查之出版品，應由著作人或發行人將印成之出版品送審查機關爲事後之審查。」《戰時書刊審查規則》規定戰時圖書、雜誌及戲劇電影的劇本的審查由中央圖書雜誌審查委員會及其所屬各省市圖書雜誌審查處依法執行，凡以論述軍事政治及外交爲目的的圖書、雜誌或單篇文字均須原稿送審，凡不涉及軍事、政治及外交的圖書、雜誌則實行自願送審，違者依法處罰。[1]這一階段還先後發布《戰時圖書雜誌原稿審查辦法》、《各省市新聞檢查規則》等有關戰時新聞出版檢查的法規及臨時行政辦法，以強化戰時新聞統制。

1　《國府新頒戰時出版品書刊審查兩項法規》，《中國新聞學會年刊》，1944 年版，第
　　65～67 頁。

4、戰時新聞出版獎罰制度

爲了抗戰宣傳的需要，多出優良新聞宣傳作品，遏制違法新聞宣傳，民國南京政府進一步完善戰時新聞出版的獎罰制度。

1943 年 2 月 16 日發布的《獎勵優良書刊劇本辦法》規定：「獎勵方法得爲下列之一種或數種：一、榮譽獎勵。由本會發給榮譽獎狀；二、現金獎勵。第一等獎二千元，第二等獎一千元，第三等獎五百元。三、轉報有關機關予以介紹出版、上演或酌予獎勵。上列獎狀、獎金由著作人具領，獎狀並可刊登該圖書、雜誌或劇本之封面。」[1]對於全國優良新聞宣傳品進行榮譽獎勵、現金獎勵及向公眾推介獎勵。

同時，加大戰時新聞宣傳作品或活動違法處罰的力度。《戰時新聞違檢懲罰辦法》規定對各報社、通訊社違檢行爲視情節輕重給予忠告、警告、嚴重警告、定期停刊、永久停刊等懲罰。[2]《非常時期報社通訊社雜誌社登記管制暫行辦法》規定「報紙、通訊社、雜誌之內容如不合於抗戰建國之需要，並足貽社會以不良之影響者，內政部得於中央宣傳部審定後停止其發行，並註銷登記。」《戰時新聞違檢懲罰辦法》（修正）把處罰分爲警告，嚴重警告，沒收報紙、通訊稿或其底版，勒令更換編輯人員，定期停刊，永久停刊。[3]

二、中國共產黨新聞業的管理體制

和前一階段相比，中國共產黨新聞業的最大特徵由於國共合作抗日，共產黨及其新聞媒介在國統區成爲合法存在，共產黨領導的陝北根據地以「陝甘寧邊區」的形式得以合法存在，共產黨新聞業有了穩定的存在和發展空間，並逐漸發展成爲相對成熟的新聞管理體制。

（一）中國共產黨新聞管理思想的主要淵源和核心內涵

中共新聞管理體制是中共新聞事業實踐的重要組成部分，其確立與發展

1　《獎勵優良書刊劇本辦法》（民國 32 年 2 月 16 日中央圖書雜誌審查委員會擬訂，行政院指令備案），劉哲民編：《近現代出版新聞法規彙編》，學林出版社，1992 年版，第 270～271 頁。

2　《戰時新聞違檢懲罰辦法》（民國 28 年 12 月 9 日軍事委員會指令核准施行），劉哲民編：《近現代出版新聞法規彙編》，學林出版社，1992 年版，第 556～557 頁。

3　《戰時新聞違檢懲罰辦法》（民國 32 年 10 月 4 日修正，軍事委員會辦（42）政字第 44266 號指令核准施行，並報請中央宣傳部轉奉中央 243 次常會備案。），劉哲民編：《近現代出版新聞法規彙編》，學林出版社，1992 年版，第 560～561 頁。

離不開新聞管理思想的指導。中國共產黨的新聞管理思想是紅色新聞管理體制形成的理論基石。

1、馬克思、恩格斯新聞管理的主要思想

馬克思、恩格斯的新聞管理思想主要包含以下方面：首先是對黨報性質的認識，即黨報是黨的「思想武器」與「鬥爭陣地」。認為「是社會的捍衛者，是針對當權者的孜孜不倦的揭露者，是無所不在的耳目，是熱情維護自己自由的人民精神的千呼萬應的喉舌」，[1]第二是對黨報工作原則的規定，即黨報應當闡述黨的綱領，遵從黨的精神。認為「是否遵守和貫徹黨的綱領和黨的策略原則，是否根據黨的精神進行編輯工作，是衡量一份報紙是不是黨的機關報的重要標準」，[2]第三是對黨報領導權問題的認識，即黨的報刊需要處理好與黨的領導機關的關係，接受黨的領導和監督。黨報是黨的整體事業的一部分，黨報必須在黨的領導機構的領導下展開工作。應當「由黨的領導機構來指導黨報的工作，行使對黨報編輯工作的監督權，黨報編輯部在組織上服從黨的領導機構」。[3] 第四是要求掌握報刊經濟權力，採用多種辦報方針和策略[4]；第五是反對君主專制制度下的書報檢查；第六是對黨的新聞工作者素質要求的思想。認為黨的新聞工作者必須對黨和人民負責，具備高度的政治責任心，「為黨服務」[5]是新聞工作者的必須具備的基本意識。

2、列寧對新聞管理的主要思想

列寧結合俄國報刊工作的實際，充實了馬克思主義的新聞觀念的具體內涵。首先提出黨的報刊「不僅是集體的宣傳員和集體的鼓動員，而且是集體的組織者」。將黨報功能從「宣傳員」和「鼓動員」的「喉舌」角色往前推進了一步，提出了報紙的「組織」功能；其次是明確提出黨報理論的「黨性」原則。即黨報的言行需要遵守黨的綱領與章程；再者是強調黨對於報刊宣傳的控制與管理，即黨的出版物應受黨的監督；[6]最後是報刊經營管理思想，列

---

1 《馬克思恩格斯全集》（第六卷），人民出版社，1961 年版，第 275 頁。
2 鄭保衛：《馬克思恩格斯報刊活動與新聞思想研究》（上），高等教育出版社，2003 年版，第 421 頁。
3 陳大維：《試論馬克思恩格斯後期的黨報思想》，《新聞大學》，1983 年版，第 1～6 頁。
4 鄭保衛：《馬克思恩格斯報刊活動與新聞思想研究》（上），高等教育出版社，2003 年版，第 502～507 頁。
5 《馬克思恩格斯全集》（第三十一卷），人民出版社，1972 年版，第 569 頁。
6 《列寧全集》（第四卷），人民出版社，1986 年版，第 2 版，第 315 頁。

寧認爲黨報可以採用收費的方式來維持其基本的經營和利用，但必須控制廣告的刊登以保證刊物的無產階級屬性及民主本質。[1]

3、中共新聞管理思想的核心內涵

作爲繼承馬克思、恩格斯、列寧等革命導師無產階級新聞思想的中國共產黨新聞管理領導集團，中國共產黨人在新聞管理方面始終堅守一些根本性的原則與認識。首先是堅持黨對於報刊的領導與管理。堅持黨的領導主要是黨對報刊工作的人事安排與報刊內容的監督指導，成爲中共黨報管理的重要方針；其次是堅持黨報爲「集體的組織者」屬性，明確「中央黨報不是幾個作者私人所編的雜誌，乃是我們整個黨對外的刊物……，代表我們黨的意見」。[2]黨員言論「完全應受黨的各級執行機關之指揮和檢查」；[3]再則是對報紙的功能定位。張聞天認爲「我們的報紙……是階級鬥爭的有力的武器」。[4]「報紙是階級鬥爭的工具」觀點是特殊歷史時期下共產黨對報刊功能的理解，也是無產階級革命事業的需要，應當以歷史的眼光來辯證地認識它，既看到其合理性，也應看待其侷限性；[5]最後是「全黨辦報」與「群眾辦報」方針。1942年9月22日《解放日報》發表社論《黨與黨報》中明確提出「黨必須動員全黨來參加報紙的工作」，「報紙辦不好，乃是全黨的損失，這種損失，不僅黨報的工作人員要負責任，而且每個黨員都要負責任的」。[6]「群眾辦報」原則是處理報刊與群眾的關係基本原則。《紅旗》發表的《黨員對黨報的責任》提出，「黨報的內容，要更能夠反映工農群眾的要求，要更能夠代表廣大勞苦群眾的呼聲，要更能夠指給勞苦群眾以鬥爭的出路」[7]。

（二）中國共產黨新聞管理體制的具體內涵

「七・七事變」後，共產黨人在錯綜複雜的環境下審時度勢，艱難而堅

---

1 劉江船：《建國前中國共產黨新聞管理思想研究》，長春，吉林大學出版社，2006年，第59頁。

2 《中央黨報的作用及同志對於黨報的義務》，《中國共產黨新聞工作文件彙編》（下卷），新華出版社，1980年版，第33頁。

3 《對於宣傳工作的議決案》，《中國共產黨新聞工作文件彙編》（上卷），新華出版社，1980年版，第20頁。

4 洛甫：《關於我們的報紙》，《鬥爭》第38期，1933年12月20日。

5 鄭保衛：《中國共產黨新聞思想史》，福建人民出版社，2004年版，第88頁。

6 《黨與黨報》，《中國共產黨新聞工作文件彙編》（下卷），新華出版社，1980年版，第55～57頁。

7 忠發：《黨員對黨報的責任》，《紅旗》第100期，1930年5月10日。

定地堅持抗日民族統一戰線，同時也堅定地開展抗日新聞宣傳工作，並使新聞管理體制在新的環境中不斷完善和發展。

1、調整管理新聞事業結構

爲應對不斷變化的時事格局和複雜的宣傳狀況，中國共產黨在本階段把調整刊物的出版結構作爲完善管理體制的重要手段。1940 年 10 月中共中央宣傳部在《關於〈中國青年〉的通知》明確要求既要「成爲青年幹部在理論、策略、工作、和文化生活各方面的學習刊物」。又是「是黨的一般中級幹部的學習刊物」。[1]

中共中央 1941 年 3 月 26 日發布「關於調整刊物問題的決定」，決定「《中國青年》、《中國婦女》、《中國工人》暫時停刊」，「擴大」《解放》和《共產黨人》編委，分別由洛浦、博古、鄧發等人組織；「《中國文藝》停刊，相關文章刊載於《中國文化》上，後者編委由艾思奇、周揚等人組織」、「責成中央出版發行部將停刊省出的字數用於書籍及教科書印刷」[2]。這是中共爲滿足急於出版書籍、小冊子正常發行的調整。

同年 5 月 15 日，中共中央決定「將延安《新中華報》、《今日新聞》合併，出版《解放日報》。新華通訊社事業，亦加改進，統歸一個委員會管理。」[3]同年 7 月 4 日中共中央宣傳部《關於各抗日根據地報紙雜誌的指示》決定「中央局、中央分局和地域上有獨立性的區黨委（如晉西北），可辦一種政治報紙（三日刊、隔日刊或日刊），作爲黨及黨所領導的軍、政、民的共同言論機關」。「上列機關可辦一種政治雜誌（月刊），其讀者對象與上相同」。「上述機關可出版一種黨內刊物（月刊），其讀者對象爲區級以上的黨的幹部」。「上列機關可出版一種在黨指導下的綜合的文化文藝性質的雜誌」。「各邊區可以出版一種作爲社會教育工具的通俗報紙，其讀者對象是廣大的群眾和普通黨員」。「大的地委和專區，有必要時，也可以出版通俗性的地方小報，作爲當地問題的鼓動機關。某些地委或縣委出版的支部小報，應作爲有計劃的黨員教育的補助教材，而糾

---

1 《中宣部關於〈中國青年〉的通知》，《中國共產黨新聞工作文件彙編》（上卷），新華出版社，1980 年版，第 95 頁。

2 《中共中央關於調整刊物問題的決定》，《中國共產黨新聞工作文件彙編》（上卷），新華出版社，1980 年版，第 96 頁。

3 《中共中央關於出版〈解放日報〉等問題的通知》，《中國共產黨新聞工作文件彙編》（上卷），新華出版社，1980 年版，第 97 頁。

正無計劃的湊篇幅的現象」。[1]確立了從政治報紙、政治雜誌，到黨內刊物、文藝雜誌、通俗報紙，再到地方小報和支部小報的抗日根據地完整報刊體系。

　　1942 年，戰爭環境更加惡劣，敵僞掃蕩更加頻繁，根據地在新聞出版物資、報紙宣傳活動上遇到嚴重困難。爲適應環境，中宣部根據「精兵簡政」方針指示「每一戰略根據地可以出版一種四開的二日刊或三日刊，刊載國內外重要新聞及本地區新聞，將重點放在後者，以增強對於本地區工作之指導推動作用。日刊及同時數個報紙之存在，徒耗人力、物力，在目前環境內是不適合的」。[2]調整的目的是爲了在惡劣的環境中生存，避免人力和物力消耗。

2、完善黨報內容的管理制度

　　早在 1941 年 7 月，中宣部就在《關於各抗日根據地報紙雜誌的指示》中明確提出管理黨報內容的四個要求：[3]首先是必須「掌握黨中央的政策與黨的原則，爲它們的貫徹而進行各方面的鬥爭，防止任何違反政策與原則的言論」；其次是「必須反映現實，反映當地社會情況與工作情況，反映大眾呼聲……，極力糾正那種主觀的、表面的、教條的、公式主義的，無的放矢的和空談的缺點」，再則「善於使用批評的武器，表揚各種工作中的成績，揭發其錯誤」，但必須是實事求是的老實態度，糾正那種誇大、鋪張、虛僞、掩飾的惡劣作風」。最後要「力求充實多樣，具有多方面性，改正空虛、單調的毛病」。[4]

　　1942 年 3 月 16 日，中宣部在「爲改造黨報的通知」基本建立起對黨報內容的管理制度。指示首先明確「報紙是黨的宣傳鼓動工作最有力的工具」，「把報紙辦好，是黨的一個中心工作」。其次明確黨報任務爲「貫徹黨的政策，反映黨的工作，反映群眾生活」，如報紙「只是或者以極大篇幅爲國內外通訊社登載消息……，不過爲別人的通訊社充當義務的宣傳員而已」。再則要求黨報在新聞報導中要「把黨的政策，黨的工作，抗日戰爭，當地群眾運動和生活，

1　《中宣部關於各抗日根據地報紙雜誌的指示》，《中國共產黨新聞工作文件彙編》（上卷），新華出版社，1980 年版，第 114～115 頁。

2　《中宣部對各地出版報紙刊物的指示》，《中國共產黨新聞工作文件彙編》（上卷），新華出版社，1980 年版，第 128 頁。

3　《中宣部關於各抗日根據地報紙雜誌的指示》，《中國共產黨新聞工作文件彙編》（上卷），新華出版社，1980 年版，第 114 頁。

4　《中宣部關於各抗日根據地報紙雜誌的指示》，《中國共產黨新聞工作文件彙編》（上卷），新華出版社，1980 年版，第 114～115 頁。

經常在黨報上反映，並須登在顯著的重要的地位」。既要表揚優點，也要批評缺點。要允許不同的觀點出現，讓「一切非黨人士站在善意的立場上對我們各方面工作的批評或建議的言論發表」。最後是黨報文字應通俗簡潔，既要「讓稍有文化的群眾也能夠看懂，也要讓那些識字不多而稍有政治知識的人們聽了別人讀報後，也能夠懂得其意思」。[1]

3、創建管理新聞廣播事業的管理體制

20世紀40年代，就共產黨的新聞宣傳體系結構言，無線電新聞廣播相對於傳統新聞報刊還屬於「新媒體」。創建新聞廣播事業的管理體制，成為新聞業管理的重要組成部分。

首先是領導體制的構建。1941年5月25日，《中共中央關於統一各根據地內對外宣傳的指示》中強調，「廣播臺及起廣播臺作用的戰報臺，應劃歸通訊社，並設立廣播委員會專門負責廣播材料的審查編輯」。明確「各地應經常接收延安新華社的廣播，沒有收音機的應不惜代價設立之」，「關於電臺廣播內容與廣播辦法等，應受延安新華社之直接領導」。[2]形成了中共中央→中央宣傳部→延安新華社（廣播委員會）→廣播電臺的行政領導管理體制。

其次是建立廣播內容的管理制度。1941年5月25日發布的《中宣部關於電臺廣播的指示》對新聞廣播的內容、形勢以及具體做法作了明確規定「廣播內容應以當地戰爭及政治、軍事、經濟、文化教育等各方面的具體活動為中心，並以具體事實來宣傳根據地的意義與作用」；「廣播材料應力求短小精彩，生動具體，切忌長篇大論令人生厭的空談」；「廣播均應採用短小的電訊形式，每節平常以三百至五百字為適當，至多不得超過一千字；當地負責同志的講演與論文，如有特別重要意義的，應摘要廣播，至多亦不得超過一千字」；「每節電訊應一次廣播完結，不得拖延時日，至多不得超過兩天廣播的時間。[3]

再則建立保證制度得到實施的機制。指示從廣播的內容、材料、形式以及播出方式等方面做出了明確而具體的規定，成為管理根據地廣播事業的基

---

1 《中宣部為改造黨報的通知》，《中國共產黨新聞工作文件彙編》（上卷），新華出版社，1980年版，第126頁。

2 《中共中央關於統一各根據地內對外宣傳的指示》，《中國共產黨新聞工作文件彙編》（上卷），新華出版社，1980年版，第99頁。

3 《中宣部關於電臺廣播的指示》，《中國共產黨新聞工作文件彙編》（上卷），新華出版社，1980年版，第100頁。

本制度，如有違反則必須糾正。如中宣部即曾致電北方局，要求北方局改變電臺中新聞電訊的不當做法，多播短訊，注重時效性。[1]《中共中央關於加強對晉東南通訊社廣播的控制問題給彭德懷同志的指示》中亦強調對外宣傳和廣播需在政治上統一步調，不准任意廣播。

4、完善和加強發行及通訊社管理制度

關於建立報黨發行網制度。1939 年 3 月 22 日，中共中央爲打破外界對於中共出版物的查禁與封鎖，規定從中央至縣委一律設立發行部，同時設置巡視員，對發行工作進行體系化管理。明確「各地應當組織一批有經驗的同志擔任發行工作，保證黨的刊物的迅速傳遞」，要求「各級發行部應依照各種不同的環境，建立公開的、半公開的或秘密的發行網」。[2] 1941 年發布的《中宣部關於各抗日根據地報紙雜誌的指示》中進一步要求「建立發行網及同讀者有聯繫的發行工作，廢止非黨內刊物的贈送制度，克服發行工作中與讀者脫離及遲緩、不經常的現象」。[3]

關於加強通訊社管理的制度。1942 年，中共中央要求各抗日根據地「抓緊通訊社及報紙的領導，使各通訊社及報紙的宣傳完全符合於黨的政策，務使我們的宣傳增強黨性」。[4] 1944 年，新華社在總社致各地分社電文中明確通訊社在人事機構上「應有單獨組織」，設「編輯、採訪、電務三科」。其次在工作中「要實行全黨辦報，通訊網建立在黨組織的基礎上；要培養基幹通訊員，實行主力（記者）民兵（基幹通訊員）自衛隊（通訊員）三位一體的結合，鞏固通訊工作」；再則在各方關係上要接受黨委的領導，妥當處置各方關係。[5]

三、日僞在淪陷區的新聞統制體制

1937 年盧溝橋事變後，日本軍隊向中國內地推進，並在佔領區成立各種

1　《中宣部關於電臺廣播問題給北方局彭左羅電》，《中國共產黨新聞工作文件彙編》（上卷），新華出版社，1980 年版，第 101 頁。

2　《中共中央關於建立發行部的通知》，《中國共產黨新聞工作文件彙編》（上卷），新華出版社，1980 年版，第 101 頁。

3　《中宣部關於各抗日根據地報紙雜誌的指示》，《中國共產黨新聞工作文件彙編》（上卷），新華出版社，1980 年版，第 101 頁。

4　《中共中央關於報紙通訊社工作的指示》，《中國共產黨新聞工作文件彙編》（上卷），新華出版社，1980 年版，第 121 頁。

5　《新華總社關於通訊社工作致各地分社與黨委電》，《中國共產黨新聞工作文件彙編》（上卷），新華出版社，1980 年版，第 121 頁。

偽政權，依次有「冀東自治政府」、「中華民國臨時政府」、「蒙疆聯合自治委員會」、「中華民國維新政府」。1940 年出臺的所謂「新生中國」的「中央政府」即汪偽「國民政府」，雖然宣稱對華北與蒙疆行使管轄權，但中國淪陷區實際上仍是由汪偽「國民政府」、「華北政務委員會」與「蒙古自治政府」分區統治。在日本侵略者操控下，偽政權建立了一套殖民化的管理體制。

（一）以治外法權的殖民法制規制新聞業

在淪陷區，偽政權對新聞業一般以法令形式實施管理。1937 年 9 月 19 日，平津治安維持會發布《懲罰令》，對「以攪亂治安及秩序爲目的，流佈虛僞之風說、危險之主義，或頒布印刷物行爲」，處以「死刑，或無期或十年以上二十年以下之懲役」[1]。隨著偽政權相對穩定，它們都先後頒布了《出版法》，其中偽蒙古聯盟自治政府頒布於 1938 年 7 月、偽臨時政府頒布於 1938 年 7 月 15 日、偽維新政府頒布於 1939 年 9 月 5 日、偽國民政府頒布於 1941 年 1 月。偽政權爲標榜合法性，宣稱所頒布《出版法》以 1931 年《出版法》爲基礎。但卻刪除了原《出版法》的國民黨色彩，突出保護外國元首或住在本國之他國外交官者，以體現偽政權的媚日本性。除《出版法》之外，各地偽政權相繼頒布了名目繁多的法令，它們成爲日本佔領時期充當著替代日本人鉗制中國人思想的工具。

日本駐華各地領事館多以《營業取締規則》或《居留民取締規則》及《警察犯處罰令》等領事館令爲依據管理日人在華新聞活動[2]。盧溝橋事變後，「在華北，日本人出版物的狀況是北京、天津、青島、濟南及其他各地報紙、雜誌、宣傳品等大量刊行」[3]，以銷售新聞紙爲業的日本商店從事變前 10 家猛增到事變後 143 家[4]。日本駐華北各地領事館 1940 年 8 月 22 日統一頒布《出版物取締規則》，基本延續日本國內《出版法》內容，但在維護日本皇室「尊嚴」方面則更嚴於日本國內《出版法》。1940 年 3 月 15 日，各領事館頒布《放送無線電話受信機登記規則》館令，要求在華北各地日本人使用的收音機必須向領事館當局登記。1942 年 5 月 20 日，日本駐華北各總領事館及領事館頒布《放送聽取用無線電話取締規則》

1　《支那事變關係執務報告上卷（第三冊）》，東亞局第三課，1937 年版，第 1056 頁。
2　《領事館令集（1938 年）》，第 202 頁。
3　《北支・蒙疆年鑑昭和 16 年版》，第 468 頁。
4　《第二回保安主任會議議事錄（1940 年）》，北支領事館警察署，1940 年版，第 111 頁。

（二）日偽操控淪陷區行政機構統制新聞業

華北事變後，偽冀東防共自治政府由公安局兼任新聞管理業務。盧溝橋事變後，由漢奸組織維持會維持治安，如天津新聞檢查所曾被天津治安維持會接收。1940 年 3 月，華北政務委員會出臺，政務廳下設情報處，掌管華北地區情報、新聞、宣傳的管理與統制，日本人及川六三四、山內令三郎、龜谷利一擔任專員[1]。華中地區的偽「維新政府」成立後設宣傳局，隸屬行政院」。[2] 偽「維新政府」1940 年 3 月改組爲偽「國民政府」後設立，「宣傳部管理國內國際宣傳事宜。」[3]1940 年 8 月 10 日公布《國際宣傳局組織法》掌管「全國對外宣傳事宜」，分爲管理、新聞、編譯、情報四處[4]。各地偽政權成立新聞業的管理機構。這些行政機構名義上隸屬上級機關，實際上既受日本軍隊控制又受到日本政府駐在機構「內面指導」，純粹是傀儡機構。

（三）以「同業（或自治）團體」操縱新聞業

盧溝橋事變後，中國內地陸續淪陷。日偽淪陷區出現「清一色的和平建國的論調」[5]。1939 年 1 月 2 日偽北京新聞協會成立。該會由 30 家中國新聞媒體和 5 家日本新聞媒體組成，卻推選日本人武田南陽爲會長，副會長爲中國人歐大慶和日本人豬上清四郎[6]。1943 年 2 月，選出華北新聞協會籌備委員七人，只有一名中國人。同年，日偽成立「由華北新聞協會、華北廣播協會、華北電影公司、華北作家協會、中國文化學會、華北文化書局、新民印書館等組織組成」的「華北宣傳聯盟」，任務是「報導宣傳之統制運用、報導宣傳與企劃運用之綜合的研究及立案、報導宣傳關係機關之組成及聯絡、報導宣傳者之養成及訓練」[7]。華中地區，1944 年 9 月 25 日成立中國新聞協會。成員由中國籍會員報社和日本籍在華會員報社組成。雖名爲「中國新聞協會」但受日本人操控。第一次理事會常會出席人員在拜謁中山陵、行政院後旋即訪問日本大使館、日本總軍報導部、海軍武官府[8]，即是一例。

1　《臨時政府各機關日係職員表》，興亞院華北連絡部政務局，1939 年版，第 2 頁。
2　《行政院宣傳局組織條例》，《政府公報》，第 5 號，1938 年 5 月 9 日。
3　《宣傳部組織法》，《政府公報》，1941 年版。
4　《國際宣傳局裁撤另設研究所》，《新聞報》，1943 年 9 月 10 日，第 2 版。
5　永松淺造：《新中華民國》，東華書房，昭和 17 年版，第 91 頁。
6　《支那新聞同業協會成立》，《中國年鑑民國 38 年》，上海日報社調查編纂部，1939 年版，第 168 頁。
7　《華北宣傳概況》，華北政務委員會情報局，1943 年版，第 7～8 頁。
8　《中國新聞協會昨開理事常會》，《新聞報》，1944 年 11 月 11 日，第 1 版。

（四）以御用事業法人壟斷新聞業

在淪陷區，日本管理新聞廣播業的手段是成立御用法人組織，通過這些組織壟斷新聞廣播業，由這些組織的日本人控制淪陷區新聞廣播業。

壟斷廣播電臺。華北地區，日本內閣 1937 年 12 月 25 日決議通過《北支放送暫行處理要綱》明確以「北京大放送局」爲「中央廣播電臺」，華北廣播設施在華北日本陸軍監督下由日本放送協會實施。「華北政務委員會」1940 年 6 月 24 日通過《華北廣播協會條例》明確「華北廣播協會爲中華民國財團法人」，經營「廣播無線電事業；前項事業之附帶事業；對於經營前列各項事業所必需之其他事業之出資」。[1]雖然標榜爲「中日公益社會事業項下合作經營之法人」，但除會長、一名理事、一名監事、放送部長爲中國人外，其他各部門主要幹部全部是日本人。[2]在華中地區，興亞院華中連絡部 1940 年 5 月起草《華中放送協會設立要綱（案）》要求「盡快設立中國法人的日中合作民營放送協會」，專營「（一）華中放送無線電話事業；（二）前號事業之附帶事業。」[3]。汪僞政府行政院 1941 年 2 月 18 日公布《中國廣播事業建設協會章程》，2 月 20 日正式設立，3 月 15 日開始業務。雖然該協會名爲「中國廣播事業建設協會」（表 8），但其常務理事、理事、監事、名譽理事、總務部長、管理部長、技術部長、放送局長參事等主要職員多由日本人承擔[4]，其殖民色彩不說自明。蒙疆地區不僅成立了「蒙疆廣播協會」，且引入僞「滿洲國」電電模式，成立蒙疆電氣通信設備株式會社，壟斷經營電信電話事業，附帶事業包含「廣播受信機販賣」與「放送局」[5]，並負責檢查中波收音機。

壟斷報業經營。「維新政府」1938 年 12 月公布《社團法人華中報業聯合社章程》，將原華中新聞合作社改組爲華中報業聯合社，總部在政府所在地，負責江蘇、安徽、浙江三省各新聞、通信廣告及販賣等業務的直營及投資[6]；代替宣

1　《華北廣播協會條例》，《華北政務委員會法規彙編》（下冊）（十一僉載），1941 年版，第 54 頁。

2　《ラジオ年鑑：昭和 17 年》，日本放送出版協會，1943 年版，第 367 頁。

3　《華中放送協會設立要綱（案）》，興亞院華中連絡部，昭和 15 年 5 月 17 日。

4　《中國放送協會》，《國民政府機關聘用日系職員表》，在中華民國大日本帝國大使館，1944 年 1 月。

5　《北支那經濟年鑑昭和 14 年版》，北支那經濟通信社，1938 年版，第 1153～1153 頁。

6　《社團法人華中報業連合社章程》，《中華民國維新政府概史》，第 74 頁；《華中報業連合社案の議政會議上程》，《宣伝機關統制書類綴昭和 14 年度》，中支那派遣軍報導部。

傳局實施新聞用紙配給政策。僞政權對蒙疆地區新聞社採取一元化經營，《株式會社蒙疆新聞社法》規定「蒙疆聯合委員會爲統制新聞通訊及其他弘報事業起見，……設立株式會社蒙疆新聞社」[1]，確立一元經營模式，壟斷經營張家口本社出版《蒙疆新報》（華文日刊）、《蒙疆新聞》（日文日刊）、《蒙古新聞》（蒙文週刊）、《利民》（華文半月刊）、《蒙疆年鑒》（日文年刊）及《蒙疆通訊》等，支社出版《蒙疆晉北報》（華文）、《蒙古聲報》（華文）、《蒙新晉北版》（日文）、《蒙新厚包版》等。華北地區，僞「華北政務委員會」1944 年 4 月訓令原京津兩地的《新民報》、《實報》、《民眾報》、《東亞報》、《晨報》解散，依據《華北新報股份有限公司條例》（1944 年 6 月 26 日）成立華北新報股份有限公司。

　　壟斷通訊社經營。汪僞 1938 年 2 月 15 日在上海成立中華聯合通訊社。1939 年 10 月 4 日僞「維新政府」召開法人組織促進協議會，推動中華聯合通訊社法人化，後確認它爲華中地區唯一通訊社。《中華聯合通訊社章程》稱「本社作爲維新政府之機關通訊社」，具體經營「與本社方針不牴觸之報紙及雜誌類的辦理、販賣；各種廣告之辦理及與之相伴的業務；消息寫眞及其製版之供給；其他理事會認爲完成本社目的之必要事業」[2]，1940 年 5 月中華聯合通訊社與上海「中央通訊社」合併成立「中央電訊社」，理事會爲最高權力機關，「承國民政府行政院宣傳部之命，監督指導本社一切事宜」，明確「宣傳部代表一至三人、外交部代表一人、新聞事業負有重望之專家一至三人、重要報社代表其總額以五人爲限」[3]，撕下了「法人化」的面具公然成爲汪僞「國民政府」統制新聞電訊的執行機構。

第二節　民國南京政府中期的新聞業經營

　　民國南京政府中期新聞業經營面臨極其嚴峻的戰時經濟環境。全面抗戰期間，國民政府的財政始終處於收不抵支狀態。戰時軍費支出、物資供不應求、敵方破壞加劇和政府指導失誤，致使全面抗戰即開始的緩性通貨膨脹在 1940 年轉向急性通貨膨脹[4]，財政赤字通常約占 80%。[5]中國經濟在全面抗戰

1　《蒙古法令輯覽第 1 卷》（治安篇第二章警察第七款出版著作物），第 32 頁。
2　《中華民國維新政府概史》，第 69 頁。
3　《中央電訊社組織章程》，《中央電訊社第一年》，第 117 頁。
4　楊菁：《試論抗戰時期的通貨膨》，《抗日戰爭研究》，1999 年版。
5　鍾思遠：《抗日戰爭時期國民政府的財政收入與物價》，《天府新論》，1998 年版。

中遭受極大損失，新聞業經營仰仗的商業廣告需求大幅度萎縮。中國國際交通線一度完全中斷，中國報業長期進口的白報紙幾乎完全斷絕輸入，國產高質量的印報紙張數量有限。抗戰末期報業器材匱乏的狀況更趨嚴重。「白報紙沒有地方買，改用粗糙的土紙，紅、綠、青、藍顏色都有。買不到油墨，用土製油墨，一黏手就一片黑。中央曾有計劃，設廠製造印刷機件、紙張、油墨，供黨報用，也始終沒有實現。因爲用平板機印刷，就不免影響出版時間，有時因空襲停電，就只能用手搖，其速度可知。」[1]戰時中國的報紙，大多數呈現爲「灰頭土腦」而衣冠不整的面貌。

一、國民黨新聞業的經營

（一）《中央日報》的戰時經營

1、一報出版多版，規模由大到小

抗戰伊始，國民黨中央宣傳部發出通令，責成各中央直轄黨報「注意各省邊區偏遠地帶擇其辦報可能性較著中心點的地方籌備分社」[2]。《中央日報》創辦廬山版、長沙版、重慶版後，依託各省黨部在貴州、昆明、廣西、湖南、福建、安徽等地創設地方分版。

戰時物資匱乏和內地經濟、文化相對落後，內遷的國民黨黨報在物質上「普遍的呈現退步的現象」。「戰前篇幅廣大，現在一般的縮小；戰前一般採用白報紙，現在則大部分改用土產紙。」[3]印刷及紙張質量等均大幅度遜色於戰前。抗戰前，《中央日報》日出 3 大張以上，印刷清晰，抗戰中維持在日出 1 大張的對開大報的低限，有時印刷低劣，版面文字不易辨識。抗戰中的《中央日報》的發行量呈下降之勢，戰前日發行 2 至 5 萬份，抗戰初期重慶《中央日報》日發行 1.6 萬份。[4]

2、擴大廣告篇幅，調整報紙售價

國民黨黨報的收入來源，由通常的報紙發行和刊載廣告的收入和黨政部門的行政撥款構成。在行政撥款的數額不變或不夠、報紙發行數量下降的情

1　曾虛白：《中國新聞史》，三民書局，1984 年版，第 409 頁。

2　《貴陽中央日報芷江分社創辦經過》，《新聞學季刊》，第 1 卷第 3 期。

3　趙炳良：《抗戰以來的新聞事業》，《新聞學季刊》，第 1 卷第 1 期。

4　蔡銘澤：《中國國民黨黨報歷史研究（1927～1949)》，團結出版社，1998 年版，第 206 頁。

況下，增加廣告收入成爲維持生存的主要手段。《中央日報》在全面抗戰期間
的報紙版面縮減三分之二，所刊載廣告的篇幅卻呈現不減反增的態勢。《中央
日報》頭版除報頭外其餘均爲廣告，刊載廣告的版面通常有一兩版之多，占
全部版面的 25% 至 50%，高於戰前的比例，報縫也被利用來刊登廣告。「在 10
家中央直轄黨報規模一覽表中，其篇幅，副刊和發行量都大幅縮減，獨有廣
告篇幅所佔的比例則有增無減。戰前，《中央日報》和各直轄黨報的廣告篇幅
均在 3 至 5 版之間，占全部版面的 25% 至 40%，而抗戰期間各中央直轄黨報
的廣告篇幅則在 1 至 2 版之間，占全部版面的 25% 至 50%，高於戰前的比例。
一張對開 4 版的報紙，被廣告占去了 50%，剩下的篇幅只能登評論和中外要
聞，地方新聞極少，難免會影響『國策』的宣傳，所以蔣介石曾對此斥責。」
[1] 逐漸重視廣告經營的《廣西日報》，1941 年刊登聯合廣告並開發節假日廣告
市場，1942 年 4 月 24 日在第三版首刊「經濟小廣告」的分類廣告，同年 10
月 1 日首次刊出中縫廣告。[2]《廣西日報》的廣告擠占報紙版面，定期的副刊
變成了不定期刊。

　　1941 年 6 月 29 日，重慶《中央日報》在第 1 版報頭左側大字刊登《本報
改定廣告刊費啓事》，稱「本報因物價日昂成本更重爲維持收支平衡起見不得
不將廣告刊費略爲提高」，「七月一日起改定廣告刊費」：「長行每行七元」，「短
行每行三元五角」，「從事小廣告四十八字以內四元」，「七十二字以內六元」，
「九十六字以內八元」。擴大廣告的報紙版面篇幅、提高廣告刊費而增加收入
的效應在抗戰後期尤爲明顯。1944 年第一季度的廣告收入，重慶《中央日報》
爲 246.6166 萬元，昆明《中央日報》爲 217.6026 萬元，西安《西京日報》爲
120.1822 萬元，分別遠遠超出三報同時期發行收入的 14.41 萬元、55.178 萬元、
50.318 萬元和撥款的 76.563 萬元、8.424 萬元、10.491 萬元。[3]

　　《中央日報》遷渝出版，報紙篇幅基本穩定在日出對開 4 版，報紙零售
價卻從初期的相對穩定轉向後期的快速暴漲。重慶《中央日報》的零售價，
由國幣 0.04 元（1938 年 9 月 15 日）、0.08 元（1940 年 2 月 1 日）漲至 0.10

1　《國民黨中央宣傳部檔案》，中國第二歷史檔案館全宗號 711（5），卷號 259，轉引
　　蔡銘澤：《論抗戰時期國民黨黨報的發展》，《新聞大學》，1993 年版。

2　陳洪波：《抗戰時期〈廣西日報〉（桂林）廣告經營發展歷程及特點——抗戰時期〈廣
　　西日報〉（桂林）廣告研究系列之二》，《新聞與寫作》，2016 年版，第 7 期。

3　《國民黨中央宣傳部檔案》，中國第二歷史檔案館全宗號 711（5），卷號 259，轉引
　　蔡銘澤：《論抗戰時期國民黨黨報的發展》，《新聞大學》，1993 年版。

元（1940 年 8 月 1 日）和 0.15 元（1941 年 1 月 1 日），2 年 3 個月增長近 4 倍。繼 0.30 元（1941 年 10 月 9 日）、0.60 元（1942 年 12 月 1 日）之後，報紙零售價告別角幣、分幣。由國幣 1 元（1943 年 6 月 1）、2 元（1943 年 12 月 1 日）、3 元（1944 年 7 月 1 日）、5 元（1944 年 11 月 1 日）、10 元（1945 年 3 月 16 日）漲至 20 元（1945 年 6 月 1 日）和 40 元（1945 年 8 月 1 日）。

3、經濟難以自立，依靠補助生存

國民黨黨報在全面抗戰期間雖然重視報紙的廣告經營，試圖以此獲取生存與發展。除了少數在大後方中心城市和經濟較為發達地區出版的黨報特別是中央直屬黨報，大多數在貧窮落後地區出版的國民黨黨報無法獲得刊載廣告的優厚經濟條件。

來自於黨政部門的行政撥款，是國民黨大多數報社賴以生存的基本依靠，報紙的發行、廣告收入則是維持出版的輔助手段。國民黨中央直屬的《中山日報》從廣州遷至粵北韶關出版，無法做到經濟自立，廣東省政府每月補助千元以上，國民黨中宣部 1943 年補助 16 萬元。[1]國民黨黨報普遍虧損，中央直屬黨報的經營狀況尚可。1944 年第一季度，國民黨中央直轄的 18 家黨報，6 家虧損，12 家收支相抵。[2]福建省國民黨縣市級黨報，主持者大都是黨部書記長，報紙主要攤派給機關、鄉鎮、學校等，發行數量有限，無法依靠營業收入維持生存，主要由縣市政府撥助經費。1943 年，福建古田國民黨縣黨報《新民週刊》每月 1000 元預算，70%來自縣財政撥款，其餘來自每月期發行 400 份報紙的銷售收入。即使像廣告收入還很可觀的《中央日報》，也依然獲得巨額經費補助。1945 年度，國民黨中宣部給予《中央日報》的補貼為 428.7528 萬元，約合戰前的 1.2 萬元。[3]《西康國民日報》前期幾乎沒有報紙零售收入，廣告收入少的可以忽略不計，訂報收入最多的月是 1939 年 10 月創刊當月、來自黨政機關的 410 元，廣告收入最多的月是 1942 年 6 月的 163.5 元，依靠數額可觀的行政撥款維持出版。

許多國民黨黨報一旦行政撥款不繼，或停刊或縮版。國民黨安徽省黨部機關報《皖報》1944 年 6 月 26 日因經費困難停刊。國民黨雲南省黨部機關報

---

1 蔡銘澤：《論抗戰時期國民黨黨報的發展》，《新聞大學》，1993 年版。

2 《國民黨中央宣傳部檔案》，中國第二歷史檔案館卷宗號 711（5），卷號 259，轉引蔡銘澤：《論抗戰時期國民黨黨報的發展》，《新聞大學》，1993 年版。

3 王明亮：《「黨報」經營的一種探索——馬星野主持南京〈中央日報〉時期新聞實踐探析》，《溫州大學學報‧社會科學版》，2014 年版。

《雲南日報》因拖欠 20 多萬元印刷費，1942 年 6 月遭到廠方拒印而短暫停刊。[1]像國民黨蘄春縣黨部因經費不足停刊《蘄春日報》（1938 年 10 月）後，續出《蘄春週刊》（1943 年 1 月）和《蘄春三日刊》（1944 年 11 月）[2]的並不多見。

4、內容兼顧底層，呼應民眾需求

國民黨黨報特別中央直屬黨報在全面抗戰時期的內遷，由沿海地區的大都市向遷移內地的中心城市，在原本報業落後的偏僻農村大量創辦基層黨報。國民黨報人提出報紙「應在各個方面力求其平民化，合平民之要求，更合平民之興味」。[3]國民黨黨報在優先、充分保證傳播中央「聲音」的前提下，刊載內容注意兼顧社會底層的需要，對於民眾需求有所呼應。《中央日報》刊載短評《物價急須平定》（1938 年 10 月 22 日），消息《隧道窒息慘案負責當局受處分》（1941 年 6 月 8 日），「讀者通訊」《追加自來水表押金是否合理》（1943 年 5 月 13 日）等，對通貨膨脹、黑市猖獗、貪污腐敗等民眾深惡痛絕的社會不公現象進行了一定的揭露和批評。

全面抗戰時期主要在大後方內陸地區出版的國民黨黨報，注意所刊文字的通俗易懂[4]，積極推行文字通俗化。國民黨中宣部甚至發文要求其黨報向中共《新華日報》等學習，力求文字通俗可讀。同時著手創辦文字淺顯、篇幅短小的「簡報」，以滿足普通民眾知曉信息、方便閱讀的需要。

（二）國民黨新聞業的企業化經營

1、黨報企業化經營的萌動

中央日報社主要領導高度認同 20 世紀 30 年代初期提出的「經營企業化」口號。1940 年 4 月 1 日，《中央日報》社長程滄波在本報發表文章《新時代的新聞記者》，對「黨報企業化」進行闡述：「我觀察中國的新聞事業，如果要希望新時代的報紙，負起新時代的使命，必須使新時代的報紙儘量企業化。報紙本身必使成為一個獨立的生產的企業，然後報紙的各種機能才能充分發揮。」「新聞事業在將來必然發達，新聞事業在將來也必然企業化，都是固定

1　甘友慶、李佐娟：《抗戰時期雲南期刊報紙出版研究》，《雲南圖書館》，2006 年版。
2　王洛舟：《民國時期的蘄春報刊》，http://www.360doc.com/content/11/0110/16/157811_85509209.shtml。
3　馬星野：《國民精神總動員與新聞界》等篇，《新聞學季刊》，第 1 卷第 1 期。
4　蔡銘澤：《中國國民黨黨報歷史研究（1927～1949）》，團結出版社，1998 年版，第208 頁。

的趨勢。」國民黨報人「不僅要拿筆桿子，還要拿算盤，用儀器。」他還提出新聞界從業人員的待遇要享用與實業界金融界同樣的水準，就要靠報紙的企業化。[1]

程滄波的繼任者陶百川在國民黨五屆十六中全會提交提案，要求「改進黨報經營體制」。陶百川對國民黨黨報提出批評說：「黨報的經營方法目前已有問題。它的缺點之一，是報館像衙門，辦報像做官，人手多而效力反低，有黨的補助費而運用不得其道，以致事務不能開展，更談不到自力更生。」「這不僅是人的問題，也是制度問題。」他主張：「（一）本黨設立中國新聞事業股份有限公司……（二）公司股東由中央指定六個人出面代表。股東產生董事會，並以中央宣傳部長為理事長；（三）公司設總管理處，對所屬報社，除言論編輯方針須聽命於中央宣傳部外，統籌兼營；（四）管理處設經理一人專任，任期內不得輕予更調。」如此的好處，「第一，使黨報的經營事業化、營業化，庶幾可用一般經營的方法去爭取時間，掌握機關。第二，把各自為政的四五十家較大的黨報置於一個有組織的管理權之下，組成一個有機體，可能力量較大，呼喊較靈，高度較便。」[2]陶百川的提案及主張未被採納，被國民黨中央擱置。

1943 年春，《中央日報》總編輯詹文滸擬就了報社營業、編輯的遠大計劃，因其志未得實行而去職，轉任中央政治學校新聞系主任，1944 年 8 月著成一書《報業經營與管理》，堅持認為國民黨「報館之組織，以採取股份有限公司的制度最為相宜。」黨報應採取「中央日報以外其他私營報紙的一般組織法」。[3]

2、中央社的企業化經營

「經營企業化」，是 1932 年 5 月中央社改行社長制的首任社長蕭同茲的既定目標。他認為「報社企業化，增加報紙獨立經營的地位，擺脫外來的干預和影響，非但絲毫不貶損文章報國的心願，獨立自由，放手辦報，只有更增加文章報國的勇氣。相反的，如果不善經營，不按企業化經營，自由競爭立不住足，報社倒閉了，縱有文章報國的雄心萬丈，也就失去倚託」。[4]

---

1 蔡銘澤：《論抗戰時期國民黨黨報的發展》，《新聞大學》，1993 年版。
2 陶百川：《我的信念》，《中央日報·掃蕩報聯合版》，1942 年 12 月 11 日，轉引蔡銘澤：《論抗日戰爭時期國民黨人的新聞思想》，《新聞與傳播研究》，1998 年版。
3 詹文滸：《報業經營與管理》，正中書局，1948 年版，第 1 頁，轉引蔡銘澤：《論抗日戰爭時期國民黨人的新聞思想》，《新聞與傳播研究》，1998 年版。
4 蕭同茲：《新聞事業、新聞記者與新聞教育》，轉引自：《常寧文史資料》（第四輯），常寧縣政協文史資料研究委員會，1988 年。

蕭同茲積極推進中央社的企業化經營。全面抗戰爆發後，國民黨相對放鬆了對中央社業務工作的直接干預，中央社可以相對自由地在全國各地設置分社，以擴大新聞採集和發布的經營空間。1937 年 9 月到 1938 年底，中央社總社從南京到經口，最終落址陪都重慶鐵板街後，逐漸增設長沙、蘭州、桂林等 12 處國內分社，增設新加坡、紐約、倫敦等國外分社，在仰光、里斯本、華盛頓、莫斯科、巴黎、柏林等地設特派員或通訊員。中央社基本掌控了國內戰事報導。派出 30 多個配備小型無線電收發報機的隨軍組，在各戰區採集戰地新聞。在北平、天津、上海秘密開展工作的人員，傳送敵佔區的新聞。中央社大力建設國內外新聞採集網，注重使用新型電子傳播技術和設備傳送與發布新聞，成為全面抗戰期間中國以紙質媒介為主體的新聞界的主要新聞源。1943 年訪華的美國共和黨領袖威爾基在《天下一家》中曾寫道「中央通訊社以職業的方式，收集並分發新聞稿件，頗堪和我們自己的通訊社及英國的路透社相媲美。」[1]美軍公共關係處將中央社列為「世界五大通訊社」之一。

3、東南日報股份公司停滯

《東南日報》1934 年 6 月 16 日由《杭州民國日報》易名，同時成立東南日報股份有限公司，張道藩、陳布雷（董事長）、陳果夫、葉楚傖、陳立夫、郭任遠、鄭異、方青儒、羅霞天、許紹棣、張強、葉溯中、胡健中 13 人組成董事會。董事會成員，沒有一人為股份公司出資。

全面抗戰時期，東南日報股份公司董事分隔異地，董事會沒有召開過會議[2]，重要事務由董事兼社長的胡健中個人決斷。

二、共產黨新聞業的經營

（一）國統區《新華日報》的經營創新

創刊於漢口、遷移至重慶的《新華日報》，是中共在國共合作抗戰的政治背景下，在國統區中心城市創辦的向全國公開發行大型日報。《新華日報》以特殊的工作方法和不同於一般報紙的特殊風格贏得了無數熱心讀者的愛戴，以迥然有別於其他中共黨報的獨特的報業經營為自身的生存與發展提供了保障。

1　中央通訊社編印：《七十年來中華民國新聞通訊事業》，中央通訊社，1981 年版，第 115 頁。

2　《浙江省新聞志·第三章·國民黨及其軍隊報刊》，http://www.zjdfz.cn/tiptai.web/BookRead.aspx?BookID=201212082697&bookType=Digital&Directory=1。

1、不同一般的權力組織架構

中共中央長江局爲了加強對《新華日報》的領導，除了成立黨報委員會，爲了便於對外開展工作，同時成立了由王明、秦邦憲、吳玉章、董必武、凱豐、鄧穎超 5 人組成的董事會。長江局書記王明任董事長。1938 年 9 月至 11 月，中共中央召開六屆六中全會，受到批判的王明被撤銷長江局書記，周恩來接任長江局書記並兼任《新華日報》董事會董事長。1939 年 1 月，中共中央長江局改組爲中共中央南方局，仍由周恩來任書記兼《新華日報》董事會董事長，直至抗日戰爭勝利之後。《新華日報館章程》規定董事會是報館最高權力機構。

《新華日報》的組織架構相近於上海《新聞報》。新華日報社設編輯、營業、印刷 3 部和經理室。各部室下設採訪、編輯、校對、發行、廣告、排字、材料、印刷等課（科）及類似於不管部的特種委員會，發行課下設日報、週刊、叢書 3 股。相當於《新聞報》總理處的《新華日報》總經理室，「權力不限於行政，還兼管營業部、印刷部的許多事務。」[1]新華日報社營業部設有發行、圖書和廣告 3 課。注重報業經營的組織架構，顯示出《新華日報》在報業經營上完全有別於同時期在抗日根據地出版的黨報。

2、刊載廣告合辦企業籌錢

《新華日報館章程》明示「本報系獨資經營，資本暫定爲十萬元」。[2]《新華日報》的創辦費實際只有 0.3 萬元。1938 年 5 月入館擔任總經理的熊瑾汀認爲，「要做事，就要有錢。」[3]1939 年後，中共南方局「撥給《新華日報》的經費開始減少，逐漸發展到要報館自行籌措。」[4]

《新華日報》在國統區經濟相對繁榮的中心城市出版，處於較爲良好的開展廣告經營的市場環境。1938 年 1 月 18 日，《新華日報》刊登《本報廣告課啓事》，詮釋了注重社會效益的廣告理念，啓事稱：「荷蒙社會人士即廣告一欄，亦擬嚴加選擇，舉凡違反社會進化規律，萎靡抗戰情緒。提倡迷信及其他殺機廣告，恕不照登。最歡迎者厥爲提倡國貨、救亡文化及一切正當事

1　《附錄（一）關於〈新華日報〉機構、組織的資料》，重慶市、四川省《新華日報》暨《群眾》週刊史學會：《新華日報史新著》，重慶出版社，1998 年版，第 364 頁。
2　韓辛茹：《新華日報史（上卷）》，中國展望出版社，1987 年版，第 6 頁。
3　劉洪：《試析抗戰時期〈新華日報〉的經營管理》，《廣西大學學報》（哲學社會科學版）》，2009 年版。
4　廖永祥：《新華日報紀事》，四川大學出版社，1994 年版，第 385 頁。

業之開發，區區微忱，實根源之贊助，本報感愧之餘，益覺一文一字，都應為抗戰而努力，都應有益於讀者。」[1]《新華日報》大量刊載國貨商品廣告，獲取逐漸增多的廣告收入（由月入六七百元增至一千七八百元[2]），是對有限的辦報經費的充實。

　　《新華日報》的廣告經營，除了通常的贏利功能，還具有鮮明的政治社會功能。《新華日報》在突出版位刊登政治宣傳廣告，「啟事」類廣告成為發布消息的窗口，通過廣告倡導抗戰募捐、振災募捐等社會活動。[3]1941 年 1 月 1 日，《新華日報》對版面進行重大調整，根據讀者的建議，把原在第一版刊載的社論、要聞移至第二版，「報頭所在的第一版完全是廣告」，「這樣拿起報紙報頭剛好在背面，讀者就可以大膽地讀了」，而不再顧忌被特務發現是在閱讀《新華日報》。[4]

　　《新華日報》總經理熊瑾汀與黨外至交任宗德、周宗瓊夫婦合作，籌集資金人力，1940 年開辦國防動力酒精廠，為《新華日報》提供周轉資金。熊瑾汀做湖南同鄉楚湘匯的工作，支持他出面創辦、共產黨領導的國民政府交通部西南公路總局第二煉油廠，「贏利除以小部分分配給各董事外，大部分都贈給了《新華日報》。」[5]

3、樹立報業經濟核算理念

　　《新華日報》創刊伊始，沒有考慮到不當經營的後果。免費刊登救亡團體的啟事和廣告，致使此類啟事、廣告紛至沓來，超出了全部廣告篇幅的容量。不得已於 1938 年 1 月 29 日刊出啟事，對於救亡團體的啟事、廣告酌情減少收費以示優待。免費贈閱的報紙數量過大。向陝甘寧邊區政府各部門、中共各級組織、國統區各地圖書館、民眾教育館、救亡團體和傷兵醫院、難民收容所贈閱的報紙，在 1 萬多份發行量中達到了 3000 份。出版了幾個月，零售 4 分錢一份的《新華日報》，因白報紙、油墨等材料漲價，印刷成本增高，

1　轉引陳龍：《〈新華日報〉與中國共產黨城市辦報模式的探索》，《新聞與寫作》，2012年版，第 7 期。

2　韓辛茹：《新華日報史（上卷）》，中國展望出版社，1987 年版，第 48 頁。

3　黃月琴：《論抗戰時期〈新華日報〉廣告的政治社會功能》，《淮海工學院學報》（社會科學版・學術論壇），2010 年版，第 7 期。

4　廖永祥：《最難忘的一課——回憶〈新華日報〉的群眾工作》，《新華日報的回憶》，四川人民出版社，1979 年版，第 206、207 頁。

5　廖永祥：《新華日報紀事》，四川大學出版社，1994 年版，第 385 頁。

「每賣一張報紙就賠本五釐到一分。」[1]中共長江局黨報委員會核定的新華日報館每月 3000 元經常費，只夠支付 150 人的工資。報館的經常費不得不逐月增加，到 1938 年 10 月已增加到 7000 元。

1938 年底至 1939 年初，新華日報社總結報紙創刊以來的工作，認爲在經營管理上「重要的教訓是必須重視經濟核算。」[2]《新華日報》遷渝出版，對於武漢後期已經逐步改進的經營方法進一步加大了改進力度，將贈閱報紙的數量減少了十分之九，300 份的贈報還將繼續減少。

4、爲搶先而提高生產技能

《新華日報》遷渝之初，要比國民黨報紙晚出版約兩個小時，發行量一度下降。報社要求報紙生產的各個環節加強合作，提早出版時間，以便在政治與經營的雙重競爭中處於優勢地位。

《新華日報》縮短各個生產環節的工作時間。排字時均 2000 字以上。編輯部將發稿時間提前，派人到排字房看著拼版，隨時商定稿件的取捨，縮短拼版時間。從截稿到出報紙大樣減少約 20 分鐘。「從拼版、看大樣到改樣中間沒有空隙。報版大樣採取拼一段打一段，樣一段改一段的辦法。拼版完成時，大樣改樣也完成了，排字房可以立刻付印。」[3]澆版工人加強流動作業，每一道工序配合地很有節奏，「從把版子放在鐵臺打成紙型，到推進烘版機烘烤，總共 20 道工序，只花 7 至 10 分鐘；版子烘乾花 4 至 5 分鐘；從取出紙型到澆成鉛版的 14 道工序，只花 4 到 6 分鐘」[4]

國民黨報人自恃報業印刷設備先進、報業生產技術優良，組織了重慶各大報參加的報紙排印比賽。《新華日報》一舉奪得三項第一，1 小時排字 2241 字及差錯率不到千分之一、5 分鐘澆一塊版、2 分鐘上機開印，其他報社則是排字最快的一小時排字 1800 字及差錯率百分之一強、15 分鐘澆一塊版、20 分鐘以上上機開印。[5]

1 韓辛茹：《新華日報史（上卷）》，中國展望出版社，1987 年版，第 47 頁。
2 韓辛茹：《新華日報史（上卷）》，中國展望出版社，1987 年版，第 48 頁。
3 《〈新華日報〉的回憶》，四川人民出版社，1979 年版，第 243～244 頁，轉引王曉嵐：《抗戰時期中國共產黨在國統區的辦報活動與宣傳策略》（下），《北京黨史》，1996 年版。
4 《〈新華日報〉的回憶》，四川人民出版社，1979 年版，第 268～269 頁，轉引王曉嵐：《抗戰時期中國共產黨在國統區的辦報活動與宣傳策略》（下），《北京黨史》，1996 年版。
5 邊輯：《重慶〈新華日報〉的排印效率》，《新聞與傳播研究》，1992 年版。

5、自建紙廠掌控報紙生產前端

通常報業生產的用紙來源於市場，不算作報業生產鏈條的第一個環節。《新華日報》的用紙張，正常的途徑是國民政府的配紙和市場採購。爲了規避政府配紙方面時常受到的刁難和市場採購受到的干擾，《新華日報》決定自建紙廠，掌握印報用紙的主動權。

《新華日報》1941 年 8 月在中共地下黨的支持下，派人與正直商人王熾森等人合作，在重慶以北地區先後建立了川東復興紙廠、建華紙廠，成爲印報用紙的主要來源。川東復興紙廠每天經長壽轉運重慶約 100 擔左右白報紙，上等好紙專供《新華日報》，一般紙張隨行就市公開銷售。《新華日報》以供應紙張爲條件與重慶立信圖書用品社達成協議，以重慶立信圖書用品社的名義使已經停產的廣安紙廠恢復生產，成爲《新華日報》用紙的一個隱蔽來源。[1]《新華日報》自闢蹊徑擁有豐富紙源，除保證本報、《群眾》週刊等日均約 50 令紙的消耗及供應生活·讀書·新知三聯書店等，尚有能力在同業急需時慨然相助。

6、自辦發行掌控報紙生產末端

城市辦報，一般將報紙交由報販發行叫賣，少有報社自己承擔報紙發行工作。《新華日報》遷渝出版，針對國民黨方面試圖通過派報工會設卡，讓印好的《新華日報》無法送達讀者，決定建立與擴大發行隊伍，招收報童、報丁加強本埠的報紙送賣，採用多種方式突破報紙郵件的郵電檢扣。

《新華日報》招收的報童、報丁，至 1944 年秋近 150 人，其中報丁近百人。賣報的報童，不發津貼，賣一張報的錢繳一半，另一半是自己的收入，賣得多收入多。報丁主要是爲訂戶送報、發展訂戶，兼售零報和書刊，津貼比其他部門工人要高，發展新訂戶按份數發給獎金。《新華日報》的報童、報丁，靈活機智地賣報、送報、發展訂戶。當局最不願意讓人看到《新華日報》的地方，《新華日報》的報丁就越想在那裡發展《新華日報》的訂戶。他們在離重慶市一百多里的白市驛機場，發展了司令部職員、飛行人員、飛機修理廠工人等一百多個訂戶。1944 年下半年，重慶四週一二百里的鄉鎮，都能看到當天的《新華日報》。[2]

1　劉立群：《抗戰時期〈新華日報〉的紙張從何而來》，《黨史博覽》，2007 年版。
2　左明德：《回憶〈新華日報〉的發行工作》，《新聞研究資料》，1989 年版。

（二）延安《解放日報》的經營

1、延安《解放日報》的出版發行

延安《解放日報》沒有獨立的印刷部門，所編輯的報紙由中共中央印刷廠承印。受到承印廠的條件限制，延安《解放日報》出報時間較晚，每天下午 16 時才能出報。[1]

延安《解放日報》採用組織系統發送和零售相結合的方式發行。本埠的發行，「各中央首長和中央機關的通訊員到清涼山下中央印刷廠的收發室領取。報紙送達延安各單位的時間在晚上七時左右。」為了方便往來商賈和過延旅客閱讀，解放日報社在延安的新市場口和文化溝特設「賣報員」，每天 17 時左右在這兩處叫賣零售。外埠的發行，初創時發行科的業務尚未開展，暫時委託新華書店辦理外埠郵購業務。[2]延安《解放日報》「最高發行量 7600 份，發行範圍 30 公里。由於紙張的缺乏到 1943 年 10 月印數為 7000 份」。[3]

《解放日報》創刊於經濟嚴重困難時期的延安，在報頭下方標明報紙相對較高的售價。初創發行 4 開 2 版，使用馬蘭紙印刷，每份報紙零售國幣 1 角，每月 3 元，全年 30 元；半年後發行對開 4 版，售報價格提高一倍。[4]報紙售價隨著生產成本不斷增長逐步提高。1943 年 1 月 29 日，延安《解放日報》刊載本報加價啟事，稱因紙張油墨奇貴，2 月 1 日起本報更改報價，報紙零售每份 1 元，報紙訂閱 1 個月 30 元，3 個月 80 元，半年 150 元，全年 290 元（不含包紮費）。[5]

2、延安《解放日報》的廣告經營

延安《解放日報》創刊第二天即刊載本報廣告科發布的登載廣告的啟事，啟事稱：「本報為應各界需要，決定報頭兩旁及第二版最後半欄刊登廣告」。「報頭旁每邊每天三十元。第二版最後半欄每十行每天四元，超過十行照價加費。長期刊登一月以上者九折，兩月以上者八折，三月以上者七折。」[6]

1　王敬：《延安〈解放日報〉史》，新華出版社，1998 年版，第 19 頁。

2　王敬：《延安〈解放日報〉史》，新華出版社，1998 年版，第 19 頁。

3　周鴻鐸：《區域傳播學導論》，中國紡織出版社，2005 年版，第 48～49 頁，轉引南長森：《延安〈解放日報〉改版前後媒介生態位變化淺析》，《新聞知識》，2008 年版。

4　王敬：《延安〈解放日報〉史》，新華出版社，1998 年版，第 19 頁。

5　《本報加價啟事》，延安《解放日報》，1943 年 1 月 29 日，轉引王玉蓉、白貴：《延安〈解放日報〉廣告作用初探》，《新聞與傳播研究》，2003 年版。

6　《本報廣告科啟事》，延安《解放日報》，1941 年 5 月 17 日，轉引王玉蓉、白貴：《略論延安〈解放日報〉的廣告特色》，《河北大學學報》（哲學社會科學版）》，2003 年版。

　　置身於商品經濟不足的社會環境，延安《解放日報》秉承黨報屬性和服務社會的信息傳播，從創刊至停刊共刊載廣告 5559 條[1]，其中有戲劇、圖書、期刊、展覽、儲蘊、油墨、求購、招股、鳴謝、遷址、尋人、更正等廣告，以黨政機關、供銷社、學校刊載的招生、招工、集會廣告爲多。在延安《解放日報》發布廣告的多爲陝甘寧邊區的鹽業公司、貿易局、稅務局、工業產品推銷部、新文字協會和軍委經建部、楊家嶺生產委員會、書店、學校、魯藝平劇團、延安新詩歌會等單位用戶，陝甘寧邊區銀行是主要廣告客戶之一，「有獎儲蓄」的廣告長期出現在報頭兩側。[2]

　　延安《解放日報》經營廣告，注重社會效益，對廣告刊登嚴格把關，有嚴格的審批程序。在全面抗戰期間，對刊載廣告的位置做過調整。初創日出 4 開 2 版，在報頭兩旁和第二版末欄刊載廣告。4 個月後改出對開 4 版，第四版下半版爲副刊不便刊載廣告，將原第二版末欄之短期廣告移至報頭兩旁。[3]所刊的廣告製作，大多是簡單的格式體、簡介體，廣告藝術水平較低。[4]根據經濟變動發布廣告刊例，調整刊載廣告價格。初在報頭兩旁刊載廣告，每邊每天收費 30 元。報頭廣告字均刊費，1941 年 5 月 0.06 元，1944 年 4 月 10 元。對於陝甘寧邊區機關、部隊的集會、通告等公益性質的廣告，照原價七折收費。[5]廣告刊例顯示，延安《解放日報》根據廣告刊登的時間長短、時效急緩、版面位置等收取不同價格的費用，刊位顯著和時效急促收費高，刊時長收費低。

　　延安《解放日報》刊載廣告的數量較爲有限，創刊當月所刊廣告日均 4 條，其後日均刊載廣告約 3 條，所獲的廣告收入可作爲沖抵報紙發行成本之用。在黨報工作體系中處於邊緣地位的延安《解放日報》廣告，與新聞、評論、文藝等同爲實現辦報宗旨的信息傳播手段。

1　王玉蓉、白貴：《略論延安〈解放日報〉的廣告特色》，《河北大學學報》（哲學社會科學版）》，2003 年版。

2　黃月琴：《延安〈解放日報〉廣告經管理念與廣告特色分析》，2007 年版《湖北大學學報》（哲學社會科學版）》。

3　延安《解放日報》，1946 年 4 月 24 日刊載啓事，稱：近來要聞增多，常在廣告欄刊出，廣告十分擁擠，亟需擴大地位，自即日起，報頭不登廣告，在第四版專闢廣告欄。

4　黃月琴：《延安〈解放日報〉廣告經管理念與廣告特色分析》，2007 年版《湖北大學學報》（哲學社會科學版）》。

5　屈雅利：《略論延安〈解放日報〉的廣告經營——以「廣告刊例」的年度變化爲例》，《新聞知識》，2008 年版。

（三）《晉察冀日報》的經營

1、《晉察冀日報》的報紙發行

《晉察冀日報》的發行量，由一千多份起步。1940 年 5 月，彭眞要求《晉察冀日報》爭取在全邊區發行 3 萬份，在邊區、冀中、平西達到每 400 人讀一份報紙。[1]10 月，達到最高發行量的 2.1 萬份，其中發往：北嶽區 18200 份，冀中區 2200 份，冀熱察區 800 份，晉南 200 份，延安 60 份，大後方 34 份[2]，成爲邊區名符其實的輿論權威和旗幟。[3]

發行是報紙生產能否到達讀者手中的末端環節。《晉察冀日報》初期的發行，採用軍郵、部隊捎帶、民眾沿村轉送 3 種方式進行。1938 年 11 月，報社正式成立發行科，組建交通班。報社負責把報紙送往邊區黨政軍機關、第 2 分區及平山小覺和錄壽陳莊的派報社，轉送第 4 分區、正定、井陘等縣。第 1、3 分區和靈邱等地依靠軍郵投送。1939 年 4 月，報社組建分爲 5 個等級的分社，阜平、靈壽、唐縣、靈丘等 5 個分社是大站（即中轉站），常駐 5 人（3 至 4 名交通員），小站一般只有 1 人，站間距約 15 公里（約一天往返路程）。報社向分社支付經費，支社、派報社等經費按書報定價折扣提取。晉察冀日報社建立的發行網絡，分布合理，傳遞通暢，同時成爲邊區其他書報的流轉通道。1941年 5 月，新華書店晉察冀分店以晉察冀日報社發行科爲基礎成立，《晉察冀日報》的發行工作逐漸轉爲書店發行，又過渡到由晉察冀邊區郵政局發行。

《晉察冀日報》的發行主要採用人力，交通員背負幾十斤重的書報，不畏艱險，不怕犧牲，穿過敵人的據點和封鎖線，爲晉察冀邊區軍民輸送期盼著的「精神子彈」。全面抗戰期間，晉察冀日報社共有 34 人犧牲，其中，報紙發行人員有 11 人，占 32%。[4]

2、《晉察冀日報》的圖書出版

《晉察冀日報》的印刷，從石印技術起步，積極籌建鉛印廠。1938 年 8 月 16 日，《晉察冀日報》改爲鉛印雙日刊。[5]在山溝裏出版的鉛印《晉察冀

1 趙志偉、申玉山：《論彭眞與〈抗敵報〉》，《河北大學學報》（哲學社會科學版），2005年版。

2 晉察冀日報史研究會：《晉察冀日報史》，人民出版社，1993 年版，第 583 頁。

3 趙志偉、申玉山：《論彭眞與〈抗敵報〉》，《河北大學學報》（哲學社會科學版），2005年版。

4 武志勇：《論抗日戰爭時期〈晉察冀日報〉的發行工作》，《新聞大學》，2006 年版。

5 趙志偉、申玉山：《論彭眞與〈抗敵報〉》，《河北大學學報》（哲學社會科學版），2005年版。

日報》，充分發揮中國近代報業誕生以來即具備的出版功能，大量出版各種圖書。

1938 年 7 月，晉察冀日報社以「七七出版社」的名義出版毛澤東的《論持久戰》。不久，又以「太行書局」的名義出版白求恩著、董樾千譯的《療傷初步》。之後，以「抗敵報出版社」、「晉察冀日報出版社」的名義出版圖書。1941 年 5 月，新華書店晉察冀分店成立後，又以該分店名義出版圖書。1938 年至 1942 年，晉察冀日報社共出版《通俗大眾自學叢書》《新憲政讀本》《通俗社會科學叢書》《小學教師叢書》《青年兒童文藝叢書》《冬學課本》《民眾識字課本》《論通訊員及通訊寫作諸問題》《攝影常識》等各類圖書 150 多種、110 多萬冊。[1]

1940 年 3 月，《晉察冀日報》根據毛澤東親筆批示送至五臺山的複寫原稿精印出版《新民主主義論》，還特別以「北京佛教總會印、修點道人題《大乘起信論》」的偽裝封面，向敵佔區秘密發行。1944 年，在中共中央晉察冀分局領導下，社長鄧拓接受晉察冀邊區領導人聶榮臻、程子華的委託，選編抗戰以來公開發表的毛澤東的著作，以晉察冀日報社名義出版、報社第二印刷廠印刷、晉察冀新華書店發行的五卷本《毛澤東選集》，作為抗戰反攻的思想準備，是系統宣傳毛澤東思想的創舉。

1945 年 2 月，晉察冀邊區召開第二屆群英大會，大會決議指出：晉察冀日報社「開闢敵後文化事業有突出功績，在反『掃蕩』中堅持出版有重大貢獻」。[2]晉察冀日報社被列為「創造有功」單位，受到獎勵。

三、民營報業的廣告與企業化經營

（一）民營報紙的抗戰廣告

廣告在抗日戰爭期間一如既往地受到中國民營報業的高度重視，即使紙張供應受困於戰火，報紙版面數量減少，廣告處於報紙的強勢與優勢地位未見降低，廣告收入仍然是民營報業的主要財源和生存與發展的基礎。

身處全面抗戰的社會環境，民營報業繼續堅持倡導國貨，在原有廣告消費中的民族認同基礎上，許多報紙對所刊載的廣告，注入了抗戰的時代元素。

1　曹國輝：《晉察冀日報社對邊區文化出版事業的重大功績》，《出版史料》，2005 年版。
2　左錄：《敵後游擊辦報紀實》，宋世琦、顏景政：《記者筆下的抗日戰爭》，人民日報出版社，1995 年版，第 146 頁。

全面抗戰爆發後，中國報紙的廣告詞中，頻現「以戰爭止戰爭」，「全國一致抵禦外侮」等。使用廣告的方式，向觀眾介紹《楊柳村》《青年進行曲》等愛國故事影片和《國防的前線——二十九軍的一切》等紀錄影片；向讀者推介新出版的明朝人抗擊清軍的《閻應元死守江陰城》、關於第 19 路軍 1932年「1·28」抗戰的《淞滬血戰回憶錄》和《介子推》《蘇武牧羊》《藺相如與廉頗》《螞蟻國》等宣傳抗戰的書籍。

《申報》1937 年 7 月 14 日國貨專刊，使用二分之一版面集納推薦 6 種「第一流國貨」。8 月 5 日，《申報》在介紹 2 種香煙的廣告詞中，摻進了「時局愈緊張，報紙愈要看，翻開報紙，上眼都是寇深時急的消息」之類擔憂抗戰局勢的文字。8 月 14 日，介紹金鼠牌香煙廣告，畫面是騎在馬上的戰士在吹掛有國民黨黨旗的軍號，上方大字標語是「國難當頭，人人應有救國的責任」。11 月 4 日，介紹金字塔香煙，戰機機艙裏的飛行員向外微笑，機身標有四字「煙中鐵軍」。12 月 1 日，介紹德國拜耳大藥房生產的阿斯匹林，畫面是幾架中國戰機轟炸地面日軍坦克，廣告詞是「打倒人類之公敵，消滅冒牌偽藥！」

（二）《大公報》的企業化經營

1、逐步完善現代企業制度

全面抗戰時期的《大公報》，在經理胡政之的領導下，加強內部的制度建設，逐步完善新記公司 1926 年續刊天津《大公報》即採用的總經理、總編輯分權治理公司的現代報業制度，其中，財務制度、獎懲制度和薪酬福利制度的建設和完善是重點。

新記公司續刊《大公報》之初，使用新式簿記，帳目公開明晰，採取嚴格的財務核算制度。1941 年 9 月，新記公司董監聯合辦事處成立，制定了《辦事處規程》，規定董監聯合辦事處的任務之一是「稽核本公司各報之帳目及現金」。1942 年 4 月，公布《大公報社各館組織規則》和《大公報各館採購材料規則》。新記《大公報》的開支，由材料課、庶務課和出納課三環相接，互相制約，財務制度較為嚴密。

對於有益於報社事業發展的行為有宏觀的獎勵制度，也有微觀的工作獎勵細則。1943 年 2 月，頒行《大公報館校對員工獎勵暫行規則》，在校對工作中實行計分制，每日算出獎勵或處分金額。反之，對不利於報社發展的行為也有明確的處罰規定。明確的獎懲制度極大地調動了職員的工作積極性。可

能是戰時經濟艱難，對有特殊貢獻員工贈予勞績股權，分別在抗戰前的 1931
年、1936 年和抗戰後的 1946 年和 1948 年實施，全面抗戰期間，新記公司沒
有對有特殊貢獻的員工贈予勞績股權。

　　建立並完善薪酬福利制度，重視保護和提高員工利益，激發員工安心長
期服務。1941 年 10 月，大公報館實行董監事聯合辦事處制訂《大公報社職員
薪給規則》，規定了職員的月薪等級、特別費核給、年終酬勞金、生活補貼、
年資薪的標準。月薪 50～1000 元不行。年資薪依據月薪額度，按照服務 1～
30 年，加發 6～30%。1943 年報社成立福利委員會，頒布《大公報社職員福
利金支給暫行規則》，職員福利金主要包括恤養金、子女教育補助費、醫藥補
助費和婚喪補助費 4 個部分。1944 年 9 月，大公報社常務董事會通過《大公
報社旅費支給規則》，規定員工依照職級享受車船和旅館的不同等級待遇。駐
外特派員攜眷歸國，可補助旅費。[1]

2、借貸儲物盈餘積累資金

　　《大公報》重慶館巧妙地進行資本經營，經常向中國、交通、金城、上
海各銀行接洽短期借貸，用以購存紙張、油墨及業務上需要的其他物資，倉
庫裏儲存的物資經常足夠使用半年。

　　抗戰中後期的重慶金融市場，3 個月借款利息通常約為 21～24%，而同一
時間的市場物價往往上漲一倍。「重慶各報聯合委員會根據市場物價情形，每
年調整報價三數次，每次調整報價時，大公報館一面用早期購存的報紙油墨
印報。一面按新的報價收費。如此循環往復，幾年之間，財富大有積累。」[2]重
慶《大公報》對於抗戰中的逐年盈餘，依然堅持以絕大部分留作公共積累擴
大業務的傳統。抗戰勝利後的兩三個月，《大公報》「很快便恢復了上海、天
津兩館，用的就是重慶館的這項盈餘。」[3]

3、成立劇團公演國防話劇

　　漢口《大公報》根據張季鸞的主意，創新本報開展社會活動的內容，成
立劇團，首演國防話劇，開展文化抗戰。中國電影界活躍分子、上海《大公
報》影劇副刊編輯馬季良（筆名唐納）受張季鸞委託，組織大公劇團，創作 3
幕國防劇《中國萬歲》。1938 年 6 月 16 日晚，大公報館主辦的救亡公演在漢

1　周雨：《大公報史》，江蘇古籍出版社，1993 年版，第 205 頁。
2　周雨：《大公報史》，江蘇古籍出版社，1993 年版，第 195 頁。
3　周雨：《大公報的經營之道──大公報雜憶之三》，《新聞記者》，1990 年版。

口維多利亞紀念堂舉行。王芸生致開幕詞，國民政府軍委會政治部第三廳廳長郭沫若演講時激昂的呼喊，「這表示中華民族除了有抗戰力量，還沒有忘記創造文化，更表明了建國不忘抗戰，抗戰不忘建國。」[1]應雲衛和凌鶴導演、舒繡文主演的抗日名劇《中國萬歲》，4 天連演 7 場，收到 1.2 萬餘元票款全部捐獻救濟傷兵，0.3 萬元演出費用由報社捐助。[2]大公劇團從武漢撤退，來到重慶繼續演出，一票難求。

（三）《新民報》的企業化經營

1、開拓發行、廣告和印刷業務

南京《新民報》遷移重慶出版，進一步加強開拓發行、廣告和印刷業務。

儘量拓展報紙的發行空間，凡有車船到達的地方儘量設立分銷處。從重慶周邊的長壽、涪陵、江津等鄰縣入手，又沿長江上下游、嘉陵江上游、成渝公里等水陸交通線向外發展，再向雅安、西昌、貴陽、昆明等地推廣。與此同時，加強發行業務管理，提高發行管理的科學化水平。專門建立訂戶卡片制度，及時掌握發行動態，在發展新讀者的同時注重鞏固老訂戶的穩定性，細化到每月中期和末期登報發布通知提醒訂戶到期續訂。發起《新民報》義賣活動，重慶 20 多個愛國團體的一萬多青少年上街叫賣，獻金 1.6 萬元作抗日救亡之用。[3]

十分重視報紙廣告的營銷，廣告在報紙版面上處於優先的突出地位。「四開報紙的篇幅本已不大，可是廣告經常與新聞、副刊平分秋色」。社會新聞版有時被擠壓縮小一半版面，「報頭左右原爲登《最後消息》而設的，卻永遠爲廣告鳩居；爲收取價格較高的廣告費，有時甚至把廣告編成新聞形式，刊在新聞中間。」副刊《最後關頭》有時讓位於廣告，張恨水已成慣例的連載小說有時也被擠掉。「廣告收入經常占總收入 40%左右。」[4]

依託報業發展印刷出版副業。儘管使用的是購自日本的舊輪轉印刷機，依然在落後的山城引來傾慕。《新民報》印刷廠除了承擔每天的報紙印刷，面向社會承接書刊印刷業務，充分提高印刷廠機械設備的利用率和經濟效益。

1　《文化抗戰——「大公劇團」與〈大公報〉》，http://www.takungpao.com/culture/237142/2018/0816/203003.html。

2　張篷舟：《大公報大事記（1902～1966）》，《新聞研究資料》，1981 年版。

3　秦松：《〈新民報〉女老闆鄧季惺的經營之道》，《西南農業大學學報》（社會科學版），2006 年版。

4　陳銘德、鄧季惺：《〈新民報〉春秋》，重慶出版社，1987 年版，第 26 頁。

先後承印《全民抗戰》《國訊》《文藝月刊》等期刊和生活書店、商務書局、正中書局發行的圖書和教科書，印行張恨水的《八十一夢》《大江東去》《偶像》，趙超構的《延安一月》、張慧劍的《辰子說林》和程大千的《重慶客》等。印刷出版副業的收入曾達總營業額的 30%左右。[1]

2、成立股份公司募集大量資金

南京《新民報》股份有限公司集資 5 萬元，成立於盧溝橋事變前夕的 1937 年 7 月 1 日。社長陳銘德改任總經理，夫人鄧季惺任經理。由蕭同茲（中央社社長）、彭革陳（國民黨中宣部新聞事業處處長）、梁寒操（立法院秘書長）、王漱芳（南京市政府秘書長）、李秉中（黃埔一期學生）等黨政要人出任董事長、常務董事和監察人的董事會，既可以遮風擋雨，又便利籌措資金。陳銘德鄧季惺夫婦與川軍將領劉湘和四川的同鄉、實業界金融界的盧作孚、胡子昂、吳晉航、古耕虞等接觸密切。由金陵回川發展的《新民報》，得到了四川企業家的支持。

民生實業公司、四川畜產公司、寶源煤礦公司、四川絲業公司、華西興業公司、華懋公司、重慶電力公司、自來水公司、輪渡公司、重慶牛奶廠與和成銀行、美豐銀行、川康銀行、川鹽銀行、華康銀行、和通銀行、成都濟康銀行、怡益銀號[2]等重慶、成都比較著名的工商企業和銀行都向這家外來的報紙投資。《新民報》股份有限公司股東會連續做出增資決定：1944 年 5 月增資爲法幣 1200 萬元；1945 年 3 月以抗戰勝利在望，爲復刊南京作準備，再增爲 2000 萬元；6 月間爲準備勝利後在上海創刊，另組一重慶新聞公司，集資 3000 萬元。[3]針對物價不穩，法幣貶值，金融動盪，律師出身的鄧季惺長於經營，「經心」於印報物資和辦報資金，安排專人緊盯市場採購紙張等材料，通過多種方式將所籌資金和報社積累兌換美元、黃金存儲加以保值。

四、日僞報業的整合與壟斷經營

（一）僞滿報業的壟斷經營

僞滿在建立「弘報新體制」的同時，強制推行報業的壟斷經營，對報業進行了一次大規模整頓，將所有的日文報紙由滿洲新聞社和滿洲日日新聞社

1　陳銘德、鄧季惺：《〈新民報〉春秋》，重慶出版社，1987 年版，第 27 頁。
2　秦松：《〈新民報〉女老闆鄧季惺的經營之道》，《西南農業大學學報》（社會科學版），2006 年版。
3　陳銘德、鄧季惺：《〈新民報〉春秋》，重慶出版社，1987 年版，第 25 頁。

統管，並在政府投資下設立了康德新聞社，絕大多數中文報紙歸屬康德新聞社。從 1934 年到 1940 年，通過對報業的高度集中和壟斷，僞「滿洲國」已由原來的 27 家中文報紙、20 家日文報紙、7 家俄文報紙、1 家英文報紙，縮減爲 11 家日文報紙、15 家中文報紙、1 家俄文報紙、1 家英文報紙和 1 家蒙文報紙、1 家朝鮮文報紙。[1]

1944 年 5 月 1 日，僞「滿洲國」又將滿洲日日新聞社和滿洲新聞社兩家報社合併，改報名爲《滿洲日報》，本社設在新京（即長春），理事長爲松本豐三，由此對全滿洲的報紙言論統一控制，完全實現了所謂的「弘報體系一元化」。

（二）日僞報業的壟斷經營

1、汪僞建立「計劃新聞制度」

1940 年 3 月，以汪精衛爲首的僞「中華民國國民政府」在南京成立。僞行政院增設的宣傳部，與汪僞「國民黨中央」宣傳部合署辦公。1941 年 5 月，汪僞宣傳部頒布《宣傳部直屬報社管理規則》，後又頒布《宣傳部直屬報社分區改進委員會通則》、《直屬報社組織通則》，確立了由汪僞政府宣傳部直接管轄的直屬報社分區分級管理制度。1943 年 6 月 10 日，汪僞政府最高國防會議通過並公布實施《戰時文化宣傳政策基本綱要》，實行日僞新聞事業一體化，將報業納入戰時軌道，實行除中央所在地之外的一地一報、全國性雜誌一事一刊等制度，整頓和壟斷報業，建立「代表國家的計劃新聞制度」。

汪僞政權在成立中央宣傳部及省市不同等級的新聞出版統制管理機構之外設立中央報業經理處，在宣傳部的委託下對直屬各報社進行管理：報社用紙、印刷器材的採購與分配，各類廣告的介紹與分配，報社發行計劃的制定等；設立中央書報發行所，負責在控制區發行出版物，壟斷了淪陷區所有的報刊發行業務，凡不由此機構發送的出版物均受到查扣。[2]1944 年 9 月，僞中國新聞協會成立，取代中央報業經理處執掌報業的經營管理職權。

汪僞政府雖然頒行新聞統制法規，建立新聞統制機構，實際上仍受到日本佔領軍的嚴密監控和全面掌控。汪精衛「組府還都」後，日軍報導部將發

1　《滿洲國現勢》，1938 年版（康德五年版），第 517 頁，轉引張貴《東北淪陷 14 年日僞的新聞事業》，《新聞研究資料》，1993 年版第 182 頁，中國社會科學出版社，1993 年 3 月第 1 版。

2　劉蘇華：《試論抗日戰爭時期淪陷區日僞的出版統制與出版業的嚴重萎縮》，《湖南廣播電視大學學報》，2012 年版。

動全面侵華戰爭執掌的佔領區各報紙張配給權，在名義上移交給汪僞宣傳部宣傳司，由該司幫辦、副司長伍麟趾負責，實際由日本人柳町負責。

2、日偽報業陷入缺紙困境

日本發動全面侵華戰爭，從國外進口的紙張急劇減少，1941 年完全斷絕。1938 年，日本即開始實行紙張控制，從小報開始推行報紙合併。1941 年 5 月 28 日，日本成立社團法人報紙聯盟，分配紙張是其重要任務之一。1942 年 7 月 24 日，日本情報局公布報紙合併調整方針，實行一縣一報制。日本的日報總數，從 1941 年 10 月 184 家減至 1942 年 10 月 54 家。1944 年，日本的紙張短缺進一步加劇，各報不得不同時取消晚刊、號外。[1]

日本國內的經濟形勢和紙張缺乏，對汪僞報業產生了直接的影響。汪僞報業隨著日本侵略戰爭的失敗，遇到了難以克服的物資供應的困難。汪僞報刊所用紙張向由日本進口。1941 年太平洋戰爭爆發後，來自日本的紙張供應數量銳減，並不得再以軍用品輸入，紙價由原來每令日元 5.5 元猛漲 4 倍以上。1943 年 1 月，僞宣傳部上海辦事處決定將小報合併出版。1944 年 1 月，僞宣傳部中央書報發行所頒布《文化用紙配給辦法》，更加嚴格的控制紙張，致使許多報刊停刊，繼續出版的報刊大幅縮減版數，汪僞在滬最重要的《中華日報》1944 年 2 月 1 日縮爲一大張，不久又縮爲半張。[2]

華北的日僞報業也因物資急劇缺乏、經濟蕭條、物價飛漲，紛紛以削減篇幅或合刊的方式求得生存。1944 年 5 月，日僞華北政權施行以節約物資、強化宣傳爲核心內容的「新聞新體制」。1 月 1 日停刊其餘報紙而繼續出版的北平《新民報》、《實報》、《民眾報》和天津《庸報》、《新天津報》，被日本軍部命令停刊，合併改出《華北新報》，後又將《河北日報》、《山西新民報》、《石門新報》、《山東新民報》入其殼中，成爲其地方分社。《華北新報》創刊後連續縮減紙版面，創刊號爲 2 大張，次日即出 1 大張，從 5 月 10 日起，週二、三、五、六、日各出 1 大張，週一、四出版半張（2 版）；10 月 1 日起，週二、五、日出版 1 大張，週一、三、四、六出版半張；12 月 23 日起，全部改出半張。1945 年 5 月 1 日，「爲戰時節約物資起見」，改爲日出 8 開一小張。[3]

1　程曼麗：《華北地區最後一份漢奸報紙——〈華北新報〉研究》，《新聞與傳播研究》，2004 年版。

2　馬光仁：《汪僞在上海的新聞宣傳活動》，《新聞大學》，1989 年版。

3　程曼麗：《華北地區最後一份漢奸報紙——〈華北新報〉研究》，《新聞與傳播研究》，2004 年版。

第九章　民國南京政府中期的新聞團體、新聞教育和新聞學研究

　　全面抗戰期間，許多新聞團體因大片國土淪喪停止活動。新成立的中國青年新聞記者學會、中國新聞學會等團體，開展新聞事務和新聞學術兩類活動。新聞教育經受戰爭考驗，在動蕩的時局與複雜的環境下曲折前行。不同身份、立場的報人，著力於不同的側重點，共同推動中國新聞學研究的開展。

第一節　民國南京政府中期的新聞團體

一、國民黨統治區的新聞團體及其活動

（一）國民黨統治區新聞團體簡述

　　全面抗戰爆發，大片國土淪喪。上海報業公會、開封新聞記者公會、鄭州新聞記者公會、浙江省戰時新聞學會永嘉分會、浙江鄞縣新聞記者公會等新聞團體，皆因所在地淪於敵手而停止活動。

　　戰時首都重慶，聚集眾多傳媒，也是抗戰時期新聞團體的主要聚集地。先後在重慶成立的新聞團體有重慶各報聯合委員會、中國新聞學會、陪都記者聯誼會、駐華外國記者協會、陪都週報聯合會等。成立於漢口的中國青年記者學會，輾轉長沙、桂林之後，也於 1939 年春遷入重慶。1944 年 6 月 1 日，四川的成都新聞記者公會成立。在抗戰期間，浙江、廣西、河南、湖北等省區新聞同業也成立了新聞團體及開展活動。

（二）中國青年記者學會

1、聯合創建大型新聞團體

1937 年 11 月 4 日下午，范長江、楊潮（羊棗）、夏衍、碧泉、邵宗漢、朱明、惲逸群等商量，決定組織中國青年新聞記者協會（簡稱「青記」），推舉范長江、楊潮、惲逸群負責籌備工作。參與「青記」發起活動的人員有：范長江，夏衍，惲逸群，楊潮，王文彬，章丹楓，陸詒，丘崗，孟秋江，邵宗漢，金摩雲，徐懷沙，石西民，王啓熙，戴述人，朱明，耿炳光，劉祖澄，袁殊，彭集新，傅於琛，王紀元，季步飛，陳憲章。11 月 8 日晚 7 時，「青記」成立大會在上海山西路南京飯店舉行，15 名年青記者代表 24 名發起人參加會議，討論了協會的宗旨和工作綱領，通過協會章程，選舉領導人員，范長江、惲逸群、袁殊、羊棗、朱明爲幹事，夏衍、邵宗漢、劉祖澄爲候補幹事。

當局對於職業性協會談虎色變，國民黨中宣部堅持讓「青記」成爲一個學術團體。范長江 1938 年 3 月 15 日申請備案時，將「中國青年新聞記者協會」改名爲「中國青年新聞記者學會」。[1]3 月 30 日，中國青年新聞記者學會在漢口青年會二樓禮堂召開成立大會（即首屆代表大會），中外來賓近百人出席。其中有上海、武漢、長沙、廣州、西安、成都、重慶、香港、南洋的會員代表，國民黨中宣部長邵力子、國民政府監察院院長于右任，軍委會政治部第三廳長郭沫若，救國會負責人之一沈鈞儒，東北抗日救亡總會常務委員閻寶航，新華日報社長潘梓年，《抗戰》三日刊主編鄒韜奮，原上海《新生》週刊總編輯杜重遠，漢口《大公報》總編輯張季鸞、編輯主任王芸生，中央社總編輯陳博生，《世界知識》主編金仲華，外國記者羅果夫（蘇聯塔斯社）、愛潑斯坦（美國合眾社）、史沫特萊、張幼庭（菲律賓《華僑商報》）等。中外青老咸集一堂，盛況空前。參加「青記」首屆代表大會的會員代表，是名副其實的青年記者，30 歲上下的是年長者，年青者 20 歲左右，風華正茂，愛國同心，以筆爲槍，投身抗戰。美髯飄胸的于右任致詞說，自己是一個新聞記者，以同行之誼來道賀。過去當新聞記者叫做「無冕之王」，現在不小心就會變成無頭之鬼。[2]通過《中國青年新聞記者學會成立宣言》，選舉領導機構常務理事會，范長江、傅於琛、陸詒、鍾期森、曾聖提、朱明、徐邁進、陳子

---

1 趙家欣：《回憶「青記」首屆代表大會的人和事》，http://www.xinhuanet.com//zgjx/2007-08/24/content_6597187.htm。

2 王大龍：《抗戰烽火中的中國青年記者學會》，《縱橫》，2007 年版。

玉、夏衍、陳儂菲、惲逸群 11 人被選爲理事，互推《大公報》范長江、《掃蕩報》鍾期森、《新華日報》徐邁進爲常務理事。理事會設秘書和和總務、組織、學術 3 個組。聘請國民黨元老邵力子、于右任、葉楚傖，郭沫若，中央社社長蕭同茲、總編輯陳博生，《掃蕩報》社長丁文安，《武漢日報》社長王亞明、國民黨中宣部國際宣傳處長曾虛白，張季鸞、王芸生，潘梓年，鄒韜奮，金仲華，杜重遠 15 人爲名譽理事。

　　1938 年 5 月 19 日，軍委會政治部部長陳誠給「青記」一個「准予備案，仰即知照」的批文，每月付給 1000 元津貼。[1]1939 年 2 月，減爲 500 元。再過一陣子，不再提供經費。入會章程規定，「青記」會員根據自己的收入繳納 0.5 元至至 8 元不等的會費，杯水車薪，無濟於事。自籌經費，向各方募捐。自籌的第一筆經費，是編輯《徐州突圍》，出售給生活書店出版得到 400 元稿費。川軍將領楊森通過《大公報》記者高元禮捐款 1000 元。于右任捐款 300 元，湯恩伯捐款 200 元，范長江捐款 100 元，武漢八路軍辦事處以毛澤東、周恩來、鄧穎超、葉劍英的名義各捐 50 元共 200 元，還有彭德懷、董必武、彭雪楓等共計 50 多人捐款。「青記」得到界人士的支持，克服了經濟上的困難。[2]「青記」實行民主化原則，重大問題皆由常務理事作出決定，集體生活，集體學習，集體工作。工作人員一律每月 20 元。[3]

　　《中國青年新聞記者學會成立宣言》，宣告：「我們是願獻身於新聞事業有青年精神的記者組合，我們深信擁有四萬萬五千萬廣大人口的中國，平時全國報紙中最大的銷數每日未過二十萬份，合全國重要報紙之銷數不過每日百萬份，平均每五百人始能看報一份。抗戰以來，隨著許多地域的陷落，縱然國內民眾，對於報紙的需要更感迫切，但現時報紙銷數並未激增，國內這貧弱的現象，一方面指明中國新聞事業之無限發展的前途，一方面提示抗戰中新聞事業尚有待於特殊的努力。」「新聞事業的改進，有待於經濟、文化各方面的努力，然而爲了補救目前抗戰中新聞工作的缺點，爲了失去崗位的同業，爲了訓練成功大批健全的新聞幹部以應付將來新聞的需要，我們不能不起來組織，不能不趕緊以集體的力量，加強自我教育，加緊自我扶助。」[4]

1　馮英子：《戰時武漢的中國青年記者學會（節錄)》，《武漢文史資料》，1998 年版。
2　馮英子：《「青記」當年》，《新聞大學》，2002 年版。
3　王大龍：《抗戰烽火中的中國青年記者學會》，《縱橫》，2007 年版。
4　范蘇蘇、王大龍：《范長江與「青記」》，北京工藝美術出版社，2008 年版，第 203 頁。

1938 年 10 月下旬，「青記」總會撤離武漢，來到長沙。1938 年 11 月 15 日，總會遷至桂林。1939 年 4 月，總會遷至重慶。

2、「青記」開展多種新聞活動

「青記」開展了豐富多彩的新聞活動。總會在武漢設立戰地報紙供應部，把《新華日報》《大公報》《武漢日報》送往前線，為前方將士提供精神食糧。總會參與漢口新華日報社宴請從徐州突圍歸來的戰地記者。香港分會邀請左、中、右立場的報紙，一起參加香港新聞界聚餐會。總會以「青記」人員為骨幹，組建國際新聞通訊社，抽調記者分赴各地特別是深入前線戰地、敵佔區採訪、撰寫戰地通訊，向海外 150 多家華文報刊供稿。「青記」駐渝通訊處 1939 年 1 月 28 日，在重慶社交會堂舉辦為期 3 天的全國報紙展覽會，展出了大後方、海外華僑和敵後抗日根據地出版的 500 多種報紙，展示了中國抗戰報業的整體陣容。總會在桂林為廣西當局開辦戰時新聞訓練班，招收 80 多人參加學習，陳儂菲主持。徐特立、范長江、孟秋江、陸詒、夏衍、馮乃超、張鐵生、楊東蓴、鍾期森、王文彬等授課。香港分會創辦了香港第一所新聞學校中國新聞學院，邀請國民黨報刊資深記者、編輯講課。[1]「青記」1939 年 3 月編輯出版《戰時新聞工作入門》，內容分列「戰時新聞工作的理論與實踐」、「戰時新聞記者的修養與學習」、「戰時辦報的教訓」、「戰時編輯工作的新動向」、「戰時報紙供應問題」、「戰時新聞政策意見的提供」7 類，另收有范長江、鄒韜奮、邵力子、張季鸞等文章。

「青記」對於所屬會員開展的活動，最常見的是舉辦各種形式的報告會、紀念會、座談會、讀書會和新聞講座，充實知識，學習技能，提高素質，規範言行。1938 年武漢撤退前夕，總會在魯迅紀念日 10 月 19 日舉行紀念會，周恩來到會並講話，「我來參加紀念會，不是因為同姓同鄉，而是因為他是我們共同戰鬥的同志，他是中國新文化運動的旗手，也是為中國人民求獨立自由、謀幸福的闖將……」[2]汪精衛公開投敵後，總會制訂《記者公約》（草案），要求會員：「一、擁護抗戰建國精神，促進中華民族之解放與建設；二、堅持新聞崗位，為新中國新聞事業而奮鬥；三、不收受非法金錢，不曲用自己筆頭；四、發揚集體主義加強新聞記者之團結；五、

---

1 王大龍：《抗戰烽火中的中國青年記者學會》，《縱橫》，2007 年版。
2 王大龍：《抗戰烽火中的中國青年記者學會》，《縱橫》，2007 年版。

建立平凡堅韌之工作與生活作風；六、努力自我教育，提倡工作與學習並重之精神。」[1]

建立「記者之家」。在漢口、長沙、重慶租房子建立「記者之家」，接待來自前線的記者，為流亡會員服務。大家佩戴徽章，一起寫稿，譯電碼發電報，互相合作，取長補短。歷經戰地艱險遭遇的記者，來到「記者之家」，感到了興奮和溫暖。「青記」海外部、香港分會，接待來港海外會員，解決住宿。注重團結包括中央社、《中央日報》《掃蕩報》等記者在內的廣大新聞工作者，會員不分黨派並肩戰鬥。

出版刊物。1938 年 4 月 1 日，「青記」機關刊物《新聞記者》創刊。月刊，由范長江、劉尊棋主要負責。16 開本，原定為月刊，後為不定期刊。在武漢出版 7 期，在長沙出版第 8 期，在桂林出版第 9、10 期合刊。1939 年 3 月 5 日創刊油印《記者通訊》，在總會與分會、會員與會員之間傳播信息，交流經驗。

3、「青記」分支機構遍布各地

「青記」自上海成立後，即開始創建分支機構，數量最多的是分會，還成立了辦事處、通訊處及衍生機構。「青記」分會的數量，有不同說法。有的說是 25 個，有的說是 32 個，據稱「經過考評，『青記』在全國建立的分會至少應該有 41 個。」[2]此外，建立桂林南方、北方和西南 3 個辦事處，榆林、重慶、鄂北、洛陽和鄭州 5 個通訊處，成立了「青記」冀魯青年記者服務團、「青記」八路軍戰地記者團、「青記」戰地服務隊華北一支隊、「青記」廣西學生軍通訊處等組織。

難能可貴的是，「青記」在陝北和華北、華中敵後創建了抗日根據地分社。延安分會 1938 年 11 月 6 日成立，登記會員 70 多人，徐冰、向仲華、汪侖為常務理事，半月出版一次會刊，每位會員交納會費國幣 2 角，解放社、新中華社、邊訊社給予津貼。晉察冀邊區分會 1940 年 3 月 10 日成立，總會代表陸詒專程從重慶趕赴到會。抗敵報社長鄧拓等 9 人被選為理事。鄧拓在分會成立會上作形勢報告，要求敵後的新聞工作者應該整肅輿論陣營，加強輿論引導，保障輿論自由，新聞工作應與敵後戰爭緊密配合，特別應與邊區軍事政

1　馮英子：《「青記」當年》，《新聞大學》，2002 年版。
2　陳娟：《「中國青年新聞記者學會」歷程》，《傳媒觀察》，2011 年版。

治任務相配合。[1]「青記」在敵後抗日根據地還有晉西分會、蘇北分會、鹽阜區分會等。1941 年 9 月 25 日，《拂曉報》刊登徵求「青記」會員的「啓事」，倡議組織「中國青年新聞記者學會淮北蘇皖邊區分會」，籌委會的宗旨是「爲團結淮北蘇區一切新聞工作者，研究新聞學術，提高新聞事業之理論與技術」。[2]

「青記」的會員，從最初的 24 人發展到 2000 多人，先後成立的分會、辦事處、通訊處及衍生機構，開展了各種形式的抗日宣傳活動，在當地報刊及副刊等創辦會刊或專刊，先後出版了《冀中報人》《青年記者》《新聞戰線》《戰地報人》《文化新聞》《北方記者》等 40 多種刊物。[3]「青記」山東分會 1941 年 7 月創刊《記者生活》，1942 年 6 月經山東分會理事長李竹如倡導，更名《青年記者》，至今仍在出版。

4、解散總會分會延續多年

當局試圖控制「青記」。1940 年 6 月 1 日，國民黨中宣部、國民政府社會部聯合向國民黨各省市黨部行文，部署奪取「青記」領導權。「查中國青年新聞記者學會份子複雜，組織蔓延頗廣，應切實加以領導。經本部等會同訂定策動本黨同志掌握該會各地分會達半數以上時改組其總會，籍以加強黨的領導力量。」提出的具體部署是：「該會已成立分會之地點，本黨同志儘量加入，設法改組，使之獲得領導權，並爭取實際工作，其已爲本黨同志所掌握者，加強其活動」；「該會尚未成立分會或籌備未成無形解散之地點，由本黨同志迅速籌備成立」；「限各省市黨部於文到二月內將該會成立或改組縣報」。6 月 15 日，國民政府內政部把中國青年新聞記者學會組織辦法轉發各地。8 月 1 日，由貴陽《中央日報》社長王亞明發起的「青記」貴州分會成立。9 月，貴州省黨部向中宣部、社會部報告，「貴陽青年記者學會已經本會策動組織，其負責人完全爲本黨同志」。隨後，國民黨中央曾電告各地，準備成立中央記者學會。貴州省黨部曾發電詢問並表示「青年記者學會有爲共黨把持之說，聞中央爲正視聽，有策動本黨新聞界同志籌組中央記者學會事。黔省新聞界同志亟願響應組織分會。」[4]

---

1 王大龍：《抗戰烽火中的中國青年記者學會》，《縱橫》，2007 年版。

2 江蘇佳、趙雲澤：《烽火中的旗幟——「青記」》，https://www.xzbu.com/1/view-4496008.htm。

3 陳娟：《「中國青年新聞記者學會」歷程》，《傳媒觀察》，2011 年版。

4 劉慶田：《從歷史檔案看青年記者學會的鬥爭》，《新聞窗》，1997 年版。

　　1941 年 4 月 28 日，國民政府社會部下令被查封「青記」總會，禁止「青記」活動。「青記」抗日根據地分會，既沒有撤銷，也沒有停止活動，直至解放戰爭時期仍在活動。1949 年 3 月，「青記」西南辦事處成立。「直到 1949 年 9 月中華人民共和國成立前夕中華全國新聞工作者協會籌備組成立，才標誌著『青記』結束了它的歷史使命。」[1]

（三）中國新聞學會

1、首屆成立大會

　　1941 年 3 月 16 日，中國新聞學會在重慶成立。張季鸞、于右任、蕭同茲商議組建新聞團體，三人發揮各自所長，開展組建新聞團體的活動。于右任找國民黨上層打招呼，蕭同茲辦理登記手續和具體事務，張季鸞串聯各家媒體。3 月 16 日上午 9 時，成立大會在重慶上清寺廣播大廈舉行，250 餘人出席。主持人宣讀蔣介石給大會的賀電：「新聞記者非可娩於普通之職業，以其任務相當於教育，而影響每及於國運之消長。新聞記者必自待甚厚而自修甚篤，不以艱辛而改其業，不以困阻而輟其功。新聞記者所賴以維持其恒久之努力者，唯救國濟世之抱負與日新又新之興趣」。各方代表和各地新聞界同人致賀詞。中午，國民黨中宣部和國民政府軍委會政治部宴請與會代表。

　　下午 2 時繼續開會，與會人員認真討論，一致通過張季鸞起草的《中國新聞學會宣言》。張季鸞在宣言中提出了「中國特有之新聞學」的命題，他寫道：「夫新聞學為現代最新之科目，源於西洋，而輸至中國。雖以學稱，非有嚴正解釋之科學也。同人以為中國報人，必須完成中國特有之新聞學，以應我抗戰建國特殊之需要。西洋方法，參考而已。我國之常諺有曰：為政不在多言。吾儕報業，亦復如此。惟有於工作實踐中求學問，而工作之外，別無學問。今國內日報或定期刊物應努力改進各點固多，亦惟有於工作實踐中，建設中國之新聞學，集思廣益，即知即行。本會願為全國同業互助互勉，努力奮鬥，同時務必借本會以交換新知，報告狀況，以期吾道之昌明，而裨於國事於萬一。」[2]

　　于右任、戴季陶、居正、陳布雷、王世杰、陳果夫、陳立夫、葉楚傖、吳鐵城、張繼、朱家驊、邵力子被大會推選為名譽會員；選舉中央社蕭同茲，

1　范蘇蘇、王大龍：《范長江與「青記」》，北京工藝美術出版社，2008 年版，第 5 頁。
2　轉引王春泉：《「中國特有之新聞學」之歷史言說──張季鸞〈中國新聞學會宣言〉繹讀》，《山西大學學報》（哲學社會科學版）》，2016 年版。

《中央日報》陳博生、趙敏恒，《大公報》曹谷冰、胡政之，中央政治學校新聞系馬星野，《世界日報》成舍我，《新民報》陳銘德，《新蜀報》周欽岳等 19 人爲理事；選舉《國民公報》杜協民，《新華日報》潘梓年等 7 人爲候補理事。選舉中宣部潘公展、董顯光，《大公報》張季鸞、王芸生，《中央日報》程滄波，復旦大學新聞系謝六逸等 11 人爲監事。選舉蕭同茲爲理事長，彭革陳爲副理事長，曹谷冰爲秘書長。晚 6 時，教育部、社會部宴請與會代表；晚 8 時，舉行同樂大會。[1]中國新聞學會成立時，共有會員 116 人，後下設地方分會。

2、開展新聞活動

《中國新聞學會章程》規定，中國新聞學會「以研究新聞學術，改進中國新聞事業爲宗旨」，工作任務是「關於新聞事業理論及實際研究事項；關於新聞學書籍報刊之編輯及出版事項；關於國內外新聞團體及文化機關之聯絡合作及調查事項；關於新聞界同業之知識技能道德感情之促進事項；其他有關新聞界福利事項」等。[2]中國新聞學會開展的活動，大致分爲新聞事務活動和新聞學術活動兩類。開展的新聞事務活動有慶祝、紀念、茶會、祭典、慰問、年會、體育競賽等。

1941 年 5 月 15 日，中國新聞學會與重慶各報聯合會在國民黨中央黨部舉行大公報社接受美國密蘇里大學新聞學院榮譽獎章慶祝大會。1942 年 4 月 15 日，與重慶各報聯合會在國民黨中央黨部舉行茶會，歡迎新加坡、香港、上海等地來渝同業，胡政之報告香港淪陷經過，潘公展、吳倚泉報告太平洋戰爭爆發後新加坡當局的舉措，詹文滸報告上海新聞界與敵人搏鬥概況。4 月 16 日，與重慶各報聯合委員會爲病逝的大公報總主筆張季鸞舉行公祭。上海《密勒氏評論報》主筆鮑威爾 1941 年 12 月被日軍關入監獄 4 多個月，雙腿被折磨致殘，出獄後回國接受治療。1943 年 3 月，委託中央社駐美國華盛頓特派員前往醫院慰問，向鮑威爾面交慰問電和將全國各地捐款兌換的 1.1 萬美元。1943 年 2 月、5 月，兩次主辦新聞從業人員籃球、排球比賽。大公報社、中央社分別獲得籃球比賽的冠、亞軍。中央社、新華日報社分別獲得排球比賽的冠、亞軍。1945 年 9 月 1 日，與重慶各報聯合委員會聯合主辦記者節紀念會，國民黨中宣部新任部長吳國楨、副部長許孝炎到會慶賀。

---

1 王鵬：《〈大公報〉與抗戰期間的中國新聞學會》，http://www.people.com.cn/GB/shizheng/252/8397/8399/20020614/752514.html。

2 蔡斐：《重慶近代新聞傳播史稿（1897～1949）》，重慶出版社，2016 年版，第 291 頁。

　　舉辦 4 次學會年會。1942 年 9 月 11 日舉行第 1 次年會，決議敦請國民政府中止議定《新聞記者條例》，制訂改頒《新聞記者公會法案》。1943 年 10 月 1 日舉行第 2 屆年會，繼續敦請國民政府盡快修訂《新聞記者法案》。1944 年 9 月 1 日舉行第 3 屆年會，會員胡政之演講《檢討新聞界的現狀與困難》，指出中國新聞界現狀是「我們還沒有充分認識到這種代表國民說話的資格」，「報人的政治意識與實際政治獨立……是擺脫困境和危機的唯一途徑」。會員成舍人演講《對今後中國新聞事業應建立何種制度》，提出在堅持抗戰辦報的原則下，中國新聞事業應該堅持「資本」與「言論」公開的制度，經濟上完全「市場化」，言論上完全「自由化」。資本家出錢按股分得利潤，專家辦報，人民發言，政府指導，像公司組織一樣。1945 年 9 月 1 日舉行第 4 屆年會，議題集中在戰後民主建國中的「落實憲政」和「新聞自由」。[1]

　　中國新聞學會開展的新聞學術活動，是舉辦新聞學術講座和出版新聞學術刊物。1942 年 1 月至 4 月，在重慶舉辦的新聞學術講座，有：陳博生的《中央通訊社之過去及將來》（2 月 12 日，沙磁區中央大學），彭革陳的《如何作訪員》（2 月 26 日，沙磁區），美國新聞處長費許的《美國在遠東的新聞活動》（3 月 19 日，沙磁區），黃天鵬的《四十年來中國新聞學之演進》（3 月 19 日，南溫泉），美國文摘雜誌記者霍塞的《美國雜誌與報紙裏的特寫》（3 月 26 日），彭革陳的《新聞戰爭》（4 月 2 日，沙磁區）。[2]

3、出版新聞刊物

　　中國新聞學會成立當日，即創辦研究新聞事業與新聞學的大型學術刊物《新聞戰線》月刊，主編陸鏗。于右任題寫刊頭。[3]

　　1942 年在重慶創辦新聞學術刊物《中國新聞學會年刊》，共出版 2 期，刊載了約 30 萬字的 53 篇學術文章，其中有王芸生的《新聞的選擇與編輯》、黃天鵬的《四十年來中國新聞學之演進》、程滄波的《論新聞教育》、張學遠的《中央政治學校的新聞教育》、詹文滸的《培養報業人才管見》、馬星野的《ABC 三國出版自由之比較研究》等論文。[4]

1　蔡斐：《重慶近代新聞傳播史稿（1897～1949）》，重慶出版社，2016 年版，第 292 ～293 頁。
2　蔡斐：《重慶近代新聞傳播史稿（1897～1949）》，重慶出版社，2016 年版，第 292 頁。
3　王鵬：《〈大公報〉與抗戰期間的中國新聞學會》，http://www.people.com.cn/GB/shizheng/252/8397/8399/20020614/752514.html。
4　蔡斐：《重慶近代新聞傳播史稿（1897～1949）》，重慶出版社，2016 年版，第 293 頁。

　　1945 年 9 月抗戰勝利後，中國新聞學會完成了抗日宣傳任務，自動停止了活動。

（四）駐華外國記者協會

　　戰時重慶，聚集了許多外國記者。多時超過百人，少時也有十幾人。外國媒體駐華記者，對國民黨、國民政府的新聞統制多有不滿，抱怨難以獲得需要的新聞。美國《下午日報》記者奈維爾聲稱：「很難令人相信，民主主義美國的友邦與可能同盟者中國，其檢查電訊之嚴，更甚於集權主義之德國與日本。」[1]

　　1943 年 5 月 18 日，駐華外國記者協會成立於重慶。會長艾金森（美國《紐約時報》記者），副會長白修德（美國《時代》週刊記者）、葉夏明、趙敏恒，秘書摩薩（美聯社記者）。艾金森要求以會長身份會見國民黨中宣部部長。張道藩部長表示，按照中國政府的規定，記者協會須經合法手續才能獲得法人資格，未取得法人資格之前，只能以私人身份接見。[2]國民黨中宣部、國民政府社會部圍繞可否成立駐華外國記者協會展開了討論。6 月 8 日，社會部召集會議，相關部門經過討論，會議決議：依照國際法的互惠原則，應該允許成立駐華外國記者協會，以促進邦交。7 月 16 日，駐華外國記者協會在重慶記者招待所成立會議。孔祥熙、孫科、張道藩、吳鐵城和英國大使薛穆、蘇聯大使潘友新等 100 多人，出席了成立大會。

　　1944 年 2 月 1 日，會長艾金森要求國民政府交通部按照國際慣例，發給外國記者一種在中國後方各地拍發電訊的新聞執照。4 月 1 日，艾金森代表在渝外國記者，要求當局減少出席每週新聞會議的人數，提出以在外交部登記的報刊、通訊社的正式代表為限。4 月 18 日，艾金森等 15 名外國記者聯名致函蔣介石，認為中國的新聞檢查，「過於嚴苛，且失公允」，請求放寬檢查標準。[3]

（五）浙桂豫鄂地區的新聞團體

　　戰時浙江，先後成立了浙江省戰時記者協會、浙江省戰時新聞學會、浙江省記者公會、浙西記者聯誼會籌委會（1943 年 9 月 3 日）、浙西記者聯合公

1　張克明、劉景修：《抗戰時期美國記者在華活動紀事（二）》，《民國檔案》，1988 年版。

2　張克明、劉景修：《抗戰時期美國記者在華活動紀事（二）》，《民國檔案》，1988 年版。

3　蔡斐：《重慶近代新聞傳播史稿（1897～1949）》，重慶出版社，2016 年版，第 289 頁。

會（1944 年 9 月 10 日）。杭州淪陷，《東南日報》、《正報》隨浙江省政府撤往金華。胡健中發起，1938 年 4 月在金華成立浙江省戰時記者協會和浙江省戰時新聞學會。浙江省戰時記者協會選舉胡健中、吳望伋、劉湘女、朱苣英、嚴芝芳爲理監事。浙江省戰時新聞學會選舉錢震、杜紹文、金瑞本、盛維縈、吳則民、徐世康、嚴芝芳、王遂今、許士龍、許熹、朱苣英爲理事。金華的東南日報社、正報社和浙江國民通訊社、中央通訊社駐浙記者及《民族日報》和《浙西日報》的編輯、記者參加浙江省戰時記者協會和浙江省戰時新聞學會。1942 年 5 月 28 日，金華淪陷。浙江省戰時記者協會和浙江省戰時新聞學會解體。浙江省記者公會，1945 年 4 月 7 日在浙江戰時省會雲和召開成立大會，40 名代表出席，推選吳望伋、劉湘女、嚴北溟爲常務理事。10 月遷杭。

　　戰時廣西，先後成立了中華全國攝影協會廣西分會、桂林市記者公會、柳州記者公會。中華全國攝影協會廣西分會，1938 年 11 月 29 日成立於桂林。桂林市記者公會 1940 年 8 月 9 日成立，夏衍、林林等被選爲執行委員，張爾華等被選爲監察委員。12 月 11 日，桂林市記者公會倡議捐獻「記者號」飛機。全市報業於 12 月 25 日舉辦義賣 獻機活動，共獲款 2300 多元。1941 年 8 月 31 日，桂林市記者公會舉行全國抗戰殉難同業追悼會。柳州記者公會 1943 年初成立。6 月 6 日，柳州記者公會爲慰勞湖北抗日將士舉辦報紙義賣活動，共獲款 25 萬元。

　　戰時河南，洛陽新聞記者公會成立於 1938 年 7 月 1 日，1941 年 1 月 21 日、1943 年 7 月 29 日兩次改選。1944 年 5 月，洛陽淪陷，停止活動。河南省新聞記者公會 1943 年 7 月 1 日在豫西魯山成立，決定徵收會員會費，呈請省政府委派公會書記。日軍大舉進犯，未及開展其他活動即告夭亡。

　　戰時湖北，武漢失守後，鄂西恩施成爲報業中心。1941 年 1 月，首次舉行恩施記者聯誼會，《武漢日報》、《新湖北日報》等幾家報社共 12 人參加。湖北省記者公會 9 月 1 日成立後，加強了恩施報壇的協作，每年舉行會員會餐、文藝演出。1942 年上演夏衍的《心防》，1943 年上演陳白塵的獨幕劇《禁止小便》。湖北省記者公會聯合各界人士，在 1942 年開展籌集「記者號」滑翔機活動。請抗演六隊舉行義演，新聞界向金融界、工商界勸募戲票，記者公會向本省未淪陷各縣行政機關發募捐書代爲募捐，湖北省銀行開設募捐專戶，超額完成預定的募款任務。[1]

1　《抗日烽火下的恩施報壇》，http://www.enshi.cn/20060217/ca41296.htm。

二、日僞統治區的新聞團體及其活動

（一）日僞統治區的東北新聞團體

僞「滿洲國」1932 年成立後，日僞在東北地區成立的新聞團體有僞滿洲國記者協會（1934 年），日本人記者協會（1934 年），全滿記者聯盟（1937 年 7 月），僞滿洲新聞協會（1941 年），還成立了日僞哈爾濱記者協會、哈爾濱白俄新聞記者聯盟、哈爾濱日本新聞記者協會。1937 年 8 月，哈爾濱記者協會舉辦遊藝會，用所得錢款對參加盧溝橋事變的日軍進行慰勞。1938 年 2 月 4 日，全滿記者聯盟召開有 50 名記者參加的第二次會員大會，通過了《支持日軍佔領上海宣言》。[1]

1941 年 1 月 16 日，日滿當局在長春成立僞滿洲新聞協會。會長爲大同報社社長染谷保藏。會員有僞滿洲國通訊社、大同報社、盛京時報社、滿洲新聞社、大北新報社、泰東日報社、醒時報社、濱江日報社等 20 多家新聞單位。工作業務有：計劃安排新聞通訊的內容，聯繫與改善新聞事業經營，購入、配給及協調新聞通訊資材，刊載廣告，新聞從業人員的福利與培訓，調查與研究發民新聞通訊事業。[2]

（二）日僞統治區的華中新聞團體

包括滬寧在內的華中地區，既是中國新聞事業的發達地區，也是以汪精衛爲首的漢奸政府新聞事業的中心區域。先後成立了南京中國記者俱樂部、首都新聞記者俱樂部、南京新聞記者公會、中國新聞學會、上海新聞記者公會、上海報業改進協會、上海新聞聯合會、浙江省新聞記者俱樂部、寧波新聞記者公會、杭州市新聞記者公會等新聞團體。

1、首都新聞記者俱樂部

1941 年 1 月 5 日成立於南京，同時解散南京中國記者俱樂部。汪僞政府規定，凡受其管轄的報社、通訊社、編輯、記者均要加入。名譽理事有汪僞政府中央宣傳部部長林柏生、羅君強、趙慕儒、金雄白、古泳齋、朱樸之、秦墨哂、袁殊等和各報社、通訊社的正副社長。常務理事有關企予、尤半狂、許錫慶、周雨人、曹見微、倪蝶蓀等。出版《記者月報》，寄發至僞各報社、通訊社。

---

1 黑龍江日報社新聞志編輯室：《東北新聞史》，黑龍江人民出版社，2001 年版，第 278～279 頁。

2 黑龍江日報社新聞志編輯室：《東北新聞史》，黑龍江人民出版社，2001 年版，第 278 頁。

南京新聞記者公會

1943 年 2 月 1 日，以首都新聞記者俱樂部爲基礎組建。林柏生、羅君强、趙慕儒、秦墨哂、許力求、袁殊、李士群、金雄白等爲名譽理事，許錫慶、黃君陶、孫夢花、倪蝶蓀、朱率齋、周雨人等 17 人爲理事。1944 年 5 月 8 日、9 月 14 日，舉行第二屆、第三屆會員大會，改選理事、監事。[1]

中國新聞學會

1944 年 9 月 25 日，成立於南京。名爲學術團體，實爲汪僞政府控制報業的專門機構。1943 年 6 月，汪僞最高國防會議第 17 次會議通過《戰時文化宣傳政策基本綱要》，要求在中國文化總會之下設立各種協會，「採統一主義，以謀文化宣傳體制之整備」。汪僞中央宣傳部按照《綱要》要求，設立中國新聞學會代替 1940 年 10 成立的中央報業經理處，接辦其業務。中國新聞學會章程規定：「本會爲實施新聞政策之共同機關，從事新聞事業之計劃、調查及改進，以宣揚國策，暢達民意，達成國家新聞事業之使命爲目的。」

會長李思浩，副會長郭秀峰、管翼賢、陳彬和，理事金雄白、秦墨哂、張伯蔭、莊泗川、馮子光、韋建之、鍾萍岩、謝宏、許力求、張愼之、劉德煊、尾坡與市、猿山儀三郎、胡瀛洲、龔持平、伍麟趾等，監事程仲權、魯風、黃敬齋、森山喬。共有 56 家會員單位，其中：南京區分會有《民國日報》、《中報》、《京報》、《徐州日報》、《海州日報》等 9 家，蘇州區分會有《江蘇日報》、《無錫日報》、《武進日報》、《常熟日報》、《鎮江日報》5 家，揚州區分會有《揚州日報》、《高郵報》、《寶應日報》、《新興日報》、《淮報》、《興鹽日報》、《蘇北日報》7 家，上海區分會有《中華日報》、《申報》等 10 家，杭州區分會有《浙江日報》等 4 家，漢口區分會有《大楚報》等 5 家，廣州區分會有《中山日報》等 5 家。日籍會員單位有上海、南京、徐州、漢口、廣州、汕頭、江西、廈門等地的 11 家報社。[2]

上海新聞記者公會

1941 年 10 月 12 日成立。選舉理事 19 人、監事 9 人，常務理事蔣曉光、陸光傑、孫銘、季鍾和、魯風主持會務。1942 年 7 月 2 日出版會刊《上海記者》。1943 年 5 月 8 日召開第二屆會員大會，選舉理事 21 人、候補理事 11 人，

1　南京市地方志編纂委員會：《南京報業志》，學林出版社，2001 年版，第 369 頁。
2　《江蘇省志·報業志》《第八章　新聞團體與對外交往》，http://www.jssdfz.com/book/byz/DEFAULT.html。

監事 8 人、侯補監事 3 人。1944 年 10 月 22 日，召開第三次會員大會進行改選，會長陳彬和，常務理事陳東白、楊回浪、陸光傑、孫銘、錢翔乙、王平等 7 人。[1]

上海報業改進協會

1942 年 4 月成立。上海日軍控制汪偽報業的半官方團體。主任為汪偽南京政府宣傳部駐上海辦事處主任，委員有《中華日報》代社長許力求、《平報》社長金雄白、《國民新聞》總編輯黃敬齋、《新中國報》總編輯魯風、中央電訊社上海分社主任黎紹智、《新申報》編輯局局長騰田秀雄等。決策日偽在上海新聞宣傳和上海新聞界的重大活動。遭到唾棄，成立不久停止活動。[2]

上海新聞聯合會

1943 年 1 月 27 日。常務理事為《大陸新報》尾阪與市、《中華日報》許力求、《申報》陳彬和、《平報》金雄白、《國民新聞》黃敬齋、《新中國報》袁殊、《新申報》赤松直昌、《新聞報》吳蘊齋。1945 年 1 月 1 日，更名中國新聞協會上海分會。陳彬和為理事長，尾阪與市、諸保衡、許力求、金雄白、陳彬和、黃敬齋、陳日平、袁殊、森山喬等 9 人為常務理事。經常舉辦時事演講、時事座談、中日記者聯歡等活動。1944 年 6 月至 1945 年 2 月舉辦一期青年記者訓練班，50 人入學，30 人結業。[3]

（三）日偽統治區的華北、華南新聞團體

1937 年 7 月，日軍佔領北平。《實報》社長管翼賢出任日偽華北情報局局長，副社長胡通海積極協助日本佔領當局組織北京新聞同業協會，把北京新聞界納入日軍的嚴密控制之下。[4]

北京新聞記者協會宣稱要為建設東亞新秩序效力。1938 年，北京新聞記者協會成立。日本華北派遣軍報導部及偽新民會實施指導。北京新聞記者協會規定，各新聞社及雜誌社社長這甲種會員，一般記者為乙種會員。北京新聞記者協會發表宣言稱：「今者黨府崩潰，新政樹立，中國甦生，已共友邦趨

---

1 林夏：《汪偽政府如何管控上海租界報業？》，http://cul.qq.com/a/20150818/020302.htm。

2 林夏：《汪偽政府如何管控上海租界報業？》，http://cul.qq.com/a/20150818/020302.htm。

3 林夏：《汪偽政府如何管控上海租界報業？》，http://cul.qq.com/a/20150818/020302.htm。

4 黃河：《北京報刊史話》，文化藝術出版社，1992 年版，第 155 頁。

入建設東亞新秩序之途徑，是誠吾新聞同人得獲充分發揮其天職之良機，非僅僅圖復東方固有之禮教文化已也。」「此北京新聞記者協會之所以必須應運而生，更可藉以補個人智識之不足，同業感情之融洽，戮力同心，以求新聞事業之發達。」[1]

1938 年 10 月，廣州淪陷。在日本南支派遣軍司令部控制下，成立廣州報界聯合會，不久改稱廣州新聞記者聯合會。日本人、臺灣人擔任重要職務，設俱樂部、消費合作社。會員憑證參加俱樂部的麻將、檯球、下棋等娛樂活動，在消費合作社購買少量公價的日常生活配給品。1941 年 7 月 15 日，改組爲廣東新聞記者總會，不久又改名廣東新聞記者協會。廣東省內淪陷區報社記者參加。日軍報導部內定常務理監事各 3 人實際負責。張伯蔭、陳璞、葉文爲常務理事，梁展帆、蕭大澤、謝維潤爲常務監事。之後，上述人等，連選連任。[2]

第二節　民國南京政府中期的新聞教育

從 1937 年「七.七事變」抗日戰爭全面爆發到 1945 年抗日戰爭結束的 8 年時間裏，民國的新聞教育經歷了戰火的歷練，經受了戰爭的考驗，並在動盪的時局與複雜的環境下曲折前行。

一、國民黨的新聞教育概況

從 1937 年抗戰爆發到 1945 年抗戰勝利，新聞教育絕大部分時間都在戰亂和動盪中度過。但仍然有較大的發展，抗戰爆發後，不少新聞系科院校內遷，隨著大後方和各抗日民主根據地新聞事業的蓬勃發展，除了老的院校繼續招生外，又新創辦了一些新聞系科和院校。

（一）國統區的新聞教育概況

抗日戰爭開始以後，國民黨軍隊中也開始進行新聞教育。1938 年 5 月，國民黨在武漢大學創辦了留日歸國人員訓練班，康澤任主任。訓練班內設新聞組，由謝然之主講。1940 年，國民黨中央訓練團舉辦新聞研究班，國民黨軍隊政治部副部長張厲生兼任班主任。中央訓練團後改名爲「軍中文化工作

1　北京市地方志編纂委員會：《北京志·新聞出版廣播電視卷·報業·通訊社志》，北京出版社，2006 年版，第 399 頁。

2　梁群球：《廣州報業（1827～1990）》，中山大學出版社，1992 年版，第 164～165 頁。

人員訓練班」，仍設新聞系。抗日戰爭勝利後，國民黨軍隊的新聞教育又有進一步發展，舉辦了各種類型的新聞訓練班，主要培養軍中政工人員和新聞報導人員，但並沒有把新聞學作為一門學問來研究和傳授。

國民黨統治區在抗日戰爭爆發後也新辦了一些新聞學系。其中較著名的有 1942 年廣州國民大學新聞學系，由文學院院長黃軼球兼主任。第二年隨學校遷往廣東曲江。抗戰勝利後又遷返廣州荔枝灣，由當時的《大光報》社長陳錫餘兼任系主任。內遷到四川壁山的國立社會教育學院 1945 年 8 月設立新聞系，學生只有幾十人。該院院長陳禮江聘請老報人俞頌華擔任系主任。俞松華到任後精心擘畫，聘請既有理論又有豐富實踐經驗的新聞工作者任教，《申報》經理馬萌良講《報業經營與管理》，曹聚仁講《新聞寫作》，還約請校內外的知名人士金仲華、葉聖陶、顧頡剛、王芸生、費彝民等來系作學術演講或座談同時大力添置書刊，建立新聞系資料室。1946 年，新聞系隨社教學院遷至蘇州拙政園。1947 年 10 月，俞頌華病逝，由馬蔭良繼任新聞系主任。蘇州社教學院新聞系一直到 1952 年才停辦。1945 年秋，上海成立了中國新聞專科學校，校長陳高傭。

（二）國統區新聞教育「最高學府」重慶新聞學院

重慶新聞學院創辦於 1943 年 10 月，是抗日戰爭時期中美文化合作計劃的一個項目，由國民黨中央宣傳部國際宣傳處與美國哥倫比亞新聞學院合辦。目的是為國民黨培養國際宣傳和新聞方面的人才。到 1946 年 7 月停辦為止，重慶新聞學院一共辦了兩期，每期招收學生 30 人，大都是本科畢業生。

1、重慶新聞學院的創辦

1943 年夏，重慶新聞學院在重慶、成都、昆明、桂林等四地刊登招生廣告，稱該院將在以上四地招考大學畢業的、英文程度較好的學生 30 名，學習一年、實習半年後畢業，屆時將選拔成績優良的 10 人，赴美國哥倫比亞新聞學院留學。學習期間待遇是凡原來有工作單位的，工資照舊，原來沒有工作單位的，除提供膳宿外，津貼若干生活費。當時希望出去留學的人不少，因此報考的人特別多，入學的選擇也嚴格了許多，競爭比較激烈。第一期在 1943 年 10 月開學，地點在重慶上清寺原巴縣中學內。其時國民黨國際宣傳處和駐重慶的外國記者招待所也都在裏面。新聞學院院長、副院長由國民黨中央國際宣傳處的處長董顯光，副處長曾虛白兼任。

2、重慶新聞學院的教學

重慶新聞學院教學方面實際負責的是美國哥倫比亞新聞學院派來的美籍教師。第一期的美籍教師主要是克羅斯教授（Cross），另外有 3 個年輕助教，即貝克爾（Baker），羅吉斯（Rodgers）和德勞雷（Dralle）。克羅斯擅長新聞法，做過律師，口才很好，他教的課程有新聞史、新聞法、新聞倫理等。克羅斯一年期滿回國後，由吉爾伯特（Gilbert）繼任。三個助教擔任新聞採訪、新聞編輯、新聞寫作等課，並與學生一起辦實習報紙《重慶新聞》週刊。每週課程，有三節課由中國教師中文講授，即馬星野的「新聞學概論」，潘公展的「黨義」（三民主義）和甘乃光的「比較政府」。其他課程完全由美籍教師講授。他們用英文講課（沒有課本），學生用英文記筆記，考試亦用英文。實習報紙《重慶新聞》是英文的，故學生採訪後也用英文寫稿。由於對英文要求較高，故學生多數是北京、上海教會大學的畢業生，主要是燕京、滬江、聖約翰大學等學校來的。根據招生廣告要求招收大學畢業生，入學後發現個別同學系肄業，並沒有完成大學學業。

教師講授的，雖然都是資產階級新聞學，但是在新聞採訪方面，也強調新聞必須正確，符合事實，「讓事實自己說話」，新聞寫作方面，也強調文句、段落要簡短，文字力求通俗。教學方法方面，注重練習、實習。新聞採訪、新聞寫作、新聞編輯等課，講的理論不多，邊講邊做，主要由學生自己辦實習報紙，以取得實際經驗。各門課程都是定期舉行考試，評定成績。除實習報紙外，學生另外一項重要的實習活動是參加國民黨政府的外國記者招待會。招待會就在國際宣傳處內舉行，每週兩次，一次政治、外交記者招待會，另一次軍事記者招待會。招待會的發言人是固定的，軍事招待會（每星期五下午）發言人是一個姓曾的少將；政治、外交發言人是外交部長吳國楨、行政院參事張平群。發言人直接用英語講，不用翻譯。

3、重慶新聞學院的教學實習

重慶新聞學院創辦後不久，就出版了一份四開小型英文報紙《重慶新聞》週刊，每期 4 頁，作為學生實習園地，是戰時重慶惟一的英文報紙。報紙內容主要是新聞，包括國際新聞、國內新聞、本市新聞和特寫等。後來還刊登過一些派往前線採訪的學生所寫的戰地通訊。當時第二次世界大戰各戰場戰事方酣，國際新聞主要是各戰場的軍事消息，包括太平洋戰場、蘇德戰場、意大利戰場、西歐戰場等，消息主要根據中央社的英文稿及美聯社、合眾社、

路透社的新聞。本市新聞一部分是學生自己採訪的消息，一部分是翻譯、改寫重慶中文報紙的新聞，如中央日報、大公報等，但並不譯載共產黨在重慶所辦新華日報的新聞。

學生學習一年後於 1944 年 10 月結束，並舉行了期終考試。從 1944 年 10 月至 1945 年 4 月實習了半年。多數學生都在國際宣傳處實習，有的辦《重慶新聞》，有的在寫作組或擔任新聞檢查員。有的在中央廣播電臺實習。有的到廣西與滇緬前線採訪，寫了一些戰地通訊，在《重慶新聞》發表。實習結束後，第一期學生於 1945 年 4 月畢業。校方根據學習、實習情況，確定並宣布了赴美留學的 10 個同學的名單，很多學生認為選得不公平，堅決要求重選。而美籍教師堅持這份名單不同意重選，且以辭職相要挾形成僵局，使學校有瓦解的可能。最後董顯光等採取「息事寧人」拖延辦法，決定大家暫時都不出去而不了了之。

（三）國統區新聞院系關於「戰時新聞學」的研討

抗日戰爭全面爆發後，中日民族矛盾成為我國社會的主要矛盾，這一時期民族危機空前嚴重，但國民黨政府卻實行「不抵抗政策」，使得包括東三省在內的廣大國土無故淪喪，民不聊生。在社會各界人士的呼籲下，抗日救亡成為社會輿論的主旋律，挽救民族危亡也逐漸成為學界關注的重點，有擔當的知識分子開始將學術與戰爭聯繫起來進行研究，在新聞界則興起了「戰時新聞學」。

1、「戰時新聞學」的提出

「戰時新聞學」這一概念的正式提出，以任畢明《戰時新聞學》一書的出版為標誌，他認為「戰時新聞學，是反抗侵略壓迫而鬥爭的戰爭的工具」[1]。而「戰時新聞學」概念內涵的溯源，出現在抗戰之前，「主要是張友漁轉述的馬克思關於『新聞是階級鬥爭之武器』的理念，到了抗戰初期，被中國新聞學術界稍加改換為『新聞是民族解放鬥爭的武器』。[2]而隨著戰爭態勢逐漸嚴峻，「戰時新聞學」的研究也逐漸豐富起來。

「戰時新聞學」強調新聞的戰鬥性、工具性、宣傳性，新聞學者通過新聞這一武器，去宣傳抗日，鼓舞民心，以達到「學術救國」的目的。1936 年

---

1 任畢明：《戰時新聞學》，光明書局，1938 年版。
2 張育仁：《論戰時新聞學與戰時新聞政策的特殊關係》，《重慶師範大學學報》（哲學社會科學版）》，2009 年版，第 27 頁。

5月7日，燕京大學舉行了「新聞事業與國難」新聞學討論會，掀起了學界與業界「新聞救國」的序幕。抗戰時期，闡述、介紹「戰時新聞學」的著作主要有郭沫若的《戰時新聞工作》、梁士純的《抗戰時期的新聞宣傳》、仁畢明的《戰時新聞學》和張友鸞的《到敵人後方去辦報》等。

2、燕京大學新聞系的「戰時新聞學」研討會

1936年元旦平津新聞學界人士成立了平津新聞學會。學會成立宣言認為「應從積極的設法扶植力量貧薄、環境險惡、現階段的中國新聞事業，來上下合作，打開當前危迫艱難的國運。」[1]平津新聞學會對民族危機下新聞事業發展問題的研討，既標誌著中國新聞學研究重點的轉向，同時也是「戰時新聞學」興起的重要標誌。同年5月，燕京大學新聞系舉辦了以「新聞事業與國難」為主題的第五屆新聞學討論會，這是近代以來新聞界首次將新聞事業與國難聯繫起來進行研究討論，是「戰時新聞學」興起的表現之一，而主領討論的有燕京大學新聞系教授劉豁軒、劉廷芳等新聞界知名人士。燕大新聞系系主任梁士純在5月7日開幕時說「我們今年討論會的總題是『新聞事業與國難』，我們選擇這個題目的意思是我們感覺到中國的國難，不會在一二年內就可了。換一句話來說，這國難是方才起始，到哪一年可以說是國難告終，那全看我們的應付如何。最早這個國難恐怕在十幾或二十年內不能結束。既然如此，我們要曉得至少在這十幾或二十年內新聞事業應負的使命是什麼？服務的機會是如何？並有何特殊問題，及此特殊問題的解決方法。這種種的疑問，我們是很希望在這幾天的講演和討論裏能夠得到圓滿的答覆。如在這些問題上我們能夠得到較圓滿的答覆，那麼我們就應當曉得在未來十幾年或二十年的新聞教育所應走的途徑是什麼？它的注重點是什麼？」[2]在為期三天的討論中，主題比較集中，基本都是圍繞著戰爭時期新聞學的發展問題，比如民族危機時期新聞界如何完成「輿論的使命」，國難時期的新聞自由與新聞記者的素質修養，國難危機中的政府應該如何進行宣傳準備等，雖然這些問題比較宏觀，但這對特殊時期的新聞教育及新聞事業的指導作用還是非常現實的。

1　賀逸文：《平津新聞學會史料》，《新聞研究資料》，1981年版，第269頁。
2　莊廷江：《新聞救國：戰時新聞學研究的興起》，人民網—傳媒—研究，2012年10月16日，http://media.people.com.cn/BIG5/n/2012/1016/c40628-19281700.html

　　1937 年 5 月，燕京大學舉行第六屆新聞學討論會，主題是『今日中國報界的使命』，「當此全國上下一致努力於救亡圖存之際，報界應當負起其特殊的使命。」這些特殊的使命是什麼呢，他列出了報界在當前的五大使命：（一）提高人民的愛國心；（二）促成全國真正的統一；（三）促進一切建設的工作；（四）協進國際的宣傳和聯絡；（五）爭取言論的自由[1]。另外，張琴南也作了題為《中國新聞事業與新聞教育》的演講，劉豁軒的《如何造就領袖的報人》、王九如《從目前報界的使命談到燕大新聞系》等文章也在《大公報》上刊出。

3、上海新聞院校對「戰時新聞學」宣傳

　　儘管上海地區的新聞教育陷入蕭條，但是上海地區報刊因處於租借，憑藉「孤島」優勢，通過改打「洋旗」方式，還能堅持宣揚抗日救國。使上海這個素稱全國報業中心的城市成為抗戰初期的全國抗日宣傳中心。[2]《每日譯報》、《文匯報》、《大美晚報》等 17 種愛國報紙，以「洋旗報」的身份在租界內宣傳抗日救國。徐鑄成主筆的《文匯報》積極宣傳抗戰，介紹抗日根據地的情況，為統一戰線，一致對外做出重要貢獻。這是其他淪陷地區所不可能做到的。

　　此時上海地區的新聞教育機構已寥寥無幾，但是新聞機構教育功能卻通過大量「洋旗報」形式繼續發揮作用。新聞教育、新聞事業承擔起抗日救亡的歷史使命，成為一股不可忽視的社會力量。新聞學因為與社會現實關聯緊密，能起到每日引導輿論、進行社會動員的作用，在抗戰中被各個黨派、社會民主人士、知識分子所重視，成為新聞人反侵略最有力的武器。

　　時在上海的任白濤著有《抗戰期間的新聞宣傳》，杜紹文著有《戰時報學講話》，趙君豪著有《中國近代之報業》（內涵戰時新聞採訪章節），顧執中創辦月刊《新聞記者》宣揚戰時新聞學「侵略者自今年開始很明顯地已是手牽手地彼此聯絡，他們對於未來和平的破壞，已進而有集體的結合的陰謀……新聞記者應是和平的信徒，卻不是侵略者的工具和走狗，我們為了全人類的安全，必須把我們犀利的戰具，充量地使用起來，為世界和平築就一座堅固的堡壘。拿著我們的筆，為全人類找尋和保護和平的不受摧殘，是我們在現階段應當忠勇地擔負起來地責任！」[3]

1　《今日中國報界的使命》，燕京大學新聞學系刊印，1937 年版，第 1 頁。

2　馬光仁：《上海新聞史》，復旦大學出版社，1996，第 816 頁。

3　顧執中：《致讀者》，《新聞記者》，1937 年，創刊號。轉引自張育仁：《論戰時新聞學的核心理念及新聞武器論的特殊意義》，《長江師範學院學報》，2009 年 5 月，第 25 卷第 3 期。

　　在抗戰時期，復旦大學新聞系主任陳望道認識到戰時新聞教育的方針亟需轉變，新聞教育機構培養出來的人才需要馬上投入到新聞宣傳的事業中，以滿足特殊時期的特殊需求。因此，陳望道於 1945 年對新聞系的教學大綱進行改革，原來的 136 學分改為 146 學分；廢除了原先在經濟系或政治系修滿 12 學分的規定；修改了課程安排，增加了馬列主義、經濟、地理等必修課程；三四年級分為文史哲組、金融財經組和政治外交組，根據學生特長和興趣來選修課程，[1] 以廣博學生的見聞。民治新專校長顧執中重視培養新聞人才的政治敏感性與審時度勢的能力，增加時事分析課程的比重，並開設戰地記者訓練班。上海新中國大學新聞系開設了超過 30 門的基礎選修課，供學生自由選擇。上海法政新聞學院新聞專修科開設 20 餘門課程，「為配合當前需要」，特地開設七門國際問題課程。[2] 上海新聞教育機構開設的課程更加豐富和多樣，為適應戰時需求而增加「經世致用」的課程，如駕駛（汽車）、騎馬、無線電等課程。

　　「戰時新聞學」研究從 1936 年開始興起到 1938 年前後進入全盛時期，新聞學術團體紛紛成立，研究著作相繼問世，「戰時新聞學」研究盛極一時。有研究者認為，所謂「戰時新聞學」，其核心理念就是強調在全民同仇敵愾的民族解放戰爭中，新聞傳播者應該共赴國難，為捍衛民族的生存與獨立貢獻自己的力量；新聞如同前線戰士手中的鋼槍一樣就是新聞工作者手中的武器，新聞傳播者應該拿起自己手中的武器，在文化宣傳戰線上「衝鋒陷陣」。[3] 戰爭是國家的特殊時期，所以「戰時新聞學」也與平時我們所討論的新聞學有所不同，比如在對待「新聞自由」這一問題上，新聞學者普遍認為新聞自由建立在國家民族自由獨立的基礎上，民族不能自由獨立，新聞自由就是一種癡人說夢。

　　因為是戰爭時期的特殊產物，故而戰時新聞學呈現出明顯的時代性特點，這一特點也決定了「戰時新聞學」研究不會持續很長時間，1945 年抗戰勝利後，「戰時新聞學」研究逐漸被邊緣化，從興起到衰落，戰時新聞學的研究共持續了九年左右，是近現代新聞教育史和學術史上的一個重要時期，它不僅促進了當時新聞教育的發展，也對民國時期我國新聞學術、新聞業務水平的提高產生了現實的影響，同時它也對如今的新聞研究具有重要的歷史意義。

1　楊舟：《1929 年～1949 年復旦大學新聞教育發展評述》，復旦大學，2011，第 25 頁。
2　《私立上海法政學院新聞專修科學程表》，上海檔案館，Q248～1～161-8。
3　莊廷江：《「戰時新聞學」研究（1936～1945）》，武漢：湖北人民出版社，2014 年版。

二、日偽統治區的新聞教育

全面抗戰爆發後，為服務日寇的侵華戰爭，加強輿論控制和引導，日偽勢力新聞事業瘋狂擴張，新聞教育也在這一時期開展起來。抗戰時期的日偽新聞教育是日偽新聞事業對中國新聞事業施以法西斯統治在教育領域的體現和延伸。存在於 1940～1945 年間的北平中華新聞學院，是日偽新聞教育的一個縮影。

中華新聞學校，1940 年 7 月創辦於北平，1942 年 7 月改稱中華新聞學院。是侵華日軍「北支派遣軍」報導部為培訓日偽新聞宣傳骨幹在華北設立的新聞教育機構。招收大專以上畢業生，培訓一年後分配工作。前期院長是日本同盟通訊社北支那總局華文部部長佐佐木健兒，後期院長是原《實報》社長、漢奸報人管翼賢。

（一）辦學目的是培養漢奸報人

中華新聞學院的創辦目的是培養為日偽新聞事業服務的「人才」。日偽新聞教育是伴隨著日本侵華和侵略者企圖在中國的土地上為他們的侵略行為粉飾，並以法西斯的新聞宣傳來麻痺、控制、愚弄、奴化中國人民的一種教育。日偽新聞事業大肆宣傳「東亞聖戰」、「建立東亞新秩序」、「中日提攜」、「和平救國」、「反共救國」等法西斯思想和漢奸謬論，它們還無恥造謠，任意虛報「戰績」，並挑撥離間共產黨和國民黨的關係，破壞抗日民族統一戰線。出於輿論先行、輿論控制、輿論引導等目的，它們瘋狂地擴張新聞事業，極力用輿論宣傳等方面的力量來實現他們侵華的企圖，由此也引發了在新聞宣傳諸方面「人手不夠」的「困頓」。上海、南京淪陷後，汪精衛、周佛海等也獻媚邀寵於日本帝國主義，在新聞事業上竭力按日本人的要求行事，與日本人沆瀣一氣。當時日偽新聞事業有人才缺口，創辦新聞教育機構，培植自己的奸黨、奸細成為了日本侵略者的一種選擇。

中華新聞學院要求學生在政治上堅決反共，宣揚共產黨是「東亞走向繁榮」的敵人。在中國共產黨抗日救國政策的引導和感召下，覺醒和覺悟了的中國人民都投入到了抗日救國的鬥爭中來，中國共產黨的新聞與宣傳事業與日偽漢奸控制下的新聞事業進行了針鋒相對的鬥爭，並且深入人心，深得人心。日偽中華新聞學院出於對共產黨輿論宣傳的懼怕和政治鬥爭的需要，以及對他們自己騙人做法的心虛，竭力掩飾自我的不足，詆毀對方的正義之舉、真理之舉。在教學中提出了堅決反對共產黨的主張和要求。

該校的領導及華北政務委員會、「北支派遣軍」報導部等要人多次向學生述及反共的主張。他們公開說「至於共產邪說，絕不能存於中國，或容於東亞，因爲東方固有之文化道德與共產邪說，絕對對立，再就我國之社會制度觀察，斷定共產主義在燦爛之東方文化中，必須排除。」爲了強調排斥和打擊共產黨的理想信念，他們向學生灌輸早已設計好的信念：「現在我們的共同認識就是反共和平建國和建設東亞新秩序，前者是興國，後者是興亞。」「中國復興必須與強大的友邦日本合作，而日本欲圖發展又必須與中國提攜，中國無日本不能獨存於東亞，日本無中國輔助，其前途亦危。」

日僞新聞教育在反共反人民的基調之下，對學生進行錯誤的引導，他們要求學生認清「偏淺的抗戰言論和荒謬的共產邪說，爲患已深，挽救廓清，端在引導，新聞記者是社會木鐸，居於指導輿論、糾正歪曲思想的重要地位」，要能「尤其在這個非常時期」發揮更大的作用。

（二）教學理念是「反共」和「東亞共榮」

院長佐佐木健兒在第一期開學典禮儀式上發表演講，稱：「本院創設的目的，就是培養新聞事業的人才，就是我們理想著要謀新聞事業的再建。因爲現在的東亞乃至全世界，全在進行新秩序的建設，對政治、經濟、文化等等都具有新的認識，從而建樹新的體制。新聞事業在國家的政治文化各部門中同樣具有重要的價值和地位，所以今後在新秩序建設的大目標下，對於新聞事業自然也應當有新的建樹，實現新的體制」。[1]

「北支派遣軍」報導部部長、華北政務委員會情報局長等在學校開學和學生畢業時，總要到校發表訓詞，主要內容有：「我們要知道舊秩序的世界即將毀滅，新秩序的世界正在創造，尤其我們東亞，新秩序的建設，新體制的實現，以及大繁榮圈都在拼力結成期中，東亞民族所負使命的艱巨，爲有史以來所未有。新世界擔當指導民衆之任，各層階級的人物，沒有不盼望新聞界能引導他們走向光明大道的，所以新聞人才的需要，更較任何專門人才，尤其殷切。」他們鼓勵學生：「從今天以後就要腳踏實地地去服務新聞界，擔當起近代思想戰的鬥士的重任」。這個重任是「在東亞新秩序內，去搜尋確實材料，必須本著現在的精神與心情，以在院研究所得之理論爲正確之理論。」「諸位爲建設東亞新秩序，應該把握住正確理論，更不可不瞭解日本。」「要瞭解日本，則語言文字之相通至爲切要，所以中國人要學日文日語，中日必

1　《中華新聞學院概況》，內部打印資料，資料提供：方漢奇。

須聯合起來，才能達到建設東亞新秩序之目的。」「各位畢業後，最好到日本去一次，對日本有徹底之瞭解，才知道如何建設東亞新秩序。」

（三）教學內容「日本化」和鮮明的漢奸特徵

中華新聞學院的教學在一年時間裏分爲兩個學期實施。第 1 學期開設日語、日文、國文、新聞學總論、新聞寫作、通訊寫作、副刊編輯、中國報業史、國際現狀、採訪、現代思潮、評論研究等 20 門課程與專題；在課時安排上，日語每週 11 小時，日文每週 6 小時，國文 4 小時，其餘課程每週均爲 1 小時。第 2 學期開設現代刊物評論、新聞編輯法、報業管理、廣告、日本新聞現狀、通訊社理論與實踐、報人事略、社會與新聞、講演術等 16 門課；課時安排，日語每週 11 小時，日文每週 6 小時，國文每週 4 小時，其餘均爲每週 1 小時，下半年還開設有每週 4 小時的日本文化課。在教學過程中融入了較多的政治和軍事因素。

中華新聞學院把日文、日語、日本文化及日本新聞事業、新聞教育的內容當作主要的教學內容放在非常突出的地位，向學生灌輸「先進」的日本文化、「進步」的日本學術的理念，爲了使中國的華北地區成爲「中日兩大民族親善攜手之模範地區」，使之成爲「名實相符的大東亞共榮圈的主要基地」。強制性要求學生學習日語、日文，做到：1、閱讀指定之日語文法；2、閱讀指定之日文報紙雜誌；3、翻譯指定之日文書籍、雜誌、論文；4、背誦已講授之日語讀本；5、寫作日語新聞及評論。爲了強化學生的日語訓練，專門制定「學院日語獎勵規則」，要求「本院學生應養成優異之日語會話、翻譯、寫作及演講能力」。每月舉行日語會話、日語講演、日文論文翻譯及日文寫作等競賽活動，對成績優異者予以獎勵，對達不到要求者按考試成績不及格不准畢業論處。

（四）講授課程細目的傾向顯示

院長管翼賢纂輯《新聞學集成》，彙集的中華新聞學院講授課程細目有：「統制新聞」，「各國的統制新聞政策」，「軍事當局與新聞抗爭」，「報紙的黃色新聞」，「性的新聞之處理」，「閒談就是新聞」，「疾病死亡自殺新聞的採訪」，「罪惡新聞的採訪」，「罪惡新聞的倫理」，「廣告的統制」，「戰時體制下的廣告動向」，「廣告與間諜」，「滿洲國通訊社」，「戰爭與宣傳」，「供給明日的作戰素材」，「新體制下的新聞構想」等。這些講授課程細目顯示該校的主要教

學內容與戰爭、分裂中國、誨淫、誨盜、實現法西斯統治等緊密相關，及教育學生迎合世俗，以低級下流、暴力的內容為新聞的猛料。

第三節　民國南京政府中期的新聞學研究

民國南京政府中期，新聞界如何完成抗戰大業？國民黨報人、共產黨報人、民營報人及左翼報人從不同側面進行了理論研究，漢奸報人出於不同立場對新聞、宣傳等問題進行了理論探討，成為這一階段中國新聞學研究的完整模樣。

一、國民黨報人的新聞理論研究

全面抗戰爆發，新聞抗戰成為中國新聞人面對的時代話題。國民黨以執政黨身份號召媒體擔起國民精神總動員與戰時輿論宣傳的重任，國民黨報人在國民精神總動員、戰時宣傳、報人天職、戰時新聞自由的理論探討均有收穫，報業經營管理的探討呈現鮮明的專業特色。

（一）國民黨人對國民精神總動員與戰時宣傳的認識

國民黨新聞人對於 1939 年國民黨國防最高委員會頒布的《國民精神總動員綱領》給予了高度重視。《中央日報》表示「抗戰以來，國家民族雖已到了最嚴重的關頭，然大多數國民的醉生夢死的生活尚待改正，苟且偷生的習慣尚待革除，自私自利的企圖尚待打破，紛歧錯雜的思想尚待糾正，奮發蓬勃的朝氣尚待養成，犧牲奮鬥的精神尚待增進。所以，總裁最近宣布要大規模推行國民精神總動員。」[1]

中央社社長馬星野認為「此項綱領，已將多年來新聞界爭執不決之問題，加以總解決；已將政府多年來推行之新聞政策，作一最具體最明顯之宣布。」[2]國民精神總動員綱領揭示的「國家至上民族至上，軍事勝利第一，及精神力量集中」三大原則為新聞界指明了努力方向。「新聞界本身應該努力的方針，則精神總動員綱領中已給我們解答：即意志集中，力量集中。」[3]馬星野同時認為國民精神總動員綱領賦予新聞界極其重要任務。指導輿論、啓發民智、為民喉舌和向政府、人民貢獻解決問題辦法。「欲報紙盡其對公眾之責任，非

1　《新聞界的精神動員》，《中央日報》，1939 年 3 月 4 日。
2　馬星野：《國民精神動員與新聞界》，《新聞學季刊》，1939 年版，第 1 卷第 1 期。
3　馬星野：《中國新聞事業前途之觀察》，《時代精神》，1939 年版，第 1 卷第 3 期。

完成此四大任務不可，反之，欲此四大任務之完成，亦非假手於報紙不可也。」[1]對於上述重任，「惟有集新聞界全力始可完成之，就新聞界一方而言，可由此而面目一新，就全國所得影響而言，則精神總動員工作，得以貫徹。」[2]

國民黨中宣部長葉楚傖在青年記者學會演講時強調：「在開始發動國民精神總動員的時候，力量最大的莫如新聞界和教育界。這兩種力量，有如左右兩翼，如能健全一致，努力起來，這個運動一定可以達到普遍和徹底的目的。尤其是新聞界，應該把這個運動維持到抗戰勝利，建國完成。」[3]新聞界如何參加和協助國民精神總動員運動？馬星野認為，新聞界須認識到尚缺乏批評、創造、領導和平民化之精神，必須改進不逮之處。

國民黨中宣部副部長潘公展強調，國家總動員的要義是「貢獻能力」和「犧牲自由」。新聞界應當關注的是在國家總動員中應負的責任，可以從消極與積極兩方面來看待。消極方面，「我們要更加注意到法令的限制，而切實遵守……政府禁止某種消息，我們言論界就應當自己負責檢查，不要讓這消息在任何方式下刊載到報紙上去」[4]。積極方面，新聞界對於國家總動員，要做到講明法令，積極推動法令執行，更堅定地鞏固精神的堡壘。首先看是否違反國民革命最高原則的三民主義；其次是否「鼓吹超越民族的理想與損害國家絕對性之言論」。輿論界要以精神總動員中所指示的「國家至上民族至上」作為共同目標，「凡是鼓吹個人利益、團體利益，或階級利益的種種思想和言論，重視小我利益，而忽視國家利益的作風，都是與『國家至上』的原則想違背。」[5]

國民黨人提出戰時宣傳應遵循的原則是：其一戰時宣傳要因時制宜。潘公展認為，宣傳重心在抗戰的第一期與第二期，經歷由抗戰到建國的變化。第一期抗戰宣傳，「對內是注重於統一意志，提高抗戰信念，隨著戰事的進展，而促成全國總動員。對外是以全民族抗戰到底的堅決意志，表示我民族求獨立生存的精神。」[6]第二期抗戰宣傳，「由統一意志而進於集中力量，由主義的信仰與對領袖的服從，各進而至於各人自願地貢獻其一切能力知識於國家民

1　馬星野：《國民精神動員與新聞界》，《新聞學季刊》，1939 年版，第 1 卷第 1 期。
2　馬星野：《國民精神動員與新聞界》，《新聞學季刊》，1939 年版，第 1 卷第 1 期。
3　《新聞界的精神動員》，《中央日報》，1939 年 3 月 4 日。
4　潘公展：《報人對國家總動員之貢獻》，《新聞戰線》，1942 年版，第 2、3 卷合刊。
5　潘公展：《報人對國家總動員之貢獻》，《新聞戰線》，1942 年版，第 2、3 卷合刊。
6　葉楚傖：《抗戰以來宣傳工作概觀》，《中央週刊》，1939 年版，第 2 卷 1、2 期合刊。

族。」[1]其二戰時宣傳要深入一般民眾。「宣傳首貴普及，尤須深入一般民眾」。[2]蔣介石提出，新聞記者首先要「善盡普及宣傳之責任。」「我國報紙銷行數量，較之並世各國，顯爲落後，銷行區域，更有偏重都市交通線之缺點。抗戰軍興，此弊漸顯改進，今後趨勢，爲地方報紙日漸推廣。……新進之新聞記者，宜以篳路藍縷之精神，向困難最多而前途希望最大之內地，散播文化之種子，提高人民之智識。」[3]其三全軍全民的訓練是戰時宣傳的保障。就宣傳工作而言「組織與訓練是相輔相成的」，「而訓練的對象不僅限於本黨黨員，尤須要訓導全國軍民，概言之，全軍全民是本黨訓練的對象。」[4]新聞是抗戰中一項重要的武器，「戰爭時期的文化食糧，需要通過發展戰地新聞事業做起，爲了完成這項任務就要陪養大批的新聞工作者。」[5]新聞記者的訓練是戰時訓練的重要組成部分。

（二）對「戰爭非常時期」報人天職的認識

報人在民族危亡面前應擔負的職責與使命，成爲國民黨報人思考的重要理論話題。

1、報人要擔負提振民氣，建設心理國防的天職

蔣介石認爲當今全國努力抗戰之時，我國新聞界爲國奮鬥之責任重大，實不亞於前線衝鋒陷陣之戰士。「如何宣傳國策，統一國論，提振人心，一致邁進，以達驅除敵人復興民族之目的，而完成三民主義國家之建設，實爲新聞界之積極奮起是賴。」[6]新聞記者要「善盡發揚民氣之責任。」「吾人今當努力抗戰，同時又努力建國，必饗導國人，共向忠勇奮發之正道。」[7]新聞記者要做到「善盡宣揚國策之責任」，「一切言論記載，悉以促進我國民獨立自尊

1　葉楚傖：《抗戰以來宣傳工作概觀》，《中央週刊》，1939 年版，第 2 卷 1、2 期合刊。
2　中央宣傳部：《民國三十度黨政工作成績──推進宣傳》《中央日報》，1942 年 7 月 7 日第 6 版。
3　《今日新聞界之責任──蔣校長對新聞專修班首期學員畢業訓詞》，《新聞學季刊》，1940 年版，第 1 卷第 3 期。
4　許煥章：《黨務工作與文化運動》，《中央日報》，1942 年 8 月 25 日。
5　《論新聞工作人員之訓練》，《中央日報》，1939 年 7 月 24 日。
6　《今日新聞界之責任──蔣校長對新聞專修班首期學員畢業訓詞》，《新聞學季刊》，1940 年版，第 1 卷第 3 期；《新聞紙的新途徑──蔣委長對中政校新聞專修班訓詞》，《戰時記者》，1940 年版，第 2 卷第 9 期。
7　《今日新聞界之責任──蔣校長對新聞專修班首期學員畢業訓詞》，《新聞學季刊》，1940 年版，第 1 卷第 3 期；《新聞紙的新途徑──蔣委長對中政校新聞專修班訓詞》，《戰時記者》，1940 年版，第 2 卷第 9 期。

心，養成我國民奮鬥向上爲旨歸，處處遵守抗戰建國綱領，時時不忘國家至上民族至上。」[1]潘公展提出建設心理國防之主張：「新聞紙每日報告消息評論時事，有千百萬人直接或間接從這上面形成他們對於國事的理解，以決定行動的方針，所以新聞界在今日救亡時期中，應該善自利用其機會，完全擔負起建立心理國防的責任來！」[2]心理的國防怎麼建立起來呢？有兩點最值得注意：我們的國民都應該有沉著堅韌埋頭苦幹的精神；在此救亡時期，報紙上面的評論紀事，尤其是副刊一樣的文字，都不可再有消滅志氣的氣味。

2、報人要擔負弘揚三民主義，建設精神國防的天職

蔣介石提出抗戰時期新聞記者應當「認識新聞事業前途遠大，始終其事，盡忠職責，樹立三民主義的文化基礎」[3]。潘公展認爲「發揚三民主義文化，建立精神國防」，是「全國報人共同努力之標的」。他希望中國報人「在積極方面，使全國人民，無論在思想上，行動上，精神上，都得到一個正確的指針，培養成爲三民主義建國的鬥士。」[4]如何建設精神的國防？「必須發揚我們固有的民族道德，亦即發揚我們的民族魂。」三民主義的基本精神，就是「忠孝仁愛，信義和平」八德，就是「挽救國家，復興民族，建設民治、民有、民享的新中國」，「就是中華民族列祖列宗所遺傳的民族魂的結晶」。「今後抗建大業，既集重於報人之雙肩。則發揚三民主義，創造三民主義文化，在我報人，成爲唯一天職，義不容辭。」[5]陳立夫認爲，新聞事業發展「以建設三民主義文化爲標的。」「新聞事業之主要標的在於求民生之發展與文化之發揚」。[6]

3、報人要承擔民眾喉舌的天職

國民黨報人認爲「黨報要爲黨發言」，「不忘爲黨喉舌」，同時也不能忘「爲民喉舌」，使「黨報即民報」[7]。黨報記者具有「爲民喉舌」的重要使命。陳立

---

1 《今日新聞界之責任——蔣校長對新聞專修班首期學員畢業訓詞》，《新聞學季刊》，1940年版，第1卷第3期；《新聞紙的新途徑——蔣委長對中政校新聞專修班訓詞》，《戰時記者》，1940年版，第2卷第9期。

2 潘公展：《非常時期的新聞界》，《新聞雜誌》，1937年創刊號。

3 《怎樣做一個現代新聞記者——蔣校長對新聞專修班一二其學生畢業訓詞》，《新聞學季刊》，1940年版，第1卷第3期。

4 潘公展：《報人當前的天職》，《中國新聞學會年刊》，1942年。

5 潘公展：《報人當前的天職》，《中國新聞學會年刊》，1942年。

6 陳立夫：《新聞事業與文化建設》，《中國新聞學會年刊》，1944年。

7 《記者節我們的自勉》，《中央日報》，1943年9月1日第2版。

夫提出「新聞記者，爲民喉舌，即民眾發言之工具之意，其所言者，非一己之所欲言，尚代表大多數人之所欲言而言者也，言人民心中之所欲言，則爲民喉舌」[1]。蕭同茲主張「新聞記者有兩不可離，其一曰國家，其一曰民眾。新聞記者之職責，曰表達國策，曰宣揚民隱，而其最切要之點則啓導民眾，使瞭解國策，執行國策。」[2]馬星野聲稱，新聞記者「爲人民之喉舌，爲社會之警犬」[3]。馬星野認爲報紙的兩大使命，第一是報導新聞，第二便是表達民意。

（三）關於「新聞自由」的思考和探討

民權主義是國民黨人探討新聞自由的理論基礎。馬星野認爲民權主義下的理想政治既不是英美式的民主政治，也不是德國意大利蘇聯的獨裁政治。因爲民權主義與民治主義及極權主義均有分別，所以理想的中國新聞事業之使命，亦與他國有所不同。

1、用民權主義解釋「新聞自由」

三民主義國家的報紙與政府及人民之關係：第一，「據全民政治」的意義，凡鼓吹階級利益、少數人利益及派別利益的報紙，都要「予以限制或者不許其存在。」[4]第二，「據革命人權」的意義，不許反革命的人享有言論與出版自由，只有服膺革命的人才有「創辦報紙，記載時事與批評時事」的權利。第三，「據全能分開」的意義，當政府行使治權的時候，報紙不能作不負責之攻擊，當報紙領導、訓練人民行使政權的時候，政府也不許對報紙作不必要之束縛。」第四，「據團體自由重於個人自由，對人義務重於個人權利」的意義，當報紙的記載、批評自由與國家利益社會利益衝突時，犧牲報紙的自由；當報紙的記載、批評權利，侵入其他個人或團體之應有權利時，犧牲報紙的權利。總之，「民權主義之特色，決定了中國新聞事業在政治上社會上所處特殊之地位及所負特殊之使命。英美的自由主義與德意的統制主義，我們均無所取。而且民權主義是民生主義（經濟上平等主義）的民權主義，所以言論自由不許資產階級或無產階級壟斷。民權主義又是民族主義（民族利益第一主義）的民權主義，所以爲顧全民族利益與國家自由，報紙要犧牲其自由之一部分。」[5]

1　陳立夫：《我對新聞事業之感想》，《中國新聞學會年刊》，1942 年。
2　蕭同茲：《發刊詞》，《中國新聞學會年刊》，1942 年。
3　馬星野：《國民精神總動員與新聞界》，《新聞學季刊》，1939 年版，第 1 卷第 1 期。
4　馬星野：《三民主義的新聞事業建設》，《青年中國季刊》，1939 年版。
5　馬星野：《三民主義的新聞事業建設》，《青年中國季刊》，1939 年版。

2、對戰時新聞自由是「有限的」新聞自由之解釋

國民黨人認為戰時新聞自由是有限的新聞自由。第一，戰時新聞自由是不違反三民主義的自由。在戰時「應在保持統一意志不違反三民主義最高原則及法令範圍之內充分保證言論出版集會結社自由。」[1]第二，戰時新聞自由是不洩露軍事機密的自由。在國際形勢非常微妙的期間，不得不暫時予以保留記者許多合理的評論與義憤。在敵人間諜多方活動時，「為了保持軍事上的機密」，暫時保留有新聞價值的報導。[2]我們「反對可能造成軍事機密洩露以及政府外交困難的無限制的言論出版自由」。[3]第三，戰時新聞自由是服從國家利益大局的自由。「戰時輿論要服從國家利益大局，不要對輿論自由有過於不合時宜的訴求，戰爭期間報紙只需起到鼓舞民族信心，提振軍隊士氣之作用即可，不要過多涉及戰略問題的討論，否則將陷政府於兩難境地。」[4]第四，戰時新聞自由是遵守法律的自由。「出版自由絕非任何人在任何地點發表任何言論不受任何法律干涉。」[5]第五，戰時新聞自由是實行事前審查制的自由。「在戰爭情勢之下，贊成使用出版事前審查制。」考察各國法律對於言論出版的限制，有預防和追懲兩種制度。「這兩種制度並沒有良窳之分，只有適應時間空間，認為需要與否之別。[6]

（四）關於新聞事業「經營之道」的思考

在日本全面武裝入侵、中華民族全民抗日救亡的社會環境下，國民黨新聞人認為經營新聞事業要「國營與私營並舉」。

1、用「民生主義」理論解釋中國新聞事業的組織與經營

馬星野認為「報紙是人類精神的食糧。文明國家的人民，沒有讀到當天的報紙，比沒有吃飯還要不舒服。本來民生問題，是包括一切生存需要的問題，精神上之生存需要，決不比物質上生存需要如衣食住行等為不重要。所以報紙問題也可說是民生問題。」[7]報紙的組織與經營不外私人（商人）經營、國家經營和私人經營並受國家統制三種方式。英美法是第一式，蘇聯是第二

1　《戰時之言論出版自由》，《中央日報》，1938 年 11 月 3 日。
2　《論言論自由》，《中央日報》，1944 年 4 月 21 日。
3　《戰時之言論出版自由》，《中央日報》，1938 年 11 月 3 日。
4　陸鼎揆：《輿論與戰略》，《中央日報》，1937 年 10 月 21 日。
5　《言論自由固甚必要但須自負法律責任》，《中央日報》，1944 年 5 月 26 日。
6　《戰時之言論出版自由》，《中央日報》，1938 年 11 月 3 日。
7　馬星野：《三民主義的新聞事業建設》，《青年中國季刊》，1939 年版。

式，德國與意大利是第三式。中國應採取哪種方式，要看中國遇到的是哪種困難。可根據「民生主義」原則來解決中國報紙與其他工業品一樣，遇到生產不夠與分配不均的兩種困難。「民生主義以生產工具國有爲最後理想，所以中國報業最後當然會走上純粹國營的道路上去。然而在目前情形下，民生主義對於一切產業，是主張下列三個辦法的：（一）發達國家資本，以謀生產技術之社會化。（二）節制私人資本以謀生產要具之社會化（三）保護私人資本，以謀民族資本之發展。」[1]具體而言：採用最新的科學方法發展國營新聞事業，爲將來純國營新聞事業奠定基礎；取締及撲滅不合於需要及貽害國家民族及社會道德的私營報業；國家要設法保護良善的私營報業，使其爲國營新聞事業的輔翼。三種辦法同時進行便可解決中國報紙之分配與生產問題。

國營新聞事業的發展，過去雖未合理想。現在確是循著合理的途徑向前邁進。在技術上百分之百採用英美方法的蘇聯黨報與政府機關報，新聞傳遞迅速，印刷精美巨量，管理嚴密，發行有效率，「本著應有主義的理想，不爲營利，不爲廣告，不迎合低級興趣，不登載無益國家社會之新聞」，值得我們思考。中國國營報業有中宣部管理的黨報和由軍委會政治部管理的軍報兩個系統，「應該採用最新的科學方法配合著抗戰建國最迫切的需要，作有計劃有步驟之擴充。」[2]

制裁不良的私營報業，《抗戰時期報社通訊社聲請登記及變更登記暫行辦法》《取締不良小報暫行辦法》的性質相同。「在三民主義的社會裏，政府不但於人民身體健康要加保護，於人民心理健康，精神食糧之淨化更要負責。」[3]

扶植良善的私營報業，是建設三民主義報業的一件十分重要的工作。在當前情形下，政府無力創辦許多國營報紙以代替私營報紙供給人民以精神食糧；私營報紙已困難到無以自存的地步，尤其需要政府扶助。白紙漲價，交通線受阻，廣告減少，銷路減低，都足以制私營新聞事業以死命。[4]

2、企業化經營是新聞業發展的動力源泉

程滄波認爲「新時代的報紙，應該是機械化的報紙。不論印刷上的種種方面，該力求機械化，就是消息的傳遞，紙面新聞的充實裝潢，乃至記者記

1　馬星野：《三民主義的新聞事業建設》，《青年中國季刊》，1939 年版。
2　馬星野：《三民主義的新聞事業建設》，《青年中國季刊》，1939 年版。
3　馬星野：《三民主義的新聞事業建設》，《青年中國季刊》，1939 年版。
4　馬星野：《三民主義的新聞事業建設》，《青年中國季刊》，1939 年版。

事論著，都應該儘量利用機械來充實。報紙的印刷、發行、編著都應該採用機械化，機械化要有經費和組織，唯在整個報業企業化之後，經費和組織的問題方始解決。」[1]「如果要望新時代中的報紙負起新時代的使命，必使新時代的報紙儘量企業化，報紙本身，必使成功一個獨立的生產的事業，然後報紙的機能，才能充分發揮。」「機械化要有經驗與組織，惟在整個報業企業化之後，經費與組織的問題方始解決。」[2]程滄波將企業化經營看作是新聞事業發展的未來方向：「新聞事業在將來必然發達，新聞事業在將來也必然企業化，都是固定的趨勢。」[3]

二、共產黨報人的新聞理論探討

在全民抗戰的大背景下，共產黨報人擁有延安《解放日報》與重慶《新華日報》兩個重要輿論陣地，同時也擁有新聞理論闡釋的兩個陣地。這一時期共產黨報人理論探討的重點表現爲宣傳規律與新聞規律並重。

（一）關於無產階級黨報理論的確立

黨性原則是無產階級黨報理論的核心內容。張聞天非常重視並強調黨報的黨性原則。他在 1941 年起草的《中宣部關於黨的宣傳鼓動工作提綱》提出宣傳鼓動工作的任務與範圍「我們黨的宣傳鼓動工作的任務，是在宣傳黨的馬列主義的理論，黨的綱領主張，黨的戰略與策略，在思想意識上動員全民族與全國人民爲革命在一定階段內的徹底勝利而奮鬥。」[4]在宣傳鼓動的七條基本原則中首要原則就是黨性原則，即「必須掌握黨的路線與黨的政策。這是決定宣傳鼓動工作成敗的中心關鍵」[5]。1944 年，博古結合延安《解放日報》改版的實踐經驗指出，黨報黨性原則就是「按黨的立場，黨的觀點去分析問題，每一則新聞評論、編排都圍繞著它」。「我們是黨的機關報，在工作上有很大的責任，作黨的喉舌，黨每天經過報紙向群眾講話，沒有別的工具能如報紙這樣更緊密的和群眾聯繫；另方面黨報又是黨的眼睛、耳朵，經過它瞭

1　程滄波：《新時代的新聞記者》，《中央日報》，1940 年 4 月 1 日。
2　程滄波：《新時代的新聞記者》，《戰時記者》，1940 年版，第 2 卷第 9 期。
3　程滄波：《新時代的新聞記者》，《中央日報》，1940 年 4 月 1 日。
4　《中宣部關於黨的宣傳鼓動工作提綱》，《中國共產黨新聞工作文件彙編》（上卷），新華出版社，1980 年版，第 103 頁。
5　《中宣部關於黨的宣傳鼓動工作提綱》，《中國共產黨新聞工作文件彙編》（上卷），新華出版，1980 年版，第 105 頁。

解下面的情形，應該說報紙比其他的線索更快更生動。黨報是黨的領導工作上重要一環——集中起來，堅持下去——我們兩方面都擔負：（一）我們收集，分析，批判，提出意見，供給黨採用；（二）黨決議了的事情，又要報紙宣傳下去。但也因爲它是黨的日常的耳目，如果報導不正確，會影響黨的政策。我們要成爲黨的喉舌，必須要貫徹黨性。」[1]

1942 年 3 月開始的延安新聞界整風運動確立了全黨辦報的方針，奠定了有中國特色的無產階級新聞理論的基礎。《解放日報》在 1942 年 4 月 1 日的改版社論《致讀者》指出黨報必須做到「第一，貫徹著堅強的黨性……不僅要在自己一切篇幅上，在每篇論文，每條通訊，每個消息……中都能貫徹黨的觀點，黨的見解，而且更其重要的是報紙必須與整個黨的方針黨的政策黨的動向密切相聯，呼吸相通，是報紙應該成爲實現黨的一切政策，一切號召的尖兵、倡導者。」[2]《新華日報》在整風中也強調「報紙的主要任務就是要宣傳黨的政策，貫徹黨的政策，反映黨的工作，反映群眾生活，要這樣做，才是名符其實的黨報，如果報紙只是或者以極大的篇幅爲國內外通訊社登載消息，那麼這樣的報紙是黨性不強，不過爲別人的通訊社充當義務的宣傳員而已，這樣的報紙是不能完成黨的任務的。」[3]「黨報與普通報紙是不同的。它，除了與一般報紙一樣向讀者報導消息而外，還有更高的任務。這就是傳達，解釋中共黨的政策與主張，以辯證唯物論的立場，觀點和方法，分析國內外每一個事變，指出它的原因，指出它今後的趨向。」[4]

黨報工作經驗在延安整風期間得到總結並形成以黨報工作政策、方法、原則、作風爲主要內容的無產階級黨報理論。黨報是黨組織的輿論喉舌。無產階級黨報理論是列寧新聞思想與中國革命新聞工作實踐的有機結合。報紙是集體的宣傳員、鼓動員和組織者是列寧新聞思想的核心論斷。這一思想影響了共產黨黨報基本模式與思想的確立。1942 年，列寧的新聞思想已經中國化，列寧說的「集體」已具體化爲黨的組織。正如《解放日報》社論指出「所謂集體宣傳者集體組織者，決不是指報館同人那樣的『集體』，而是指整個黨的組織而言的集體，黨經過報紙來宣傳，經過報紙來組織廣大人民進行各

1　博古：《黨報記者要注意些什麼問題》，《中國共產黨新聞工作文件彙編》（下卷），新華出版社，1980 年版，第 203 頁。
2　張之華：《中國新聞事業史文選》，中國人民大學出版社，1999 年版，第 442～443 頁。
3　《怎樣辦黨報》，《新華日報》，1942 年 4 月 26 日。
4　滌新：《黨報與讀者》，《新華日報》，1942 年 11 月 14 日。

種活動。報紙是黨的喉舌，是這一個巨大集體的喉舌。在黨報工作的同志，只是整個黨的組織的一部分，一切要依照黨的意志辦事，一言一行，一字一句，都要顧到黨的影響。報館的同人應該知道，自己是掌握黨的新聞政策的人，自己在黨報上寫的每一句話，每一個字，選的消息和標的題目，直到排字和校對，都對全黨負了責任，如果自己的工作發生了疏忽或錯誤，那並不是僅僅有關於一個人或幾個人的問題，而是有關於整個黨的工作和影響的問題。」[1]

報紙是黨組織的喉舌，黨報必須用黨的立場、觀點去分析問題，與整個黨的方針、政策、動向呼吸相通，否則就會危及黨的工作與利益。「既然報紙是『組織的喉舌』，就意味著黨報與黨的組織是互為依託，甚至就是二而一的。這在四十年代的延安，就化了四個字——『全黨辦報』。」[2]「全黨辦報」要求「黨的領導機關要看重報紙，給報紙以宣傳方針，而且對於每一個新的重要的問題，都要隨時指導黨報如何進行宣傳。黨的領導機關與黨報的關係，也應當是很密切的，呼吸相關的，息息相通的。」[3]「全黨辦報」還要求「黨必須動員全黨來參加報紙的工作」，「如果不這樣做，如果不動員全黨來辦報，其結果，黨報還是不能成為黨的報紙，而會多多少少成為報館同人的報紙。報紙辦不好，乃是全黨的損失，這種損失，不僅黨報的工作人員要負責任，而且每個黨員都要負責任的」[4]。可見，「全黨辦報」要從兩方面來理解，一是各級黨組織的高度重視，二是全體黨員的積極參與。這兩點是黨報能否成為黨組織輿論喉舌的關鍵所在。組織喉舌理論既是對列寧新聞思想的理論闡發，更是對中國黨報實踐的理論總結。1944 年 2 月，延安《解放日報》改版已經歷了一年又十個月的實踐檢驗，中國黨報理論也經歷了一年又十個月的經驗積累：「這一年又十個月中間，我們的重要經驗，一言以蔽之，就是『全黨辦報』四個字。由於實行了這個方針，報紙的脈搏就能與黨的脈搏呼吸相關了，報紙就起了集體宣傳與集體組織者的作用。」[5]

1　《黨與黨報》，《解放日報》，1942 年 9 月 22 日。
2　黃旦：《「耳目」與「喉舌」的歷史性變化：中國百年新聞思想主潮論》，《新聞記者》，1998 年版。
3　《黨與黨報》，《解放日報》，1942 年 9 月 22 日。
4　《黨與黨報》，《解放日報》，1942 年 9 月 22 日。
5　《本報創刊一千期》，《解放日報》，1944 年 2 月 16 日。

（二）共產黨新聞人對「新聞」定義的界定

陸定一的《我們對於新聞學的基本觀點》是無產階級政黨報刊實踐理論化的典範，突出的理論貢獻是系統地闡釋了無產階級新聞理論。關於「新聞」的定義，陸定一提出「由於對於新聞本源理解不同，一種人對於新聞是什麼作了唯物論的解決，另一種人則作了唯心論的解決。唯物論者認為，新聞的本源乃是物質的東西，乃是事實，就是人類在與自然鬥爭中和在社會鬥爭中所發生的事實。因此，新聞的定義，就是新近發生的事實的報導。新聞的本源是事實，新聞是事實的報導，事實是第一性的，新聞是第二性的，事實在先，新聞（報導）在後，這是唯物論者的觀點。因此，唯物主義的新聞工作者，必須尊重事實，無論在採訪中，在編輯中，都要力求尊重客觀的事實……唯心論者對於新聞的定義，認為新聞是某種『性質』本身，新聞的本源乃是某種渺渺茫茫的東西。這就是資產階級新聞理論中所謂『性質說』（Quality theory）。」[1]用辯證唯物主義觀點解決了新聞發生過程中「事實」與「新聞」的關係問題。

鄧儀也指出「新聞」是一個重要的「思想問題」和「政治問題」。「新聞同政治分不開，立場不同新聞觀點也必然會不同。無產階級不把新聞的定義，侷限在技術的狹小圈子裏。資產階級的新聞記者說『狗咬人不算新聞，人咬狗便成了新聞。』他們認為『以適當機敏的方法，寄興味於多數之人者，新聞也。而予最大多數讀者以最大興趣者，最良之新聞也。』上述的新聞觀點，完全是故意抹煞新聞的政治性，模糊新聞的階級性（廣義的包括民族性）。這是錯誤的不符合客觀真理的新聞觀點。正確的新聞觀點——無產階級的新聞觀點與此完全相反，它把新聞定義從技術的泥沼裏裏到政治的高案，而且將技術與政治兩者統一起來。所以我們認為『新聞是群眾所未知、欲知和應知而能啟發群眾鬥爭性的最新事件，能過簡明有力的文字所表現出來的社會政治鬥爭和對自然的鬥爭。』這樣的看法自然還不能說已經很完全，但至少指出了新聞的時間性、空間性、政治性、教育性、戰鬥性和群眾性。而這正是我們的黨報所需要的新聞。」[2]同樣從政治功能角度界定了新聞。

有人認為當時以陸定一為代表的共產黨新聞人「先驗地預設唯物主義新聞觀與唯心主義新聞觀、無產階級新聞觀與資產階級新聞觀的對立，並以前

---

1 陸定一：《我們對於新聞學的基本觀點》，《解放日報》，1943 年 9 月 1 日。
2 鄧儀：《新聞觀點和採訪路線》，《解放日報》，1943 年 4 月 8 日。

者取代後者,貼『理論標籤』,排斥普遍新聞規律探討,形成非此即彼的兩極思維模式,」[1]用「革命」的立場否定了徐寶璜、邵飄萍、戈公振、任白濤、黃天鵬等新聞學者一再論述的新聞「普遍性、公告性、時宜性、趣味性」等所謂「資產階級」的「性質說」;在客觀層面理解「新聞」的同時也將新聞理論研究侷限在意識形態領域,反覆強調「無產階級是最革命的階級」,「能徹底尊重客觀事實」[2],舊的新聞理論是「很糊塗的」、「很不老實的」、「很不科學的」[3],獨斷式的話語表述與意識形態化的理論思考使其偏離學術理性。從經驗出發,從黨的文件出發,成為延安時期新聞學術研究的思維模式與典型。我們認為,其中可能的確受當時環境和歷史存在侷限性,但應無法否認陸定一和鄧儀等共產黨新聞人對新聞規律的探索和對無產階級新聞理論建設的歷史貢獻。

(三)共產黨新聞人對「新聞真實性」的思考和認識

共產黨新聞人強調新聞真實性問題。陸定一從階級立場出發探討新聞的真實性問題「我們的新聞工作,既然尊重事實,那麼我們不但與專吃造謠飯的法西斯不同,而且同一般的資產階級新聞工作者不同。」資產階級的新聞理論也講到怎樣求得新聞成為事實的真實報導問題,如強調每條新聞必須具有時間、地點、人名、事實的過程和與結果即五要素,新聞中有了這五個要素,缺一不可才算是新聞。再如資產階級新聞學主張記者報導新聞時必須親自到發生事件的地點去踏看。陸定一指出「這些主張,我們認為是對的,但我們同時要指出,要想求得新聞十分真實,這是非常不夠的」。所謂新聞五要素「還是形式的,這些形式是必要的,但如果以為這便是一切,乃是大錯的。」這是因為報導一件具體事實的新聞必須要有五要素,這是對的。但有了這五素的新聞未必一定真實。新聞記者親自踏看是一個很好的值得採用的方法,但也不能一定得到真實的新聞。陸定一強調「只有為人民服務的報紙,與人民有密切聯繫的報紙,才能得到真實的新聞。」「這種報紙,不但有自己的專業的記者,而且,更重要的(再說一遍:更重要的!)是它有廣大的與人民血肉相聯的非專業的記者。它把這二者結合起來,結合的方法就是:一方面,

---

1 單波:《論我國新聞學想像力的缺失及其成因》,《上海大學學報》(社會科學版),
  2006 年版。
2 陸定一:《我們對於新聞學的基本觀點》,《解放日報》,1943 年 9 月 1 日。
3 陸定一:《我們對於新聞學的基本觀點》,《解放日報》,1943 年 9 月 1 日。

發動組織和教育那廣大的與人民血肉相聯的非專業的記者，積極的為報紙工作，向報紙報導他自己親身參與的事實，因為他們親身參與這些事實，而且與人民血肉相聯，因此他們會報導真實的新聞；另一方面，教育專業的記者，做人民的公僕，對於那廣大的與人民血肉相聯的人們，要做學生又做先生。做學生，就是說，要恭敬勤勞，向他們去請教事實的真相，尊重他們用書面或口頭告訴你的事實真相，以他們為師來瞭解事實，來檢查新聞的真實性；做先生，就是在技術上幫助他們，使他們用口頭或書面報告的事實，製成為完全的新聞。」陸定一認為「第一點，必須贊成把專業的新聞工作者與非專業的新聞工作者結合起來的路線」。「第二點，我們新聞工作者，必須時刻勉勵自己，做人民的公僕，應知我們既不耕田，又不做工，一切由人民供養，如果我們的工作，無益於人民，反而毒害人民，那就比蠹蟲還要可惡，比二流子還要卑劣。」「第三，我們辦黨報的人，千萬要有群眾觀點，不要有『報閥』的觀點。群眾的力量是最偉大的，這對於辦報毫無例外。」[1]陸定一主張用群眾觀點與群眾路線來解決新聞的真實性問題，在一定程度上否認了專業記者在新聞發生過程中所應起的作用。

1945 年，《解放日報》刊載社論《新聞必須完全真實》，在檢查已往許多新聞報導後指出：整風以來向壁虛造的找不到了，每條新聞都是實有其事的。但是還存有在分寸上誇大和宣傳抗戰成績不夠的兩個毛病。這兩個似乎互相矛盾的毛病實際是統一的，都說明我們的新聞工作還不夠深入群眾和運動。「雖然這種毛病只見之於個別的新聞、個別的標題，在幾千條新聞中只占極少數，可是這今天在我們說來，還算是主要的毛病，必須力求改革。」[2]運用群眾路線和方法解決新聞真實性問題。

（四）共產黨新聞人關於新聞採訪與寫作的認識

共產黨人對新聞業務方面的實踐經驗不斷進行理論昇華，《解放日報》專刊《新聞通訊》，成為總結新聞業務經驗的重要園地。

共產黨報人認為「採訪兩字，應該像測字先生那樣拆開來講，而且做的時候，要雙管齊下的來做才會有效。」「採」是指平時搜集材料。日常閱讀書報雜誌，不要瀏覽一過往書桌上一堆就算了。旁人也許可以這樣，一個有志

---

1 陸定一：《我們對於新聞學的基本觀點》，《解放日報》，1943 年 9 月 1 日。
2 《新聞必須完全真實》，《解放日報》，1945 年 3 月 23 日。

於新聞工作者卻不能如此，不論他是不是有「過目不忘」的天才。「採」這項工作一定要笨做，持之以恆的來做才會有效果。「訪者，無非是指訪問一個人，或一個地方。此中別無秘訣，只要你肯在訪問之先，對於對方有充分的研究和理解，對於想解答的問題，有充分的準備。有困難時，能機動的想辦法去克服。」[1]如果採而不訪，整天坐在家中編造材料，不知一般讀者於此時此地想在報上理解一些怎樣迫切的問題，這種叫做「閉戶造車」。因為報紙不能離群而獨立，報人與社會上一切現實動態不容有一刻的脫節。訪而不採，雖整天滿街飛跑，但寫出來的東西不是人云亦云，就是毫無內容。「記者即學者，這口號果然不容易實現，但是記者一定要有常識，這是一個最起碼的條件。記者不是專家，並非恥辱，因為做新聞記者，也可成為新聞專家。但是如果在你的筆下，表現出記者缺乏常識，那便是最淒慘不過的事了！我所指的專，是建立於廣博智識上面的專，不是指看了一兩本書，而自稱為專的那些專家們，他們這種早熟的專法，恐怕還是狹，而不是專吧！如何使人家不說你缺乏常識？沒有旁的辦法，只有在你訪余之暇，多下採的苦工夫，多閱讀，多傾聽，多筆記而已。」[2]

鄧儀指出「資們產階級新聞記者和無產階級新聞記者，在採訪路線上根本不同的方向，最主要的表現之一，就是上層路線與群眾路線。我的黨報記者和工農兵通訊員的採訪路線，當然是後者而不是前者。」[3]我們不需要描寫要人的起居住，也不需要黃色新聞和桃色新聞。「我們需要的是群眾路線，是政治第一，實事求是的採訪路線。」[4]採訪重心應放到下層去，群眾中去。嚴格的說，坐在上級機關將文件、談話改寫成新聞，遠不能算真正作了採訪工作。再者，要把紙上的決定變成實際的行動，還是一個群眾鬥爭的過程。「我們的新聞的政治性和戰鬥性，就正是從報導『群眾在怎樣為黨的政策決定的實現而奮鬥』所產生的。」[5]黨報特別需要「行動的新聞」和「群眾的新聞」，報導廣大群眾的活動。「我們的採訪路線應該是群眾路線。」「我們必須真正實行新聞下鄉！新聞入伍！一切革命的記者或通訊員，都要作為群

1　陸詒：《談為報紙而寫作》，《新華日報》，1942 年 7 月 26 日。
2　陸詒：《談為報紙而寫作》，《新華日報》，1942 年 7 月 26 日。
3　鄧儀：《新聞觀點和採訪路線》，《解放日報·新聞通訊》，第 4 期，1943 年 4 月 8 日。
4　鄧儀：《新聞觀點和採訪路線》，《解放日報·新聞通訊》，第 4 期，1943 年 4 月 8 日。
5　鄧儀：《新聞觀點和採訪路線》，《解放日報·新聞通訊》，第 4 期，1943 年 4 月 8 日。

眾的一份子，與工農兵親密地結合在一起，與黨政軍民的各種工作結合在一起，實際地參加鬥爭、改造現實、報導現實。只有這樣，才能創作群眾的戰鬥的新聞。」[1]

　　共產黨新聞人在實踐經驗的基礎上提出新聞寫作的基本要求：第一，要有新聞眼光。即是說「要懂得讀者群眾對報紙的要求」[2]，不去理解讀者大眾的「此時此地」需要，寫不出好新聞。第二，要短、新、具體。黨報宣傳要深入什麼人的心？先深入那些編寫新聞通訊稿的同志的心。「這些同志是一家報館的臺柱，他們是天天在各方面影響人民的，他們的講義又短，又新，又具體（一定要具體，要充滿形象化的事實，不然報紙就變成論文集了），所以人民也最愛聽他們的課，最愛信他們的道理。」[3]報紙是教科書，那麼新聞作品就是講義，新聞作品要短、新、具體。第三，是技術服從政治。「寫新聞時，技術一定服從政治，新聞觀點一定要與政治觀點統一，這樣的認識，每一個革命的記者和通訊員，都是不會反對的。」[4]第四，是群眾寫，寫群眾。1938年1月11日，《新華日報》創刊之日就明確提出「我們有一個理想，就是做到讀者們都替本報寫文章，凡是看本報的人，都是替本報寫文章的人。」[5]《新華日報》主張「記者要和民眾有密切的聯繫」。「我們所寫的東西，是給民眾看的。所以，就要處處求其適合於他們的需要。無論取材和技巧，都應以此為標準。同時我們又是他們的喉舌，在某種範圍內，是他們的代表者。我們應當反應他們的情緒，反映他們的喜樂和悲傷。」[6]

三、民營報人的新聞理論解讀

　　民營報人的理論探討，緊緊圍繞新聞抗戰這一時代主題展開。他們從言論自由、戰時宣傳、報紙大眾化、戰時報業經營管理四個方面進行理論探討，也從這四個方面回答了新聞抗戰的問題。

（一）關於「言論自由」的解讀

　　中國民營報人具有向政府爭取新聞和言論自由的傳統。在日寇入侵的民

1　鄧儀：《新聞觀點和採訪路線》，《解放日報‧新聞通訊》，第4期，1943年4月8日。
2　陸詒：《談為報紙而寫作》，《新華日報》，1942年7月26日。
3　喬木：《報紙是教科書》，《解放日報‧新聞通訊》，第2期，1943年1月26日。
4　劉文怡：《新聞導語的做法》，《解放日報‧新聞通訊》，第三期，1943年3月5日。
5　吳敏：《我們的信箱》，《新華日報》，1938年1月11日。
6　吳敏：《記者今日的責任》，《新華日報》，1940年9月1日。

族危機面前，民營報人以民族興亡為要，以國家民族利益為先，對「新聞自由」作了特定時代環境下的解讀。

第一、自由是「共同行動」的自由。任畢明指出所謂「自由」並不是「自由浪漫主義」的自由，而是「共同行動」的自由。我們所求的是更大的自由，即民族自由的自由而非個人的自由。抗戰期間，最大的自由是從「抗日第一」「民族利益」之下而產生的所謂自由，絕對不能超出這個範圍以外。[1]個人利益必須服從民族利益的需要，言論自由必須服從「抗戰第一」大原則，因此必須接受戰時新聞檢查政策。面對民族危亡，「誰也不能反對『新聞事業是負有政治上的任務』」[2]。抗戰救國是擺在新聞工作者面前的一個政治任務，不能破壞抗戰政策的限制而爭言論自由。

第二、言論自由是不破壞抗戰言論的自由。胡政之認為「人類之愛自由，差不多基於天性。但是假如人人都主張自由漫無限制，則公共生活的秩序且不能保，還有什麼進步可言？……在表面上看，法律雖是限制自由的，實際上法律確是保護自由的工具，因為自由是與責任相對待的，要能負責任，才能享有自由。……所以凡是憲政國家的國民，一方面固然要愛自己的自由，同時也要尊重旁人的自由。再進一步講，就是以他自己的信念，以他自己的責任，來決定自己的言語和行為。……所以社會上要普遍養成尊重自由的風度，憲政才能達到盡善盡美的境地。」[3]胡政之從憲政的高度，從法律和道德兩個角度闡述自由的有限，自由是權利和義務的統一，不能因為自己自由而妨礙他人的自由。

第三、言論自由不是「廣泛龐大」的空洞原則。「中國新聞事業目前最切要的課題，不在新聞界本身需要何種廣泛龐大的『言論自由』，而在政府所欲施於新聞事業的管制能縝密合理、措置適宜。因此並不反對政府在『爭取整個國家民族福利』的號召下，所頒行有關管制新聞事業之任何法令。但必須指出，此種法令至少具備三個要素：第一，確為國家民族福利所必需；第二，培養中國新聞事業，爭取國家民族福利之戰鬥力，積極的扶助應重於消極的約束；第三，同性質之法令宜有其統一性，不可疏漏、重複、互相矛盾。」[4]

---

1 任畢明：《戰時新聞學》，漢口光明書局，1938 年版，第 67 頁。
2 任畢明：《戰時新聞學》，漢口光明書局，1938 年版，第 28 頁。
3 胡政之：《憲政風度》，《胡政之文集》，天津人民出版社，2007 年版，第 1086 頁。
4 成舍我：《〈新聞記者法〉應速設法補救》，《成舍我新聞學術論集》（上），暨南大學出版社，2012 年版，第 137 頁。

（二）關於「戰時宣傳」的認識和建議

國難當頭，新聞人做出了新聞抗戰的抉擇。新聞抗戰不是指新聞工作者隻身投入抗日洪流，而是指通過新聞宣傳構築國民的心理國防。紙彈亦能殲敵，新聞工作者必須勇挑新聞抗戰的大任。

提出「報紙是紙彈」的觀點。認爲「宣傳和軍事，看來是兩樣東西，實際只是一個。飛機大炮，固是制敵的武器，精神的宣傳戰爭，根本上，卻是更足制敵人的死命。」[1]宣傳對象實際上包括對敵、友、己三方。現在我們的宣傳不但對敵人和對友邦沒有什麼成績，僅就對自己的民眾說，大家痛切感到的不良現象——漢奸多、徵兵困難、內地的民氣消沉——都是宣傳失敗的表現。我們抵抗到底，軍事之外，還必須從宣傳方面作極大的努力。現代戰爭絕非軍事上的單純動作，而是軍事、政治、經濟、外交、新聞等綜合力量的抗衡，金錢、鋼鐵、報紙是三大要件。「宣傳武器如能使用得宜，則可遠勝百萬堅甲利兵的大軍」，「金錢和鋼鐵，雖是戰爭中制勝的因素，但是其最後的決勝工具，則有賴於報紙的宣傳。」[2]杜紹文把報紙等同於武器，把報紙稱作「紙彈」。「我國此次的神聖抗戰，充分使用『紙彈』的威力。我們深知物質之準備不如人，軍事之裝備更不如人，故以攻心的紙彈，俾濟戰場上子彈之窮。我們這種紙彈的成分，不是火藥和鉛頭，而是正義和事實；以正義制裁侵略，以事實揭破陰謀，使敵人雖在子彈上稍佔便宜，可是紙彈方面則大敗特敗，全球愛好和平崇尚正義的人們，都站在我們這一邊，援華反日的運動，更如火如荼普遍於世界的任何角落，我們的紙彈已攻陷敵人的心房了。」[3]要取得抗戰的勝利，必須使宣傳與軍事相配合，從而使新聞宣傳更好地服務於這場民族解放鬥爭。

杜紹文強調「製造和應用這種紙彈，不重在消極的事後的檢查，而重在積極的事前的推動。宣傳的原則要單純，宣傳的方法則要集中與普及」[4]。單純：「我們只有一個敵人——日本帝國主義，一個意志——把敵騎趕出去，建立獨立自由幸福解放的新中國，一個信心——抗戰必勝建國必成；爲達到上列目的，我們又須信仰一個主義——三民主義，擁護一個政府——國民政

1　成舍我：《「紙彈」亦可殲敵——抗戰宣傳應與軍事並重動員民眾應先使報紙到鄉村去》，《成舍我新聞學術論集》，暨南大學出版社，2012年版，第116頁。
2　杜紹文：《論金鐵與紙》，《戰時記者》，1938年版。
3　杜紹文：《論金鐵與紙》，《戰時記者》，1938年版。
4　杜紹文：《論金鐵與紙》，《戰時記者》，1938年版。

府，服從一個領袖──蔣委員長。我們宣傳的原則，只有這麼簡單純粹的『一個』」。統一：「宣傳機關得根據歷史的背景和事實的需要而『分立』，但絕不能陷於『對立』，宣傳的最高決策及宣傳的主要資料，且必須絕對統一。」集中：「宣傳目的標，應該集中一點，在最重要最明白最簡單上用工夫，使人人應知怎樣去做，和人應知必做那幾件事，務須避免瑣碎、複雜、艱深的『大塊文章』。」普及：「要將集中的宣傳目標，普及到全國大眾，使全國的每一寸地，每一國民，不論他識字與否，都受到宣傳的影響，都有敵愾同仇的心理，與禦侮復興的精神。」總之，「單純、統一、集中、普及，係戰時『紙彈』的必要原料；缺乏這種原料，就減少了『紙彈』的爆炸力和破壞力。三十二條的抗戰建國綱領，悉能吻合單純、統一、集中、普及的宗旨，我們必須把綱領中的每一條，每一行，每一句，每一字，全部灌注到全國軍民的腦海中，並以之訴訟於舉世的列邦人士。我們要珍視這顆『攻心武器』的紙彈。」[1]

　　成舍我認為若想將抗戰綱領的每一字每一句都灌注給站在國防前線的幾百萬忠勇士兵，就「應該以特殊的方法，創辦一個足供五千萬人閱讀的報紙」[2]。如以一份報紙可供五人閱讀計算，如此則五千萬人閱讀的報紙，至少每天須出報一千萬份，全世界尚無日銷一千萬份的報紙（銷行最多的不過三百萬份左右）。在戰爭期間，出報更為困難，如何完成如此重任？解決辦法，即廣設分社，由總設將所有報紙內容，以短波無線電報播送，各分社接到後，再用吉士得速印機印刷，該項印機，不需鉛字排版，非常簡便。如此，則全國二千五百個分社，即可同時出版內容完全相同之報紙一千萬份。

（三）關於「報紙大眾化」的思考

　　報紙大眾化是民營報人的一種理論設想。「從抗戰到現在，還沒有一張大眾可看的通俗報紙，實在是個欠缺」[3]。中國的報紙一向是供給都市的中上層人士閱讀，而都市的下層人和鄉村的農民往往與報紙絕緣。在平時，報紙脫離大眾，本是「無可厚非的」，但在抗戰期間，報紙必須走向大眾，因為抗戰要「取得最後的勝利，便不能不發動全民族的抗戰」。[4]大眾化報紙要「少登阿

1　杜紹文：《論金鐵與紙》，《戰時記者》，1938 年版。
2　成舍我：《「紙彈」亦可殲敵──抗戰宣傳應與軍事並重動員民眾應先使報紙到鄉村去》，《成舍我新聞學術論集》，暨南大學出版社，2012 年版，第 119 頁。
3　張友鸞：《戰時新聞紙》，中山文化教育館，1938 年版，第 15 頁。
4　張友鸞：《戰時新聞紙》，中山文化教育館，1938 年版，第 16 頁。

貓阿狗所謂各級要人的起居注，多載有關大眾生少有事實和動向。」[1]報紙的大眾化意味著語言通俗化。若想使新聞宣傳產生宏大的力量，應該使每條新聞都能生動活潑，人人都看得懂，人人看了之後都留下一個深刻的印象。大眾化報紙「文字淺顯而意識正確」[2]，意味著不要過分講究編輯藝術。大眾所需的報紙，「議論愈少愈好，新聞愈短愈好，文藝作品愈駁雜愈好」[3]。大眾化編輯，必須拋棄編輯藝術方面的種種教條主義做法。大眾化報紙「篇幅要異常節省，最好小型」[4]。價格低廉的小型報在報紙走向大眾方面具有優勢。「小型報需紙無多，本錢廉省，批賣的價格自然可以降低，使其能夠適合士兵農工大眾的購買力。」小型報讓士兵農工買得起、看得慣，自然「能夠深入各階層，並在社會的各階層發生廣播抗戰理念的作用，然後能夠達成全民族總動員的目的」[5]。

（四）關於戰時報業發展思路的思考

民營報人主張戰時報業經營要事業與營業並重。張友鸞指出「新聞紙原是一種企業，新聞社的生命是應以其營業收入來維持，……在平時如此，在戰時也是如此。」[6]戰時的經營方略要加以改變。人們的戰時購買力比平時減弱，獲取新聞的需要卻比平時更加迫切。如何減輕讀者的負擔而又滿足他們的需要呢？廣告方面，要有所限制。在抗戰的情況下花柳藥品廣告與尋人訪友謀事覓物的廣告收取一樣的價錢，實在不應當。應限制荒唐的與娛樂的廣告，最好是拒絕刊登。如拒絕不了，就收取較高的廣告費。對於人事廣告，應給刊登者以最大的方便。在抗戰的特殊情況下，「新聞紙的經營者不能只講賺錢，在商言商，不該賺錢的時候，還須放鬆一手」[7]。

倡導國家民族利益至上的精神。俞頌華認為大都市的商業報紙有許多不良的廣告，還有些廣告假裝了新聞或短文的形式，混入新聞版中。至於

1　成舍我：《上海〈立報〉奮鬥的經過──貫徹我們「報紙大眾化」的主張使〈立報〉走進上海社會的第現代戰爭角落》，《香港立報》，1938 年 11 月 24 日。

2　成舍我：《上海〈立報〉奮鬥的經過──貫徹我們「報紙大眾化」的主張使〈立報〉走進上海社會的第現代戰爭角落》，《香港立報》，1938 年 11 月 24 日。

3　王新常：《抗戰與新聞事業》，長沙商務印書館，1938 年版，第 41 頁。

4　成舍我：《上海〈立報〉奮鬥的經過──貫徹我們「報紙大眾化」的主張使〈立報〉走進上海社會的第現代戰爭角落》，《香港立報》，1938 年 11 月 24 日。

5　王新常：《抗戰與新聞事業》，長沙商務印書館，1938 年版，第 39 頁。

6　張友鸞：《戰時新聞紙》，中山文化教育館，1938 年版，第 29 頁。

7　張友鸞：《戰時新聞紙》，中山文化教育館，1938 年版，第 33 頁。

淪陷區傀儡組織的報紙，淆亂是非，認賊作父。他們之所以這麼做，一個重要的原因就是爲了營利。內地報紙，尤其是在戰區以及接近前線各地的辦報紙的人，卻有著相反的價值取向。在那些地方，因交通不便，紙張及印刷材料缺乏，加之工商凋敝，廣告極少。他們在這樣困難的條件下胸懷「國家至上、民族至上」的崇高理想。俞頌華倡導：「辦新聞事業，須以貫徹道德的理想爲最高鵠的，而以營利爲達其目的的手段，爲次要的企圖。」[1]

　　報業印刷改用土紙以降低報價。抗戰期間購買力降低，報紙售價卻在上漲。「提倡土產，減輕成本，增加銷路，有百利而無一弊之事，新聞界全是明達之士，何以誰都不肯實行呢？是爲的存紙太多嗎？是爲的輪轉機不能用土紙嗎？都不是的……不改土紙，一則因爲面子關係，誰先用土紙彷彿誰就丟人；一則因爲營業關係，大家懷著鬼胎，我改土紙而他人不改，則發行廣告兩俱受其影響，我們試看成都新聞紙，大家都是用土紙，銷路廣告，完全不遜於前時。如若重慶所有新聞紙一齊改用土紙，豈不甚妙？不但重慶，其他各處，因地制宜，有土紙可用的一律改用，戰時幫助國家減少漏巵，戰後也可幫助國家興盛工業，至於用土紙以後，減低售價，銷路更能普遍，對於新聞紙目前的本身，也是大大有利的。」[2]

　　下大力氣做好社會服務。「社會服務版」在抗戰前已見諸中國報端，不料在抗戰中各報爲了節省篇幅，多半把這一類版面取消。張友鸞痛陳利害：平時新聞紙的社會活動，其目的不僅是服務，還附帶宣傳推廣報紙。這本是新聞紙經營方法之一，因此甲新聞社做了一件事，乙新聞社決不幫忙。戰時不能和平時一般看法，甲新聞社發動一件事，需要乙丙新聞社全來協作。發動者既不以推銷爲目的亦不自居領導地位，協作者則不以追蹤而來爲可恥或被利用。可惜，「新聞界未能盡去此種藩籬，於是誰發動誰居其功。其無自信力者，只是袖手作壁上觀，除了本身工作而外便什麼都不管了。這個現象很不好，希望將來各新聞社能夠如手如足地合爲一體爲國家服務，要造成『不服務可恥』的信念」[3]。退一步而言，大規模的社會服務工作即使開展不了，最低限度在廣告方面也應做出努力。生意經雖然要談，但生意眼應當放高。設

1　俞頌華：《論報業道德》，《新聞學季刊》創刊號，1939 年 11 月 20 日。

2　張友鸞：《戰時新聞紙》，中山文化教育館，1938 年版，第 31～32 頁。

3　張友鸞：《戰時新聞紙》，中山文化教育館，1938 年版，第 34 頁。

身處地爲讀者著想的做法，具有重要而崇高的意義：「戰時的新聞紙，爲社會服務就是爲國家服務，不論服務的當時有關戰事或無關戰事，其服務的結果於國家有利，卻是必然的。」[1]

四、左翼報人的新聞理論研究

以中國青年新聞記者學會爲代表的左翼新聞人士，在民國南京政府中期成爲新聞學術研究的重要力量，他們創辦新聞業務刊物作爲學術交流與自我教育的園地，開展業務技術與經驗的交流，同時也展現了他們這一階段新聞學研究的理論成果。

（一）關於改革戰時新聞檢查制度的建議

左翼報人對國民黨戰時新聞政策提出了改革的建議與主張。

第一，新聞檢查要合理合法。左翼報人支持國民黨清理、整飭那些投機營利、造謠誣衊或挑撥國共兩黨合作關係的書報。不但不反對新聞檢查制度，還強調「檢查工作，在戰時宣傳上負有警戒和發揮抗戰力量兩種效能，責任的重大。」[2]同時左翼報人主張改革新聞檢查方法。「地方政府對於戰地報紙的態度，應該是一種休戚相關，共存共榮的態度，不是一種互相妒嫉，互相挑撥的態度。」[3]戰時新聞檢查各地標準不一致，檢查人員不盡稱職，地方政府監督管理報紙出版，「斷然不能先有成見，帶上了有色眼鏡去看一個報，和以吹毛求疵，斷章取義的態度來審察其言論。」[4]實施新聞檢查，首先要「統一全國新聞檢查標準」。其次，「嚴格新聞檢查人員任用」，「當局必須積極訓練檢查人員的素質，使養成切實執行戰時新聞政策的幹部」。[5]新聞檢查工作者要「認清自己不是『官』，而是民族抗戰中的一員鬥士」[6]。再次，當局應建立「合理的、積極的戰地報紙管理與指導的單行法規」，並「訂定戰地報紙工作人員

---

1 張友鸞：《戰時新聞紙》，中山文化教育館，1938 年版，第 36 頁。

2 舒宗僑：《一年來戰時宣傳政策與工作的檢討》，《新聞記者》，1938 年版，第 1 卷第 5 期。

3 馮英子：《保障戰地報紙》，《新聞記者》，1939 年版，第 2 卷第 3～5 期合刊。

4 老百姓：《開展戰地報紙與扶植戰地報紙》，《新聞記者》，1939 年版，第 2 卷第 3～5 期合刊。

5 田玉振：《怎樣實施戰時新聞政策》，《新聞記者》，1939 年版，第 2 卷第 3～5 期合刊。

6 舒宗僑：《一年來戰時宣傳政策與工作的檢討》，《新聞記者》，1938 年版，第 1 卷第 5 期。

獎勵與撫恤辦法」[1],使每一個戰地報紙工作者毫無顧慮地工作、戰鬥。地方政府應頒布「適用於戰地的特殊出版法」,「頒發戰地報紙登記證」[2]。

第二,新聞檢查應由消極檢扣變爲積極指導。左翼報人對國民黨頒布的《國家總動員法》中只有消極限制新聞事業的條文,沒有積極動員的相關規定表示不滿,指責「政府所持的新聞政策,只是消極的限制,以爲嚴格的檢查制度,就能統治宣傳工具,其實這是錯誤的。眞正要動員全國的興論界加入抗戰,必須積極地扶助新聞事業的發展,有系統地把全國所有的宣傳工具組織起來,分配到全國各地方去。」[3]戰時新聞檢查應不限於消極的檢扣,而要幫助報紙「證實消息的眞僞」[4]。「檢查新聞和指導新聞實在是一件事情的兩面」[5],一條新聞被檢扣,既要說明原因,還要指示該如何發表才有利於抗戰,以增進新聞工作者的學識與工作效能。

(二)關於「戰時新聞宣傳」的認識

第一,戰時新聞宣傳可以鼓舞民氣。中國青年新聞記者學會成立宣言指出「新聞宣傳工作的影響,對於抗戰有非常重大的作用,新聞興論可以堅定抗戰勝利的信心,可以鼓舞抗戰的勇氣,可以打擊敗北主義的傾向,可以激勵英勇的士氣。」[6]宣傳具有使大眾暢曉事實眞相、明辨是非與得失、能夠一致走上大公至正道路的諸多作用,「所以宣傳爲一切事業運動的先鋒。凡百事業,必經宣傳而後能迅速開展。」[7]「宣傳在戰爭時,乃是作戰工具之一」,「民氣是作戰的原動力」,戰時新聞宣傳不僅要「培養人民自信力」,「發動民氣」,還要「實行宣傳的警戒」[8],避免淪爲敵人的傳聲筒,謹防敵人的「迂迴戰」或「包抄」。新聞界要警戒並擊碎敵人的謠言攻勢,建立民族抗戰勝利的自信,注重民氣的養成和鼓勵。

1　馮英子:《保障戰地報紙》,《新聞記者》,1939 年版,第 2 卷第 3~5 期合刊。

2　田玉振:《怎樣實施戰時新聞政策》,《新聞記者》,1939 年版,第 2 卷第 3~5 期合刊。

3　陳子玉:《戰時新聞紙的幾個重要問題》,《新聞記者》,1938 年版,第 1 卷第 3 期。

4　舒宗僑:《一年來戰時宣傳政策與工作的檢討》,《新聞記者》,1938 年版,第 1 卷第 5 期。

5　田玉振:《怎樣實施戰時新聞政策》,《新聞記者》,1939 年版,第 2 卷第 3~5 期合刊。

6　《中國青年新聞記者學會成立大會宣言》,《新聞記者》,1938 年版,第 1 卷第 2 期。

7　吳涵眞:《小心宣傳》,《新聞記者》,1938 年版,第 1 卷第 5 期。

8　舒宗僑:《一年來戰時宣傳政策與工作的檢討》,《新聞記者》,1938 年版,第 1 卷第 5 期。

　　第二，戰時新聞宣傳應具備地方性。戰時宣傳須結合地方實際，多做解釋工作，有針對性地開展動員工作。「在宣傳戰中，如果說都市的報紙是一支正規軍，則今天各戰區所發行的無數戰地報，正等於無數的游擊隊。」[1]各大都市出版的報紙雖然是國內新聞紙的權威，但若要直接激發戰區內軍民的參戰情緒，「只有『前方的後方』的報紙，才是最理想的工具。」[2]對於抗戰建國綱領的宣傳，大報通常用原文照登的方法，地方日報刊物切忌模仿某些全國有名日報、雜誌的派頭和作風，運用通俗淺近的語言進行解釋，「要本自己樸素的姿態，創造新的作風。」[3]

　　第三，對外宣傳與對內宣傳並重。戰時新聞宣傳除了具有動員、教育本國民眾的作用之外，還具備打擊敵偽，爭取國際同盟支持的作用，要格外重視國際宣傳工作。「新聞紙是教育民眾的工具，也是推動政治的先鋒與溝通國際友誼的媒介。」[4]通訊、照片、電影是爭取國際同情和支持的有力材料，材料的收集有賴於統一的國際宣傳機關提供。「首先需要在國內建立總的國際宣傳機關來領導國外宣傳工作」。「其次，派代表團到國外去，只有在使節的互派中，才能使國際清楚正確的瞭解我們。」[5]「確實」「迅速」雖是建立信用的兩大條件，對外宣傳卻要「把握住宣傳機會」，「顧及到被宣傳者特殊的立場」[6]。在新聞報導方法上，釐清對內宣傳、對敵宣傳、對外宣傳的個別作用和相互作用，適應對內、對敵、對外三種宣傳所收的效果，為獲得不同的效果而靈活運用報導方法。

（三）關於「戰時記者角色」的認識

　　第一，新聞記者是文化戰士。「戰前的記者是新聞從業員，戰後的記者是文化戰士。」[7]記者的理想應是做一名「伏在壕溝裏的記者，而不是拜訪軍事長官的記者」[8]。記者只有深入戰場才能以真實的描寫暴露敵人的殘酷，鼓勵

1　馮英子：《保障戰地報紙》，《新聞記者》，1939 年版，第 2 卷第 3〜5 期合刊。
2　汪止豪：《動員日報之現實與將來》，《新聞記者》，1938 年版，第 1 卷第 2 期。
3　柳湜：《地方日報期刊編輯要點商榷》，《新聞記者》，1938 年版，第 1 卷第 2 期。
4　田玉振：《抗戰建國現階段中談談報紙的編輯方針》，《新聞記者》，1938 年版，第 1 卷第 5 期。
5　楊慧琳：《色斯先生歡迎大會》，《新聞記者》，1938 年版，第 1 卷第 2 期。
6　舒宗僑：《一年來戰時宣傳政策與工作的檢討》，《新聞記者》，1938 年版，第 1 卷第 5 期。
7　王少桐：《北戰場的新聞動態》，《新聞記者》，1940 年版，第 2 卷第 9 期。
8　《我想》，《新聞記者》，1938 年版，第 1 卷第 3 期。

將士，避免隔靴搔癢的寫景。軍事報導要著眼全局，對各條戰線的報導無所偏重，作一番精密的估量，過分誇張地估量某一戰局的勝敗，容易「影響我們整個軍略的措置，而便利了敵人戰略的運用，使自己處於不利地位」[1]。

第二，新聞記者是時代先驅。記者不是技術工人而是改造世界的時代先驅。「新聞記者拿著工作的對象和處理材料的時候，就好像健康熟練的勞動者開動機器，製造上等生產品一樣，出品一定是精確，合乎時代需要的。」[2]記者每日面對包羅萬象的消息，一不小心就會顛倒是非，淆亂真偽，「惟有把握問題的實質，理解問題的變動和發展，認清楚它內在的對立的統一及對外聯繫性，看清楚事變的突變轉化之原因及其前途，堅持歷史能動力的革命性，克服黑暗方面，爭取光明前途，才是能夠站在時代前面的新聞記者。」[3]

第三，新聞記者是社會事業家。戰時報紙不僅是讀者的導師，亦是國家、人民的智囊。「記者不單是一種本分的職業者，而且是有著高度政治意識的社會事業家；報紙不單是報導新聞，而且負著分析現實，指導社會，教育民眾和推動歷史等文化使命」[4]。

（四）關於「戰時報業經營」路徑的思考

左翼報人認為新聞事業應該像教育事業一樣神聖，每一個服務於抗戰建國綱領的戰地報社都是一座用偉大的民族精神構築的抗戰堡壘。並就戰時新聞業的經營，提出了自己的設想。

第一，要統籌分配新聞紙資源。戰時新聞紙地理分布是「集結的形態」[5]，全國幾家大報集中於大都市，呈現「無政府的自由競爭狀態」，戰區和敵後新聞事業則表現出「無計劃的散漫發展現象」[6]。輿論力量集中在武漢等大城市，報紙質量低劣。以重慶13家報館為例，報紙內容雷同者達84%，油墨、新聞紙、郵電費、伙食費等相加，造成物力財力的極度浪費。「以都市為中心的集中發行不僅在客觀形勢上受了限制而一般需要也深覺其並不合理」[7]。要借助

---

1 田玉振：《抗戰建國現階段中談談報紙的編輯方針》，《新聞記者》，1938年版，第1卷第5期。

2 傅於琛：《怎樣處理新聞？》，《新聞記者》，1939年版，第2卷第3～5期合刊。

3 傅於琛：《怎樣處理新聞？》，《新聞記者》，1939年版，第2卷第3～5期合刊。

4 《祝中國青年記者學會長沙分會》，《新聞記者》，1938年版，第1卷第5期。

5 陳子玉：《戰時新聞紙的幾個重要問題》，《新聞記者》，1938年版，第1卷第3期。

6 田玉振：《怎樣實施戰時新聞政策》，《新聞記者》，1939年版，第2卷第3～5期合刊。

7 馮英子：《保障戰地報紙》，《新聞記者》，1939年版，第2卷第3～5期。

政府的行政力量統籌分配，「限制都市報紙的集中發行，獎勵地方報紙的普遍建立，並扶助戰區敵後方報紙的成長」[1]。左翼報人主張「文化下鄉」，將報紙疏散到內地小城，「最適當的辦法應該依人口的疏密注意於報紙出版地的平均分配」[2]。根據平均分配原則，可以合辦造紙廠或機器廠，統籌資本與技術，使各地文化水準漸趨平均發展，扭轉新聞紙畸形發展的態勢。

第二，要游擊式辦報。敵寇在佔領區，利用卑鄙手段收買漢奸報人，以陰險手段加緊「宣撫」工作。戰地報紙的扶植與開拓出版地點已是急不待緩。「戰地的報紙依分布地域上說來是分散的而不是集中的，依報社組織來講是小規模的而不是大規模的，依出版方式來講是移動的富有游擊性的，而不是固定的比較安靜的。」[3]戰地報紙從業者過著和戰壕裏士兵一樣的戰鬥生活，「一方面要構思和觀察怎樣足以教育並指示戰區民眾正確的認識，怎樣把報紙的影響配合了軍事行動擴大到偽政權和敵寇漢奸的隊伍裏去。另一方面，又要隨時準備移動和隨時準備應付當時當地環境的突變。」[4]便於攜帶、謄寫容易、編排自由的油印具，是「理想中的唯一戰地印刷器具」[5]，油印成為戰地報紙使用最為廣泛的出版方式。「地點固定的」和「流動的巡迴性質的」戰地油印報，「正像短小精幹的尖兵」[6]，後者主要隨軍實施文化游擊。

第三，要消除印刷工人的死板組織。「印刷工人和『館方』之間的關係還是建築在絕對雇傭關係上」，「往往只在契約規定下做他應做的工作」，「報館雖有分工的形式，但沒有合作的精神，沒有集體的檢討和批評，失去了活的聯繫，報館變成了死板的手藝式的組織，而不是一個有機的組織。」[7]應幫助印刷工人「用民主的會議形式來消滅印刷工人那種封建的行會制度的保

1　田玉振：《怎樣實施戰時新聞政策》，《新聞記者》，1939 年版，第 2 卷第 3～5 期合刊。

2　老百姓：《開展戰地報紙與扶植戰地報紙》，《新聞記者》，1939 年版，第 2 卷第 3～5 期合刊。

3　老百姓：《開展戰地報紙與扶植戰地報紙》，《新聞記者》，1939 年版，第 2 卷第 3～5 期合刊。

4　老百姓：《開展戰地報紙與扶植戰地報紙》，《新聞記者》，1939 年版，第 2 卷第 3～5 期合刊。

5　老百姓：《戰地報紙的印刷與油印報的編輯》，《新聞記者》，1939 年版，第 2 卷第 3～5 期合刊。

6　趣濤：《西康的新聞事業》，《新聞記者》，1939 年版，第 2 卷第 6 期。

7　羅高：《新聞紙與印刷工人》，《新聞記者》，1939 年版，第 2 卷第 6 期。

守心理，進而幫助他們成立新的進步的印刷公會」[1]，借助集體力量解決生活困難。

五、漢奸報人的「新聞理論」

漢奸報人新聞理論的核心是法西斯主義新聞思想，其中漢奸新聞人管翼賢的新聞思想最具代表性，也驗證了管翼賢「在理論層面是照搬法西斯新聞學說的」[2]。

（一）鼓吹「新聞是真實與虛構顛倒的魔術杖」

管翼賢看到了新聞在「現代」的重要性。認為「現代」是新聞的時代，「我們關於『現代』的感覺和知識的唯一源泉，是現代特有的觀念形態及社會意識的表現手段之一的新聞紙」，「新聞首先是克服知識上時間空間限制的一種手段」[3]。「現代」是一個所謂「新聞化的世界」，「新聞是一種日刊的年代記，把世界上各時代的現象，連續的直接的表現出來記錄出來。全世界的各種事件，都由新聞來搜集、整理、解釋、單純化、圖式化……新聞（注意其表現形態）是『現代』的事物化、相貌或徵候，我們的社會知識，不外是由新聞所圖式化了的社會形態」[4]。

新聞的另一本質屬性是「虛偽的貯藏」。缺乏分析判斷能力的人們顛倒了兩個世界的關係：「『新聞化的世界』，對於一般社會人，是『真實的世界』，『真實的世界』變成了『虛偽的世界』。因為『新聞化的世界』被用作『真實世界』的判斷規準了。在這種意義之下，占支配地位的，乃是判斷的倒錯。」[5]管翼賢認為，人們在認識上產生的這種倒錯，「存在於我們意識之外的實在是虛偽，存在於我們意識之內的假構是真實。社會的事實，經過新聞而凝固於我們意識之中，因而，對於我們，在新聞上所顯示的世界是真實，不在新聞上所顯示的實在毋寧是虛偽。所謂真實不過是虛偽之一種，這句話最適合於新聞」[6]。

1 羅高：《新聞紙與印刷工人》，《新聞記者》，1939 年版，第 2 卷第 6 期。
2 單波：《20 世紀中國新聞學與傳播學·應用新聞學卷》，復旦大學出版社，2001 年版，第 135 頁。
3 管翼賢：《新聞學輯成》（第 1 輯），中華新聞學院，1943 年版，第 1 頁。
4 管翼賢：《新聞學輯成》（第 1 輯），中華新聞學院，1943 年版，第 2 頁。
5 管翼賢：《新聞學輯成》（第 1 輯），中華新聞學院，1943 年版，第 3 頁。
6 管翼賢：《新聞學輯成》（第 1 輯），中華新聞學院，1943 年版，第 3 頁。

　　管翼賢主張「有意識」地「利用這種錯覺」，鼓吹「新聞是『由僞作眞』，認爲新聞具有『由無生有』的神秘力。新聞好像是一根魔術杖，一切東西，甚至空虛的東西，只要經新聞的魔術杖一接觸，就獲得客觀性和具體性。因爲新聞有一種特殊的力量，超越單純報導（社會事實的反映）的機能以上。」[1]管翼賢一方面明知「近代，批判精神之所以集中於新聞，在於防止人們因新聞作用而屈服於新聞權威之下，使生活導入迷誤，固執著原因與結果的倒逆，將爲社會生活的新聞反而規定社會生活的那種謬誤視爲眞實，而引起錯誤的社會行動。」[2]另一方面則有意識地利用這種「倒錯」達到「同化征服」的目的。「至如有意識的想來利用這種錯覺，無非是要使新聞變爲形成『同化征服』的銳利武器，變爲『主觀』的『客觀化』或宣傳的現實化的手段。於是，新聞遂成爲支配多數個人的意識內容，以支配統一多數力量，而展開新的創造或高貴的社會目的的一種方法。」[3]管翼賢神化新聞，是知道新聞的威力用於「同化征服」受侵略者後會起到「由僞作眞」的「魔術」般的效果。他是在自覺地宣揚新聞魔術論，顯示了對法西斯主義新聞思想的自覺認同。

（二）用「新聞魔術論」美化「東亞新秩序」

　　管翼賢認爲新聞這根魔術杖是創造新的高貴的「東亞新秩序」的一種方法。他認爲英、美、西歐各國主導建立在「自由主義」基礎上的資本主義的世界秩序，「經過了長期的發展歷史，到現在已經變成了舊秩序，再不能用它來維持世界的和平了，第二次世界大戰的勃發，乃是必然的運動。」[4]要建立新的世界秩序是日本提出的「東亞新秩序」。

　　管翼賢站在侵略者立場評價日本侵華戰爭，將日本的侵略行爲美化爲促進東亞民族與世界人類歷史發展的「義舉」。他認爲「中日事變的勃發，在日本，一方面引起許多的犧牲與破壞，同時隨著時間的經過，而發生一種反省與自覺，因而獲得了更高的新理念。爲了實現這種新理念，促進東亞諸民族及世界人類歷史的發展，不能不由從來的模仿西歐的那種追隨主義，轉換爲東亞的獨創的建設主義，這是今後全東亞民族應負的歷史的使命。」[5]他將日

1　管翼賢：《新聞學輯成》（第1輯），中華新聞學院，1943年版，第3～4頁。
2　管翼賢：《新聞學輯成》（第1輯），中華新聞學院，1943年版，第4頁。
3　管翼賢：《新聞學輯成》（第1輯），中華新聞學院，1943年版，第4頁。
4　管翼賢：《新聞學輯成》（第6輯），中華新聞學院，1943年版，第74頁。
5　管翼賢：《新聞學輯成》（第6輯），中華新聞學院，1943年版，第74頁。

本的侵略美化為東方文明的復興。「東亞新秩序，乃是世界新秩序的先驅，這不僅限於東亞各國，要廣泛的發展為世界的問題。這樣一來，由西方東來的近世文化的歷史，才能相反的、實現出『光由東方來』的理念。無論說是東亞新秩序也好，東亞建設也好，總之都不外是世界歷史轉換的意義，世界人類的歷史，由西方轉向東方來。」[1]

（三）鼓吹用「新聞權威」同化「無知」民眾

管翼賢認為「報紙的權威，可使讀者把它看做一種神聖的報導。在原始社會，維持秩序和權威的是民眾迷信的表徵，在現代社會的勢力，便要算報紙了。因為根據人人心中皆有一種迷信的依賴新聞權威的心理。」「社會群眾中無知識失教養的人常占最多數，新聞都用這種的讀者做目標，所以新聞不得不帶有淺薄性和低劣性。」[2]管翼賢認識到，新聞報導「常占大部分」的是「誤傳失真」的情況，也看到民眾的媒介素養不高，主張將錯就錯，對捏造的虛偽的事進行新聞報導，並讓世人信以為真，認為這就是所謂的「新聞權威」。

如何對待「無知」而具有僕從性的民眾？管翼賢借用 1934 年 5 月 8 日希特勒在納粹黨新聞會議所說的話表達自己的立場：「新聞是使七千萬國民歸於統一的世界觀的一種教育手段。……換句話說，也可以用宣傳二字來表示，要之，在這種意義之下，新聞是一種公民學校」。[3]他借用德國宣傳部顧問貝德所說「根據我們的見解，於實施國民的政治教育以外，還須要實施國民的文化再教育。如果新國家不能創造新的德意志國民，那麼，這個國家仍然是個空架子，是個獅頭羊身的怪物」[4]，認為若想取得「必然的成功」，必須創造出「理想中的新人類」。而這種新人類的創造不是政治問題，也不是經濟問題，「乃是文化政策所負課題」。「新德意志的納粹國民，只有由於一個有目的的有意識的納粹文化政策才能形成，這樣才能保證維持納粹國家於久遠」[5]管翼賢的國民教育及新聞就是讓民眾全盤接受納粹主義，通過實行法西斯「文化政策」培育「新人類」，以維持日本法西斯的殖民統治。

---

1 管翼賢：《新聞學輯成》（第 6 輯），中華新聞學院，1943 年版，第 74 頁。
2 管翼賢：《新聞學輯成》（第 1 輯），中華新聞學院，1943 年版，第 139～140 頁。
3 管翼賢：《新聞學輯成》（第 6 輯），中華新聞學院，1943 年版，第 48 頁。
4 管翼賢：《新聞學輯成》（第 6 輯），中華新聞學院，1943 年版，第 49～50 頁。
5 管翼賢：《新聞學輯成》（第 6 輯），中華新聞學院，1943 年版，第 50 頁。

引用文獻

一、著作類

1. 張憲文：《中華民國史》第三卷，南京大學出版社，2005 年 12 月第 1 版。

2. 《中國抗日戰爭史》編寫組：《中國抗日戰爭史》，人民出版社，2011 年 9 月第 1 版。

3. 《毛澤東選集（一卷本）》，人民出版社，1964 年 4 月第 1 版，1966 年 7 月改橫排本。

4. 曾虛白：《中國新聞史》，三民書局，1984 年 1 月第 5 版。

5. 方漢奇：《中國新聞事業通史》第二卷，中國人民大學出版社，1996 年 5 月第 1 版。

6. 重慶抗戰叢書編纂委員會：《抗戰時期重慶的新聞界》，重慶出版社，1995 年 8 月第 1 版。

7. 福建省地方志編纂委員會：《福建省志·新聞志》，方志出版社，2002 年 11 月第 1 版。

8. 王綠萍：《四川報刊五十年集成》，四川大學出版社，2011 年 9 月第 1 版。

9. 廣西政協文史資料委員會、廣西日報新聞史志編輯室、民革廣西壯族自治區委會：《桂系報業史》，廣西新聞出版局，NO:011241。

10. 張鴻慰：《八桂報史文存》，廣西民族出版社，1995 年 6 月第 1 版。

11. 中國社會科學院新聞研究所：《抗日戰爭時期的中國新聞界》，重慶出版社，1987 年 7 月第 1 版。

12. 馬光仁：《上海新聞史（1850～1949）》，復旦大學出版社，1996 年 11 月第 1 版。

13. 《上海新聞志》編纂委員會：《上海新聞志》，上海社會科學出版社，2000 年 12 月第 1 版。

14. 榮孟源：《中國國民黨歷次代表大會及中央全會資料》（下冊），光明日報出版社，1985 年 10 月第 1 版。

15. 《中國共產黨新聞工作文件彙編》上卷，新華出版社，1980 年 12 月第 1 版。

16. 《中國共產黨新聞工作文件彙編》下卷，新華出版社，1980 年 12 月第 1 版。

17. 中共中央文獻研究室、新華通訊社：《毛澤東新聞工作文選》，新華出版社，2014 年 10 月第 1 版。

18. 晉察冀日報史研究會：《晉察冀日報史》，人民出版社，1993 年 4 月第 1 版。

19. 杜慶雲：《中國報刊發行史料》，光明日報出版社，1987 年 9 月第 1 版。

20. 晉察冀日報史研究會：《晉察冀日報社論選》，河北人民出版社，1997 年 10 月第 1 版。

21. 張之華：《中國新聞事業史文選（公元 724 年～1995 年)》，中國人民大學出版社，1999 年 1 月第 1 版。

22. 上海市新四軍歷史叢刊社：《喉舌與號角——新四軍和華中抗日根據地報刊史料集萃》下卷，香港語絲出版社，2004 年 4 月第 1 版。

23. 《新華日報的回憶》，四川人民出版社，1979 年。

24. 石西民、范劍涯：《新華日報的回憶‧續集》，四川人民出版社，1983 年 2 月第 1 版。

25. 韓辛茹：《新華日報史》上卷，中國展望出版社，1987 年 7 月第 1 版。

26. 廖永祥：《新華日報紀事》，四川大學出版社，1994 年 11 月第 1 版。

27. 《白色恐怖下的〈新華日報〉——國民黨當局控制新華日報的檔案材料彙編》，重慶出版社，1987 年 10 月第 1 版。

28. 王敬：《延安〈解放日報〉史》，新華出版社 1998 年 4 月第 1 版。

29. 宋軍：《申報的興衰》，上海社會科學院出版社，1996 年 2 月第 1 版。

30. 周雨：《大公報人憶舊》，中國文史出版社，1991 年 6 月第 1 版。

31. 周雨：《大公報史》，江蘇古籍出版社，1993 年 7 月第 1 版。

32. 王芝琛：《百年滄桑——王芸生與大公報》，中國工人出版社，2001 年 9 月第 1 版。

33. 曹聚仁：《上海春秋》，上海人民出版社，1996 年 8 月第 1 版。

34. 王芝琛、劉自立：《1949 年以前的大公報》，山東畫報出版社，2002 年 2 月第 1 版。

35. 中國社會科學院新聞研究所：《抗日戰爭時期的中國新聞界》，重慶出版社，1987 年 7 月第 1 版。

36. 文匯報報史研究室：《文匯報史略》，文匯報出版社，1988 年 9 月第 1 版。

37. 文匯報報史研究室：《文匯報大事記》，文匯報出版社，1986 年 9 月第 1 版。

38. 廣西日報新聞研究室：《救亡日報的風雨歲月》，新華出版社 1987 年第 7 月 1 版。

39. 梁群球：《廣州報業（1827～1990)》，中山大學出版社，1992 年 3 月第 1 版。

40. 陳銘德、鄧季惺等：《〈新民報〉春秋》，重慶出版社，1987 年 12 月第 1 版。

41. 章東磐、晏歡、戈叔亞主編，晏歡、戈叔亞、安康譯：《國家記憶：美國國家檔案館收藏中緬印戰場影像.2》，山西人民出版社，2012 年 5 月第 1 版。

42. 蔡斐：《重慶近代新聞傳播史稿（1897～1949)》，重慶出版社，2016 年 9 月第 1 版。

43. 北京市地方志編纂委員會：《北京志‧新聞出版廣播電視卷‧報業‧通訊社志》，北京出版社，2006 年 8 月第 1 版。

44. 南京市地方志編纂委員會：《南京報業志》，學林出版社，2001 年 6 月第 1 版。

45. 韓信夫、姜克夫：《中華民國大事記》（第三冊），中國文史出版社，1997 年版。

46. 周佳榮：《近代日人在華報業活動》，嶽麓書社，2012 年版。

47. 佟佳江：《民國職官年表外編：中華民國時期東北職官年表 偽滿洲國職官年表》，中華書局，2011 年版。

48. 劉壽林等：《民國職官年表》，中華書局，1995 年版。

49. 王繼先：《中國新聞法制通史》（第二卷 近代卷），南京師範大學出版社，2015 年版。

50. 解學詩等：《偽滿洲國史新編》，人民出版社，1995 年版。

51. 方漢奇：《中國新聞編年史》（中），福建人民出版社，2000 年版。

52. 張憲文等：《中華民國史大辭典》，江蘇古籍出版社，2002 年版。

53. 郭衛東：《近代外國在華文化機構綜錄》，上海人民出版社，1993 年版。

54. 谷勝軍：《〈滿洲日日新聞〉研究》，廈門大學出版社，2016 年版。

55. 趙永華：《在華俄文新聞傳播活動史》（1898～1956)，中國人民大學出版社，2006 年版。

56. 劉曉麗、[日]大久保明男：《偽滿洲國文藝大事記》（下），北方文藝出版社，2017 年版。

57. 王維禮：《中國現代史大事紀事本末》（上），黑龍江人民出版社，1987年版。

58. 《日本帝國主義對外侵略史料選編》，上海人民出版社，1983年版。

59. 梁家祿等：《中國新聞業史》，廣西人民出版社，1984年版。

60. 李傑瓊：《半殖民主義語境中的「斷裂」報格：北方小型報先驅《實報》與報人管翼賢》，中國社會科學出版社，2015年版。

61. 姚公鶴：《上海報紙小史》，楊光輝等：《中國近代報刊發展概況》，新華出版社，1986年版。

62. 黃河：《北京報刊史話》，文化藝術出版社，1992年版。

63. 韓信夫、姜克夫：《中華民國大事記》（第四冊），中國文史出版社，1997年版。

64. 經盛鴻：《南京淪陷八年史》（上冊），社會科學文獻出版社，2005年版。

65. 上海圖書館編：《上海圖書館館藏中文報紙目錄》（1862～1949），1982年12月。

66. 《安徽新聞百年大事》（1898～1998），黃山書社，1999年版。

67. 孟慶琦、董獻倉：《影響近代中國的不平等條約》，中國人事出版社，2012年版。

68. 李蓓蓓：《臺港澳史稿》，華東師範大學出版社，2003年版。

69. 黃靜嘉：《春帆樓下晚濤急：日本對臺灣的殖民統治及其影響》，商務印書館，2003年版。

70. 劉寧顏：《重修臺灣省通志：卷六 文教志，文化事業篇》，臺灣省文獻委員會，1995年版。

71. 王天濱：《臺灣報業史》，亞太圖書出版社，2003年版。

72. 吳三連等：《臺灣民族運動史》，自立晚報出版公司，1993年版。

73. 吳濁流，鍾肇政：《臺灣連翹》，前衛出版社，1989年版。

74. 謝然之：《十年來的新生報》，臺灣新生報社。

75. 楊肇嘉：《楊肇嘉回憶錄》，三民書局，1968年版。

76. 張曉輝：《百年香港大事快覽》，四川出版集團，天地出版社，2007年版。

77. 方漢奇：《中國新聞事業編年史》（上），福建人民出版社，2000年版。

78. 莊義遜：《香港事典》，上海科學普及出版社，1994年版。

79. 程曼麗：《〈蜜蜂華報〉研究》，澳門基金會，1998年版。

80. 劉家林：《中國新聞通史》（修訂版），武漢大學出版社，2005年版。

81. 方漢奇：《中國近代報刊史》，山西教育出版社，1984年版。

82. 黃漢強、吳志亮：《澳門總覽》，中國友誼出版公司，1994年版。

83. 李蓓蓓：《臺港澳史稿》，華東師範大學出版社，2003 年版。

84. 葉再生：《中國近代現代出版通史》（第三卷），華文出版社，2002 年版。

85. 馬藝等：《天津新聞史》，天津傳媒出版集團，天津人民出版社，2015 年版。

86. 中央通訊社：《1924：中央社，一部中華民國新聞傳播史》，2011 年版。

87. 中央社六十週年社慶籌備委員會：《中央社六十年》，1984 年版。

88. 《四川省志·報業志》，四川人民出版社，1996 年版。

89. 《山西通志·新聞出版志》，中華書局，1999 年版。

90. 《浙江新聞志》，浙江人民出版社，2007 年版。

91. 《廣西通志·報業志》，廣西人民出版社，2007 年版。

92. 新華通訊社編寫組：《新華通訊社史》第一卷，新華出版社 2010 年版。

93. 《毛澤東新聞工作文選》，新華出版社，1983 年版。

94. 馬明：《山西新聞通訊社百年史》，新華出版社，1999 年版。

95. 《〈大眾日報〉回憶錄》第一輯，山東人民出版社，1998 年版。

96. 《國際新聞社回憶》，湖南人民出版社，1987 年版。

97. 《成都市志·報業志》，四川辭書出版社，2000 年 1 月出版。

98. 《桂林市志》下冊，中華書局，1997 年版。

99. 《洛陽市志》第 13 冊，中州古籍出版社，1998 年版。

100. 《金華市志》，浙江人民出版社。1992 年版。

101. 《毛澤東新聞作品集》，新華出版社，2014 年版。

102. 余子道、曹振威、石源華、張雲：《汪偽政權全史》（下卷），上海人民出版社 2006 年版。

103. 蒙疆聯合委員會編：《蒙疆特殊會社概觀》，（張家口）蒙疆聯合委員會 1938 年版。

104. 株式會社蒙疆新聞社：《蒙疆年鑒》，（張家口）蒙疆新聞社，1944 年版。

二、論文類

1. 王炬：《抗戰時期「陪都」重慶的報業競爭及其啟示》，《今傳媒》2005 年第 9 期。

2. 莫宏偉：《論高校內遷對西南地區教育近代化的影響》，《貴州民族學院學報（哲學社會科學版）》2003 年第 3 期。

3. 郝晉瑞：《抗日根據地的小學教育》，《山西教育科研通訊》1982 年第 4 期。

4. 程利、李衛東：《論淪陷時期日偽在武漢進行的殖民奴化教育》，《曲靖師範學院學報》2005 年第 1 期。

5. 鼓澤平、吳洪成：《論日本在侵華期間對華淪陷區的奴化教育》，《求索》
   1999 年第 6 期。

6. 鍾春翔：《抗戰時期的山東日偽教育》，《抗日戰爭研究》2003 年第 1 期。

7. 蔡銘澤：《中國國民黨黨報發展述略》，《新聞與傳播研究》1992 年第 1
   期。

8. 蔡銘澤：《論抗戰時期國民黨黨報的發展》，《新聞大學》1993 年第 2 期。

9. 蔡銘澤：《論中國國民黨地方黨報的建立和發展》，《廣州師院學報（社會
   科學版）》1995 年第 1 期。

10. 蔡銘澤：《論抗日戰爭時期國民黨人的新聞思想》，《新聞與傳播研究》1998
    年第 2 期。

11. 朱悅華：《中國北方官方印刷業中心——王府井大街 117 號尋蹤》，《中國
    報業》2014 年第 1 期。

12. 白銘：《河北省近現代報業史（1886～1949)》，《高校社科信息》1997 年
    第 5 期。

13. 忒莫勒：《內蒙古舊報刊考錄（1905～1949.9）——近代報刊事業發展概
    述（連載之二)》，《新聞論壇》2011 年第 2 期。

14. 高天：《淺談〈綏遠西北日報〉副刊》，《中國報業》2017 年第 14 期。

15. 彭繼良：《長江積極推進廣西地方新聞工作》，《新聞與傳播研究》1984
    年 Z2 期。

16. 王永壽：《抗日戰爭時期山西主要報刊介紹》，《三秦文化研究叢刊》
    （1995）。

17. 吳國安、鍾健英：《近代文化史上的一朵「奇葩」——抗戰時福建永安的
    進步報刊活動評述（下)》，《黨史研究與教學》1988 年第 3 期。

18. 李謝莉：《四川省少數民族文字報紙的歷史與現況》，《西南民族大學學報》
    （人文社會科學版）2011 年第 3 期。

19. 李文：《抗戰時期的甘肅新聞事業》，《科學·經濟·社會》1996 年第 1
    期。

20. 樊亞平：《內遷報人的縮影——抗戰時期沈宗琳在〈甘肅民國日報〉的辦
    報活動》，《新聞春秋》2014 第 2 期。

21. 高士榮：《略論抗戰時期的甘肅新聞事業》，《檔案》1995 年第 4 期。

22. 方朔：《作家蕭軍的辦報遭遇》，《湖南工人報》2016 年 7 月 20 日。

23. 朱志剛、李淼：《被嵌入的主角：報刊基層化中的國民黨縣級黨報》，《國
    際新聞界》2017 年第 8 期。

24. 張才夫：《一張由共產黨人辦的國民黨地方報紙》，《新聞研究資料》1990
    年第 2 期。

25. 《試述抗戰時期的〈東南日報〉》,《抗日戰爭研究》2003 年第 2 期。

26. 何瑩:《試論〈東南日報〉對南京保衛戰的報導》,《中共黨史研究》2014 年第 9 期。

27. 《略論〈東南日報〉的立場、言論和新聞》,《浙江社會科學》1999 年第 2 期。

28. 《試論〈東南日報〉對南京大屠殺的報導及其抗日宣傳》,《新聞與傳播研究》2012 年第 6 期。

29. 《抗戰中的〈東南日報〉》,《浙江檔案》1996 年第 6 期。

30. 《抗戰時期〈東南日報〉的南遷及其出版活動》,《浙江師範大學學報(社會科學版)》2005 年第 30 期。

31. 〈東南日報〉小史》,《民國春秋》1998 年第 1 期。

32. 《胡健中與〈東南日報〉》,《新聞大學》1993 年第 1 期。

33. 《我所瞭解的桂林廣西日報》,《新聞研究資料》1981 年第 4 期。

34. 《簡憶抗戰時期的廣西日報》,《新聞研究資料》1981 年第 4 期。

35. 《抗戰時期〈廣西日報〉(桂林)愛國戲劇廣告的特點及作用》,《新聞與寫作》2015 年第 8 期。

36. 《抗戰時期〈廣西日報〉(桂林)廣告經營發展歷程及特點——抗戰時期〈廣西日報〉(桂林)廣告研究系列之二》,《新聞與寫作》2016 年第 7 期。

37. 民國時期廣西新桂系政府機關報〈廣西日報〉(1937 年 4 月～1949 年 12 月)源與流》,《新聞春秋》2013 年第 12 期。

38. 《艾青與〈廣西日報·南方〉》,《南方文壇》2008 年第 4 期。

39. 《〈中央日報〉的廿二年》,《新聞研究資料》1982 年第 5 期。

40. 《〈中央日報〉的歷史沿革與現狀》,《新聞研究資料》1985 年第 1 期。

41. 從〈中央日報〉看全面抗戰中九一八紀念活動的社會記憶》,《檔案與建設》2014 年 10 期。

42. 徐思彥:《官與民:對〈中央日報〉〈大公報〉七七社論的文本分析》,《學術界》2006 年第 6 期。

43. 《民國〈中央日報〉發展的四階段與宣傳特色》,《現代傳播》2015 年第 5 期。

44. 《孫伏園與〈屈原〉》,《郭沫若學刊》2012 年第 1 期。

45. 《前〈中央日報〉總經理張志韓談 40 年前在渝「借紙」後》,《新聞研究資料》1989 年第 1 期。

46. 殷志、文明星:《民國時期的貴州報業發展及其特徵》,《貴州文史叢刊》2015 年第 4 期。

47. 陳天祐：《貴陽中央日報芷江分社創辦經過》，《新聞學季刊》第 1 卷第 3 期，轉引蔡銘澤：《論抗戰時期國民黨黨報的發展》，《新聞大學》1993 年第 2 期。

48. 蔣國經：《鮮爲人知的〈中央日報〉「芷江版」》，《文史博覽》2007 年第 11 期。

49. 李慧慧：《抗戰時期雲南出版業與學術事業的興盛》，《中國編輯》2012 年第 3 期。

50. 王作舟：《抗戰時期的雲南新聞事業》，《思想戰線》1996 年第 2 期。

51. 梅麗紅：《「孤島」時期上海的「洋旗報」》，《檔案與史學》1996 年第 5 期。

52. 馮華德：《「孤島」抗戰細節：吳任滄勇鬥漢奸李士群》，《同舟共進》2015 年第 7 期。

53. 朱尚剛：《〈朱生豪小言集〉重現「孤島」上的搏鬥》，《博覽群書》2016 第 5 期。

54. 范泉：《回憶在「孤島」時期的文藝戰友們》，《社會科學》1981 年第 6 期。

55. 黃瑚：《上海「孤島」時期抗日報刊述評》，《新聞與傳播研究》1987 年第 3 期。

56. 袁義勤：《〈中美日報〉始末》，《新聞與傳播研究》1989 年第 3 期。

57. 鄭連根：《抗日報紙「孤島」求生記》，《炎黃春秋》2005 年第 10 期。

58. 劉家林、王明亮：《前後國民黨在港澳宣傳活動之考察》，《新聞春秋》2017 年第 3 期。

59. 王繼先：《國民黨海外黨報管理政策述論（1927～1945 年）》，《民國檔案》2012 年第 2 期。

60. 陳國威：《1924～1945 年國民黨海外部與僑務工作考論》，《華僑華人歷史研究》2008 年第 3 期。

61. 程剛：《抗戰時期國民黨國際宣傳處對外宣傳策略探析》，《南方論刊》2016 年第 6 期。

62. 王曉嵐：《論抗戰時期國民黨的對外新聞宣傳策略》，《抗日戰爭研究》1998 年第 3 期。

63. 龍鋒：《國民黨中央宣傳部駐歐特種宣傳委員會報告書》，《民國檔案》2013 年第 3 期。

64. 金以林：《戰時國民黨香港黨務檢討》，《抗日戰爭研究》2007 年第 4 期。

65. 張新：《兩封舊信與香港〈國民日報〉》，《檔案春秋》2008 年第 9 期。

66. 魏中天：《解放前國民黨在港宣傳活動內幕》，《世紀》2010 年第 3 期。

67. 沈藝：《抗戰時期的香港〈國民日報〉社》，《世紀》2011 年第 3 期。

68. 王鳳超：《中共中央黨報委員會的歷史沿革》，《新聞與傳播研究》1988 年第 1 期。

69. 烏兆彥：《爲新中國印刷事業奮鬥終生的祝志澄同志》，《廣東印刷》1998 年第 6 期。

70. 曹子庭：《延安時期中共中央的出版發行工作》，《黨史文苑》1994 年第 4 期。

71. 王敬：《延安〈解放日報〉史》，北京，新華出版社，1998 年 4 月第 1 版，第 11 頁。

72. 張山明：《艱難歲月中的印刷業》，《廣東印刷》1998 年第 6 期。

73. 楊小川：《〈新中華報〉介紹》，《抗日戰爭研究》1997 年第 1 期。

74. 姬乃軍：《延安〈新中華報〉》，《新聞知識》1986 年第 10 期。

75. 王曉梅：《變遷中發展的〈新中華報〉》，《新聞大學》2008 年第 4 期。

76. 王揖：《延安〈新中華報〉簡史》，《新聞研究資料》1987 年第 2 期。

77. 黎辛：《丁玲和延安〈解放日報〉文藝欄》，《新文學史料》1994 年第 4 期。

78. 黎辛：《毛澤東與〈解放日報〉副刊》，《新文學史料》2002 年第 3 期。

79. 王峰：《延安時期前期中共中央機關報〈解放〉週刊考述》，《延安大學學報（社會科學版）》2013 年第 6 期。

80. 楊發源：《〈解放〉週刊的不足》，《黃海學術論壇》第 21 輯。

81. 王峰：《延安時期前期中共中央機關報〈解放〉週刊考述》，《延安大學學報（社會科學版）》2013 年第 6 期。

82. 李鵬：《〈解放〉週刊與馬克思主義中國化》，《馬克思主義研究》2014 年第 1 期。

83. 翟準：《我所知道的〈邊區群眾報〉》，《新聞業務》1961 年 11 期。

84. 胡績偉：《辦一張人民群眾喜聞樂見的報紙——回憶延安〈邊區群眾報〉》，《新聞研究資料》1985 年第 2 期。

85. 曹國輝：《晉察冀日報社對邊區文化出版事業的重大功績》，《出版史料》2005 年第 4 期。

86. 杜敬：《抗戰時期冀中的 68 種報刊》，《新聞研究資料》1988 年第 1 期。

87. 杜敬：《抗戰時期冀中的 125 種報刊》，《新聞與傳播研究》1986 年第 1 期。

88. 李麥：《冀中地區的新聞工作》，《新聞與傳播研究》1981 年第 2 期。

89. 曹麗芹：《晉察冀抗日根據地的紅色報刊》，《東方收藏》2015 年 5 期。

90. 陳大遠：《憶冀東〈救國報〉創始人李杉同志》，《新聞戰線》1963 年 Z1 期。

91. 殷建國、王豔萍：《甘灑熱血寫春秋——追憶冀東抗戰中英勇犧牲的〈救國報〉人》，《黨史博採》2015 年第 12 期。

92. 宋鑫娜：《抗戰烽火中不倒的旗幟——〈晉察冀日報〉》，《北京檔案》，2015 年第 9 期。

93. 雷行：《抗日戰爭中的晉察冀日報記者》，《新聞前哨》2005 年第 9 期。

94. 左錄：《堅持敵後抗戰的一面文旗〈晉察冀日報〉》，《新文化史料》1996 年第 3 期。

95. 蕭巍：《為了老戰士的囑託 尋找新聞烈士的親屬》，《新聞與寫作》2005 年第 9 期。

96. 張雪琴：《宣傳人民、打擊敵人的銳利武器——山西抗日根據地的新聞出版事業》，《滄桑》2002 年第 5 期。

97. 王龍飛：《改造動員：太行根據地的糾「左」》，《中央研究院近代史研究所集刊》第 99 期（中華民國 107 年 3 月）

98. 楊宏偉：《太行抗戰的號角——晉東南根據地出版的部分報刊輯略》，《黨史文匯》2008 年第 4 期。

90. 劉慶禮：《晉冀魯豫抗日根據地的紅色報刊》，《當代人》2014 年第 9 期。

91. 王玲：《抗日戰爭時期山西的主要報紙》，《三晉文化研究論叢》1995 年。

92. 楊宏偉：《太行抗戰的號角——晉東南根據地出版的部分報刊輯略》，《黨史文匯》2008 年第 4 期。

93. 羅一恒：《抗戰時期的〈黨的生活〉》，《北京黨史研究》1996 年第 4 期。

94. 王志萍：《〈新華日報〉華北版——華北抗戰的嚮導》，《黨史文匯》2013 年第 3 期。

95. 悠然：《背著報館打游擊》，《軍事記者》2014 年第 2 期。

96. 沈錚嶸、王岩：《新華戰旗，插進華北抗日敵後》，《新華日報》2015 年 6 月 25 日。

97. 趙建榮：《華北〈新華日報〉創刊的背景及作用》，《青年記者》2018 年第 15 期。

98. 李隆蔚：《筆墨風雲太行山——在〈新華日報〉華北版工作時的回憶》，《新聞界》1995 年第 6 期。

99. 王志萍：《〈新華日報〉華北版——華北抗戰的嚮導》，《黨史文匯》2013 年第 3 期。

100. 郜林濤：《趙樹理與〈中國人〉報》，《新聞愛好者》2007 年第 1 期。

101. 王永壽：《活躍在敵後抗日戰場上的山西報業》,《新聞大學》1997 年夏季號。

102. 史言：《晉西北根據地新聞出版史鳥瞰》,《新聞出版交流》2002 年第 6 期。

103. 丁竹：《山西抗日根據地出版的部分報紙》,《文物世界》2007 年第 5 期。

104. 邵挺軍：《戰爭年代的〈晉綏日報〉》,《新聞研究資料》1987 年第 2 期。

105. 翟向東：《憶魯西北〈抗戰日報〉——抗戰期間華北第一個鉛印日報的始末》,《新聞戰線》1983 年 12 期。

106. 《記錄魯西北抗日戰史的報紙——〈抗戰日報〉》,《新聞與寫作》2008 年第 1 期。

107. 梁家貴：《抗日戰爭時期山東黨報的發展與歷史作用》,《中共黨史研究》2006 年第 2 期。

108. 《山東抗日民主根據地主要報刊》,《青年記者》2005 年第 7 期。

109. 李洪梅：《〈渤海日報〉述略》,《山東圖書館季刊》2008 年第 4 期

110. 劉慶禮：《華北抗日根裾地的紅色報刊》,《理財：收藏》2016 年第 8 期。

111. 陳廣相：《華中抗日根據地的戰鬥號角——抗戰時期新四軍和華中根據地主要報刊概覽》,《黨史縱橫》1993 年第 8 期。

112. 方毓寧：《蘇南抗日根據地的紅色報刊》,《檔案與建設》2011 年第 12 期。

113. 林子平：《抗戰期間活躍在澄錫虞地區的〈東進報〉》,《傳媒觀察》1984 年第 5 期。

114. 馬達：《南國燈塔——新四軍報刊概覽》,《黨史縱橫》1998 年第 9 期。

115. 韋澤洋：《蘇北抗日根據地黨的建設》,《檔案建設》2013 年第 2 期。

116. 戴邦、楊居人：《艱苦的歲月 戰鬥的歷程——回憶雪楓報》,《新聞研究資料》1983 年第 2 期。

117. 王志波：《豫鄂邊區的〈小消息〉》,《中國老區建設》2015 年第 11 期。

118. 彭偉：《邊區的政治大炮——〈七七報〉》,《武漢文史資料》2015 年第 5 期。

119. 蔡罕：《浙東抗日根據地新聞出版事業述評》,《浙江傳媒學院學報》2013 年第 3 期。

120. 王闌西、羅列：《華中抗日民主根據地飄揚的一面紅旗——對〈江淮日報〉的回憶》,《大江南北》1988 年第 4 期。

121. 周愛群、顏廷亮：《〈鹽阜大眾報〉高擎大眾化旗幟的老區黨報》,《新聞戰線》2011 年第 7 期。

122. 王曉嵐：《抗戰時期中國共產黨在國統區的辦報活動與宣傳策略（上）》,《北京黨史》1996 年第 1 期。

123. 盧毅：《查禁與反查禁：抗戰時期中共在國統區的宣傳策略》，《抗戰史料研究》2014．第二輯。

124. 方程：《〈新華日報〉在武漢創刊》，《武漢文史資料》2011 年第 Z1 期。

125. 唐正芒：《從平靜中透視血與火的艱難奮鬥——〈新華日報〉的誕生及其從武漢向重慶的遷移》，《黨史縱橫》1997 年第 12 期。

126. 韓辛茹：《〈新華日報〉「方面軍」——在打退第二次反共高潮中的作用》，《新聞與傳播研究》1983 年第 5 期。

127. 羅戈東：《在反封鎖鬥爭中成長——重慶〈新華日報〉發行工作回憶》，《新聞戰線》1965 年第 9 期。

128. 劉立群：《抗戰時期〈新華日報〉的紙張從何而來》，《黨史博覽》2007 年 2 期。

129. 左明德：《回憶〈新華日報〉的發行工作》，《新聞研究資料》1989 年第 3 期。

130. 李文靜：《重慶新華日報的開天窗》，《新聞界》2017 年第 2 期。

131. 關世申：《〈新華副刊〉探索》，《新聞研究資料》1982 年第 3 期。

132. 王揖：《一次重大的新聞改革——延安〈解放日報〉改版工作簡介（上）》，《中國記者》1987 年第 3 期。

133. 王揖：《一次重大的新聞改革——延安〈解放日報〉改版工作簡介（下）》，《中國記者》1987 年第 4 期。

134. 王鳳超、岳頌東：《延安〈解放日報〉大事記》，《新聞研究資料》第 26 輯，第 48 頁，中國社會科學出版社 1984 年 7 月第 1 版。

135. 陸定一：《陸定一同志談延安解放日報改版——在解放日報史座談會上的講話摘要》，中國社會科學院新聞研究所：《新聞研究資料》1981 年第 3 期。

136. 馬光仁：《上海新聞界的抗日宣傳》，《上海黨史與黨建》1995 年第 S1 期。

137. 馬光仁：《抗戰時期的〈申報〉》，《抗日戰爭研究》1995 年第 2 期。

138. 蕭幹：《我與〈大公報〉》，《新聞與傳播研究》1988 年第 4 期。

139. 侯桂新：《抗戰期間香港的文藝報刊與民族共同體想像》，《海南大學學報（社會科學版）》2014 年第 5 期。

140. 錢鋒：《抗戰時期的香港報刊》，《新聞知識》1997 年第 8 期。

141. 彭南木子：《抗戰初期的武漢報刊》，《武漢文史資料》2010 年第 11 期。

142. 鄭連根：《〈大公報〉在抗日戰爭中的遷移》，《炎黃春秋》2005 年第 7 期。

143. 張篷舟：《大公報大事記（1902—1966）》，《新聞研究資料》1981 年第 2 期。

144. 梅麗紅：《「孤島」時期上海的「洋旗報」》，《檔案與史學》1996 年第 5 期。

145. 徐恥痕：《文匯報創刊初期史料》，《新聞研究資料》1981 年第 3 期。

146. 郝明工：《抗日戰爭時期重慶新聞事業發展綜論》，《重慶師範大學學報（哲學社會科學版）》2006 年第 1 期。

147. 唐潤明：《特殊時期的〈重慶各報聯合版〉》，《民國春秋》1999 年第 3 期。

148. 周惠斌：《重慶十報〈聯合版〉出版紀實》，《中華讀書報》2010 年 10 月 27 日。

149. 張勇麗、曹愛民：《〈重慶各報聯合版〉的「幕後管家」》，《青年記者》2016 年 1 月中。

150. 彭啟一：《廣州時期的救亡日報》，《新聞與傳播研究》1980 年第 2 期。

151. 彭繼良：《抗日戰爭時期桂林的新聞事業》，《廣西大學學報（哲學社會科學版）》1986 年第 2 期。

152. 戈今：《救亡日報在桂林——夏衍同志鏖戰灕江之濱》，《新聞研究資料》1981 年第 1 期。

153. 彭啟一：《救亡日報在上海》，《新聞研究資料》1980 年第 2 期。

154. 秦似：《回憶〈野草〉》，《新文學史料》1979 年第 2 期。

155. 鄭連根：《〈大公報〉在抗日戰爭中的遷移》，《炎黃春秋》2005 年第 7 期。

156. 王文彬：《桂林大公報記事》，《新聞研究資料》1981 年第 2 期。

157. 梁宏霞：《抗戰時期桂林新聞事業發展初探》上，《新聞與寫作》2012 年第 2 期。

158. 馮克熙：《圍繞在化龍橋周圍——漫憶抗戰時期重慶的新聞工作》，《新聞研究資料》第 20 輯，1983 年 7 月。

159. 王鵬：《趙超構與〈延安一月〉》，《團結報》2009 年 5 月 26 日。

160. 余仙藻：《趙超構和〈延安一月〉》，《新聞與傳播研究》1981 年第 5 期。

161. 張林嵐：《鵑廬女主人——憶新民報老經理鄧季惺先生》，《新聞記者》1995 年第 11 期。

162. 趙純繼：《成都〈新民報〉記略》，《新聞研究資料》1982 年第 5 期。

163. 秦松：《〈新民報〉女老闆鄧季惺的經營之道》，《西南農業大學學報（社會科學版）》，2006 年第 2 期。

164. 丁三：《〈大公報〉的淚與血》，《時代教育（先鋒國家歷史）》2007 年第 20 期。

165. 方漢奇：《抗日戰爭時期的大公報（上）》，《青年記者》2005 年第 12 期。

166. 方漢奇：《抗日戰爭時期的大公報（下）》，《青年記者》2006 年第 1 期。

167. 吳廷俊：《論〈大公報〉的「敢言」傳統》，《新聞大學》2002 年第 3 期。

168. 張頌甲：《我所瞭解的〈大公報〉》，《傳媒》2002 年第 5 期。

169. 王芝琛：《抗戰期間〈大公報〉主張「修明政治」、倡導「緊縮政策」、呼籲「清明廉政」》，《新文學史料》2000 年第 1 期。

170. 朱生華：《鄒韜奮在武漢的戰鬥歲月》，《武漢文史資料》1994 年第 3 期。

171. 馮英子：《中國晨報始末》，《新聞與傳播研究》1981 年第 5 期。

172. 楊紀：《大公報香港版回憶》，《新聞研究資料》1981 年第 2 期。

173. 王文彬：《桂林大公報記事》，《新聞研究資料》1981 年第 2 期。

174. 周雨：《大公報獨家發表日偽「密約」經過——大公報雜憶之五》，《新聞記者》1991 年第 9 期。

175. 王芝琛：《抗戰期間〈大公報〉主張「修明政治」、倡導「緊縮政策」、呼籲「清明廉政」》，《新文學史料》2000 年第 1 期。

176. 靖鳴、張雷：《抗戰時期〈大公報〉（桂林版）楊剛的「戰地通訊」特色》，《新聞春秋》2011 年第 9 期。

177. 王鵬：《〈大公報〉舉足輕重的人物孔昭愷》，《世紀》2012 年第 6 期

178. 鄧紹根：《勘誤補遺：密蘇里榮譽獎章與中國新聞界》，《國際新聞界》2007 年第 1 期。

179. 王炬：《抗戰時期「陪都」重慶的報業競爭及其啟示》，《今傳媒》2005 年第 9 期。

180. 曾健戎：《抗日戰爭時期重慶報紙一覽》，《新聞與傳播研究》1987 年第 4 期。

181. 周欽岳：《回憶從大革命到抗戰時期的新蜀報》，《新聞研究資料》1981 年第 1 期。

182. 王建平：《新民報送走一個甲子年——重慶大田灣留給張林嵐的回憶》，《新聞記者》1989 年第 10 期。

183. 馮英子：《力報十年》，《新聞研究資料》1980 年第 3 期。

184. 馮英子：《關於桂林〈力報〉的評價問題》，《黃河》1994 年第 2 期。

185. 馮英子：《中國晨報始末》，《新聞與傳播研究》1981 年第 5 期。

186. 嚴怪愚：《〈力報十年〉匡補》，《新聞與傳播研究》1984 年第 1 期。

187. 嚴農：《嚴怪愚和堅決抗日的〈力報〉》，《今傳媒》2005 年第 7 期。

188. 歐陽柏：《大剛報史話》，《新聞與傳播研究》1984 年第 2 期。

189. 馮英子：《江右辦報記》，《新聞大學》2001 年第 1 期。

190. 徐繼濤：《抗戰時期的雲南報刊》，《雲南日報》2017 年 9 月 20 日。

191. 王勇、李琰、李揚：《抗戰期間雲南境內出版的報刊》，《雲南檔案》2013 年第 7 期。

191. 王作舟：《抗戰時期的雲南新聞事業》，《思想戰線》1996 年第 2 期。

192. 甘友慶、李佐娟：《抗戰時期雲南期刊報紙出版研究》，《雲南圖書館》2006 年第 1 期。

193. 何翹楚：《抗戰時期雲南新增報刊初探──以〈戰國策〉爲例》，《長江叢刊》2018 年第 7 期。

194. 龔小京：《江西省建國前報刊概述》，《江西圖書館學刊》1989 年第 4 期。

195. 姚士彥：《王造時在江西辦〈前方日報〉的一段史實》，《檔案與史學》1996 年第 1 期。

196. 劉雅麗：《試析王造時的「堅持抗戰和民主廉政論」》，《江西社會科學》2003 年第 3 期。

197. 江林書：《屹立「前方」，爲民喉舌──回憶王造時創辦的〈前方日報〉》，《新聞研究資料》1987 年第 1 期。

198. 姜平：《王造時抗戰時期佚文一組》，《民國檔案》2003 年第 1 期。

199. 張建偉：《建國前南陽報刊概況（1926～1949）》，《南都學壇》1984 年第 1 期。

200. 韓愛平：《李龔與〈前鋒報〉》，《新聞愛好者》2003 年第 6 期。

三、網絡類

1. 莫曉：《絕地重生：文化吶喊點亮抗戰中國》，http://www.ommoo.com/trends/20180516/52978.html。

2. 王磊：《抗戰時期的〈抗戰漫畫〉》，http://www.rmzxb.com.cn/c/2016-07-07/905099.shtml。

3. 《土紙本上的重慶風景：「Encore（再來一次）！」》，http://news.163.com/17/0409 /02/ CHI1 R4DS 00018AOP.html。

4. 梁亮、周文瓊：《名人故居：桂林抗戰文化的獨特風景》，http://news.guilinlife. com/n/2015-09/07/369323.shtml。

5. 黃偉林：《抗戰桂林文化城的意象和內蘊》，http://www.guilinhd.com/static pages/20150820/glhd55d52da8-844810.shtml。

6. 張高華：《抗戰時期根據地的教育》，http://jds.cass.cn/xwkx/sxpy/201605/t20160506_3320919.shtml

7. 申國昌：《探析抗戰時期晉察冀根據地教育：以抗戰救國爲中心》，http://www.wenming.cn/hswh/yw/201201/t20120111_457887.shtml。

8. 徐昇：《南京報人在戰火中宣傳抗日救亡 淪陷後中央社與國民海通社堅守報導》，http://news.hexun.com/2014-12-10/171275200.html。

9. 任仁：《高郵〈民國日報〉「復刊」探究》，http://www.gytoday.cn/tb/20090826-97849.shtml。

10. 張昀：《舊時南昌三大報業》，http://www.jxdaj.gov.cn/id_2c908198558ff3a2 0155bf81f2ba0762/news.shtml。

11. 林洪通：《抗戰時期我國東南獨樹一幟的永安〈民主報〉》，http://www.yawin. cn/list/articlelist.asp?id=1339。

12. 李文傑：《抗戰時期〈甘肅民國日報〉所刊訂婚啓事和退婚啓事》， http://gansu.gscn.com.cn/system/2015/08/27/011099158.shtml。

13. 李軍：《抗戰時期蕭軍茅盾老舍在蘭州》，http://gansu.gansudaily.com.cn/ system/2012/11/16/013478286.shtml。

14. 《湖南抗日戰爭日誌（1943 年 12 月）》，http://www.krzzjn.com/html/6592. html。

15. 《湖南炎陵檔案現大量「抗戰聯語」涉及眾多行業》，http://news.workercn. cn/c/2011/09/07/110907105429858922178.html。

16. 《一門忠烈在楊家》，http://www.xiangxiang.gov.cn/news/yaowen/2015-08- 06/54548.html。

17. 何成明：《新聞重鎮的新聞傳播──「抗戰時期金華新聞界」研究之七》， http://www. jhnews.com.cn/2014/1217/432449.shtml。

18. 《抗日戰爭時期〈東南日報〉在麗水》，http://xt.inlishui.com/html/2016/dfwx_ 1124/1263.html

19. 程玲玲：《〈中央日報〉歷史沿革的思考及啓示》，http://media.people.com.cn/ GB/22114/44110/55469/4995538.html。

20. 《廣西通志‧報業志》，http://lib.gxdqw.com/file-a40-1.html。

21. 《湖南省志‧新聞出版志》，http://218.76.24.115/BookRead.aspx?bookid= 201612230017。

22. 《安徽地方志‧新聞志》，http://60.166.6.242:8080/was40/index_sz.jsp?rootid =49294&channelid=55669。

23. 范泉：《朱生豪的「小言」創作》，https://www.douban.com/note/133018921/。

24. 王大龍：《黨報黨刊的風雨歷程：1920～1949》，http://news.gmw.cn/2016-07/ 01/content_20784693.htm。

25. 《〈救國報〉：冀東抗戰一面旗》，http://www.krzzjn.com/99/17120.html。

26. 陳春森口述　陳華整理：《回憶八年抗日游擊辦報的艱難歲月》，http:// dangshi.people.com.cn/n/2015/0924/c85037-27628789.html。

27. 劉麗普：《〈晉察冀日報〉老報人再回滾龍溝舊址》，http://news.sohu.com/ 20050920/n227002964.shtml。

28. 張明福：《抗戰時期冀魯邊區的報刊沿革》，http://www.dezhoudaily.com/ ttgz/p/924560.html。

29. 《從〈抗戰日報〉到〈晉綏日報〉之一》，http://www.jinsui.org/lishi/jinsui shihua/2015/0430/431.html。

30. 《從〈抗戰日報〉到〈晉綏日報〉之二》，http://www.jinsui.org/lishi/jinsui shihua/2015/0430/433.html。

31. 《從〈抗戰日報〉到〈晉綏日報〉之五》，http://www.jinsui.org/lishi/jinsui shihua/2015/0504/437.html。

32. 《印記・報紙》，http://www.jiaodong.net/special/system/2016/01/13/0130443 46_55.shtml。

33. 伊茂林、李凱、劉金輝：《1939 年 8 月，《群眾報》在桓臺縣果里鎮東沙村創刊》，http://www.zbnews.net/tj/2041360.shtml。

34. 徐錦庚：《〈大眾日報〉走過 70 年歷程》，http://media.people.com.cn/GB/40710/40711/8604513.htm。

35. 《抗戰媒體：吹響號角催奮進》，http://news.xinhuanet.com/newmedia/2014-09/03/c_126950444_7.htm。

36. 《鮮爲人知的盱眙新聞史——《盱眙日報》的「前世今生」》，http://www.sohu.com/a/161610166_320849。

37. 《中共瓊崖特委敵後辦報的紅色歲月》，http://www.ga.yn.gov.cn/jcbk/qian mizhong/201310/t20131001_231678.html。

38. 唐振君：《〈新華日報〉在武漢的第一次亮相》，http://dangshi.people.com.cn/n/2015/0227/c85037-26606625.html。

39. 《新華日報：見證中國人民抗日戰爭的悲壯史詩》，http://www.360doc.com/content/15/0830/16/20226523_495827604.shtml。

40. 《抗日烽火下的恩施報壇》，http://www.enshi.cn/20060217/ca41296.htm。

41. 《抗戰時期的恩施：報刊雜誌》，http://www.enshi.cn/20050705/ca247 00.htm。

42. 田桂丹、劉宇雄、蔣雋、鄒蕙鸞：《荔灣區尋訪抗日〈救亡日報〉社舊址》，http://www.xxsb.com/findArticle/7869.html。

43. 《抗戰期間重慶有 70 多家報紙 900 多種刊物》，http://chongqing.163.com/15/0805/10/B08EROO502330O41.html。

44. 馬浩亮：《大公報人抗戰：血淚揮筆劍 烽火著文章》，http://news.takungpao.com/hkol/topnews/2015-08/3131265.html。

45. 陳達堅：《六度遷館堅拒日寇鐵蹄：抗戰吶喊從未停，昂然挺立展骨氣》，http://wemedia.ifeng.com/18140046/wemedia.shtml。

46. 《抗戰爆發後湖南創辦的進步報刊、書社》，http://www.krzzjn.com/html/7931.html。

47. 《抗戰救亡的長沙新聞出版事業》，http://www.krzzjn.com/html/2883.html。

後 記

　　本卷爲《中華民國新聞史》第四卷《民國南京政府中期的新聞業》，主要以全面抗戰時期（1937年7月～1945年9月）的時空範圍的中華民國新聞業爲研究對象，涵蓋報業、通訊業、廣播業和圖像新聞業、少數民族新聞業、軍隊新聞業、外國在華新聞業、新聞管理與經營、新聞團體、新聞教育與新聞學術等新聞業的不同分支，力求全維呈現全面抗戰時期民國新聞業的整體面貌。

　　本卷編撰者共同完成的這一研究成果，分爲兩個部分。第一部分是民國南京政府中期新聞業發展的社會背景，國民黨新聞報業，共產黨報業，民營報業和淪陷區報業。第二部分是民國南京政府中期的新聞廣播業、新聞通訊業和圖像新聞業，少數民族新聞業、軍事新聞業和外國在華新聞業，新聞管理體制和新聞業經營，新聞團體、新聞教育和新聞學研究。第一、二、三、四、五章撰稿人爲南京政治學院軍事新聞傳播系博士生導師劉亞教授。第六章（民國南京政府中期的新聞廣播業、新聞通訊業和圖像新聞業）各節撰稿人：第一節（民國南京政府中期的新聞廣播業）爲中國傳媒大學博士生導師艾紅紅教授，第二節（民國南京政府中期的新聞通訊業）爲新華社新聞研究所新聞史論研究室主任萬京華研究員，第三節（民國南京政府中期的圖像新聞業）爲南京大學新聞與傳播學院博士生導師韓叢耀教授、南京大學博士賈登紅、南京政治學院軍事新聞傳播系博士生導師劉亞教授。第七章（民國南京政府中期的少數民族新聞業、軍事新聞業和外國在華新聞業）各節撰稿人：第一節（少數民族新聞業）爲中央民族大學文學與傳播學院碩士研究生導師白潤生教授，第二節（軍隊新聞業）爲南京政治學院軍事新聞傳播系博士生

導師劉亞教授，第三節（外國在華新聞業）爲中國人民大學新聞學院博士生導師鄧紹根教授。第八章（民國南京政府中期的新聞管理體制和新聞業經營）各節撰稿人：第一節（新聞管理體制）爲南京師範大學新聞與傳播學院博士生導師方曉紅教授，第二節（新聞業經營）爲華南師範大學張立勤副教授、南京政治學院軍事新聞傳播系博士生導師劉亞教授。第九章（民國南京政府中期的新聞團體、新聞教育和新聞學研究）各節撰稿人：第一節（新聞團體）爲南京政治學院軍事新聞傳播系博士生導師劉亞教授，第二節（新聞教育）爲上海大學博士生導師李建新教授，第三節（新聞學研究）爲天津師範大學博士生導師李秀雲教授。

全面抗戰時期的民國新聞業，枝蔓叢生，頭緒複雜。撰稿者受限於視野、資料、史識，對本卷各部分內容的概括、評述未必恰當，敘述方式、行文風格，也因多人合作而不盡相同。懇請同道與願意者給予指正，以便助行後續研究。

劉亞

2018 年 12 月 20 日